영산강유역 고분 철기 연구

영산강유역 고분 철기 연구

2016년 4월 22일 초판 1쇄 인쇄
2016년 4월 29일 초판 1쇄 발행

지은이 이범기
펴낸이 권혁재

편집 김경희

출력 한진CTP
인쇄 한일프린테크

펴낸곳 학연문화사
등록 1988년 2월 26일 제2-501호
주소 서울시 금천구 가산동 371-28 우림라이온스밸리 B동 712호
전화 02-2026-0541~4
팩스 02-2026-0547
E-mail hak7891@chol.net

ISBN 978-89-5508-343-9 93910
ⓒ 이범기 2016
협의에 따라 인지를 붙이지 않습니다.

영산강유역 고분 철기 연구

이범기

학연문화사

들어가는 글

　필자가 고고학이라는 단어를 알게 된 계기는 초등학교 5학년 때 하인리히 슐리만의 전기를 읽고서이다. 유년기에 읽었던 한권의 책이 지금의 모습을 만들 것이라고는 당시에는 생각지도 못했다. 이러한 관심이 고고학을 통해서 평생 좋아하는 일과 사랑하는 사람을 만나 가족을 형성하게 되었으니, 아무리 생각해봐도 고고학은 매력적인 학문인 것 같다. 대학을 진학해서 학문적 소양과 방법론적 이론은 교수님들께, 다양한 필드 경험과 실습은 학교 박물관 선배들로부터 가르침을 받았다. 당시 박물관은 지금처럼 멋들어진 건물이 아닌 사회대에 공간을 마련하여 정리실 한쪽에 옹기종기 모여서 작업하였던 시절이었는데, 지금 생각해보면 참 그립고 정겨운 시절이었다.

　철기유물에 대한 관심은 학부 4학년 때 영광 학정리 대천고분군을 발굴조사하면서 부터이다. 보고서작업을 하면서 당시 영산강유역에서는 드물게 많은 양의 철기유물이 출토되어 이것들을 하나하나 실측하고 정리하면서 자연스럽게 전공으로 선택하게 되었다. 졸업 후 한국문화재재단 문화재조사연구단에 재직하면서 전국에서 발굴된 다양한 철기유물들을 실견할 수 있는 기회가 많아졌다. 이것은 자연스럽게 석사논문의 주제로 이어져 고분에서 출토된 철기유물 중 위세품을 중심으로 정리하였다.

　석사 때의 자료와 정리를 바탕으로 박사논문의 주제를 영산강유역 고분에서 출토된 철기유물을 중심으로 정리하였다. 묘제의 변천에 따라 백제로 복속되기 전까지 어떻게 독자적인 문화를 발전시켰고 백제와 왜를 포함하여 주변

국가들과 어떠한 관계를 수행하며 변화·발전해왔는지를 살펴보고자 했다. 그러나 영산강유역에서 철기를 주제로 한 종합적인 연구가 전무한 상태였다. 따라서 이번 기회에 고분에서 출토된 유물을 종합적으로 정리해보자는 의욕으로 분석하다보니 나름의 변천과정을 밝힐 수 있었다.

일반적으로 철기유물의 발전은 무기변화에 따른 전쟁의 변화 등과 더불어 도구제작에 따른 작업공정의 변화 등의 생산체계와 관련된 고도의 기술력이 수반된다. 이러한 발전과 함께 다양한 철기유물이 보급되면서 제련기술 등의 발전은 고대국가 형성과정과 사회 발전에 큰 영향을 미치게 되는 중요한 유물 중의 하나다. 특히 대외 교류사적인 측면에 맞추어서 해석해 보고자 하는 시도를 해 보았는데, 이것은 아마도 필자가 2차례(2009 · 2010년) 아제르바이잔 Gabala유적의 발굴에 참여하면서 동서문화의 형성과 유물의 대외교류적인 측면에 흥미를 가지게 되었기 때문이다.

이 책은 박사학위논문으로 제출된 것을 바탕으로 단행본으로 간행하기 위해서 일부 문장을 다듬고 추가된 내용과 자료를 보완했다. 하지만 논지에 대한 내용의 미흡과 부끄러운 부분이 많고 '針小棒大'적인 해석도 있다. 그러나 지금까지 관심을 가지지 않았던 영산강유역에서 출토된 철기유물에 대한 관심과 이 지역의 고고학을 공부하고자하는 연구자들에게 조금이나마 도움이 되고, 앞으로의 연구 활성화를 기대하는 소박한 바람으로 출간하게 되었다.

학위논문을 작성하기까지 많은 분들의 도움을 받았다. 학부 때부터 고고학이라는 학문을 공부하면서 지금의 나를 존재하게 해주신 인생과 학문의 스승님이신 최성락 지도교수님께 존경과 감사의 마음을 드린다. 힘들 때나 즐거울 때나 괴로울 때 인생의 지표가 되어주시고 고고학을 어떻게 공부해야 하는지를 가르쳐주신 분이시다. 아마 스승님의 가르침과 격려가 없었다면 부족하나마 이 글이 나오지 못했을 것이다. 이외에도 항상 따뜻한 격려와 인자하게 보살펴주신 이영문 교수님과 논리적인 조언과 부족한 글의 체계를 잡아주신 이헌종 교수님, 때로는 선배로서 선생님으로써 따스한 질책과 격려를 해주신 김건수 교수님께도 감사의 말씀을 드린다. 필자와 맨 처음 발굴현장에서 맺은 인연으로 석사부터 박사까지 심사를 맡아주신 동신대학교의 이정호 교수님께도 감사의 말씀을 드리고 싶다.

필자가 고고학을 시작하면서 이영철, 한옥민, 김승근, 김준원, 김영훈, 윤효남 등의 목포대학교 선후배들로부터 조사현장에서 유적에 대한 고마움과 감사하는 법을 배웠다. 이 외에도 아제르바이잔 발굴현장에서 다양한 토론을 펼치며 소중한 인연을 맺은 권오영, 성정용, 김종일, 박천수 교수님들께도 고마움을 느낀다. 그리고 제가 재직하고 있는 재단의 오영상 사무처장님을 비롯한 재단 식구들과 특히, 바쁜 업무 중에도 격려를 해주신 문안식 소장님, 송장선, 곽명숙, 최권호, 임동중, 문종명 등의 연구소 식구들에게도 고마움을 표한다.

끝으로 맏아들이 고고학을 한다고 반대하셨지만, 이제는 가장 든든한 후원자 역할을 해주시는 부모님(이후근 · 박귀남)과 장인 장모님(김성욱 · 박경숙)

께 머리 숙여 감사드리며 항상 마음속으로 응원을 보내준 누나와 동생에게도 지면으로나마 고마운 마음을 전한다.

고고학을 통해 인연을 맺고, 인생의 동반자를 만나 같은 길을 걷는 아내 김진영과 발굴현장이 바쁘다는 핑계로 어릴 때부터 아빠로서 제대로 놀아주지 못했지만 잘 자라주는 삶의 원천인 사랑하는 아들(용원·용준)에게 이 작은 책으로 고마움과 사랑을 전하고 싶다.

마지막으로 어려운 출판환경 속에서도 상업성이 없는 본서의 간행을 흔쾌히 허락해준 도서출판 학연문화사 권혁재 사장님과 편집부 여러분의 노고에 감사드린다.

2016년 4월
무안 오룡산이 보이는 남악사무실에서
이 범 기

목차 ∎

第Ⅳ章. 榮山江流域 鐵器의 編年과 段階設定

第Ⅰ章. 序論

榮山江流域古墳鐵器研究

전남지방으로 대표되는 고대세력들은 영산강이라는 대하천을 중심으로 일찍부터 독자적인 세력과 독특한 장제문화를 이룩하였다. 영산강유역을 포함한 전남 서부지역은 넓은 평지와 저평한 구릉지대를 형성하는 평야지역으로 이러한 지형적 조건은 문화 형성과정에서 큰 영향을 끼쳤다고 보여진다[1]. 이러한 지형적인 특징을 바탕으로 삼국시대에 들어서면 고분군들이 조영되기 시작하며, 특히 5~6세기에 들어서면 대규모로 고총의 고분들이 성행한다. 그렇지만 영산강유역에 조성된 고분의 경우 외부적으로는 백제지역과는 다른 분구형태, 매장시설, 출토유물 등에서 차이를 보이고 있으나 내부적으로는 어느 정도의 정형성을 띠고 있다.

하지만 당시 사회상을 엿볼 수 있는 영산강유역은 문헌기록의 부재로 문헌사적 접근이 쉽지 않은 지역으로 인식되어 왔다. 이에 따라 일부 문헌사학자

---

[1] 영산강유역의 지역권 설정은 영산강수계를 포함한 전남 서부지역과 전북 서·남부 일부 지역을 포함하여 살펴보고자 한다. 본고에서 다루고자 하는 영산강유역의 지리적 범위는 영산강 수계권과 동일한 문화양상을 보여주는 영광·고창·해남·장흥 일대까지 포함하고 있다.

들은『日本書紀』神功紀 49年條의 기사를 근거로 近肖古王代의 領有說을 주장하였다. 이러한 결과로 인해 영산강유역의 고고학적 자료를 백제의 지방통치체제에 대한 산물로 인식하는 경향이 있었다. 결국 이런 문헌사학자들의 영산강유역에 대한 인식은 문헌자료의 부재와 더불어 고고학적인 편년관이 성립되지 못한 결과이기도 하다. 그러나 최근 들어 이 지역 묘제의 가장 큰 특징이라 할 수 있는 나주 복암리 3호분·영동리 1호분과 같은 한 분구안에 多葬의 매장주체부가 성립된 이 지역만의 독특한 특징인 고분의 조사로 고고학적 자료가 증가됨에 따라 백제에 완전히 병합되기 전까지는 영산강유역에 독자적인 세력의 문화권을 형성하였다는 견해가 대두되고 있다[2].

영산강유역의 묘제는 상대적으로 다른 지역에 비해 양적·질적으로도 빈약한 편으로 당시 생활상이나 부장풍습 등을 알려줄 수 있는 유물의 부장풍습도 薄葬이다. 하지만 다른 지역에서는 축조되지 않는 독특한 외형의 이형분구를 가진 前方後圓形古墳을 비롯한 다양한 외형의 형태를 가진 고분과 고대 일본과의 대외교류를 시사하는 외래적 유물들이 출토됨으로써 일찍부터 주목을 받아왔다.

특히, 일제 강점기에 발굴조사된 신촌리 9호분을 비롯한 반남고분군과 최근 발굴조사가 이루어진 복암리고분군·영동리고분군 등이 위치하는 나주지역은 영산강수계의 중심에 위치한 高塚古墳群이 밀집된 대표적인 지역이다. 이 지역에서는 일찍부터 옹관묘제가 주묘제로 사용되었으며, 이러한 전통을

---

2) 대표적으로 문헌자료 중심보다는 고고학적 자료를 근거로 주장하는 견해가 다수를 차지한다. 즉 대형 옹관고분과 같은 고고학 자료와 백제의 지방에 王·候制가 실시된 근거로 5세기 후반~6세기 초설(이도학, 1995; 東潮, 1995; 성낙준, 1996; 권오영, 1997; 이정호, 1999 등), 대형옹관 고분과 석실분 등의 고고학 자료를 중심으로 하는 6세기 중엽·중반설(임영진, 1995·2000; 박순발, 1998; 김낙중, 2000; 이영철, 2001 등)로 구분된다.

이어받은 대형 옹관고분은 늦어도 4세기 때부터 나주, 영암, 함평지역을 중심으로 5세기 대에 크게 성행하였다(成洛俊, 1983). 옹관고분사회의 중심 시기는 5세기 후반으로 편년할 수 있으며, 독자적으로 발전하여 고대국가에 버금가는 단계인 최상족장사회에 해당하는 것으로 보고 있다(최성락, 2000).

그러나 옹관고분사회는 5세기 말에 접어들면서 백제의 영향을 받아 횡혈식 석실분이 출현하고, 6세기 중반 이후 토착묘제인 옹관을 대체하게 되면서 묘제의 변화를 가져온다. 문화요소 중에서도 가장 보수성이 강한 묘제의 변화는 당시의 정치적·사회적 변화를 반영한다고 할 수 있다.

〈사진 1〉 영산강 물길

영산강유역 고분의 주인공들은 마한세력의 연맹체로 추정되는 在地勢力들로 비록 고대국가 단계까지 발전을 하지 못하고 최상족장사회 단계에서 백제 지방통치영역으로 흡수·병합되었다. 그러나 이 지역의 고분 주체세력들은 영산강이라는 지리적인 이점을 최대한 활용하여 주변국가와 활발한 대 · 내외 교류를 진행하였다. 이러한 바탕으로 일방적인 복속의 관계보다는 서로 영향을 주고받아 수용함으로써 독창적인 문화권을 형성하였음을 알 수 있다.

하지만, 최근까지 이 지역에 대한 연구 성과는 옹관, 석실 등 묘제의 구조와 분구의 조형 등과 같은 변천과정에 편중되는 경향을 보여 왔다. 따라서 本考에서는 현재까지 축적된 영산강유역 묘제에서 출토되는 고고학적 자료 중에서 계층화와 묘제의 정치체를 확인할 수 있는 철기유물을 연구대상으로 삼고자 한다. 영산강유역 묘제의 시기편년을 하는데 있어서 토기를 중심으로 형식분류나 고분의 시 · 공간적 분포를 중심으로 편년이나 문화 복원을 시도하고 있으나, 토기 이외의 유물에 대한 재검토 및 체계적인 분류가 필요할 것으로 생각된다. 또한 이 지역의 묘제는 문화요소 중에서도 가장 보수적인 색채를 가지고 있으며 변화과정도 토착적 요소 등을 가지면서 변화 · 발전되었다.

일반적으로 고대정치체가 형성 · 발전하는 과정에서 철기의 발전은 무기변화에 따른 전쟁의 변화, 농업기술의 발전에 따른 농업생산력의 증가, 또는 도구제작에 따른 작업공정의 변화 등의 기술이 수반된다. 이러한 기술의 발전과 함께 다양한 철기가 보급되면서 제련기술 등의 발전은 고대국가 형성과정과 사회 발전에 큰 영향을 끼쳤다. 따라서 고분에 부장되는 철기유물의 경우도 사회변화와 발전에 커다란 작용을 한 유물중의 하나로 볼 수 있다.

따라서 필자는 기존 선학들의 연구 성과와 지금까지 축적된 고고학적 자료를 바탕으로 출토유물의 형식분류를 실시하였다. 이러한 형식분류를 바탕으로 철기유물의 자체적인 편년과 시기적으로 변화 · 발전 · 소멸되는 묘제의 변천양상에 따라 철기유물 부장양상의 變遷을 통해 당시 영산강유역 고대문화 성격의 일면을 밝혀보고자 한다. 또한 이와 더불어 묘제에서 출토되는 철기유물을 통해 수용과정과 문화의 변화상을 살펴보고 대 · 내외적인 교류를 통해서 당시 영산강유역 고대사회의 성격에 대해서도 살펴보고자 한다.

1. 硏究史

영산강유역 철기유물에 대한 연구의 검토를 위해서는 영산강유역의 고분 변천과정을 철기유물이 출토된 유구를 중심으로 기존의 연구성과를 중심으로 살펴볼 필요가 있다. 이에 따라 필자는 우선 영산강유역 고분 연구사를 검토함에 있어 선학들의 論考 가운데 本考의 논지와 밀접한 관계가 있는 연구사를 세 부분으로 구분하여 간략하게 살펴본 후, 고분에서 출토되는 철기유물의 변천과 묘제와의 상관관계를 살펴보고자 하였다.

첫째, 영산강유역의 고분문화를 이해하기 위해서는 최근 고대사학계에서 활발하게 연구되고 있는 百濟領有說에 대한 논고이다. 현재까지 영산강유역의 百濟領有說은 『日本書紀』 神功紀 49年條의 기사를 근거로 4세기 중·후반에 백제에 편입되었다는 견해와 그 동안의 고고학적 자료의 증가로 6세기 초·중엽으로 보는 견해가 있다.

먼저 4세기 백제영유설을 처음으로 주장한 李丙燾는, 神功 섭정 49년을 백제 近肖古王 24년(369년)으로 해석하고, 古奚津과 忱彌多禮를 강진으로 비정하고 있다(李丙燾, 1976, pp. 512~514). 369년의 근초고왕의 경략 이전에는 백제의 南界는 노령산맥이었고, 이남에는 마한의 잔여 소국들이 있었는데, 근초고왕 父子의 경략에 의해 전남지역이 완전히 백제의 소유가 되자 倭와의 해상교역이 열리게 되었다고 주장하였다. 이 학설은 그 후 정설로 받아들여져 학계에서 널리 통용되고 있으며, 그 뒤 이를 지지하고 보완하는 주장들이 발표되었는데(千寬宇, 1979 ; 盧重國, 1988 ; 李基東, 1990), 대표적으로 盧重國은 '忱彌多禮'를 晉書에 나오는 '新彌國'으로 연결하여 근초고왕의 마한정벌설에 동조하고 있다.

후자의 대표적인 견해로 李賢惠는 近肖古王代 이후에도 영산강유역에 대한 백제의 통제는 공납징수나 정치·군사적인 대외교섭이나 전략물자의 통제 등에 국한되었으며, 東城王代의 정국안정 기간에는 그러한 통제정책도 일시 주장되었다는 견해를 취하고 있다(李賢惠, 2000).

朱甫暾은 4세기 후반 무렵 영산강유역이 백제 영역으로 편입되었으나, 그 무렵 백제의 지배체제나 지방통치 조직의 수준을 생각할 때 직접지배보다 대략 舊郡縣지역에 대한 고구려의 지배방법과 유사한 半自治權을 허용 받는 在地勢力을 공납적 간접지배 방식으로 지배했다고 주장하였다(朱甫暾, 2000).

金英心은 근초고왕대의 남방진출은 영토적인 복속의 의미보다는 교역거점 확보의 의미로 해석하였다. 이들은 5세기 전반까지 이들 지역의 수장층들은 강한 독자성을 유지한 것으로 보았다. 이들 세력들은 백제에 대해 강제적이고 정기적인 공납을 담당하다가 漢城期末 - 熊津期 동안 백제의 지배력이 강화되는 단계를 거쳐 6세기 이후 직접지배 영역으로 편제되었다는 단계적인 복속을 주장하였다(金英心, 2000).

둘째, 고대사학자들의 주장과는 반대로 고고학자들은 그 동안의 고고학적 연구 성과물을 중심으로 백제와는 다른 독자적인 영산강유역의 고분 변천과정을 설명하고 있다. 먼저 전남지역 연구자들의 견해는 옹관고분에서 석실분으로의 변천에 초점을 맞추면서 묘제의 변천과정을 설명하고자 하였다.

李榮文은 전남지역의 석실분이 옹관고분의 특징을 계승하였다는 점을 지적하면서 옹관묘 중심권의 석실분은 백제에 흡수·병합된 在地勢力의 것이며, 이외의 지역은 백제에서 파견된 중앙관리들에 의해 축조된 무덤으로 보았다

(李榮文, 1990 · 1991).

成洛俊은 한강유역에서 내려온 백제문화의 영향으로 4세기 후반 이후 크게 발전하였으나 5세기 후반에 이르러 南遷한 백제가 지방 통합체제를 강화하면서 묘제 자체가 변화를 일으켜 대형 옹관묘가 석실분으로 변화되었다고 보았다. 나아가, 대형 옹관묘의 존재는 在地勢力의 것으로 백제와의 관계 속에서 조영되었고, 석실분의 등장을 백제 지방통치의 한 형태로 파악하였다(成洛俊, 1983).

林永珍은 영산강유역에 대한 고대사학계의 대표적인 견해에 문제점을 제기하고 전남지역의 석실분은 5세기 말~6세기 초부터 백제의 영향 아래 시작되었다고 할 수 있으나, 그 피장자는 백제에서 내려온 관리가 아니라 기존의 옹관묘를 썼던 토착세력일 것으로 판단하였다. 그는 이러한 점을 근거로 백제가 전남지역을 통합하는 과정은 무력에 의한 일방적인 합병보다는 제휴와 같은 비교적 평화적인 과정을 거쳤을 것으로 보았다(林永珍, 1990 · 1992).

曹根佑는 전남지역 석실분을 시기별로 세 단계로 나누어 고찰하였는데, 첫 번째 단계는 5세기 말~6세기 초에 해당하는 시기로서 옹관묘와 공존하면서 영산강 상류지역에서 횡혈식 석실분이 단독으로 축조되는 단계로 보았다. 두 번째 단계는 6세기 초~6세기 중반에 해당하는 시기로 옹관묘가 소멸된 이후 석실분이 군집을 이루면서 영산강 하류지역까지 확산되는 단계로 보았으며, 세 번째 단계는 6세기 중 · 후반~7세기 중반에 해당하는 시기로서 석실분들이 도서지역까지 성행하는 단계로 보았다. 특히, 전남지역에 석실분이 도입되는 과정에 대해서는 백제지역 석실분 집단과의 지속적인 교류 속에서 자발적으로 수용하되 옹관묘 밀집지역이 아닌 외곽지역부터 받아들였다고 보았다. 그리고 백제와의 관계에 대해서는 백제가 전남지역을 정복하기는 하였지만, 초기에는 옹관묘 밀집지역의 주 세력에게는 영향력을 발휘하지 못하고 오히려 그 세력을 인정해 준 것이라고 보았다(曺根佑, 1994).

曺永鉉은 영산강유역의 非百濟系로 판단되는 석실들을 '榮山江式'으로 설정하고 그 계보는 九州系橫口式 석실분에서 찾을 수 있으나, 양자를 소급하는 계보는 내·외부로 나누어 내부는 평양 남정리 119호분으로, 외부는 輯安과 서울의 橫口式階段 積石塚에서 찾을 수 있다고 하였다(曺永鉉, 1987·1993).

洪潽植은 영산강유역에서 발견되는 몇몇 석실들(해남 월송리 조산고분, 함평 예덕리 신덕고분, 장성 영천리고분 등)은 지리적으로 가까운 九州型系로 보았다. 그 시기는 6세기 중엽경의 극히 짧은 기간이며, 무덤의 주인공은 일본에서 건너온 망명객으로 추정하고, 영산강유역의 석실분이 일본 九州地方 석실분의 영향을 받아 축조된 것이라고 주장하였다(洪潽植, 1993).

朴淳發은 5세기 후반~6세기 전반에 이르는 기간의 영산강유역은 종전 한성기 백제와의 일종의 동맹적관계[支配的同盟關係]에서 웅진기 백제와의 직접적 지배관계로 나아가는 과도적인 단계로서, 국제관계의 측면에서 보면 '百濟 - 榮山江流域 - 九州 - 倭王權'으로 이어지는 구도가 '百濟 - 大和政權'으로 재편되던 과도기 상태라는 견해를 제시하였다(朴淳發, 2000 a·b).

최근에는 기존의 묘제에 대한 형식학적 연구방법에서 다양한 관찰과 새로운 문화해석을 시도하는 연구 방법들이 증가하고 있다.

李正鎬는 영산강유역의 고분을 설명하는데 있어 우선 옹관고분을 Ⅰ~Ⅲ 유형으로, 석실분을 Ⅰ~Ⅱ유형으로 나누고, 현문, 연도, 석재, 평면형태 등을 기준으로 Ⅰ유형에 4형식, Ⅱ유형에 3형식으로 분류하였다. 그는 각각의 고분에서 출토되는 각 유형별 부장유물(威勢品)을 분석하여 묘제 채용이 계층적으로 이루어지는 현상을 설명하고자 하였다(이정호, 1999).

曺美順은 선학들의 연구 성과물과 그간의 고고학적 자료의 축적을 중심으로 횡혈식 석실분의 형식 분류나 편년을 수정·보완하여 변천과정을 살펴보고 그 계통과 등장배경에 대해서 다루었다. 그는 석실의 축조형식과 부장유물의 관찰을 통해 크게 2시기로 분류한 다음, 각 지역의 집단에 따라 그 계통이 다르며, 점차적으로 변화·발전된다고 보았다. 이러한 석실분의 수용은 기존의 옹관고분 축조 세력의 와해에 따른 주변세력간의 세력화를 위한 것으로 보았다(曺美順, 2001).

李暎澈은 영산강유역 甕棺古墳社會의 범주 속에서 출토되는 토기류의 검토를 통해 시기적으로 공반된 대표 기종들을 선별하여 이를 표지적 기종을 설정한 후, 4단계(Ⅰ~Ⅳ期)의 劃期로 구분하였다. 옹관고분에서 출토된 토기의 검토 결과 영산강유역의 수계를 중심으로 12개소의 단위체를 설정하였으며, 5세기 대에 추진된 나주 반남 중심의 옹관고분사회의 통합화 의지는 좌절되었다고 보았다. 그 결과 수계를 중심으로 한 지역정치체간 구조 변화는 각 지역정치체 내부까지도 와해시킴으로써, 결국 甕棺古墳社會가 해체되고 새로운 문화요소인 석실분의 등장과 수용과정을 설명하고자 하였다(李暎澈, 2001).

金洛中은 기존에 이루어진 연구성과를 바탕으로 지금까지 영산강유역에 대한 고분자료를 집대성하여 종합적으로 정리·분석한 후, 시기에 따른 단계적인 편년안을 제시해주고 있다. 또한 이 지역 고분의 조영과 부장유물을 검토한 다음 백제에 편입되는 양상을 종합적으로 설명하고 있다(金洛中, 2009).

崔盛洛은 최근 호남지역에서 분구묘가 고분으로 대신하여 사용되는 용어의 문제점을 언급하고 고분과 분구묘에 대한 개념을 종합적으로 정리하였다. 즉, 영산강유역의 고분변천에 대하여 종합적으로 정리한 후 영산강유역의 고분 발생에 대하여 그 시원을 3세기 말경에 등장한 목관고분과 옹관고분으로 보았으며, 옹관고분이 등장해도 영산강 중·하류 지역을 제외하고 목관고분이 지속적으로 축조되었다고 보았다. 또한 영산강유역 고분의 특징을 전체적으로 정리하여 설명한 후 최근 논란이 되고 있는 분구묘가 영산강유역 고분의 특징을 대변하거나 핵심이 될 수 없다고 설명하고 있다. 이와 함께 영산강유역의 고분을 옹관고분, 목관고분, 석곽분, 석실분, 전방후원형고분으로 분류하였으며, 특히 목관고분은 주구토광묘(주구묘)에서 변화되면서 매장주체부가 다장화되면서 수평적 혹은 수직적 확대가 이루어진 고분으로 보았다(崔盛洛, 2009).

마지막으로 이글에서 다루고자 하는 철기유물에 대한 연구가 있다. 현재까지 영산강유역 고분 출토 철기에 대한 연구는 주로 금동관이나 기타 장신구를 중심으로 위세품 같은 특정 유물들에 대한 논문들과 개별적인 유물에 대한 연구가 주류를 이루고 있었다. 하지만 최근 철기유물의 증가로 이 지역 유물들에 대한 체계적인 종합적인 검토와 변화양상 등의 연구가 이루어졌다.

이 지역 유물에 대한 검토는 日人學者에 의해서 처음 시도되었다. 일제강점기에 梅原末治는 본인이 발굴 조사한 신촌리 9호분 乙棺 출토 金銅冠을 소개하면서 帽와 주연의 立飾이 존재하는 점, 立飾과 臺輪을 따로 제작해서 결합하는 제작수법에서 다른 冠과 다르지 않음을 지적하였다. 또한 입식의 모양에서 경주의 여러 금관 입식과는 다르다는 인식에서 新羅冠과의 차별성을 지적하였다. 이외에도 시기적으로 玉類, 直弧文, 圓筒埴輪 등의 공반유물에서 보이는 유사성에서 경주의 금관총보다 소급함을 언급하였지만 구체적인 연대관은 제시하지 못하였다(梅原末治, 1959).

朴永福은 현재의 경기·충청·호남을 중심으로 한 백제지역 장신구에 대해 전반적으로 다룬 논고에서 영산강유역 출토의 장신구류는 옥·구슬류의 목걸이 장식용이 대부분임을 언급하였다. 이는 마한의 문화적 전통을 기반으로 하는 이 지역의 한 특성으로 인정되나 백제 지배세력과의 관련 속에서 점차 금속제의 장신구가 부장된다고 언급하였다(朴永福, 1989).

申大坤은 신촌리 9호분 금동관을 도면화하면서 문양사적 관점에서 고구려 고분벽화에 보이는 연화도의 형태변천을 가야지역에서 출토된 冠과 양식상

일맥상통한 부분이 있다고 가정하였다. 또한 무늬 구성에서 熱點文과 楕圓文의 결합이 보이는 신촌리관을 波狀文과 熱點文으로 구성된 입점리 관보다 빠른 단계에 해당되며, 신촌리 금동관은 5세기 전반에 현지에서 제작된 마한·백제의 冠 양식으로 파악하였다(申大坤, 1997).

이외에도 김길식은 백제지역의 철모를 정리하는 과정에서(김길식, 1994), 김성태는 철촉을 정리하는 과정에서 언급하였으며(김성태, 1996), 안순천은 가야지방 고분에서 출토되는 소형철제 농·공구를 정리하면서 가야와의 유사성을 언급하였다(안순천, 1996). 김정완은 충청·전라지방에서 출토되는 철정을 정리하면서 이 지역 출토품의 변화상을 정리하였다(김정완, 2000). 이처럼 최근까지 영산강유역을 포함한 전남지방에서 출토되는 철기유물에 대한 연구도 백제와 가야의 유물을 검토하는 과정에서 단순히 출토양상이나 형태 등을 언급하거나 백제계 유물로 포함하여 정리하는 경향이 있다. 하지만 점차 발굴조사에 따른 자료의 증가와 더불어 영산강유역 고분 출토품의 종합적인 정리 및 분류와 부장양상과 편년에 대한 연구가 李釩起에 의해서 처음으로 시도되었다.

먼저 李釩起는 기존에 단편적으로 연구되어왔던 고분출토 유물들을 처음으로 종류에 따라 총 5개 群을 종합적으로 구분한 다음에 출토되는 유구별로 정리하였다. 그리고 유구의 편년에 따라 유물의 변천을 Ⅴ시기로 구분한 결과 시기를 달리하면서 부장 양과 종류가 각각 다르게 확인되고 유물의 변천은 영산강유역에서 확인된 고분의 변화와 깊은 관련이 있음을 확인하였다. 또한 은제관식이 출현하기 전까지 각 시기에 따라 주변 세력과 다르게 관계를 맺으면서 독창적인 문화권을 형성하였다고 보았다(李釩起, 2002·2003).

金想民은 李釩起에 의해서 정리된 연구 성과를 바탕으로 생활용구 중심으로 철기유물의 변천과정을 중심으로 살펴보았다. 이후 개별유물의 속성을 파악하여 형식 분류를 실시하였으며, 그 변화상을 살펴본 다음 4시기로 구분한 후 그 변화상을 정리하고 있다(金想民, 2007).

이후 李釻起·金想民에 의한 영산강유역의 철기유물에 대한 연구 성과를 바탕으로 과학적인 금속학적 분석과 특정 유물을 중심으로 다루는 연구가 이루어졌다. 금속학적 분석으로는 李在城이 영산강유역 출토 철기유물을 대상으로 미세조직을 분석하여 철기의 제작기법을 밝힌 연구가 있다(李在城, 2003). 그 외 출토유물의 증가에 따른 단일 유물을 중심으로 다룬 대표적인 글로는 다음과 같다.

먼저 崔美淑은 철기시대부터 삼국시대까지 주거지에서 출토되는 철기유물을 종류별로 살펴보고 이를 토대로 지역별·시기별 양상에 대해 살펴본 연구가 있다(崔美淑, 2006). 金永熙는 호남지방 고분에서 출토된 도검에 대해서 형식 분류를 실시한 후 당시 시대상을 반영하는 유물로 파악하였으며, 대외교류와 관련된 상징물과 위세품 등의 의미를 반영하는 걸로 파악하였다(金永熙, 2008). 金信惠는 마한·백제권에서 출토된 철도를 목병도와 환두도로 구분한 다음 관부 형태와 경부 비율을 결합하여 형식 분류를 실시한 후 변천을 4분기로 나누어 살펴보았다. 살펴본 결과 환두도와 목병도는 유기적으로 연동하여 동일한 발전양상을 가지고 있다고 파악하였다(金信惠, 2009). 朴永勳은 영산강유역의 고분에서 출토된 철모의 현황을 정리한 다음 이를 통해 형식 분류와 변천양상과 편년을 살펴본 후 그 결과 형식은 9형식으로 시기는 3단계로 구분하였다(박영훈, 2009). 金洛中은 영산강유역 고분에서 출토되는 장식마구를 중심으로 부장되는 현상이 어떤 의미를 가지는지 종류별로 나누어 특징, 연대, 계보 등을 살펴본 검토 등이 있다(김낙중, 2010).

이상 영산강유역 고대사회에 관한 기존의 연구 성과들에 대해서 검토해 해보았다. 그 결과, 아직까지도 이 지역에 대한 시각들은 연구자들마다 문헌 및 고고학적 자료 중 어느 쪽에 비중을 둘 것인지, 또 백제의 영역화 여부를 판단하는 기준을 무엇으로 할 것인지 등에 따라 적지 않은 견해차가 발견되고 있음을 알 수 있다.

이러한 연구사적인 흐름을 따라 최근 활발한 자료의 증가와 더불어 그 동안 유구 중심의 자료 해석에 편중되었던 연구가 徐賢珠에 의해서 토기를 중심으로 한 종합적인 유물에 대한 연구가 이루어졌다. 그는 5~6세기 대에 해당되는 영산강 유역 출토 토기의 실체와 성격에 대해서 기종별로 정리한 후 이를 바탕으로 종합적인 편년 안을 제시하며 정리하였다(서현주, 2006). 하지만 고분에 부장되는 유물 중에서도 가장 상징성이 크며, 그 당시의 정치 · 경제적인 상황을 잘 보여주는 철기유물에 대한 체계적인 자료의 정리와 종합적인 연구나 편년체계기 이루어지지 못하고 있다. 이러한 영향으로 이런 기본적인 편년체계가 이루어지지 않아서 아직까지도 출토유물에 따른 단편적인 연구 성과에 그치고 있다.

따라서 지금까지 연구된 성과와 고고학적 자료를 바탕으로 영산강유역 철기유물에 대한 형식별 분류체계를 정리하고자 한다. 이러한 바탕에서 종합적이고 구체적인 연구를 진행하여 철기유물을 통한 영산강유역 고대세력들의 성격 및 문화 양상과 대외교류 등에 대해서 살펴보고자 한다.

2. 研究目的 및 方法

　　선사시대부터 인류는 금속을 발견하면서부터 衣食住를 위한 각종 道具와 생존을 위한 투쟁의 武器 및 종교적 聖物로써, 그리고 인간정신을 구현한 藝術品으로써 오랜 세월을 영유하여 인류문화의 발달과 함께 사용되었다. 이렇듯 다양한 목적으로 널리 활용될 수 있었던 것은 금속이 지닌 특성 즉 色彩, 光澤, 質感 등의 아름다움, 硬度, 强度에 의한 實用性, 溶解性 등을 이용한 鑄造法과 展性과 延性을 이용한 鍛造法이 문명의 발달과 함께 발전되었다. 특히, 고분 내에 부장되는 철기유물은 문헌자료가 절대적으로 부족한 고대사회에서 지역의 고분문화를 이해하는 중요한 자료가 되기도 한다.

　　영산강유역에서 조사된 고분들의 수량에 비해서 내부에서 출토되는 공반유물을 검토할 때 아직까지는 자료의 부족이 가장 크다. 특히 철기유물의 경우 다른 부장유물에 비해서 빈약하기 때문에 자체적인 편년이나 종합적인 연구에 한계가 있었다. 이러한 현상은 이 지역이 가지고 있는 葬制的 風習이 薄葬의 형태를 나타내고 있는데서 원인을 찾을 수 있을 것이다. 그러나 영산강유역의 부장유물은 자료의 빈약함에도 불구하고 수량에 비해서 독창적이고 다양한 유물이 출토되고 있어 고고학적으로 중요한 지역이다.

　　葬送儀禮로 남겨진 묘제는 일반적으로 古墳, 塚, 墓 등 여러 가지 용어로 구분 없이 사용하지만, 語源的 意味[3]는 각기 다르다. 하지만, 이 글에서 지칭하

---

3) "古墳"은 옛 무덤이란 뜻으로, 가까운 과거나 현대의 무덤(墳墓)중에 역사적 혹은 고고학적 자료가 될 수 있는 墳墓라고 정의한다(김원룡, 1974). 이 외에도 다양한 연구 성과가 있으나 이 글에서는 다음과 같이 정리하고자 한다.

는 古墳은 옛 무덤이라는 광의의 개념과 함께 일반적 무덤을 의미하는 용어로 정착된 점을 고려하였으며[4], 최성락의 견해처럼 古墳이란 어느 정도의 봉분을 가진 무덤으로서 왕이나 수장급이 출현한 시기, 즉 사회의 계층화가 이루어진 3세기 후반 이후의 무덤을 포함한 총체적으로 사용하는 용어로 정리하고자한다(崔盛洛, 2009).

영산강유역의 고고학적 자료는 백제지역과는 다른 매우 독특한 문화적 특징을 가지고 있다. 이러한 독특한 문화적 특징이 나타난 원인은 아마도 이 지역이 가지고 있는 문화적인 독자성과 고대 中·日 해로와 연결된 자연·지리적인 환경과 교류에 따른 외래적 요인이 서로 복합적으로 나타나면서 형성된 문화적 기반에 따른 현상으로 보인다. 특히 이 지역에 조영된 고분은 이러한 문화적 특징을 가장 잘 드러내주는 고고학적 자료이다. 따라서 본고에서는 이러한 독특한 문화적 특징이 잘 나타나는 고분에서 출토되는 유물 중에서도 철기유물을 중심으로 살펴보고자 한다. 또한 이 지역 고분출토 철기유물의 경우 우선 고분이 가지고 있는 상징성에 주목하였다. 당시 고대사회 고분의 조영은

"墓"는 흙을 성토하지 않은 庶人들이 사용한 것으로 墳은 없고 壙穴의 형태로 조영된 것을 의미한다(諸橋轍次, 『大漢和辭典』 2卷 "凡無墳謂之墓" 周禮 春官墓大夫의 注에서 "庶人不封不樹故不言塚 而云墓 師古曰 墓謂壙穴也").
"塚"은 高大한 墓로 정리하고 있는데, 墳과 같은 의미로 보고있다(諸橋轍次, 『大漢和辭典』 3卷 "墳者墓也 墓之高者曰塚"이라 했으며, "封土爲丘壟象塚而爲之").
"墳"은 흙을 높이 쌓아 올려 지상에 封墳을 조성한 형식으로 일반적으로 大陵을 가리키는 용어로 정의할 수 있다(諸橋轍次, 『大漢和辭典』 2卷 "土之高者曰墳"으로 해석하고, "墳卽大陵也"로 註釋). 이상의 용어를 살펴본 것처럼 각각의 용어들이 내포하고 있는 의미가 다르게 쓰이고 있음을 알 수 있다.
4) 崔秉鉉은 신라 무덤 고찰에 사용된 '古墳'이란 용어는 우리 학계에서 일반화된 高塚古墳의 제한된 의미가 아니라 옛 무덤이라는 의미로 사용하여, 斯盧國에서 統一新羅末까지의 무덤을 포괄하는 용어로 규정하고 있다(崔秉鉉, 1992).

정치 · 경제적인 영향을 가진 집단들이 조성하였던 부산물이다. 이와 더불어 고분에 부장되는 유물들은 당시 지배층의 생활뿐만 아니라 정치적인 부산물들이 다양하게 부장된다. 이러한 부장품은 당시 문헌자료에 나타나지 않는 다양한 문화양상들을 나타내준다. 특히 철기유물을 포함한 금속품의 경우 토기 등의 다른 유물에 비해서 그 문화적 상징성이나 파급효과가 상대적으로 크다.

따라서 영산강유역 고대사회의 특징이 가장 잘 나타나는 고분에서 출토되는 철기유물을 중심으로 수용과 변천과정을 살펴보았다. 또한 상호 · 보완적으로 동시기의 취락에서 확인되는 유물들과의 관계설정과 주변 집단과의 대 · 내외 교류 등에 대해서도 살펴보고자 한다. 취락유적에서 확인되는 출토유물들을 제한적으로 검토하는 가장 근본적인 이유는 현재 영산강유역 고분의 경우 활발한 발굴조사와 더불어 전체적인 분포현황, 분구조영 방법, 매장주체 구조 등 다양한 연구 성과들이 축적되었다. 하지만 취락유적의 경우 고분조사와는 다르게 본격적인 조사는 2000년대에 대규모로 활발하게 조사가 이루어지기 시작하였다. 그나마 아직까지도 지역적으로 편중되어 영산강유역에 대한 전체적인 자료의 축적이 이루어지지 못하고 제한적인 자료와 더불어 전체적인 편년안이나 정리가 체계적으로 이루어지지 못한 원인도 있다. 그렇지만 고분의 경우 고분 자체가 가지는 상징성이 생활유적인 취락유적보다는 매우 크기 때문에 영산강유역의 고대정치체의 형성 및 변천과정을 잘 보여주기 때문이다.

필자는 철기유물들을 통해 다음과 같은 방법을 통해 영산강유역 고대정치체에 대해서 설명하고자 한다. 먼저 시간적인 범위의 설정이다.

영산강유역 고분은 주구토광묘와 옹관묘에서 목관고분과 옹관고분으로 발전되었다. 즉, 제형의 분구를 가지며 다수의 목관(토광)이 매장된 다장을 이루는 목관고분의 출현과 옹관고분의 경우 소형의 代用 甕棺墓가 大形 專用甕棺으로 대체되고, 거대한 墳丘를 갖춘 소위 高塚古墳化되는 시점부터 백제의 영향을 받아 횡혈식 석실분이 지배계층의 주묘제가 교체되는 시점까지 한다. 영산강유역의 목관고분의 발생연대는 3세기 후반 경에 출현한 것으로 볼 수 있으며, 옹관고분 발생연대에 대해서는 여러 가지 견해가 제시되었으나(安承周, 1983 ; 全榮來, 1985 ; 徐聲勳, 1987 ; 徐聲勳·成洛俊, 1988), 3세기 후반에 성립하여 4~5세기에 크게 성행한 것으로 보고 있다.

따라서 목관고분과 초기 옹관고분의 성립 시기는 3세기 후반으로 볼 수 있을 것이다. 한편, 하한은 횡혈식 석실분(사비식)으로 교체되어 銀製冠飾 등, 이른바 백제의 직접지배에 따른 고고학적 유물이 출토되는 6세기 중반 이후까지이다. 이러한 銀製冠飾의 사용은 중앙집권적 통치 서열의 확립을 위한 조치로 영산강유역 고분에서 銀製冠飾의 출현은 백제의 지방지배 방식에 편입된 고고학적 산물로 추정된다. 또한 옹관고분 성립기 이전까지 영산강유역 在地勢力들의 木棺古墳(土壙墓)과 한 분구 내에 공존한 초기 옹관고분이 있다.

木棺古墳(土壙墓)의 경우 시원형으로 볼 수 있는 목관토광묘가 등장하는 기원전 3~2세기부터 축조되었다. 비록 高塚古墳 단계까지는 발전하지 못하였으나, 옹관고분사회가 성립되는 기원후 4세기 무렵까지 지속되었던 묘제로 木棺古墳(土壙墓)의 시간적인 범위는 초기 옹관고분과 함께 공존했던 시기까지 연구대상으로 설정하였다.

둘째, 공간적인 범위의 설정이다. 이전까지는 옹관고분의 분포를 나주, 영암, 함평 등 매우 한정된 지역으로(특히 시종과 반남) 인식하였으나 최근 고고학적 자료의 증가로 영광·고창, 해남, 무안, 장흥 등지에서도 조사되어 영산강유역 수계에 해당되는 전 지역에 폭넓게 분포하고 있음이 확인되고 있다. 특히 영광지역에서 확인되는 옹관고분이 전북 고창, 익산 등지에서도 확인되어 지리적으로 영산강유역 보다는 전북 지역과 동일 개념으로 취급되는 경우가 있었다. 하지만, 최근 밝혀지고 있는 고고학적 자료들의 증가로 영광지역의 경우에도 전용 옹관고분 이전단계인 木棺古墳(土壙墓)이 나타나기 때문에 이 지역도 영산강유역에 편입시켜 살펴보는 것이 타당할 것이다. 탐진강유역권인 장흥도 영광 지역처럼 비슷한 성격을 보여주고 있다. 다만 영광이나 장흥의 경우 고총의 옹관고분단계에 해당되는 4~5세기대의 옹관고분이 출현하지 않고 있어 옹관고분의 주변지역으로 생각된다.

따라서 필자는 영산강유역 공간설정 범위를 본류와 각 지역의 중심 수계를 권역별로 구분하여 총 8개 권역으로 구분하여 살펴보고자 한다. 좀 더 세부적으로 살펴보면 영광·고창을 중심으로 와탄천유역, 함평만을 중심으로 함평·고막천유역, 화순을 중심으로 지석천유역, 광주·담양·장성을 포함한 영산강 상류, 나주를 중심으로 영산강 중류, 영암을 중심으로 영산강 중·하류, 장흥을 중심으로 한 탐진강유역, 그리고 해남과 신안 등의 도서지역을 포함하여 해남반도 등으로 구분하였다【그림 1】.

이처럼 영산강이라는 대하천을 중심으로 木棺古墳(土壙墓), 甕棺古墳, 石槨墳, 石室墳으로 대표되는 매장주체를 중심으로 철기유물을 분류한 후, 고분 축조세력들의 묘제변화에 따른 철기유물의 수용과 변천과정을 살펴보고자 하였다. 따라서 영산강유역 고분변천 과정과 더불어 고대인들의 부산물인 철기유물 등의 자료가 축적되었을 때 문헌자료가 부족한 영산강유역의 고고학적 편년관의 연구 진척이 있을 것으로 생각된다.

第Ⅱ章에서는 우선 철기유물을 정리 분석하는 선결 문제로 영산강유역에서 출토되는 고분에서 부장되는 철기유물들의 매장주체에 따른 부장 속성을 파악하고 분류 체계를 마련하였다. 이러한 선결 조건으로 먼저 매장주체부에서 출토되는 유물들을 정리한 다음 단계설정을 마련하고자 각 유구별로 비교·검토하였다. 또한 매장주체별로 유구와 공반유물 및 철기유물 등을 정리한 다음, 이를 바탕으로 기존 연구 성과를 참고하여 각각의 묘제에 대한 분기와 편

년체계를 정리하였다. 이러한 관점에 따라서 논지를 풀어 가는데 있어서 다음과 같이 구분해서 살펴보고자 하였다.

먼저 第Ⅲ章에서는 앞장에서 매장주체부에 따라 분류된 단계를 기준으로 각각의 쓰임새에 따라서 裝身具類, 武具類, 馬具類, 生活用具類, 其他 등으로 구분한 다음 개별적으로 검토해 보고자 한다. 개별 유물에 대한 검토는 우선적으로 부장된 시간적, 공간적 차이를 파악하여 속성을 추출하였다. 이를 조합하여 형식학적으로 분류한 후[5] 분류된 철기유물의 유구별 공반관계의 분기와 각 형식들간의 시기적 변천 양상을 살펴보고자 한다. 이러한 선결문제를 해결하기 위해서, 먼저 출토된 유물들을 기준으로 형식에 맞는 자체적인 형식분류를 시도하였다. 그리고 각 형식긴 상호관계의 검토와 시·공간적 구분을 통해 영산강유역에서 출토되는 철기유물의 상징적 의미와 시간적 변천을 파악하였다. 이와 더불어 각 기종별 매장주체와 지역적 분포 양상도 함께 검토해 보고자 한다.

第Ⅳ章에서는 앞장에서 분류한 철기유물의 형식을 조합하고 종합적으로 분기를 설정한 다음, 이를 통해서 철기유물의 편년설정을 시도해 보고 편년설정에 따른 매장시설과의 관계설정에 대해서도 검토해 보고자 한다. 주지하다시피 영산강유역의 고고학적 자료 중에서 특히 고분에서 출토되는 부장유물이 타 유적에 비해서 빈약하기 때문에 연대설정과 관련된 유물에 대한 자료가 부족한 편이다. 더구나 철기유물 같은 경우는 위세품과 같은 상징성이 매우 큰 유물들을 제외하면 출토예가 전무하다. 따라서 공반유물 중에서 토기와 비교대상으로 교차편년과 더불어 고분의 매장시설에 대한 형식학적 연구 성과를 종합적으로 비교하여 살펴보고자 한다.

---

5) 이러한 형식분류는 고고학에서 중요한 추론(문화복원)을 가능하게 하는 기초가 되는 것으로 인식되고 있다(최성락, 1984).

第 V 章에서는 영산강유역 고분에서 출토된 철기유물의 형식 분류와 편년을 통해 매장주체부인 고분과의 철기유물 변천과 성격을 살펴본다. 우선 이러한 결과를 도출하기 위해서는 영산강유역의 자체적인 편년관이 확립되어야할 것이다. 따라서 먼저 출토되는 유물들을 각 유형별로 앞장에서 분석한 자료를 가지고 영산강유역에서 출토되는 철기를 통해 살펴본 백제, 가야, 중국, 일본열도 등 주변지역과 관계가 있는 외래계 자료를 비교 검토하였다. 이 외에도 이 지역의 대·내 교류 및 동시기대의 생활유적인 취락과의 관계를 통해 백제로 완전히 편입되기 전까지 독자적인 세력을 형성하였던 영산강유역 고대사회의 문화와 성격에 대해서 살펴보고자 한다.

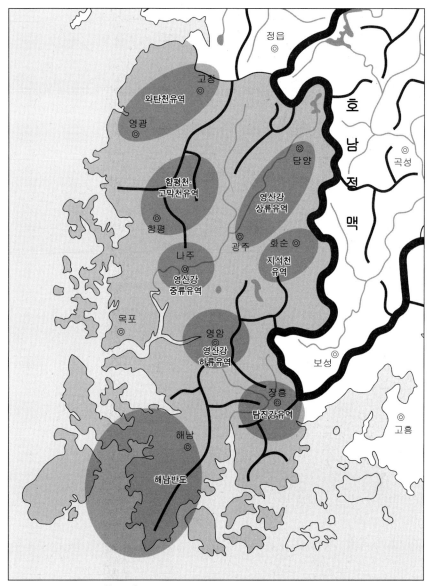

【그림 1】 영산강유역 고대문화의 공간적 위치와 자연지형

第Ⅱ章. 榮山江流域
古墳 檢討 및 編年

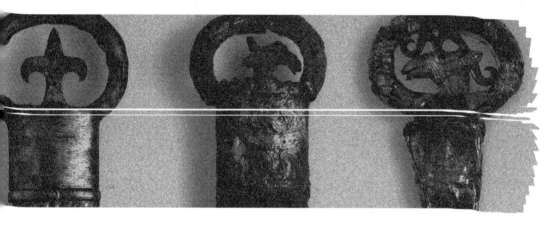

榮 山 江 流 域　　古 墳　　鐵 器　　研 究

1. 遺蹟의 檢討

지금까지 영산강유역에서 확인된 古墳은 매장주체와 성격을 기준으로 木棺古墳(土壙墓), 甕棺古墳, 石槨墳, 石室墳 등으로 구분할 수 있다. 이 외에도 墳丘의 형태에 따라 圓形, 長方形, 方臺形, 梯形, 前方後圓形[1] 등으로 나눌 수 있

---

1) 前方後圓形古墳은 평면이 한쪽은 네모지고 다른 쪽은 둥근 형태를 갖추고 있는 古墳을 말하며 연구자들마다 부르는 명칭이 長鼓墳(임영진, 1994), 長鼓形古墳(성낙준, 1993), 前方後圓墳(박순발, 2001), 前方後圓形古墳(최성락, 1999; 김낙중, 2009) 등으로 불리어지고 있다. 前方後圓墳이라는 명칭은 일본 江戶時代 고분연구자인 浦生君平에 의해 만들어진 학문적 造語다. 崔盛洛은 長鼓墳 또는 長鼓形古墳이라는 명칭은 자생적인 의미를 포함하고 있고 前方後圓墳은 일본과의 정치적인 해석이 뒤따르는 위험성을 내포하고 있다. 이 외에도 前方後圓墳이라는 용어는 日本에서 만들어 진 것이기 때문에 그 의미도 일본의 입장에서 해석될 소지가 있다. 또한 일본에서의 前方後圓墳 이란 일본열도의 정치적 통합을 상징하는 의미가 포함되어 있기 때문에 전남지역의 고분과 일본의 고분 사이에는 어느 정도 관련성이 있다고 보아 일단 '前方後圓形古墳' 이라 부르자고 주장하였다. 필자 또한 최성락의 견해에 동조하여 前方後圓形古墳으로 부르고자 한다(최성락, 1999).

다. 이 장에서는 영산강유역 고분에서 조사된 철기유물에 대한 정리와 분류에 앞서 유물이 부장되는 주체인 철기유물들이 출토된 고분 중에서 매장주체에 따라 각각 분류하고 정리한 다음, 영산강유역의 중요 유적들을 중심으로 고분 편년안을 정리해 보았다.

1) 木棺古墳

木棺古墳은 기존의 주구토광묘에서 발전한 제형의 주구를 가지고 그 중심에 다수의 목관(토광)이 매장되어 多葬을 이루는 고분으로 정의하고 있다(최성락, 2009). 영산강유역에서 목관고분(토광묘)에 대한 인식은 영암 내동리 초분골 2호분의 조사를 계기로 중심부의 매장주체부가 옹관이 아닌 목관이 확인되어 목관으로도 다장을 이룬다는 것을 인식하기 시작하였다.

일반적으로 영산강유역 고분의 평면 형태는 방형에서 제형으로, 그 이후에는 원형이나 방형으로 혼재하다 마지막에는 원형으로 변화된다고 보았다(김낙중, 2009). 목관고분의 시원형인 토광묘는 墓壙을 파서 내부에 어떠한 시설을 하지 않고 그대로 시신을 안치하는 매우 간단한 葬法으로써 특히 철기문화와 깊은 관련을 맺고 있는 묘제로 인식되고 있다. 土壙墓는 약간의 지역적인 편차가 있지만 鐵器時代에 대동강유역에서부터 출현하여 점차 전역으로 확산되었으며, 삼국시대 전기까지 유행한 묘제로 알려져 있다(朴仲煥, 1997). 전남지방 목관고분(토광묘) 유적의 분포는 크게 영산강과 섬진강(보성강), 탐진강[2)]

---

2) 탐진다목적댐이 건설됨에 따라 탐진강 유역권에서도 다수의 목관고분과 토광묘 계열(토광묘, 주구토광묘)이 조사되었다(호남문화재연구원, 2006).

수계를 중심으로 나눌 수 있다. 최근에는 신안 도서지역[3]까지 출토 범위가 확인되고 있으나 분구를 형성하면서 단위별로 군집을 이루면서 확인되는 목관고분(토광묘)은 영산강유역과 서·남해안 지역에 주로 집중되는 현상을 보인다[4]. 입지는 구릉사면부, 능선부, 평지에 분포하며, 내부시설은 목관을 주로 사용한

3) 목포대학교박물관에서 발굴한 신안 압해도 학동유적에서 목관고분으로 추정되는 제형의 주구를 가진고분이 6기가 확인되었다(정영희·김영훈·정혜림, 2014).

4) 전남지방 및 영산강유역 목관고분과 토광묘에 대한 대표적인 글로는 다음과 같다.

임영진, 1989, 「전남지방 토광묘에 대한 고찰」, 『전남문화재』 2, 전라남도.

임영진, 2002, 「영산강유역권의 분구묘와 그 전개」, 『호남고고학보』 16, 호남고고학회.

임영진, 2011, 「영산강유역권 분구묘의 특징과 몇 가지 논쟁점」, 『분구묘의 신지평』, 전북대학교 고고문화인류학과 BK21사업단.

윤효남, 2003, 『전남지방의 3~4세기 분구묘에 대한 연구』, 전북대학교대학원 석사학위논문.

조현종·박중환·최상종, 1996, 「全南의 土壙墓·甕棺墓」, 『全南의 古代墓制』, 木浦大學校博物館.

朴仲煥, 1997, 「全南地域 土壙墓의 性格」, 『湖南考古學報』 6, 湖南考古學會.

韓玉珉, 2000, 『全南地方 土壙墓 硏究』, 全北大學校大學院 碩士學位論文.

韓玉珉, 2001, 「전남지방 토광묘 성격에 대한 고찰」, 『湖南考古學報』 13, 湖南考古學會.

최성락, 2002, 「삼국의 성립과 발전기의 영산강유역」, 『한국상고사학보』 제37호, 한국상고사학회.

최성락, 2007, 「분구묘의 인식에 대한 검토」, 『한국고고학보』 62, 한국고고학회.

최성락, 2009, 「영산강유역 고분연구의 검토 - 고분의 개념, 축조방법, 변천을 중심으로 -」, 『호남고고학보』 33, 호남고고학회.

최완규, 2000, 「호남지역 마한분묘 유형과 전개」, 『호남고고학보』 11, 호남고고학회.

최완규, 2002, 「전북지방의 주구묘」, 『동아시아의 주구묘』, 호남고고학회.

최완규, 2006, 「분구묘 연구의 현황과 과제」, 『제 49회 전국역사학대회 고고학부 발표자료집 - 분구묘·분구식고분의 신자료와 백제』, 한국고고학회.

金永熙, 2004, 『湖南地方 周溝土壙墓의 發展樣相에 대한 考察』, 木浦大學校大學院 碩士學位論文.

김현정, 2008, 「영산강유역 분구묘의 고총화 과정연구」, 『중앙고고연구』 4, 중앙문화재연구원.

것으로 보이며, 매장위치는 지하식보다 지상식 또는 반지하식이 많다[5].

특히, 토광묘(목관고분) 같은 계열은 그 특성상 매장주체부의 흔적을 확인하기가 어렵기 때문에 일반적으로 棺·槨등의 내부구조를 포함하는 넓은 의미로 사용되어 왔다. 그러나 이를 모두 土壙墓로 칭하는 것은 혼란을 초래할 수 있으므로 내부시설에 따라 직장 토광묘[6], 목관 토광묘[7], 목곽 토광묘[8] 등으로 구분할 수 있으며, 순차적으로 변화되는 것으로 인식되고 있다(김기웅, 1984).

여기서는 주구토광묘부터 목관고분을 대상으로 매장주체부에서 출토되는 철기유물을 대상으로 검토하였으며, 넓은 의미로 3세기 후반으로 편년되는 토광묘도 일부 포함하여 살펴보았다. 이렇게 살펴본 이유는 우선 묘제인 토광묘의 형식 분류나 변천을 살펴보기 위한 목적보다는 매장주체부에서 출토되는 유물을 중심으로 살펴보고 있기 때문이다. 또한 출토유물상으로 살펴보면 크게 구분되지 않고 있기 때문이며 좀 더 자세한 언급은 Ⅲ장에서 집중적으로 다루면서 살펴볼 예정이다.

지금까지 木棺古墳(土壙墓)의 매장주체부에서 확인되는 부장품은 크게 토기류, 청동기류, 철기류, 구슬류 등으로 나눌 수 있다. 영산강유역에서 확인되

---

5) 조사 당시에는 목관고분에 대한 인식이 없어서 보고서에는 주구묘, 주구토광묘 내지는 토광묘라 언급된 유적들이 대다수를 차지한다.

6) 땅에 장방형의 토광(묘광)을 파고 그 속에 유해를 직접 안치하는 형태를 말한다.

7) 유해를 목관에 넣어 묘광에 안치한 토광묘로 부장품은 관의 안팎에 넣는 형식이다. 장시간이 흐르면서 관을 형성하였던 나무가 썩어 없어진 상태로 조사되기 때문에 관의 구체적인 형태나 결구 방법을 정확히 알 수는 없다.

8) 장방형의 토광을 파고 판재 등을 사용해서 상자 모양의 목곽을 짜며 내부에는 한 개 또는 두 개의 목관을 안치하기도 한다. 목곽은 유해를 안치하는 목관을 보호하기 위해 외부에 설치한 기능을 가지고 있다. 곽의 크기나 구조, 부장품의 종류와 수량에 따라 피장자의 신분을 반영한다.

는 木棺古墳(土壙墓)에서는 토기와 철기의 공반관계에 더하여 한 분구에 초기 옹관고분과 공존하면서 다량의 구슬류가 부장됨으로써 유물의 공반관계를 보다 다양하게 보여주고 있다. 그러나 다량으로 출토된 구슬류를 제외한 대부분의 유물은 1~3점 정도로 한정되어 출토되고, 특히 철기류에서는 철겸, 철도자 등의 농·공구류(필자분류 생활용구)가 대부분을 차지하고 있다. 무기류는 철촉·철모 등 일부 나타나지만 기원후 3~4세기경에 무기류 등의 부장품이 급증하는 금강이나 낙동강유역과는 현격한 차이점을 나타낸다.

영산강유역을 포함한 호남지역에서는 기원전 1세기에서 기원후 3세기 후반경까지 단독 토광묘나 초기 옹관고분보다도 많은 수가 발견되고 있어 가장 유행했던 묘제로 볼 수 있다. 목관고분은 주구토광묘에서 발전하여 점차 옹관을 대상부나 주구에 추가로 매장하는 형태로 변화한다. 따라서 목관고분의 매장주체는 옹관고분이 성립되기까지 이 지역 在地勢力의 중심묘제로 볼 수 있다.

이처럼 영산강유역에서 확인되는 목관고분의 경우 다른 고분에 비해 축조시기가 비교적 장시간 사용된 걸로 추정된다. 하지만 고분 자체의 세부 속성이나 매장시설에서는 시기적 변화 양상이 뚜렷하게 확인되지 않는다. 따라서 목관고분의 변화 양상을 설명하는데 있어서 주구 및 분구의 형태와 매장방식이 중요한 요소로 작용하기도 한다.

지금까지 영산강유역에서 확인된 목관고분(토광묘)중에서 철기유물이 출토된 유적을 중심으로 검토한 후 유적별로 주구형태, 내부시설, 출토유물 등을 정리하였다<표 1>.

〈표 1〉 영산강유역 철기유물 출토 木棺古墳(土壙墓) 조사 현황표

분류 유적	주구 형태	기 수	내부 시설	매장 위치	출토유물			비고
					토기류	철기류	기타	
함평 순촌	방형 제형 마제형	14	목관 / 토광묘	지하식	호형토기, 파수부토기, 발형토기, 이중구연호	철도자, 철부, 철겸, 철모	구슬	2001 목포대학교박물관
함평 예덕리 만가촌	방형 제형계	9	목관 / 토광묘	지상식 반지하식	이중구연호, 원저호, 발	철도자, 철겸, 철정, 철 모, 환두도, 대도, 괭이	곡옥	2004 전남대학교박물관
함평 중랑	제형	3	목관 / 토광묘	지하식	이중구연호, 단경호, 원저직구소호,	철겸	·	2003 목포대학교박물관
함평 국산	·	2	목관 / 토광묘	지하식	호형토기, 경배, 직구단지,	부형철기, 철겸, 철도자, 이형철기, 철모형철기	·	2001 목포대학교박물관
함평 성남	·	3	토광묘	지하식	호형토기, 경배	철도자	구슬	2001 목포대학교박물관
함평 고양촌	·	1	토광묘	지하식	·	환두대도	·	2005 호남문화재연구원
함평 송산	타원형	3	토광묘	지하식	발형토기, 호형토기	철겸, 철부	·	2007 호남문화재연구원
함평 반암	제형	1	토광묘	지하식	호형토기	철부, 철도자	구슬	2007 호남문화재연구원
무안 인평	방형	2	토광묘	반지하식	이중구연호, 호형토기	철부, 철촉, 철겸, 철착	·	1999 목포대학교박물관
무안 월암리	·	1	토광묘	지상식	·	철겸, 철부, 관정	·	1999 목포대학교박물관
무안 맥포리	·	3	토광묘	지하식	개배, 자라병, 병, 광구호, 유공광구호 등	철촉, 철겸, 철탁, 철모, 철도자 등	구슬	2005 호남문화재연구원
나주 마산리	·	3	적석토광묘	지상식	직립단경호	철도자	·	1976 최몽룡
나주 용호	제형 마제형	7	목관 / 토광묘	지상식	호형토기	철부, 철겸	·	2003 호남문화재연구원
나주 장등	·	3	토광묘	지상식	개배, 이중구연호, 호형토기	철도자, 철겸, 철정 片	·	2007 호남문화재연구원
나주 복암리 3호분	·	1	목관	지상식	평저직구소호	관정 多	2단 토광 판재	2001 국립문화재연구소
화순 용강리	·	4	위석(?) 토광묘	반지하식	원저단경호, 발형토기, 광구호, 양이부호, 심발형토기	철겸	·	1996 임영진 · 서현주
화순 내평리	제형 방형	4	목관 / 토광묘	지상식	이중구연호, 양이부호, 호형토기, 발형토기 등	철모편, 철도자편, 철겸	구슬	2013 동북아지석묘연구소
영암 초분골 1호분 3·7·8호	타원형	3	직장 토광묘	지상식	단경호, 장경호, 양이호	철겸, 철도자	곡옥, 구슬	1986 국립광주박물관
영암 초분골 2호분 1	방대형 (?)	1	직장 토광묘	지상식	장경호, 단경호	철도자, 부형철기	곡옥, 구슬	
영암 신연리 9호분	·	3	목관토광묘 목곽토광묘	지하식	호형토기, 단경호, 장경호	철도자, 철모, 부형철기	구슬	1993 국립광주박물관

분류 유적	주구 형태	기 수	내부 시설	매장 위치	출토유물			비고
					토 기 류	철 기 류	기타	
영암 만수리 1호분	·	1	목관 / 토광묘(?)	반지하식	원저호, 장경호, 양이호	철부, 철촉, 철도자	·	1984 국립광주박물관
영암 만수리 4호분	·	10	토광묘	지하식 지상식	유공광구소호, 완, 단경호, 발, 경배, 사이단경호, 장경호	철검, 철도자, 철겸, 부형철기	구슬	1990 국립광주박물관
담양 태목리 I	·	2	토광묘	지하식	토기편	철부, 철겸, 철도자	구슬	2007 호남문화재연구원
담양 제월리	·	1	위석 토광묘(?)	지하식	평저단경호, 유개합(4)	등자, 재갈, 대도, 금동제이식, 金銅釧環 (2), 銅鏡, 철모 등	구슬 곡옥	1976 최몽룡
장성 야은리	·	1	토광묘	지상식	호형토기	철부, 철겸	·	2008 호남문화재연구원
장흥 상방촌B 방형	방형	12	목관 / 토광묘	지하식	호형토기, 주구토기, 유공광구소호, 완형토기, 경배 등	철겸, 철도자, 철촉, 철제이식(?), 철정, 철부 등	구슬	2006 호남문화재연구원
장흥 신풍II	타원형	21	목관 / 토광묘	지하식	완형토기, 발형토기, 호형토기, 양이부호, 개, 광구호 등	대도, 소도, 철겸, 철부, 철도자	구슬	2006 호남문화재연구원
해남 황산리 분토 I	방형	6	목관 / 토광묘	반지하식	호형토기, 경배 등	절성, 철겸, 철모, 판상철부, 환두소도 등	구슬	2008 전남문화재연구원
해남 황산리 분토 II	·	3	토광묘	반지하식	호형토기, 발형토기 등	철겸, 철검, 철모	·	2009 전남문화재연구원
영 광 수 동		1	토광묘	지상식	경질무문토기호	방제경, 조문경, 철도자	·	2003 조선대학교박물관
원 당	마제형	2	토광묘	지상식	단경호, 파수부잔, 발형토기片	청동장식	구슬	
영광 군동 '라'	방형 제형 마제형	22	목관 / 토광묘	지하식 반지하식	흑도, 이중구연호, 호형토기, 발형토기 등	철겸, 철도자	구슬	2001 목포대학교박물관
고창 만동	제형 ∩형	13	토광묘 / 목곽토광묘	반지하식	단경호, 이중구연호, 광구호, 양이부호 등	환두대도, 철겸, 철겸, 철부, 주조괭이, 철모, 철촉 등	구슬	2004 호남문화재연구원
고창 예지리	방형	4	위석토광묘 주구토광묘	반지하식	호형토기	환두대도, 환두도, 철모, 철겸	·	2002 전주대학교박물관
고창 남산리	ㄱ자형 역ㄱ자형	26	주구묘 / 목곽토광묘	지하식	이중구연호, 단경호, 직구호, 양이부호, 광구호, 장경호, 옹, 발, 완, 파수부토기 등	환두도, 철부, 철겸, 철착, 도자, 철정 등	금박 구슬, 곡옥	2007 전북문화재연구원

2) 甕棺古墳

甕棺墓란 시체를 토제의 甕속에 넣어 매장하는 墓制로서, 우리나라의 옹관
묘는 華北에서 시작된 신석기시대 이래의 옹관이 遼東을 거쳐서 들어온 것으

로 여겨지고 있다(金元龍, 1996). 우리나라에서 조사된 옹관을 살펴보면 주로 대동강, 한강, 금강, 영산강, 낙동강유역 등 대하천 주변이나 해안가에 분포한다. 이렇게 각지에서 발견되는 옹관은 시간적인 간격도 매우 커서 부여 송국리유적처럼 기원전 6~4세기(姜仁求 外, 1979, pp.115~119)에서 영산강유역의 대형 옹관고분처럼 삼국시대에 속하는 기원후 5~6세기 무렵까지 축조되는 경우도 있다. 이처럼 옹관고분은 시간적 선후를 달리하고 또 지역에 따라 구조를 달리하고 있어 다양한 면을 보여준다. 영산강유역에서는 일찍부터 옹관묘제가 수용되었으며, 이러한 전통을 이어받은 대형 옹관고분은 옹관매장 풍습이 변화·발전된 독특한 구조 때문에 다른 묘제에 비해 일찍부터 주목을 받았다. 이 지역에 대한 옹관고분의 조사는 일제강점기에 집중적으로 조사됐으며, 신촌리 9호분을 발굴한 谷井濟一은 葬法과 출토유물 등을 근거로 영산강유역의 옹관고분에 대해 倭人의 것일 가능성을 제시하기도 하였다(朝鮮總督府, 1920, p.663).

영산강유역 옹관고분에 대한 발굴조사는 해방이전 일인학자들에 의해 영산강 지류인 나주 반남고분군이 위치한 삼포강 중·상류에 걸쳐 집중적인 조사가 진행되었으며, 해방이후 우리나라 학자들에 의한 발굴조사는 삼포강하류의 영암 시종고분군을 중심으로 이루어졌다. 이후 한동안 답보상태에 머물다 1960년·1976년에 이르러 국립박물관9)과 경희대학교박물관10)에서 영암 내동리 1호분~7호분을 조사하게 됨으로써 영산강유역 옹관고분에 대한 학계의 시

---

9) 내동리 옹관고분을 발굴한 김원용은 "영산강유역의 옹관묘는 초기철기시대부터 있던 토착 묘제의 전통에 서 있는 것으로 보면서 지방호족들의 무덤으로 마한시대부터 계속되는 지역적 특색을 띤 묘제라 하였다"(金元龍, 1963·1996).

10) 黃龍揮은 이 문화는 삼국문화 이전에서부터 정착·존재하던 金海系文化였지만 삼국문화 유입후에도 하나의 文化孤島로서 계속 존재하였던 문화로 보았다(黃龍揮, 1974).

각이 새로워지고, 지역적으로 독특한 장제적 특징을 가진 토착적인 묘제로 인식되었다. 이처럼 영산강유역의 옹관고분은 다른 지역과 달리 이 지역 집단 在地勢力들의 주묘제로 자리 잡고 高塚古墳으로 발전했다는 의미에서 '甕棺古墳'으로 불리고 있다. 또한 나주 복암리 3호분과 영동리 1호분처럼 시기를 달리하는 다양한 묘제가 하나의 분구 속에 누층적으로 축조되는 多葬의 전통도 이 지역에서만 보이는 고분 축조방식의 특징을 보여준다.

영산강유역의 옹관고분은 일상용기의 형태를 가진 것에서 伸展葬을 할 정도의 전용으로 제작된 U자형 옹관으로 변화·발전한다. 徐聲勳·成洛俊은 이를 바탕으로 모두 7개의 옹관 형식을 분류하여 그 시간적인 흐름을 추적하기도 하였으나 자료의 한계상 직관성이 강한 분류임을 스스로 인정하였다(서성훈·성낙준, 1986, pp.107~110).

李正鎬는 兩氏의 견해에 동의하면서 옹관의 변화, 옹관 매장형태, 분구의 형태 등을 종합하여 최근 연구성과와 발굴된 자료를 토대로 옹관고분 I 期~III期까지 형식분류 하였다[11]. 초기의 전용옹관은 호남 전 지역에서 만들어졌으나

---

11) 영산강유역 甕棺古墳에 대한 대표적인 글로는 다음과 같다.

成洛俊, 1983, 「榮山江流域의 甕棺墓研究」, 『百濟文化』 5, 公州師大 百濟文化研究所.

成洛俊, 1993, 「原三國時代의 墓制」, 『全羅南道誌』 2, 全羅南道編纂委員會.

成洛俊, 1997, 「甕棺古墳의 墳形 - 방대형과 원형분을 중심으로 -」, 『湖南考古學報』 5, 湖南考古學會.

安春培, 1985, 「韓國의 甕棺墓에 관한 研究」, 『釜山女大論文集』 18, 釜山女子大學校.

정계옥, 1985, 「韓國의 甕棺墓」, 『百濟文化』 16, 公州師範大學校 百濟文化研究所.

徐聲勳, 1987, 「榮山江流域 甕棺墓의 一考察」, 『三佛金元龍敎授 停年退任紀念論叢』, 一支社.

李正鎬, 1996, 「榮山江流域 甕棺古墳의 分類와 變遷過程」, 『韓國上古史學報』 第22號, 韓國上古史學會.

李正鎬, 1997, 「全南地域의 甕棺墓 - 大形甕棺古墳 變遷과 그 意味에 대한 試論 -」, 『湖南考古學報』 6, 湖南考古學會.

옹관고분의 발생은 영산강유역에서 이루어진 것으로 보고 있다. 초기에는 옹관고분의 발생지역을 영암 시종지역으로 비정하기도 하였으나 동일시기의 고분이 나주·함평지역에서도 나타나고 있어 영산강 중류지역까지 확대할 수 있다.

지금까지 영산강유역에서 확인된 옹관고분 중에서 철기유물이 출토된 유적을 중심으로 검토한 후 유적별로 분구형태, 매장위치, 출토유물 등을 정리하였다<표 2>.

吳東墠, 2008, 『湖南地域 甕棺墓의 變遷』, 全南大學校大學院 碩士學位論文.
吳東墠, 2008, 「湖南地域 甕棺墓의 變遷」, 『湖南考古學報』 30, 湖南考古學會.
한옥민, 2010, 「분구축조에 동원된 노동력의 산출과 그 의미 - 영산강유역권 옹관고분을 중심으로」, 『湖南考古學報』 34, 湖南考古學會.

유적 \ 분류		분구형태	매장위치	출토유물		기타	비고
				토 기 류	철 기 류		
나주 대안리 1호 옹관		원형	지상식	호형토기	철검, 철도자, 철부	·	2005 동신대학교문화박물관
나주 대안리 4호분 甲棺		원형	지상식	장경병, 심발형토기	은장장식식도자, 관고리, 관정 등	·	1988 국립광주박물관
나주 대안리 9호분	甲棺	방대형	지상식	배	철도자	구슬	1988 국립광주박물관
	乙棺			·	금제이식, 은제화형금구, 대도, 초구금구	관옥,구슬	
	丙棺			병, 단경호	철촉	구슬	
	戊棺			단경호, 잔발형, 개	철부, 철촉, 대도	·	
	己棺			단경호, 고배	금동판금구, 소환두대도, 대도, 철촉多	곡옥, 구슬	
	庚棺			유개호, 단경호, 장경호, 대부유공광구소호, 변, 유개호	대도, 철촉多, 直弧文鹿角製刀子柄	곡옥, 관옥, 구슬	
나주 덕산리 3호분 丙棺		원형	지상식		은제방울, 관정, 耳飾垂下(?), 꺾쇠, 철촉	구슬, 목관 (?)	
나주 덕산리 4호분	甲棺	원형	지상식	단경호, 광구호, 개배	대도, 관정, 꺾쇠, 철부, 철도자, 철촉多	구슬	
	乙棺			·	철도자, 관정, 銅釧	구슬	
나주 신촌리 6호분	乙棺	제형	지상식	원저호, 원저소호	대도, 철도자		
	戊棺			원저호, 개	청동이식, 철촉 등	구슬	
나주 신촌리 9호분	甲棺	방대형	지상식	단경호	금제이식, 철도자, 철촉	구슬	1988 국립광주박물관 2001 국립문화재연구소
	乙棺			유개호, 단경호, 원저호, 평저광구호, 양이부호 등	은장도자, 철부, 鐵鋸, 철촉, 은장원두도자, 용봉문환두대도, 은장삼엽환두대도, 은장삼엽문환두도자, 대도, 철촉, 철준, 삼지창, 금동관, 금동식리, 금환, 금제수하이식, 金鈴, 銀鈴, 銅釧, 은판, 동제원두찌르게	곡옥, 관옥, 金·銀箔 구슬, 大弓	
	丙棺			단경호, 개배	대도, 철촉, 꺾쇠, 금제이식, 금동제반구형식금구	구슬	
	丁棺			원저호, 단경호, 개배	철촉, 금제이식	구슬	
	庚棺			단경호, 소호, 장경호, 기대편, 원통형토기	철촉, 대도, 금제이식	곡옥, 銀製空玉, 관옥, 구슬	
	癸棺			단경호, 소호	금제이식, 철촉	판자, 齒, 貝殼, 구슬	

유적	분류	분구형태	매장위치	출토유물 토기류	출토유물 철기류	출토유물 기타	비고
나주 대안리 방두고분	2호	방형계 (?)	지상식	장경호, 완, 외반구연호	철도자, 철부, 철겸	곡옥	2009 국립나주문화재연구소
	3호			완편, 동체편	철도자	관옥, 구슬	
나주 복암리 2-7호		유실	지상식	이중구연호	철촉, 철겸, 철도자	·	1999 전남대학교박물관
나주 복암리 3호분	1호 옹관	방대형	지상식	개배	철도자	·	2001 국립문화재연구소
	2호 옹관			·	철도자	·	
	3호 옹관			원저단경호	철도자, 철부, 철겸	관옥, 구슬	
	4호 옹관			원저단경호, 개배, 병	금동이식	관옥, 구슬	
	6호 옹관			완, 평저직구소호	철도자	·	
	7호 옹관			평저직구소호, 병	철도자	구슬	
	8호 옹관			·	철도자	·	
	10호 옹관			단경호, 직구호, 완	철촉	관옥, 구슬	
	11호 옹관			평저직구소호	철도자	구슬	
	12호 옹관			원저단경호	철도자	구슬	
	17호 옹관			개배, 평저직구소호	철도자, 철부	·	
	18호 옹관			유공광구소호	철도자	·	
나주 화정리 마산 고분군	4-1호	원형계	지상식	·	철검, 철겸	·	2009 국립나주문화재연구소
	4-2호			·	철겸	관옥	
	5-1호			발	대도, 철모, 철착, 철부, 철촉, 금동이식 등	·	
나주 영동리 고분군	4-11호	제형	지상식	토기	철겸	·	2009 동신대학교문화박물관 (보고서 미간)
	6-1호	·		·	철겸	단옹식	
나주 장동리고분		원형	지상식		철검, 철부	인골	2008 동신대학교문화박물관 (보고서 미간)
무안 사창리 옹관고분		유실	지상식	양이호, 유공광구소호, 단경호, 유개양이호, 원저호	철부, 철착, 철촉, 집게,망치, 대도片	관옥, 곡옥, 구슬	1984 국립광주박물관
무안 구산리 3호관		유실	지상식	장경호, 단경호, 직구호, 발형토기	대도, 철모, 철도자	·	1999 목포대학교박물관
무안 덕암 고분군	1-1호 옹관	원형	지상식	컵형토기	꺽쇠, 철도자片	관옥, 구슬	2012 대한문화재연구원
	1-2호 옹관			대호, 완, 평저호	철겸, 철도자片	·	
	1-3호 옹관			대호, 평저호, 유공광구소호	철겸, 철준	·	
	2-1호 옹관	방대형		개, 호, 대호, 유공광구소호	철겸, 철도자	·	

유적 / 분류		분구 형태	매장 위치	출토유물			비고
				토 기 류	철 기 류	기 타	
영암 옥야리 신산		·	지상식	이중구연호, 직구호	환두대도片, 철부, 겸형철기, 부형철기	·	1986 국립광주박물관
영암 만수리 2호분		원형	지상식	원저호, 유개양이호, 고배, 병형소호, 유공광구횡병, 원저호, 평저호, 유공광구소호 등	철도자	구슬, 관옥	1984 국립광주박물관
영암 만수리 4호분		타원형	지상식	유공광구소호, 단경호, 장경호, 잔발형	철도자	·	1990 국립광주박물관
영암 초분골 1호분	1–1호	타원형	지상식	양이부호	철도자	곡옥	1986 국립광주박물관
	1–5호			호형토기, 단경호	철도자, 겸형철기, 부형철기	·	
영암 월송리 송산		원형	지상식	이중구연호, 완, 광구호, 직구호	대도편, 철제이기	·	1986 국립광주박물관
영암 옥야리 14호분		원형	지상식	호형토기편	철도자	관옥, 구슬	1991 목포대학교박물관
영암 신연리 9호분		장방형	지상식	직구호, 장경호, 단경호	철도자	곡옥, 관옥, 구슬	1993 국립광주박물관
영암 와우리	가호	원형	지상식	광구호, 평저직구호, 원저직구호	철도자, 板狀鐵斧	관옥, 구슬	1989 국립광주박물관
	가6호			광구호, 원저호	철정, 철도자		
	나1호			직구호, 원저호	철도자, 철겸, 부형철기, 철도자片(?)		
영광 화평리 하화고분	A호	·	반지하식	이중구연호, 잔발	철겸	·	
	B호			파수부발, 이중구연호편	소형철정	구슬	
영광 새터고분군 B호		·	·	잔발	철도자편	단옹	
해남 원진리 신금		·	지상식	단경호	철정	·	
해남 원진리 농암고분	1호	·	지상식	컵형토기, 소호, 원저호	철정, 철부, 환두대도片	·	
	2호			호片	철부		
해남 부길리 옹관묘		·	지상식	직구호, 단경호	철정, 철도자, 철부, 철모, 철겸	·	1994 성낙준
함평 고양촌 1호		·	지상식	광구소호	철정片	단옹	2005 호남문화재연구원
함평 성남 1호		·	지상식	광구호, 토기저부편	철부	구슬	2001 목포대학교박물관
함평 중랑 1호		·	지상식	·	철도자	구슬	2003 목포대학교박물관
함평 만가촌 3–2호		장제형	지상식	평저직구호, 평저외반호, 평저직구소호	철정	구슬	2004 전남대학교박물관
함평 순촌 A–32호		제형	지상식	이중구연호	철부, 철모	·	2001 목포대학교박물관

3) 石槨墳

영산강유역에서 확인되는 石槨墳은 최근 활발한 발굴조사와 연구 성과에 따라 5세기 전·중반 경에 새롭게 출현하며 횡혈식 석실분보다 이른 시기에 나타나는 묘제이다. 석곽분이 가장 먼저 축조되는 지역은 주로 해안가에 위치한 해남반도와 신안을 중심으로 하는 도서지역에서 영산강 내륙보다 활발하게 축조되었다.

영산강유역에서 확인되는 수혈식 석곽분의 경우 호남지방에서는 전북의 진안, 장수 등과 전남의 순천 등 주로 동부지역에서 확인되는 묘제로 기원후 4세기 말엽에 출현하는 것으로 보고 있다. 처음 출현기에는 재지계 토기가 주를 이루며 기종에서 단순함을 보이다, 점차 기종이 다양화되면서 가야토기의 출현 등으로 6세기 중엽까지 축조되는 것으로 파악되고 있다(郭長根, 1999).

지금까지 영산강유역에서 조사된 석곽분 중에서 축조연대가 가장 빠른 시기로 확인된 대표적인 유적은 신안 배널리 3호분과 남해안에 위치하는 고흥 야막고분 등이 있다. 석곽분의 경우 그동안 조사 예도 극히 드물었고 대부분 옹관고분이나 석실분을 조사하는 과정에서 우연히 조사되거나 단독이나 대규모로 조사되는 예도 없어 크게 주목받지 못하였던 묘제였다. 하지만, 최근 신안 안좌도 배널리고분군, 무안 신기고분, 해남 만의총 1호분, 외도고분, 신월리고분 등과 같이 신안과 해남반도를 중심으로 석관형 석실로 불리는 유형의 석곽분이 다수 조사되었으며 내륙에서도 영암 내동리 방대형고분, 담양 서옥고분군 등이, 남해안에서는 고흥 길두리 안동고분, 야막고분 등이 다수 확인되었다. 특히 신안과 해남반도를 중심으로 축조된 석곽분 중 대표적인 신안 배널리 3호분의 경우 판석으로만 축조한 형태로 5세기대 영산강유역에 조성된 판석계의 석곽분을 대표하고 있다. 그러나 동일시기로 편년할 수 있는 남해안지역의 고흥 야막고분은 당시 일본 北九州에서 유행했던 石棺系 竪穴式石室과 구조적으로 비슷하다(권택장, 2014). 이처럼 동일한 석곽분이면서도 공간·지리적으로 달리하면서 축조방식에서 차이가 있음을 확인할 수 있다. 즉, 영산강유역에서는 주로 판석형계가 남해안에서는 주로 할석을 사용하는 축조방식이 유행한 걸로 추정 할 수 있다. 다만, 축조된 석곽의 경우 두 양식 모두 다 석실 내부는 공통적으로 소형에 세장형으로 동일하게 나타나고 있다. 그러나 5세기 말 또는 6세기 대에 축조되는 석곽분의 경우 지역에 상관없이 대다수가 할석과 판석을 혼용하여 축조되고 있다.

출토유물의 부장비율은 토기류보다는 철모, 갑주, 동경 등 다량의 위세품과 무구류가 부장되고 있어 기존 묘제와는 다른 성격을 나타내고 있다. 이러한 유물의 부장양상은 철기유물의 경우, 실생활 용구보다 다량의 무기류나 甲冑 등이 집중적으로 부장되고 있으며, 이 지역에서는 출토 예가 극히 드문 유물들이다. 특히 신안 배널리 3호분에서 출토된 철기유물의 경우 토기류는 부장되지 않고 철기유물만 부장되었다. 부장된 철기유물 중에 갑주와 동경의 경우 왜계 유물로 확인되었으며, 동일 시기의 고흥 야막고분에서도 다량의 왜계 유물이 출토되었다[12]. 따라서 다량의 위세품 등이 부장된 석곽분의 경우 공간 · 지리적 구성으로 살펴볼 때 해상과의 교류에 용이한 지점에 위치하고 있어 당시에 해상을 중심으로 지역별로 독자적인 세력권을 형성하였던 재지계 해상 세력집단으로 추정할 수 있다.

현재까지 5세기 대에 조사된 석곽분 중에서 서 · 남해안을 중심으로 출토된 양상을 살펴보면 다량의 무구류, 특히 이 지역에서는 출토 예가 희소한 갑주가 다량으로 출토된다. 따라서 5세기 대에 조성된 석곽분의 경우 대체적으로 단독분 형태로 분포하며 목관고분을 대체하여 발전된 걸로 필자는 파악하고 있다. 이렇게 판단한 이유는 3세기 대에 주구토광묘를 대신하여 고분으로서의

---

12) 신안 배널리 3호분의 경우 갑주(삼각판정결 충각부주, 삼각판혁철판갑)와 철경 등이 고흥 야막고분의 경우 갑주(삼각판혁철 충각부주, 삼각판혁철판갑), 동경, 철촉 등이다.

위상을 확립하면서 발전하는 목관고분을 대체하면서 발전하는 석곽분의 집단들은 오히려 옹관고분보다 유물이나 분구의 축조로 볼 때 상층의 집단들이 채택된 묘제로 판단된다. 하지만 이러한 석곽분의 조영집단들은 5세기 후엽부터 쇠퇴하여 6세기 대가 되면 재지세력의 수장층에 해당되는 묘제로 횡혈식 석실분이나 전방후원형고분 등이 중심묘제로 채택됨에 따라 석곽분은 그 하위계층의 묘제로 조성된다(최성락, 2013). 그러나, 5세기 중반대로 편년되는 해남 만의총 1호분의 경우처럼 세장형태의 석곽분이나 출토유물을 살펴보면 서수형토기, 유개대부완, 철검, 동경, 貝釧 등 신라, 가야, 일본 등과 관련된 다량의 위세품이 출토되는 경우도 있다(동신대학교문화박물관, 2014).

석곽분의 종류는 수혈식과 횡구식이 모두 다 확인되고 있으나, 대체적으로 수혈식 석곽분이 대다수를 차지한다. 특히 5세기 대를 전후하여 축조되는 석곽분의 경우 서남해안과 해남반도에 활발하게 조성된 배경은 당시의 사회적인 변화상을 들 수 있다. 이 시기는 토착묘제인 고총 옹관고분의 전성기로 반남·복암리고분과 같이 중심세력이 주변부까지 일정한 범위를 형성하며 영향력을 형성하였다. 이러한 영향으로 묘제도 옹관고분 위주로 발달했으나 신안과 해남반도는 바다와 인접한 지역으로 출토유물에서 확인되듯이 일찍부터 해상교역을 기반으로 했던 중소집단의 무장세력과 관련된 집단들이다. 따라서 비교적 옹관고분사회의 제도권과 자유롭기 때문에 옹관과는 다른 묘제 방식의 선택이 가능했을 것으로 추정된다.

지금까지 영산강유역에서 확인된 석곽분 중에서 철기유물이 출토된 고분을 중심으로 검토한 후 유적별로 분구 및 내부형식, 매장위치, 출토유물 등을 정리하였다<표 3>.

<표 3> 영산강유역 철기유물 출토 石槨墳 조사 현황표

유적 \ 분류		분구 형태	내부 형식	매장 위치	출토유물			비 고
					토 기 류	철 기 류	기 타	
영암 태간리 자라봉 고분		전방 후원형	맞조임식 (?)	지상식	개배, 단경호, 단경소호, 원통형토기 등	철모, 대도, 철촉, 철겸 등	구슬, 獸骨, 목제식륜 多	1992, 한국정신문화연구원 / 2011 대한문화유산연구센터
나주 복암리 3호분	3호	방대형	맞조임식	지상식	직구단경소호, 개배, 배, 호형토기 편	청동제이식	·	2001 국립문화재연구소
	4호		양벽조임		평저직구소호	소도, 철자귀, 철도자, 철겸	·	
	11호		양벽조임		개배, 무개식고배, 발형토기, 단경호, 배	대도, 철촉, 철부	·	
나주 영동리 1호분	3호	방형계	사벽수직	지상식	·	용도미상 청동제품, 철촉	·	2009 동신대학교문화박물관 (보고서 미간)
	4호		맞조임식		개, 병형토기, 소호	청동이식	인골	
나주 오량동 요지 I 8호		·	상부유실	지하식	평저호	금동제세환이식	옹관편 묘실축조	2011 국립나주문화재연구소
나주 장동리고분		원형	·	지상식	·	U字形鐵鋪, 鐵鋪, 철부, 철겸 등	·	2008 동신대학교문화박물관 (보고서 미간)
광주 송암동 원산리 석곽분		·	맞조임식	지하식	·	청동제관장식, 철(?), 관정	·	1979 전남대학교박물관
해남 신월리고분		방대형	사벽수직	반지하식	대호, 단경호, 장경소호, 발형토기 등	환두대도, 대도, 철모, 철정, 철부, 철준 등	즙석분 석실내 朱漆	2010 목포대학교박물관
해남 만의총 1호분		원형	사벽수직	지상식	호형토기, 고배, 개배, 소형호, 장경호, 서수형토기, 유개대부발, 병형토기 등	동경, 銅釧, 貝釧, 철도자, 철촉, 대검, 금장식 청동곡옥, 금제장식 등	곡옥, 관옥, 구슬 多 등	2014 동신대학교문화박물관
해남 외도 1호분		원형	사벽수직	지상식	·	三角形革綴板甲片, 철촉, 철부, 철모편, 대도편, 철도자편	·	2001 국립광주박물관
담양 서옥 고분군	2-1호	원형	맞조임식	반지하식	호형토기, 개배 등	철도자, 철촉, 부형철기 등	옥류	2007 호남문화재연구원
	2-2호				호형토기, 고배, 개배 등	대도, 철도자, 철촉, 부형철기, 철겸 등	·	
	3호		·		호형토기, 고배 등	철부, 철겸, 철추 등	·	
무안 인평 고분군	1호	원형	맞조임식	반지하식	호형토기, 병, 고배, 개배	철도자, 철준(?), 청동제세환이식	호석	1999 목포대학교박물관
	2호	·	맞조임식	반지하식	병, 완형토기	철도자, 관정	·	
	6호	·	·	반지하식	호형토기	철착, 철모, 철겸, 철촉	·	
	8호	·	·	반지하식	호형토기, 발형토기, 개배	철겸, 철도자편	·	
신안 안좌도 배널리 3호분		원형	사벽수직	지하식	·	철검, 대도, 철도자, 철부, 철모, 삼각판정결충각부주, 삼각판혁철판갑, 철촉, 철제집게등	구슬 多	2015 동신대학교문화박물관

4) 石室墳

영산강유역에서 조사된 석실분은 크게 두 가지로 구분할 수 있다. 전자는 대형 옹관고분 집단들이 점차 횡혈식 석실분으로 대체되는 시점에 축조된 석실분은 기존 옹관고분의 전통이 강하게 남은 전기(영산강식) 석실분과 후자는 백제의 직접지배에 들어서는 시기에 축조된 전형적인 백제계(사비식) 석실분으로 구분된다.

먼저 분포상의 특징을 살펴보면, 백제고지에 축조된 고분의 입지는 대체로 산지에 입지하는 특성이 있으며, 구릉의 사면이나 혹은 정상부에 자리하고 있다. 그러나 영산강유역에 축조된 초기 석실분의 입지는 강이나 하천을 끼고 있는 저평한 구릉이나 평야지대라는 두 가지 입지 환경에서 모두 확인된다. 이것은 이전 단계의 목관고분(토광묘)이나 옹관고분의 입지가 구릉성산지, 혹은 평야지대가 많은 것에서 영향을 받아 초기 단계에서도 옹관고분의 입지 전통이 계승되고 있다. 다만 초기 석실분에서도 최근 조사된 나주 정촌고분같은 경우나 백제계로 분류하는 영광 학정리 대천고분군, 장성 영천리, 고창 죽림리 고분의 경우 구릉이나 산록에 입지하는 차이를 보여준다(金洛中, 2009, p.163). 그렇지만, 일반적으로 후기 석실분의 축조는 산지에 축조되는 경향을 나타내고 있어 백제지역의 입지와 동일하게 나타나고 있다. 이러한 입지의 차이는 매장주체부의 위치도 다르게 나타나는 경향이 관찰되는데, 초기 석실분은 옹관고분처럼 지상식의 매장주체부가 주류를 이루고 후기로 편년되는 석실분은 백제고분의 영향을 받아 지하식과 반지하식이 주류를 이룬다.

고분의 분포도 지형에 따라 확인되는데, 구릉에 입지한 초기 석실분 같은 경우 대부분 단독으로 존재하고, 산록에 입지한 후기 석실분 계통은 군집된 특징을 보여준다. 墳丘는 옹관고분같은 다양한 형태보다는 비교적 정형화된

양상을 보여준다. 즉, 圓形墳이 가장 많고, 長方形系는 소수에 불과하며 특수한 예로 영산강유역의 지류에 독립적으로 분포하는 前方後圓形古墳으로 구분할 수 있다.

분구의 규모는 지름이 약 30m 내외에 달하는 대형분과 10m 내외의 소형분으로 구분되며, 일반적으로 대형은 구릉에 소형은 산사면부에 입지하는 현상이 있다. 다만, 나주 정촌고분같은 경우 분구규모는 대형분에 속하지만 입지는 산사면부에 입지하기도 한다[13]. 영산강유역 분구는 우선 공주 · 부여지방에서 확인되는 석실분과는 차이점이 발견되는데, 우선 이 지역에서 확인되는 분구는 비교적 뚜렷한 분구가 형성되었지만 공주 · 부여지방에서 확인되는 석실분은 대부분 분구가 유실되거나 흔적이 보이지 않는 경우가 많다.

묘제의 장축방향을 살펴보면 일반적으로 선사시대는 동 – 서 방향이 주류를 이루고, 역사시대는 中國 漢墓制의 영향을 받아 남 – 북 방향의 북침으로 바뀌는 경향(김원룡, 1974)이 보이지만 지역에 따라 다른 양상을 보이고 있다. 이것은 고분군의 입지가 양지 바른 남향의 사면에 위치하고 묘실의 입구를 경사면의 하단에 배치하여 남 – 북의 장축을 지니게 된 것으로 보인다(曺根佑, 1996, p.129). 영산강유역에서 확인되는 석실분들도 남 – 북 장축으로 고정되는 경향이 보이고 있다. 그러나 동 – 서 장축 방향도 많이 나타나고 있는데, 이러한 현상은 이전 시기의 묘제인 옹관고분의 영향을 받은 것으로 생각된다.

석실의 평면 형태는 모두 장방형계이며, 출입시설은 앞벽 중간이나 약간 오

---

13) 나주 정촌고분 파장자의 경우 초기 석실에 대형분이지만 입지가 산사면부에 축조된 이유는 평지에 입지하는 복암리 고분의 영향으로 추정된다. 따라서 정촌고분의 피장자는 복암리고분 피장자보다 하위단계로 추정되기 때문에 동일선상에 축조되지 못하고 근처 산사면부를 선택한 것으로 추정된다.

른쪽에 치우친 지점에 위치한다. 석실의 천장형태는 현실의 규모나 평면형태, 벽의 구축 석재와 단면형태, 천장석의 크기와 수 등의 속성이 유기적으로 관련되어 결정된다고 할 수 있다(吉井秀夫, 1992). 그러나 영산강유역에서 확인되는 석실내 현실 천장부는 현재까지 穹窿式의 송제리고분을 제외하면 모두 벽과 천장석의 경계가 분명한 대부분 맞조임식, 평사천정, 평천장에 해당하는 것들이 많다.

영산강유역에서 확인되는 초기 석실분의 부장유물은 매장주체부가 바뀌면서 이전 단계에서는 부장되지 않던 마구류 같은 철기유물과 고배, 삼족기 등의 백제적 요소가 가미된 유물들이 출현한다. 그러나 고분의 주체가 옹관고분에서 석실분으로 바뀌었어도 옹관고분에서 출토되던 유물들은 석실분에서도 지속적으로 출토되고 있다. 다만, 후기 석실분이 본격적으로 축조되면서 옹관고분의 영향이 어느 정도 배제된 백제계 유물들이 출토되기 시작한다.

이 시기에는 현재까지 영산강유역에서만 확인된 독특한 외형의 분구를 가진 前方後圓形古墳[14]이 축조되기 시작한다. 광주 월계동에서 확인된 2기의 고분을 제외하면 모두 1기씩 독립적으로 분포하는 것도 하나의 특징이다. 석실분의 입지현황을 살펴보면 대부분 해안이나 강변에 가까운 평야나 평야

---

14) 前方後圓形古墳에 대한 대표적인 글로는 다음과 같다.

박순발 외, 2000, 『韓國의 前方後圓墳』, 충남대학교 출판부.

박영훈, 2009, 「전방후원형고분의 등장배경과 소멸」, 『호남고고학보』 32, 호남고고학회.

신대곤, 2001, 「영산강유역의 전방후원분」, 『科技考古研究』 7, 아주대학교박물관.

이정호, 1996, 「전방후원형고분의 연구사 검토」, 『호남고고학보』 4, 호남고고학회.

최성락, 1999, 「전방후원형고분의 연구현황과 과제」, 『박물관연보』 8, 목포대학교박물관.

최성락, 2004, 「전방후원형고분의 성격에 대한 재고」, 『한국상고사학보』 제44호, 한국상고사학회.

田中俊明, 2000, 「영산강유역 前方後圓形古墳의 성격」, 『영산강유역 고대사회의 새로운 조명』, 역사문화학회·목포대학교박물관.

를 끼고 있는 낮은 구릉에 분포하고 있다. 낮은 구릉의 능선에 입지하는 경우도 정상보다 완만하게 경사진 부분에 축조되며, 이러한 입지는 옹관고분 축조와 일정부분 일치하는 경향을 보이고 있으며 백제 석실분과는 다르다(金洛中, 2009).

영산강유역에서 확인되는 석실분들은 넓은 의미로 공통점을 가지고 있지만 세부적인 면에서는 오히려 토착적 요소의 영향을 많이 받은 것으로 생각된다. 즉, 영산강유역 석실분들의 기본적인 구조는 백제지역의 영향을 받아 축조된 것으로 생각되며, 초기 석실분들은 옹관고분의 특성을 계속해서 계승하고 있다. 다만, 후기로 접어들면서 토착적 요소의 영향이 배제된 전형적인 백제계 석실분(사비식)이 등장한다.

6세기 중엽 이후 영산강유역 재지세력들은 銀製冠飾이 출토되는 시기부터 백제의 관등체계에 포함되면서 이 지역의 독자적인 지역정치체 집단들이 소멸되고 명실상부한 백제의 영역으로 완전히 편입된다고 볼 수 있다. 이후 이 시기에 축조되는 석실도 백제의 중앙 통제를 받으면서 소형화, 정형화되나 현지의 재지세력들은 지역색이 있는 석실의 조영과 圭頭大刀 등의 특정 물품을 통한 왜와의 교섭 주도권 확보 등을 통해 여전히 재지에서는 힘을 소유하고 있었던 것으로 추정된다(金洛中, 2009).

영산강유역에서 확인된 석실분은 대부분 파괴되었거나 내부가 도굴되어 정확한 유물의 출토양상을 파악하기 힘들다. 하지만 나주 복암리 3호분과 영동리 1호분처럼 거대 분구에 옹관, 석실, 석곽, 목관 등 다양한 유구가 발굴조사되어 빈약한 영산강유역의 고분문화를 이해하는데 귀중한 자료를 제공하였다[15]. 지금까지

---

15) 영산강유역 石室墳에 대한 대표적인 글로는 다음과 같다.
  金洛中, 2008, 「영산강유역 초기횡혈식석실의 등장과 의미」, 『湖南考古學報』 29, 湖南

영산강유역에서 확인된 석실분 중에서 철기유물이 출토된 유적을 중심으로 검토한 후 유적별로 분구 및 내부형식, 매장위치, 출토유물 등을 정리하였다<표 4>.

<표 4> 영산강유역 철기유물 출토 石室墳 조사 현황표

분류 / 유적	분구 형태	내부 형식	매장 위치	출토유물			비 고
				토 기 류	철 기 류	기 타	
나주 대안리 4호분	원형	사벽수직	지하식	병, 발형토기	銀粧刀柄, 金絲, 관고리, 관정	인골 片	1988 국립광주박물관
나주 흥덕리 고분	원형	사벽수직	지하식	병	銀製冠飾, 관정, 관고리	쌍실	
나주 횡산고분	방형계	파괴	반지상식	·	철도자	관옥	2009 국립나주 문화재연구소
나주 가흥리 신흥고분	전방 후원형 (?)	목곽(?)	반지상식	유공광구소호, 장경호, 조형토기 등	살포, 대도, 철모, 꺾쇠	구슬	2014 이영철

考古學會.

金洛中, 2009, 『榮山江流域 古墳 硏究』, 서울大學校大學院 文學博士學位論文.

金洛中, 2013, 「5~6세기 남해안 지역의 왜계고분의 특성과 의미」, 『호남고고학보』 45, 호남고고학회.

李正鎬, 2001, 『榮山江流域にににおける 百濟古墳の 研究』, 九州大學校大學院 博士學位論文.

林永珍, 1994, 「全南地域 石室墳의 受容背景과 變遷」, 『先史와 古代』 6, 韓國古代學會.

林永珍, 1996, 「全南의 石室墳」, 『全南의 古代墓制』, 木浦大學校博物館.

林永珍, 1997, 「全南地域 石室封土墳의 百濟系統論 再考」, 『湖南考古學報』 6, 湖南考古學會.

林永珍, 2000, 「榮山江流域 石室封土墳의 性格」, 『영산강유역 고대사회의 새로운 조명』 3, 전라남도.

曺根佑, 1994, 『全南地方의 石室墳 研究』, 嶺南大學校大學院 碩士學位論文.

曺根佑, 1996, 「全南地方의 石室墳 研究」, 『韓國上古史學報』 第21號, 韓國上古史學會.

曺美順, 2001, 『榮山江流域 橫穴式石室墳의 變遷 研究』, 木浦大學校大學院 碩士學位論文.

崔榮柱, 2011, 『三國·古墳時代たおける 韓日交流의 考古學的研究 - 橫穴式石室을 中心に -』, 立命館大學校大學院 博士學位論文.

崔榮柱, 2014, 「百濟 橫穴式石室의 埋葬方式과 位階關係」, 『韓國上古史學報』 第84號, 韓國上古史學會.

유적	분류	분구형태	내부형식	매장위치	출토유물 토기류	출토유물 철기류	출토유물 기타	비고
나주 복암리 3호분	96석실	방대형	맞조임식	지상식	개배, 고배, 유공광구소호, 광구장경호, 단경호, 평저직구소호 등	금은장삼엽환두도, 철모, 철준, 금동식리, 철촉, 재갈, 행엽, 운주, 壺鐙, 집게 등	인골 漆器 片 甕棺 4기	2001 국립문화재 연구소
	5호석실		양벽조임	·	·	은제과대교구, 규두대도, 은제관식, 금동이식, 철심관모 등	구슬 인골	
	6호석실		양벽조임		완, 개, 직구소호	과판, 철제관모테 片, 금제이식, 도자금구	금박구슬 石枕, 인골	
	7호석실		사벽수직		병, 적갈색연질옹 片	철제관모테, 금판관모 장식, 금동제이식, 금은 장귀면문삼환두대도, 청동제 과대교구, 圭頭大刀, 금은장철도 자, 관정 등	石枕	
	9호석실		양벽조임		·	철도자	구슬, 인골	
	10호석실		양벽조임		개배, 소호 片, 직구호 片	관정	인골 곡옥, 구슬	
	12호석실		양벽조임		·	금제이식	石枕, 인골	
	13호석실		사벽수직		·	철도자, 관정, 관고리	인골	
	14호석실		사벽수직		·	盛矢具片, 철도자片, 금 제도자금구	인골	
	16호석실		사벽수직		·	철도자, 銀製冠飾	麻布, 인골	
나주 영동리 고분군 1호분	1호	방형계	·	반지상식	장군병, 배부병, 고배, 개배 등	대도, 철촉, 관정 등	·	2009 동신대학교 문화박물관 (보고서 미간)
	4-1호		사벽수직	반지상식	개배	청동대금구, 철제관모테	쌍실, 인골	
	4-2호			반지상식	개배편	철도자편		
나주 영동리 고분군 3호분		원형	파괴	반지상식	신라계개배, 삼족토기, 유공광구소호, 단지 등	관정	·	
영암 옥야리 방대형고분		방대형	사벽수직	지상식	원통형토기, 고배, 유공광구소호, 장경호 등	판갑편, 철부, 철도자	구슬	2012 국립나주 문화재연구소
장성 영천리 고분		원형	맞조임식	지상식	개배, 有鈕蓋, 기대 片, 각종토기 片	금제이식	구슬	1990 전남대학교박물관
장성 학성리 고분군	A-6호	원형(?)	사벽수직	반지하식	병, 유개직구단경호, 평저호, 방추차	청동대금구(과판, 교구, 식금구), 관정	·	1995 전남대학교박물관
	A-8호		사벽수직	반지하식	·	철도자, 관정	·	
장성 만무리고분		원형(?)	·	반지하식 (?)	대부유공광구소호, 고배, 배, 삼족토기 片	삼환령, 찰착, 대도, 횡장판정결판갑편	·	2004 국립광주박물관
광주 명화동 고분		전방후원형	맞조임식	반지하식	유뉴개, 개배, 원통형토기, 기대 片, 각종토기 片	금동이식, 箭筒裝飾, 盛矢具, 철촉, 각종교구 등	·	1996 국립광주박물관
광주 쌍암동 고분		원형	맞조임식	반지하식	유공광구소호, 개배, 기대, 고배 등	銅鏡, 등자, 札甲, 대도 등	석실내 朱漆	1994 전남대학교박물관

유적	분류	분구형태	내부형식	매장위치	출토유물 토기류	출토유물 철기류	출토유물 기타	비고
광주 월계동	1호분	전방후원형	밑조임식	빈지하식	원통형토기, 나팔형토기, 유공광구소호 등	금동이식, 관고리, 관정, 과대, 철촉 등	구슬, 笠形·石見型木製品	1994 · 2003 전남대학교박물관
	2호분				원통형토기편 등	금장금구철도자편	구슬	
광주 운림동 1호분		원형(?)	맞조임식	반지하식	경질토기 片	관정	·	1988 향토문화개발협의회
광주 각화동	1호분	·	맞조임식	지상식	경질토기 片	관정, 철촉	구슬	1988 향토문화개발협의회
	2호분	원형	맞조임식	반지하식	개편, 토기저부편	관정, 철촉	·	2011 호남문화재연구원
담양 성월리 월전고분		전방후원형	맞조임식	지상식	개배, 고배, 기대, 유공광구소호, 장경호, 병형토기, 심족토기 등	금동 · 금제이식, 철촉, 札甲, 철겸, 철부, 금구편, 관정 등	관옥 금박구슬 구슬 多 즙석	2015 (재)영해문화유산연구원
함평 예덕리 신덕	1호분	전방후원형	맞조임식	지상식	개배, 고배, 장경호, 호형토기 등	등자, 재갈, 운주, 대도, 철모, 철준, 철촉, 盛矢具, 금동관모片, 금제이식, 札甲, 은장반구형식금구, 관정 등	곡옥 구슬 多 즙석 석실내 朱漆	1995 국립광주박물관
	2호분	원형	고임식	지하식	심발형토기 片	관정, 철겸편	구슬	
함평 월계리 석계	90-1호	원형(?)	파괴	지하식	단경호, 병	관정, 관고리	·	1993 전남대학교박물관
	90-2호		맞조임식	지하식	호, 병	관정, 관고리	·	
	90-3호		사벽수직	지하식	·	철도자, 관정, 관고리	·	
	90-4호		맞조임식	지하식	장군, 호, 고배, 횡병, 병, 개	관정, 관고리	구슬	
	90-5호		맞조임식	지하식	단경호	관정	관옥, 구슬	
	90-6호		맞조임식	지하식	·	관정, 꺾쇠, 관고리	·	
	91-1호		파괴	반지하식	·	철도자편	석침	
	91-2호		맞조임식	반지하식	·	관정	·	
	91-4호		맞조임식	반지하식	단경호, 병, 개배, 배, 호	관정	·	
	91-5호		파괴	반지하식	·	관정	·	
무안 인평석실		·	맞조임식	반지하식	·	관정, 철도자편	구슬	1999 목포대학교박물관
해남 월송리 조산고분		원형	맞조임식	지상식	유공광구소호, 장경호, 광구소호, 고배, 개배 등	재갈, 등자, 행엽, 철모, 철준, 철촉, 銅鏡, 꺾쇠 등	貝釧 구슬 多	1984 국립광주박물관

유적	분류	분구형태	내부형식	매장위치	토기류	철기류	기타	비고
해남 방산리 장고봉 고분		전방후원형	맞조임식	지상식	원통형토기편 등	찰갑 片(?)	석실내 朱漆	2001 국립광주박물관
해남 용두리고분		전방후원형	맞조임식	지상식	발형기대, 개배, 대호, 유공광구소호, 전문도기편 등	대도편, 철촉, 철도자, 성시구편, 대금구등	금박구슬, 곡옥, 관옥 즙석시설	2011 국립광주박물관
해남 용일리 용운 고분군	2호	원형	사벽수직	지상식	병, 완편, 고배편 등	철검편, 철준, 철촉편, 성시구편	즙석시설	2004 국립광주박물관
	3호	원형(?)	사벽수직	반지하식	단경호, 직구소호, 장경병, 병, 양이부편병, 방추차	철, 대도, 부, 초구금구, 철촉多, 궁시금구, 금동제이식	구슬 多	
장흥 충열리 고분	1호	유실		반지하식		관정		1990 목포대학교박물관
	2호					관정	구슬	
	3호				·	은제과대금구, 관정	·	
	4호		맞조임식	지하식	·	은제과대금구, 관정	·	
	5호		·		·	관정	·	
영광 학정리 대천 고분군	1호분	원형	파괴	지상식	직구호, 소형직구호, 개배, 배	철겸	·	2000 목포대학교박물관
	2호분				호, 단경호, 직구호, 개배, 방추차	금제이식, 철부, 철도片 등	구슬 多	
	3호분		양벽조임		고배, 개배, 병, 직구호	재갈편, 철모, 대도片, 꺽쇠, 철촉多, 금동·금제이식, 철도자, 철부, 교구, 식금구 등	곡옥, 금박구슬, 구슬 多	
	4호분				유공광구소호, 개배, 파수부발형토기 등	철겸, 용도미상철기 등	·	
고창 예지리고분		원형(?)	사벽수직	지하식	토기편	금동제이식, 관정 등		2005 호남문화재연구원
고창 봉덕리 1호분	1호	절두장방형	양벽조임	·	기대, 고배, 개배, 직구소호 등	금제이식, 관정	구슬	2009 이문형·옥창민
	2호		파괴	·	개배	금제이식, 관정 등	구슬	
	3호		양벽조임	·	유공광구소호, 광구호, 단경호, 중국제청자호, 개배 등	금제이식, 관정 등	구슬	
	4호		양벽조임	·	청자반구호, 소호장식유공광구호, 기대, 단경호, 개배 등	금동식리, 은제탁잔, 금제이식, 대도, 철도자, 성시구, 안교, 등자, 재갈, 철정, 철부, 철착, 철모, 철겸, 교구, 꺽쇠, 관정 죽엽형 장신구 등	곡옥, 구슬, 칠기성시구, 숫돌	2012 마한·백제 문화연구소
	5호		양벽조임	·	고배, 중국제청자호편, 직구호, 개배 등	금동식리편, 대금구, 철부, 꺽쇠, 관정 등	구슬	

2. 古墳의 編年問題

지금까지 영산강유역에서 조사된 고분을 木棺古墳(土壙墓), 甕棺古墳, 石槨墳, 石室墳으로 나누어 살펴보았다. 영산강유역에서 발굴 조사된 유적의 수가 적고 또한 일부는 일제강점기에 이루어져 발굴기록이 명확하지 않은 것도 많다. 그렇지만 발굴 조사된 성과를 토대로 살펴보면 형식별로 부장유물의 차별성과 고분의 입지가 다르게 나타나고 있음을 알 수 있다.

영산강유역의 목관고분이 주구토광묘에서 발전하여 제형의 주구와 다장의 매장주체부를 조성하는 고분으로 발전한 시기는 3세기말경 부터이다. 기존에 목관고분은 토광묘 계열의 하나로 인식되었다가 최근 자료의 증가와 연구성과로 영산강유역 묘제의 변천과정에서 독립적인 묘제의 하나로 인식되고 있다. 古式 토광묘의 경우 조성된 시기는 기원전 3~2세기부터 축조되었고, 제형계 주구와 분구가 조성된 토광묘들은 순수 단독토광묘 → 주구토광묘 → 목관고분으로 발전한다. 그리고 소형 옹관묘에서부터 U字形의 전용옹관을 사용한 대형 옹관고분에 이르기까지 묘역 혹은 동일 봉분 내에 위치하면서 일정한 시기까지 공존하는 경우도 있으나 일반적인 현상은 아니다. 다만 만수리 4호분이나 신연리 9호분과 같이 매장주체부가 토광과 옹관이 혼용되거나 목관고분이 주체적인 위치를 갖는 경우도 확인되나 이 시기의 木棺古墳(土壙墓)은 옹관묘가 高塚古墳化되면서 주묘제로서 위치를 옹관고분에게 넘겨준다.

현재까지 확인된 木棺古墳(土壙墓)과 옹관고분의 매장위치는 지하식, 반지하식, 지상식으로 나눌 수 있다. 영산강유역의 木棺古墳(土壙墓)은 조사예가 많지 않고 부장유물도 다양하지 않다. 또한 매장주체부의 경우 영산강유역 묘제의 전통을 계승한 지상식으로 조성되어 매장주체부가 삭평 내지는 파괴되어 존재하지 않는 경우가 많다. 이외에도 木棺古墳(土壙墓)의 절대연대를 추정할 수 있는 자료가 확보되지 않아 대부분의 유적 편년은 유적간의 상호비교를 통한 상대편년 방법을 이용하고 있다.

韓玉珉은 토광묘의 매장형태와 추가묘의 여부에 따라 크게 3期로 나누었는데, 이 중에서 필자의 연구대상은 한옥민의 토광묘 III期에 해당되는 유적과 崔盛洛이 목관고분으로 구분한 3세기 후반부터 토광묘와 분구상에서 초기 옹관고분과 대등하게 공존하는 4세기 전반까지이다. 木棺古墳(土壙墓)의 경우 장타원형, 방대형, 장방형 등 분구 형태가 다양하게 나타나지만 분구 축조 원리상 모두 제형계로 정형화되는 경향이 나타난다. 함평 순촌유적, 예덕리 만가촌고분군, 영암 만수리 4호분, 내동리 초분골 1·2호분, 신연리 9호분 등이 대표적인 유적이다.

李正鎬는 영산강유역의 옹관고분을 크게 3期로 나누어 각각의 시기적인 변천을 살펴보았다[16]. 그는 옹관고분 I期 단계에서는 분구의 규모가 10m 내외이며, 연대는 3세기 후반~4세기 전반으로 편년하였다. 이 시기에 확인되는 매장형태는 單獨葬이 확인되고, 분구 형태는 원형으로 정형성이 관찰된다. 축조방식은 토광묘와 목관고분의 전통이 잔존하여 반지하식이나 지하식으로 축조된다. 영암 옥야리 6호분 3호 옹관, 옥야리 14호분, 와우리 서리매제 옹관 등이 대표적인 유적이다.

II期는 옹관고분 발전기에 해당되는 시기로 이 시기부터 분구의 대형화가 진행되기 시작하고 부장유물도 이전 시기보다 양적으로 증가한다. 연대는 4세기 전반~5세기 전반에 해당된다. 이 시기부터 분구의 대형화가 진행되나 획일

---

16) 甕棺古墳은 李正鎬의 편년안을 참조하였다(李正鎬, 1996).

적으로 이루어지지 않고 만수리 4호, 대안리 8호분과 같은 小形古墳도 존재한다. 고분의 규모는 길이가 약 10~30m사이, 너비가 10~50m로서 고분의 길이와 너비의 편차가 심해서 상타원형의 비정형성을 나타낸다. 이 시기의 매장형태는 分散多葬의 형태로 나타나며, 축조방식은 지상식으로 축조된다. 영암 신연리 9호분 3호 옹관, 초분골 1호분, 만수리 옹관 등이 대표적인 유적이다.

Ⅲ期는 옹관고분의 길이와 너비의 편차가 줄어들고 Ⅱ期 단계보다는 분구의 형태도 截頭圓形이나 方臺形으로 정형성이 관찰되고 분구 규모는 10~50m 이상으로 대형화된다. 이 시기에는 본격적으로 고분의 규모와 부장품에 따라 계층화 현상이 확인되고, 연대는 5세기 전반~6세기 전반에 해당된다. 매장형태는 분구의 정상 중앙부에 집중되는 이른바 集中多葬의 형태로 나타나며 축조방식은 지상식이다. 영암 수산리 고분, 나주 신촌리 9호분, 대안리 9호분 등이 대표적인 유적이다.

영산강유역의 옹관고분은 기존의 옹관묘가 옹관고분화 되면서 위계를 표현하는 고분이 형성되기 시작하고 그 후 옹관고분 단계를 거치면서 고분간의 계층화가 진행되었음을 알 수 있다. 특히, 옹관고분 最盛期 단계에서는 기존의 薄葬的 장제에서 화려한 威勢品의 증가와 더불어 분구의 高大化 및 정형화가 이루어진다. 또한 나주 신촌리 9호분 乙棺에서 보이는 시상판재의 흔적이나 棺釘과 꺾쇠의 출토는 백제지역의 석실분이나 수혈식 석곽분에서 사용되던 요소이다. 따라서 이미 이 단계에 접어들면서 과도기적인 형태로 토착적인 옹관을 사용하면서 판재나 관정 등의 백제적 문화를 도입했을 가능성도 배제하기는 어렵다.

또한 옹관고분 말기에 나타나는 형태로 석실분이 채용되기 이전의 과도기적인 형태의 옹관도 축조되는데, 이른바 돌막음 옹관의 출현이다. 돌막음 옹관은 나주 복암리 3호분, 무안 구산리고분군에서 확인되었는데, 이와 같이 전용 옹관이나 대형호를 합구하여 만든 전통적인 옹관 매장방식에 석재가 채택된 것은 복암리 3호분에서 확인된 것처럼 석실분의 영향을 받아 옹관고분 세력들이 부분적으로 수용하고 있음을 보여준다. 하지만, 이러한 돌막음 옹관은 옹관고분의 중심부에 위치하지 못하고 주변부에 옹관고분 집단들의 계층성을 나타내주는 묘제의 현상으로 추정할 수 있다.

石槨墳은 옹관고분 최전성기 무렵에 기존의 옹관고분과 더불어 해남반도와 서·남해안 도서지역을 중심으로 목관고분의 전통을 계승하여 옹관고분과 대비되는 묘제로 축조된다[17]. 석곽분이 출현한 지역의 경우 고총의 옹관고분이 발달하지 못한 해남반도와 신안의 도서지역을 중심으로 활발하게 축조된다. 이전까지는 영산강유역에서 축조되는 석곽분의 경우 6세기경에 출현하는 걸로 인식되었으나 최근 자료의 축적과 활발한 연구 성과 등으로 출현 연대가 석실분보다 조금 이른 시기인 5세기 전·중반경부터 나타나는 묘제로 밝혀졌다(최성락 2013). 이 시기에 해당되는 고분은 무안 신기고분, 해남 황산리 분토유적 석곽분, 신월리고분, 신안 안좌도 배널리 3호분 등이 대표적인 유적이며, 남해안에 분포하는 고흥 야막, 길두리 안동고분 등도 해당된다.

5세기 초반에 조성된 석곽분의 경우 주로 해안지역이나 영산강 상류지역에 분포하고 대부분 단독분으로 조성된다. 그러나 5세기 중반 이후에 조성된 석곽분의 경우 내륙지역으로 파급되면서 집단적으로 나타나며, 석실분보다 하위계층의 무덤으로 확산된다. 이 시기에 해당되는 고분은 담양 서옥고분군, 해남 만의총 1호분, 나주 복암리 3호분(석곽분), 무안 인평고분군 등이 있다.

영산강유역에서 大形甕棺古墳社會가 해체되면서 새로운 문화요소로 석실

---

17) 石槨墳은 최성락의 편년안을 참조하였으나 최근 자료의 증가로 편년안은 필자가 일부 수정하였다.(최성락, 2009).

분이 출현한다. 李正鎬[18]는 이 지역에서 확인된 석실분을 크게 前期 · 後期의 2期로 구분한 후 석실분의 변천과정을 설명하였다. 여기에 삼국시대 말기 즉, 백제 멸망기와 더불어 통일신라시대 초기까지 축조된 고분 중에 장성 학성리 고분군의 경우처럼 백제의 영향이 남아있는 고분까지 포함하여 분기를 설정 하여 총 3期로 구분하여 살펴보았다.

현재까지의 연구 성과에 의하면 영산강유역 석실분의 출현은 나주 송제리 고분을 시원으로 한다. 그 출현 시기를 대략 5세기 말~6세기 전반 경으로 추 정되며 6세기 중반까지 지속된 것으로 보인다. 전기 석실분은 대체로 구릉의 정상을 따라 분포하고 있으며, 이는 옹관고분 내에서 옹관을 안치하는 위치 선정과 매우 깊은 관련이 있다. 즉 백제고지에 분포하는 후기 석실분(사비식) 이 대부분 산지에 입지하는 경향이 있으나, 영산강유역의 초기 석실분은 대부 분 구릉에 입지하고 있다는 점에서 송제리고분은 영산강유역 전기 석실분과 맥을 같이 하고 있다고도 볼 수 있다.

일반적으로 고분의 입지는 지역적인 전통이 강하게 작용한 결과로 각각 차 이를 보이고 있다고 볼 수 있다. 그러나 새로운 묘제의 채용과정에서 새로운 요소를 어느 정도 수용하느냐에 따라 세부적인 변이도 생겨날 수 있다고 여 겨진다. 전기 석실분의 공통적인 특징은 옹관고분의 전통이 강하게 남은 지상 식의 석실구조, 연도와 현문부의 위치가 현실의 중앙부에 위치하고 있는 점이 공통적이다. 이 시기에는 前方後圓形古墳 같은 독특한 분구도 나타나고 이전 시기와는 다르게 함평, 해남, 광주 등 이른바 옹관고분 집단의 주변지역에서 석실분이 발전한다. 해남 월송리 조산고분, 나주 송제리 고분, 영광 학정리 대

---

18) 石室墳은 李正鎬 · 金洛中의 편년안을 참조하였다(이정호, 1999; 김낙중, 2009).

천고분군, 함평 예덕리 신덕 1호분 등이 대표적인 유적이다.

백제의 사비유형이 채용된 후기 석실분은 그 출현 시기가 6세기 중엽 이후부터 축조된 것으로 생각된다. 이 시기에 축조된 석실분들은 백제의 지방통치 체제의 영향을 받아 석실구조와 墳丘의 규모가 소형과 원형계로 정형성이 나타난다. 유물은 전기 석실분에서 확인되던 화려한 威勢品이 사라지고 부장유물도 급속하게 감소되나 은제관식, 대금구 등의 새로운 유물들이 출토된다. 나주 복암리 3호분 5호 · 7호 · 16호묘, 흥덕리 쌍실분, 대안리 4호분, 함평 예덕리 신덕 2호분, 장성 학성리고분군, 장흥 충열리고분군 등이 대표적인 유적이다.

이상으로 지금까지의 연구 성과를 바탕으로 영산강유역의 고분 편년안을 정리하면 다음과 같다<표 5>.

구 분		시 기 구 분			
묘 제	유 적	300年	400年	500年	600年
木棺古墳 (토광묘)	고창 남산리				
	고창 만동				
	나주 용호				
	영암 만수리 4호분				
	영암 신연리 9호분				
	영암 초분골 1호분				
	장흥 신풍Ⅱ				
	함평 만가촌				
	해남 황산리 분토Ⅱ				
甕棺古墳	나주 대안리 9호분				
	나주 신촌리 6호분				
	나주 신촌리 9호분				
	무안 구산리 3호				
	영암 내동리고분				
	영암 만수리4호분				
	영암 옥야리 14호분				
	영암 와우리				
	영암 초분골 1호분				
	해남 부길리				
	해남 월송리 송산				
石槨墳	나주 장동리고분				
	담양 서옥고분				
	영암 옥야리 방대형				
	신안 안좌도 배널리 3호				
	해남 만의총 1호분				
	해남 신월리고분				
	해남 외도 1호분				
石室墳	광주 명화동고분				
	광주 쌍암동고분				
	광주 월계동 1·2호분				
	나주 대안리 4호분				
	나주 복암리 3호분 96석실				
	나주 복암리 3호분 5호				
	나주 복암리 3호분 7호				
	나주 복암리 3호분 16호				
	나주 송제리 고분				
	나주 흥덕리 쌍실분				
	신안 도창리고분				
	신안 읍동고분				
	영광 학정리 대천 3호분				
	장성 영천리고분				
	장성 학성리고분				
	장흥 신월리고분				
	장흥 충열리고분				
	함평 예덕리 신덕1호				
	해남 용두리고분				
	해남 월송리 조산고분				

第Ⅲ章. 榮山江流域
古墳 鐵器 檢討

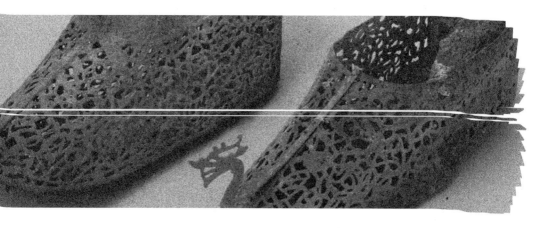

山 江 流 域 古 墳 鐵 器 研 究

영산강유역에서 출토되는 철기유물은 신라와 가야문화권으로 대표되는 영남권의 厚葬風習과 백제고지 즉 공주·부여 지방에서 출토되는 지배자급(왕릉)부장유물과 상호 비교하면 빈약한 편이다. 이러한 요인으로 인해서 영산강유역은 다른 지방과 구별되는 독특한 葬祭風習[1]과 문화권을 형성하였으면서도 부장유물에 대한 연구가 전무한 실정이다. 최근에 다양한 철기유물들의 출토로 인해 어느 정도의 자료축적이 이루어졌으나 세부적인 제작기법이나 형식분류 등에 있어서는 타지역 자료의 비교 검토에 머물고 있어 우선 출토유물에 대한 분석의 일환으로 좀 더 세부적인 분류를 진행하였다.

유물을 분류함에 있어 그 쓰임새나 사용방법, 용도 등에 따라서 크게 裝身具, 武具, 馬具, 生活用具, 其他 등 총 5개 군으로 구분하여 살펴보았다. 현재까지 영산강유역 철기유물에 대한 분류와 연구가 본격적으로 이루어지지 않아서 자체적인 편년관이 없다. 따라서 이 장에서 다루는 철기유물의 주된 유

---

1) 영산강유역의 독특한 葬祭風習이란 타지역에서는 찾아보기 힘든 多葬의 전통을 기반으로하는 전용옹관을 사용한 甕棺古墳과 한반도에서는 기원을 찾아볼 수 없는 독특한 외형의 墳丘를 가진 前方後圓形古墳 등이 대표적인 葬祭風習이지 않을까 생각된다.

물의 분석대상은 우선 실물자료가 풍부하고 타 문화권과 상호 비교가 가능한 유물을 중심으로 다루었다.

1. 裝身具類

　裝身具[2]는 冠, 耳飾, 帶金具, 飾履 등과 金 · 銀 · 金銅 같은 재질을 사용한 물건과 이러한 조합으로 이루어진 기물을 가지고 그것을 몸에 걸친 사회적 지위나 신분 · 위계 등을 살필 수가 있다(崔榮柱, 2014). 영산강유역의 장신구는 매장주체부와 출토품 성격에 따라 크게 두 가지로 구분할 수 있다. 지금까지 영산강유역 고분에서 출토된 부장품 성격으로 威勢品과 傳世品의 부장유물들이 부장된다. 영산강유역에서 출토되는 裝身具의 종류는 크게 耳飾, 冠帽, 冠飾, 飾履, 帶金具 등으로 구분할 수 있다<표 6>.

---

2)　장신구는 몸을 치장하는 것으로 다른 사람과 구별되거나 같은 집단에 속하는 것을 보여줄 때 사용되며, 한편으로 나쁜 기운을 물리쳐 몸을 보호하는 의미를 가진다. 장신구는 멀리 떨어진 지역에서 생산되는 조개, 옥, 고가의 금속 · 유리 · 칠 등 당시에 귀중한 재료의 제품이 많다. 그것을 몸에 두른 인물의 사회적 지위 · 신분 · 위계 등을 반영하는 경우가 많은 위세품으로 사용되기도 한다. 위세품은 정치적인 목적으로 배포 · 유통하거나 개인의 권위나 지위, 즉 위세와 결부되는 재물이 된다. 그것은 산지가 한정되었거나 희소가치가 있는 귀중품이기 때문에 귀중한 교역품이 되고 획득에 사회적인 경합이 공반된다(田中琢 · 佐原眞, 2005).

遺蹟	遺物	埋葬 主體部				耳飾				冠帽		冠飾		飾履	帶金具			釧	指環	備考
		土壙	甕棺	石室	石槨	金製	金銅	靑銅	鐵製	金銅	鐵製	金製	銀製	金銅	銀製	白銅	靑銅	靑銅	靑銅	
나주 대안리 9호분	乙棺		●			2(쌍)														
	庚棺																	2		
나주 덕산리 3호분 丙棺			●																	
나주 덕산리 4호분 乙棺			●													1				
나주 신촌리 6호분 戊棺			●					1												
나주 신촌리 9호분	甲棺		●			1														
	乙棺					2(쌍)				1				2(쌍)				1		
	丙棺					2(쌍)														
	丁棺					2(쌍)														
	庚棺					2(쌍)												1		
	癸棺					2(쌍)														
나주 화정리 마산 고분군 5-1호			●			2(쌍)														
나주 영동리 고분군	1–4호			●				2(쌍)												
	1호분 4–1호		●								1						1			
나주 복암리 3호분	4호 옹관		●				2(쌍)													
	3호 석곽				●			1												
	96호 석실			●										2(쌍)						
	5호 석실							1				2		1	1					
	6호 석실							1				1			1					
	7호 석실							1				2	8			1	1			
	12호 석실					1														
	16호 석실													1						
나주 흥덕리 고분			●														1			

遺蹟 ＼ 遺物	埋葬 主體部				耳飾				冠帽		冠飾		飾履	帶金具			釧	指環	備考
	土壙	甕棺	石室	石槨	金製	金銅	青銅	鐵製	金銅	鐵製	金製	銀製	金銅	銀製	白銅	青銅	青銅	青銅	
나주 정촌고분 1호 석실			●		4(쌍)								2(쌍)						
나주 오량동요지 I-8호				●			1												
영암 태간리 자라봉 고분			●		2(쌍)														
함평 예덕리 신덕 1호분			●		2(쌍)				1										
장성 학성리 A6호분			●														1(set)		
장성 영천리 고분			●		2(쌍)														
광주 명화동 고분			●			1													
광주 월계동 1호분			●			2(쌍)													
담양 제월리 고분				●		2(쌍)												2(쌍)	
담양 성월리 월전고분			●		1	1													
영광 학정리 2호분			●		1														
대천 고분군 3호분			●		4(쌍)	2(쌍)													
해남 용일리 용운 3호분			●			1													
해남 만의총 1호분				●														1	
장흥 상방촌 B지구 16-1호	●							1											
장흥 충열리 3호			●												1				
장흥 충열리 4호			●												1				
무안 인평 고분군 1호				●			2(쌍)												
고창 예지리 고분			●			1													
고창 봉덕리 1호분 1호						1													
고창 봉덕리 1호분 2호						2													
고창 봉덕리 1호분 3호			●			2													
고창 봉덕리 1호분 4호						4							多	2(쌍)					
고창 봉덕리 1호분 5호														1			1		

1) 耳飾類

耳飾은 영산강유역에서 출토되는 장신구 중에서 가장 많은 수량을 차지한다. 영산강유역의 장신구의 풍습을 알려주는 문헌자료는 국내기록이 남아있지 않고, 중국측 사서인『三國志』[3],『後韓書』[4],『晋書』[5] 등에 馬韓이라 부르는 영산강유역 고대인들의 장신구에 대한 풍습을 엿볼 수 있다. 이와 관련된『三國志』기사를 살펴보면,

… "瓔珠로서 財寶로 삼기도 하고 혹은 꿰어서 衣服에 裝飾하기도 하고 목에 걸거나 귀에 늘어뜨리기도 한다" …

는 기사가 있는데, 이 기사를 근거로 추정한다면 영산강유역에서는 이식을 제작할 때 재료면에서 金·銀보다 구슬을 중요한 장신구의 재료로 선호하였음을 알 수 있다. 다만 구슬을 꿰어놓는 재질의 경우 직물을 사용한 유기질일 가능성이 매우 크다. 따라서 유구에서 출토될 때는 원래의 형태를 알 수가 없어 착장 당시의 형태로는 출토되지 않고 있다.

이식의 종류는 재질과 환의 형태에 따라 나누어지는데 主環의 형태에 따라서 太鐶耳飾, 細鐶耳飾 등으로 나눌 수 있으며 제작기법에 따라 主環, 垂飾, 尾飾의 형태로 구분된다. 영산강유역에서는 현재까지 세환이식만 출토된다. 이

---

3) 三國志, 卷三十 魏書三十 東夷傳第三十 韓傳 : … 其葬有棺無槨 不知乘牛馬 牛馬盡於送死以瓔珠爲財寶 或以綴衣爲飾 或以縣頸垂耳 不以金銀繡爲珍 ….

4) 後韓書, 東夷列傳 第七十五 韓條 : … 唯重瓔珠 以綴衣爲飾 及懸頸垂耳 ….

5) 晋書, 列傳 第六十七 四夷傳 馬韓條 : … 俗不重金銀銅覆 以貴瓔珠 用以綴衣或飾髮垂耳 ….

식이 출토된 유적은 목관고분에서는 아직까지 출토되지 않고 있으며 다만 위석식 토광묘로 보고된 담양 제월리고분에서 금동이식 2점이 보고된 바 있다. 옹관고분에서는 나주 신촌리 6호분 1점, 신촌리 9호분 乙棺·丙棺·丁棺·庚棺·癸棺 등에서 10점, 대안리 9호분 2점, 복암리 3호분 4호 옹관 2점, 화정리 마산5-1호 옹관 2점 등이 출토되었다. 석실분에서는 장성 영천리고분 2점, 영암 태간리 자라봉고분 2점, 함평 예덕리 신덕 1호분 2점, 광주 명화동 1점, 영광 학정리 대천2호·3호에서 각각 1점과 6점(3쌍), 고창 봉덕 1호분 4호 석실 4점(2쌍) 등의 금제 이식이 출토되었다. 석곽분에서는 현재까지는 해남 만의총 1호분에서 1점만 확인되었다.

영산강유역에서 출토되는 이식들은 단면 원형이나 다각형의 봉을 이용해서 원형의 형태로 제작된 형태만 출토된다. 하지만 자세히 살펴보면 제작기법이나 재질, 형태 등에 따라 다양한 형태로 제작됨을 살펴 볼 수 있다. 따라서 이러한 결과를 바탕으로 형식분류를 시도해 보았다.

아직까지는 세환이식만 출토되어 있으나 세환이식에서도 각각 단면형태나 재질별로 분류가 어느 정도 가능하기 때문이다. 이 외에도 지금까지 단순히 세환이식으로 구분되었던 것을 다음과 같이 세분해서 살펴보았다. 우선 지금까지 출토된 이식을 기준으로 나눈다면 다음과 같이 Ⅵ형식으로 구분 할 수가 있다【그림 2】.

① Ⅰ형식 : 主環, 垂飾, 尾飾의 구분을 이루며 제작. 금제나 금동제의 主環에 고리나 금실 등의 垂飾을 사용해서 다양한 형태의 尾飾이 존재한다. 나주 신촌리 9호분 乙棺 출토품과 최근 조사된 나주 정촌고분에서 1점이 출토되었다. 이외에도 해남 만의총 1호분에서 출토된 이식의 형태로 살펴볼 때 동일한 형식으로 추정할 수 있다.

② Ⅱ-1(금제 원형) : 단면 원형의 순금제로 제작된 主環과 간단한 垂飾만

I 형식	금 제				금동제	
	II-1형식	II-2형식	II-3형식	II-4형식	III-1형식	III-2형식
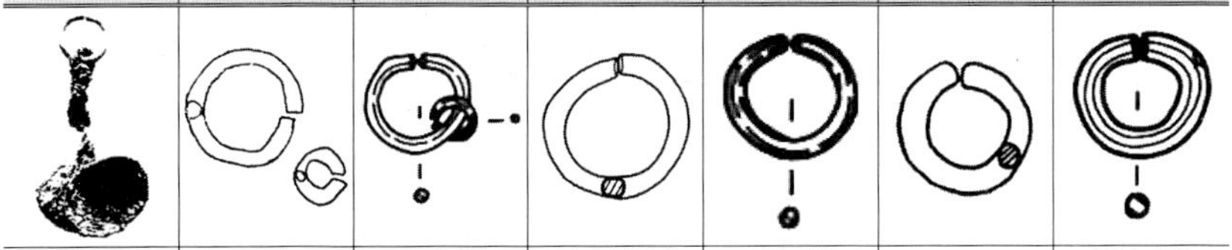 나주 신촌리 9호분 乙棺	장성 영천리 석실분	영광 대천 3호분(14번)	나주 복암리 3호분 7호 석실	영광 대천 3호분(15번)	광주 명화동고분	영광 대천 3호분(13번)

【그림 2】영산강유역 출토 이식 형식분류

있는 경우. 대표적으로 장성 영천리 석실분 출토품이 해당된다.

③ II-2(금제 다각형) : 단면 다각형의 순금제로 제작된 主環과 간단한 垂飾만 있는 경우. 대표적으로 영광 대천 3호분 출토품(14번) 등이 해당된다.

④ II-3(금제 원형) : 단면 원형의 순금제로 제작된 主環만 있는 경우. 대표적으로 나주 복암리 3호분 출토품(3호 옹관, 7호 석실) 등이 있다.

⑤ II-4(금제 다각형) : 단면 다각형의 순금제로 제작된 主環만 있는 경우. 대표적으로 영광 대천 3호분 출토품(15번) 등이 해당된다.

⑥ III-1(금동 원형) : 단면 원형의 청동으로 제작된 主環에 금판을 덧씌운 경우. 대표적으로 광주 명화동고분 출토품 등이 있다.

⑦ III-2(금동 다각형) : 단면 다각형의 청동으로 제작된 主環에 금판을 덧씌운 경우. 대표적으로 영광 대천 3호분 출토품(13번) 등이 해당된다.

다음으로 청동제나 철제이식 등이 있으나 소량만 확인되고 있어 따로 분류하지는 않았다. 이러한 기준을 가지고 구분한 결과 <표 7>과 같다.

<表 7> 영산강유역 출토 이식 형식분류 및 현황표

遺蹟 / 遺物	埋葬 主體部				재질분류				I형	II형				III형		備考
	土壙	甕棺	石室	石槨	金製	金銅	靑銅	鐵製		II-1	II-2	II-3	II-4	III-1	III-2	
나주 대안리 9호분 乙棺		●			2							◉				쌍
나주 신촌리 6호분 戊棺		●					1									
나주 신촌리 9호분 甲棺		●			1							◉				
乙棺					2				◉							쌍
丙棺					2							◉				쌍
丁棺					2							◉				쌍
庚棺					2							◉				쌍
癸棺					2							◉				쌍
나주 화정리 마산고분군 5-1호		●				2									◉	쌍
나주 영동리 고분군 1-4호			●				2									쌍
나주 복암리 3호분 4호 옹관		●				2						◉				쌍
3호 석곽				●			1					◉				
5호 석실			●			1						◉				
6호 석실					1							◉				
7호 석실						1						◉				
12호 석실					1							◉				
나주 오량동요지 I-8호			●		1									◉		
영암 태간리 자라봉 고분		●			2							◉				쌍
함평 예덕리 신덕 1호분		●			2							◉				쌍
장성 영천리 고분			●		2				◉							쌍

遺蹟 \ 遺物		埋葬 主體部				재질분류				I형	II형				III형		備考
		土壙	甕棺	石室	石槨	金製	金銅	靑銅	鐵製		II-1	II-2	II-3	II-4	III-1	III-2	
광주 명화동 고분				●			1								◉		
광주 월계동 1호분				●			2									◉	쌍
담양 제월리 고분					●(?)		2										쌍
담양 성월리 월진고분				●		1	1						◉			◉	
영광 학정리 대천고분군	2호분			●		1									◉		
	3호분			●		4	2					◉		◉	◉		3쌍
해남 용일리 용운 3호분				●			1								◉		
해남 만의총 1호분					●	1				◉							
장흥 상방촌 B지구 16-1호		●							1(?)								
무안 인평 고분군 1호				●				2									쌍
고창 예지리고분				●			1								◉		
고창 봉덕리 1호분	1호 석실					1											
	2호 석실			●													
	3호 석실																
	4호 석실					2				◉							쌍

현재까지 재질에 따른 이식의 비율은 금제(56%), 금동제(31%), 청동제(11%), 철제(2%)의 비율이 확인된다. 이 중에서 옹관고분 출토품은 금제 13점, 금동제 4점, 동제 5점 순으로 확인되며, 석실(석곽)분에서는 금제 17점, 금동제 7점으로 확인된다. 출토경향으로 살펴볼 때 소량이지만 금제이식의 출토비율이 높은 것으로 확인되었다.

매장주체에 따른 이식의 출토 비율은 옹관고분보다는 석실분에서의 출토비율이 높은 것을 확인 할 수 있다. 영산강유역 출토품 중에서 가장 주목을 끄는 이식은 나주 신촌리 9호 乙棺 출토품과 해남 만의총 1호분 출토품이다. 신촌리 9호 출토품은 세환이식으로 土環을 순금으로 垂飾은 금동제로 아무런 장식도 없는 단순한 원판모양을 하는데, 금동사를 꼬아 주환과 수식을 연결하였다. 해남 만의총 1호분 출토품의 경우 주환인 이식은 확인되지 않지만 수하식으로 추정되는 부분이 출토되었는데 은제사슬과 금제 원형장식 및 심엽형 장식 등이 확인된다. 최근에 조사된 나주 정촌고분에서도 비슷한 형식으로 1점(쌍)이 출토되었다. 이와 비슷한 형태로 호남지역에서는 익산 입점리고분군 98 - 12호 출토예가 있다(최완규 · 이영덕, 2001). 해남 만의총 1호 출토 이식처럼 주환에 연결금구인 사슬을 사용하여 金 · 銀製등의 垂下飾형태의 이식은 주로 백제고지에서 출토되는 백제양식으로 보는 견해도 있다(이한상, 2009).

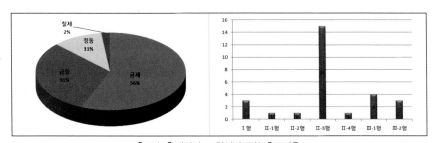

【그림 3】 재질별 · 형식별 耳飾 출토비율

　나주 복암리 3호분 중에서는 다량의 金 · 銀製의 威勢品이 출토되었으나, 이식은 간단한 세환이식이 출토된다. 이처럼 단순한 형태의 세환이식이 출토된 점으로 보아 문헌에서 살펴볼 수 있던 것처럼 재료의 선호도 즉, 영산강유역 在地勢力들은 화려한 金 · 銀製보다 옥을 귀중하게 여겼던 관습에서 연유한 것이 아닌가 생각된다. 또한 옥류의 경우는 다양한 재질을 사용하고 다량의 옥류가 출토된 점도 문헌에서 보이는 것처럼 금속류만을 사용하지 않고 구슬을 이용해서 이식을 佩用했을 가능성도 매우 많다. 그러나 어느 것이 頸飾과 耳飾으로 사용되었는지 밝히기가 쉽지 않고, 그 원래의 모양을 추정하는 일 또한 현재로서는 추정하기 어렵다.

지금까지 출토된 이식을 검토해 본 결과 목관고분(토광묘)에서는 유일하게 1개 유적에서만 확인되었다. 옹관고분의 경우는 고총고분 단계에서만 확인되고 출토유적도 고총 옹관고분의 중심지인 나주지역에 국한되고 있다. 특히 금 · 은제 등의 금속제를 사용하여 제작된 이식은 당시 고총 옹관고분 사회의 역동성을 보여주는 상징적인 유물로 판단 할 수 있다.

2) 冠帽 · 冠飾

冠帽는 크게 冠과 冠帽로 분류되며, 그 용례를 살펴보면 冠은 통상적으로 臺輪과 立飾이 조합된 것을 지칭하며, 樹枝形冠, 草花形冠 등의 용례로 쓰였음을 알 수 있다. 즉 분류체계상 冠은 臺輪과 立飾이 조합된 冠의 型式名에 주로 적용된다. 또한 冠이라는 단어를 접미어로 쓴 金冠, 寶冠, 花冠 등의 용어도 있으나 이들은 관용적 표현으로 볼 수 있다.

冠帽는 일반적으로 쓰개를 통칭한 예와 특정한 종류를 지칭한 예로 구분된다. 통칭으로써 '冠帽'는 冠＋帽의 의미를 지니며, 冠과 帽뿐만 아니라 모든 쓰개에 대한 관용적 범칭으로 쓰인다. 즉 특정 쓰개를 지칭하는 冠帽는 유기질 및 금속으로 만든 고깔모양의 모자를 의미하며, 冠안에 부속된 모자[内冠]를 따로 지칭하는 의미로도 쓰인다. 따라서 정확한 의미는 金銅冠帽로 해야하나 이미 금동관이라는 명칭이 관용적으로 쓰이고 있기 때문에 여기서는 금동관으로 칭하였다.

영산강유역에서 출토된 冠帽로는 나주 신촌리 9호분 乙棺 출토 金銅冠, 함평 예덕리 신덕 1호분 출토품이 있으나 전모를 알 수 있는 유물은 나주 신촌리 출토품이 유일하다. 그 동안 금동관의 성격규명은 여러 학자들에 의해서 연구되었으며[6], 줄토당시 금동관은 백제지역의 출토품으로 인식되었으나, 다른 견해로는 백제지역의 출토품과 다른 형식으로 분류하기도 한다. 즉, 이종선의 경우 武寧王陵 출토의 관식으로 대표되는 백제의 관제는 기본적으로 고구려의 전통을 이어 받아 火炎文形을 근간으로 하여, 백제 특유의 忍冬文주조의 草花冠형식을 채택하고 있다. 신촌리 금동관은 관을 장식하는 중요한 구성요소중의 하나인 寶珠가 달린 三枝의 입식가지가 복합나선문을 주조로 하여 장식되고 있어서, 신라의 三山冠이나 백제의 草花形冠飾보다는 伽倻의 冠에 접근하는 점이 많다고 설명하고 있다(이종선, 1999, p.80).

금동관은 옹관고분에서 출토되었으며, 이와 비슷한 관모로는 익산 입점리 1호분(문화재연구소, 1989), 함평 예덕리 신덕 1호분(國立光州博物館, 1995) 출토품이 있다. 입점리 1호는 관모와 일부 臺輪과 立飾만 잔존하고, 신덕1호 출토품은 도굴로 일부 파편만 남아 정확한 형태를 파악하기에는 무리가 따른다. 입점리 1호분과 신덕 1호분은 횡혈식 석실분이고 신촌리 9호는 옹관고분이다<표 8>.

---

6) 신촌리 9호분 乙棺 출토 金銅冠에 대한 연구는 다음과 같다.
　梅原末治, 1959,「羅州 潘南面の 寶冠」『朝鮮學報』14.
　申大坤, 1997,「羅州 新村里 出土 冠·冠帽 一考」『古代研究』第5輯, 古代研究會.
　朴普鉉, 1998,「金銅冠으로 본 羅州 新村里 9號墳 乙棺의 年代」『百濟研究』28집, 忠南大學校 百濟研究所.
　이종선, 1999,「羅州 潘南面 金銅冠의 性格과 背景」『羅州地域 古代社會의 性格』, 목포대학교박물관.
　이종선, 2001,「무령왕릉 장신구와 백제후대의 지방지배 - 무령왕릉과 나주 반남면 옹관고분 출토 유물의 비교 -」『武寧王陵과 東亞細亞文化』, 국립부여문화재연구소·국립공주박물관.

신촌리 금동관의 연구사적 검토는 日人學者들에 의해서 먼저 연구되었다. 梅原末治에 의해 처음으로 연구가 이루어진 이후 신촌리 금동관의 입식이 무령왕릉 출토 관식보다 선행형태의 冠으로 인식하고, 공반유물인 耳飾, 飾履, 環頭大刀 등의 형식분류안(伊藤秋男, 1972)을 바탕으로 무령왕릉보다는 한 단계 빠른 5세기 후반이라는 비교적 상세한 연대관을 제시하였다(穴澤和光 · 馬目順一, 1973, pp.15~30).

　그 후 안승주는 금동관의 형식, 토기의 형식, 문양 등에 의해서 축조시기를 4세기 중엽으로 편년하면서 일본학계의 5세기 후반 설에 대한 반론을 제기하였으나 금동관의 형식과 함께 옹관의 형식이나 공반유물 등에 대한 구체적인 검증이 이루어지지 않았다(安承周, 1983).

　이 외에도 朴永福은 기존에 문헌자료를 중심으로 검토했던 관점에서 벗어나 공반된 장신구를 중심으로 검토한 결과 금동관의 立飾과 무녕왕릉 출토 冠飾 등과의 비교에서 전자가 古式이기 때문에 5세기 후반이라는 연대를 제시할 수 있는 구체적인 안을 설정하기도 하였다(朴永福, 1989, pp.101~102). 宇野愼敏는 입점리 1호분에서 출토된 금동관을 백제관으로 인식하면서 이들은 山字形 立飾을 가지지 않는 형식으로 분류하고, 각 무덤의 부장품과 무덤형태에 바탕하여 두 개 관의 시기적 변천을 新村里冠(5세기 후반) → 笠店里冠(5세기 말~6세기 초엽)의 비교적 상세한 연대관을 내놓기도 하였다(宇野愼敏, 1994, pp.128~129).

<表 8> 영산강유역 출토 金銅冠 관련 비교유적 현황표

出土遺蹟		埋葬主體	文樣			文樣技法	瓔珞	備考
			臺輪	立飾	冠帽			
나주 신촌리 9호분 乙棺		옹관	點列文, 豆蟲文, 七葉花文	草花形 突点花文	三葉文, 唐草文 打出點線文	押出	圓形 小玉	
함평 예덕리 신덕 1호분		횡혈식 석실	龜甲文, 五辨花文	樹枝形(?)	波狀文	押出	圓形 小玉	일부 片
고흥 길두리 안동고분		수혈식 석곽	點列文, 鋸齒狀 波狀紋	雙葉紋, 三葉紋	點列文, 波狀文	透彫	圓形	
익산 입점리 1호분		횡혈식 석실	波狀文, 點紋文	山子形, 鳳凰文 八葉蓮花文	魚鱗文, 點列文	押出	圓形	
서산 부장리 5호 분구묘		토광묘 (목곽)	無文	點列文, 波狀紋	龜甲紋, 鳳凰文	透彫	圓形	白樺 樹皮
공주 수촌리	1호	토광묘 (목곽)	點紋文	龍紋, 鳳凰文	鳳凰文	透彫	·	
	4호	횡혈식 석실	點紋文	龍紋, 鳳凰紋	鳳凰文, 麒麟文	透彫	·	
日本 熊本縣 江田船山古墳		횡혈식 석실 (石棺)	菱形文	寶珠形, 三葉文	波狀文, 火炎文	透彫	有	

이처럼 신촌리 9호분에서 출토된 금동관에 대한 해석이 다양하다. 특히 이 고분의 주인공은 보는 시각에 따라 마한인, 백제인, 왜인 등으로 다양하게 보기도 한다. 그러나 이 금동관이 출토된 신촌리 9호분의 경우 백제와 관련 있는 토착세력이나 이후 한성백제가 붕괴된 후 가야의 문화영향을 받은 것으로 해석하기도 한다(崔盛洛, 2014).

冠飾은 冠帽에 장착하는 장식물로서 일종의 치장물이나 고대사회에 있어서 衣冠制의 규정이 통치질서의 확립과 表裏關係에 있어 冠飾이 衣冠制의 범주에 포함되면서 질서체계의 상징으로 사용되었다. 이외에도 '冠'이 내포하고 있는 상징성은 고대부터 내려온 지배질서와 권력의 대표적인 상징물 가운데 하나이다. 따라서 冠을 통해서 그 당시 사회체제의 한 단면을 추론해 볼 수 있음은 물론 그 당시 최고의 금속공예기술이 집약되어 있기 때문에 冠에 대한 연구는 매우 중요하다. 지금까지 영산강유역에서 확인되는 관식의 경우 금동관모를 포함하여 은제관식과 금제관식 등이 확인되었으며 은제관식을 장착하던 철제관모테도 함께 출토되었다.

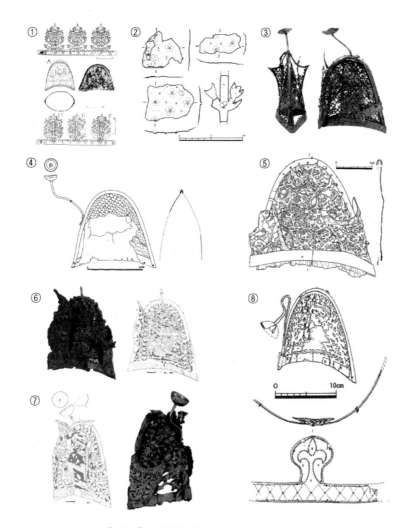

【그림 4】영산강유역 출토 金銅冠帽 비교 검토
①나주 신촌리 9호분 乙棺 ②함평 예덕리 신덕 1호분 ③고흥 길두리 안동고분 ④익산 입점리 1호분
⑤서산 부장리 5호 분구묘 ⑥공주 수촌리 1호 토광묘 ⑦공주 수촌리 4호 석실 ⑧日本 熊本縣 江田船山 古墳

(1) 銀製冠飾

<표 9> 백제고지 출토 銀製冠飾 형식 분류표

出土遺蹟		I 형식		II 형식		III 형식	備考
		I-A	I-B	II-A	II-B		
나주 흥덕리 쌍실분				⊙(?)			추정
나주 복암리 3호분 5호			●				
나주 복암리 3호분 16호					⊙		
부여 하황리 출토품		●					
부여 능산리 36호	동편	●					
	서편					◎	
부여 능산리 44호		●(?)					
부여 염창리 III72호분					⊙		
부여 합정리 3-4지구 9호						◎	
논산 六谷里 7호분				⊙			
남원 척문리 출토품				⊙			
익산 미륵사지 석탑(서탑)	A				⊙		
	B		●				

영산강유역에서 출토된 銀製冠飾은 나주 흥덕리 쌍실분(有光敎一, 1940), 복암리 3호분 5호 · 16호 석실에서 출토된 3점 등이 있다. 출토된 유적은 모두 후기(사비식) 석실분에 해당된다. 지금까지 은제관식은 일제강점기에 나주 흥덕리 쌍실분에서 처음 발견 조사된 이래, 부여 하황리(洪思俊, 1967), 능산리 36호 · 44호(國立扶餘文化財研究所, 1998), 염창리 III72호분(이남석 · 서정석 · 이현숙 · 김미선, 2003), 남원 척문리(洪思俊, 1968), 논산 육곡리 7호분(安承周 · 李南奭, 1988)으로 모두 횡혈식 석실분에서 출토되었다. 이외에도 익산 미륵사지석탑(서탑) 하단부 사리석함에서 공양품으로 매납된 2개의 은제관식이 출토되었다(배병선 · 조은경 · 김현용, 2009)<표 9>. 최근에는 삼국시대에 백제와 신라의 접경지역에 위치한 경남 남해군의 남치리 분묘군의 백제석실분에서도 1점이 출토되어 주목된바 있다7). 은제관식 출토된 남치리유적의 경우 고대 백제의 중앙과 지방, 가야 멸망 이

---

7) 행정구역상 경남 남해군 고현면 남치리에 위치하며 분묘군 내에는 약 10여기가 분포하고 있었다. 이중에서 1호분으로 명명된 석실분의 조사결과 매장주체부는 지하식의 횡

후의 백제와 신라의 접경지역 연구에 대한 새로운 자료서 매우 중요하다. 또한 남치리가 위치한 남해군의 경우 지리적으로 고대 연안항로상에 위치했던 중요 지점중의 하나로 추후 백제의 영역확장과 관련된 중요한 자료이다.

영산강유역을 포함한 백제고지에서 출토되고 있는 은제관식은 재료와 기본적인 형태는 동일하나 크기, 花蕾, 頂花, 투조 상태 등에 따라 다음과 같이 3형식으로 나눌 수 있다.

먼저 Ⅰ형식의 가장 큰 특징은 다른 형식과 비교해서 화려하고 意匠이 정교하다. Ⅰ형식은 다시 花蕾 밑 부분에 새겨진 忍冬唐草文의 형식에 따라 Ⅰ-A·Ⅰ-B형으로 나눌 수 있다. Ⅰ-A형은 花蕾 하단에 忍冬唐草文이 상·하단으로 대칭 된 것, Ⅰ-B형은 忍冬唐草文이 하단에만 투각된 것으로 구분된다. Ⅰ형식의 대표적인 부여 능산리 34호(동편)출토 冠飾을 살펴보면, 완형으로 0.3~0.35㎜정도로 얇은 은판 1장으로 나타내고자 하는 문양을 투각한 다음 대칭으로 접었다. 主幹의 하단에서 약 10cm, 15cm지점에서 각각 대칭으로 가지를 내어 花蕾를 투각 하였다. 花蕾 아래로 忍冬唐草文의 가지가 상하로 표현되었으며 花蕾 내부는 逆心葉形으로 花蕾와 花座사이는 菱形으로 투각 하였다.

Ⅰ-A형의 冠飾은 현재까지 부여지방에서만 출토되고 있으며, Ⅰ-B식은 나주 복암리 3호분 5호 출토품이 유일하다. 이러한 형태적인 차이나 제작상 정교함의 차이는 파장자가 묻힌 석실, 부장유물 등과 함께 비교·검토해 보아야 할 것이다.

Ⅱ형식은 다시 花蕾의 수에 따라 Ⅱ-A·Ⅱ-B형으로 분류할 수 있다. Ⅱ-A형은 花蕾는 좌우 2쌍으로 Ⅰ형식과 동일하나 忍冬唐草文이 생략되었고, 花蕾

구식 석실로 입구는 문주석과 문지방석을 설치한 후 판석으로 입구를 폐쇄한 백제 석실이다. 도굴되었으나 부장품으로 은제관식과 관고리 등이 출토되었다. 은제관식의 경우 필자 분류안의 Ⅰ-A형식으로 분류할 수 있다(경남발전연구원 역사문화센터, 2014).

와 花座 사이만 菱形으로 투각 되었다. Ⅱ- B형은 花蕾는 좌우 1쌍만 있고 역시 忍冬唐草文이 생략된 형태이며 花蕾와 花座 사이만 菱形으로 투각 하였다.

Ⅱ형의 冠飾은 忍冬唐草文과 花蕾 내부에 투각의 생략 등 Ⅰ형식보다 격식은 떨어지며 논산, 남원, 나주 등 백제의 도읍지에서 다소 떨어진 지방에서의 출토비율이 높게 나타난다. 이러한 형식간의 차이는 Ⅰ형식 冠飾보다 백제 지배계층체제 내에서의 위상 차이에 따른 구별일 가능성이 매우 높다.

Ⅲ형식은 主幹과 頂花 부분은 동일하고 花蕾와 忍冬唐草文이 생략된 가장 단순한 형태이다. 현재까지 부여 능산리 36호분(서편)에서만 출토되었는데 보고자는 처녀분의 부부합장묘로 잔존 유물들의 크기와 모양, 인골 상태 등을 종합하여 피장자를 성인여성으로 추정하기도 하였다. 만약 보고자의 주장대로 여성이 확실하다면 동편에 매장된 남성출토 冠飾이 Ⅰ- A형인 점을 감안하면 신분적으로 상위계층일 가능성이 크다. 이러한 경우 Ⅲ형식의 冠飾이 현재까지 1점만 출토되고 문헌에 기록된 근거를 토대로 추정하면 銀製冠飾은 벼슬 당사자인 남성들만 착용하였던 冠飾으로 생각된다(國立扶餘文化財硏究所, 1998, p.372). 따라서 Ⅲ형식 冠飾은 略式으로 실생활에 착용한 것이 아니라 배우자의 葬制儀式으로 특별히 제작된 儀禮用 冠飾의 가능성도 있다.

Ⅰ형식		Ⅱ형식		Ⅲ 형식
Ⅰ-A	Ⅰ-B	Ⅱ-A	Ⅱ-B	
부여 능산리 36호(동편)	나주 복암리 3호분 5호 석실	논산 육곡리 7호분	나주 복암리 3호분 16호 석실	부여 능산리 36호(서편)

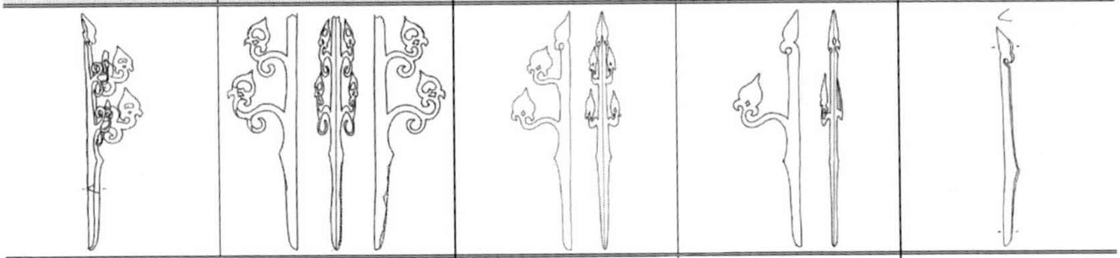

【그림 5】 백제고지 출토 銀製冠飾 형식분류

이 외에도 나주 흥덕리 쌍실분 출토품은 花蕾와 가지부분이 결실되어 정확한 형태를 추정하기 힘들다. 하지만 잔존 가지수로 추정하면 정화 부분에 1개, 상·하 가지에 花蕾가 각각 2쌍씩 남아있어 花蕾數는 5개 정도로 추정된다. 따라서 Ⅱ-A형식일 가능성이 매우 높지만, 忍冬唐草文의 有無나 花蕾 내부의 투각 상태는 결실되어 정확한 문양은 알 수 없다.

지금까지 출토된 은제관식을 가지고 3형식으로 분류하였다. 출토량이 많지 않아 정확한 형식분류에 어려움이 있으나 부여를 중심으로 논산, 나주, 남원 등 백제고지 전 지역에서 출토되고 있다. 부여를 제외한 지역에서는 나주가 가장 많은 은제관식이 확인되고 있는데, 지방관이 착용한 관식이라면 백제 중앙정부에서는 영산강유역을 중요한 거점지역으로 생각하였음을 알 수 있다.

출토된 銀製冠飾은 세부적인 형태나 忍冬唐草(또는 火炎文)등이 표현된 花枝 등의 정교함에는 차이점을 발견할 수 있으나 재료면에서 銀板을 사용하고 主幹, 花枝, 花座, 花蕾, 頂花의 구성요소는 동일하다. 이러한 구성요소는 羅州新村里 9호 乙棺 출토 금동관의 立飾을 간략하게 도안화된 것으로 추정하기도 하였다(申大坤, 1997). 이런 형태적 차이는 지역적, 시기적, 계층적, 성별 등에 따른 것인지 아직까지 확실하지 않지만 고분의 규모와 부장품의 質과 量에 따라 달라지는 경우로 보는 견해도 있다(이종선, 1999, p.71). 지금까지 백제고지에서 확인된 은제관식은 <표 10>과 같다.

〈표 10〉영산강유역 출토 銀製冠飾 비교 유적 현황표

出土 遺蹟		埋葬 主體	길이 (cm)	尖部 位置	銀板두께 (mm)	花蕾 數	忍冬唐草細枝	花蕾 透彫		備考
								逆하트	菱形	
니주 복암리 3호분 5호		석실 (양벽조임)	현:14.7 (추정 17)	6	0.2	5	下 1	●	●	頂花 결실
나주 복암리 3호분 16호		석실 (사벽수직)	16.1	6	0.7	3	·	·	●	완형
나주 흥덕리 쌍실분		석실 (사벽수직)	현:10	?	?	5(?)	?	?	?	主幹 片
남원 척문리 출토품		석실(?)	현:15.5	5.6	?	5	·	·	●	頂花, 花蕾 하단 결실, 보수흔
부여 하황리		석실(?)	현:17.3	7.3	0.8	5	上·下 2	●	●	頂花, 하단 아래 蕾 결실
부여 능산리 36호	동편	석실 (고임식)	20.5	7.7	0.3~0.35	5	上·下 2	●	●	主幹 각도 50°
	서편		16.2	5.6		1	·	·	·	가지 없음
부여 능산리 44호		석실 (고임식)	현:6.7	5	0.22~0.4	5(?)	上·下 2(?)	●	●	主幹 片
부여 염창리 III72호		석실(?)	17.0	6.4	10	3	·	·	●	花蕾 일부 결실
부여 합정리 3-4지구 9호		석실 (횡혈식)	16.7	6.5	0.3~0.55	1	·	·	·	완형 가지 없음
논산 육곡리 7호분		석실 (고임식)	18	7	0.8	5	·	·	●	완형
익산 미륵사지 석탑(서탑)	A	매납 (공헌품)	13.3	?	?	3	·	·	●	완형(639년), 보수흔
	B		13.4	?	?	5	·	·	●	완형(639년)

이전까지는 銀製冠飾의 착용상태를 확인할 수 있는 자료가 없었으나, 부여 능산리36호 석실 冠飾의 출토상태에서 은제관식의 착용상태를 추정할 수 있는 중요한 실마리를 제공하였다.

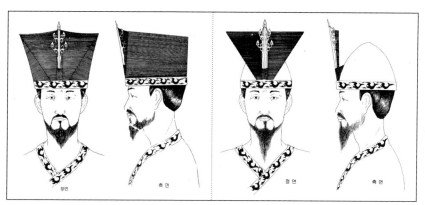

【그림 6】 철제관모테 착장 추정 복원도(陵山里 1998)

　석실에서 출토된 역삼각형 철제관모테의 출토위치와 상태로 보아 피장자의
帽子의 앞부분을 구성하고 이 중심부분에 은제관식을 꽂아 세웠을 것으로 추
정하였다. 또한 관식의 하단부 지점에 형성된 尖部 부분은 모자에 관식을 삽
입하는 기준의 용도로 쓰였을 것으로 보았다(崔孟植, 1998, pp.172~173). 銀製
冠飾이 출토된 석실의 유형을 살펴보면 부여 능산리 36호분, 논산 육곡리 7호
분과 같은 단면 육각형의 고임식 석실을 비롯하여 나주 복암리 3호분, 흥덕리
쌍실분의 양벽조임, 사벽수직 석실분에서도 출토된다. 이들을 넓은 의미의 백
제고분의 범주에서 살펴보면 백제 후기사회의 지배적 묘제유형이라는 공통점
이 확인된다. 일반적으로 銀製冠飾의 출토는 백제가 사비천도 이후 백제의 중
앙정부가 중앙집권체제를 정비하면서 지방지배방식이 각 지역의 유력한 재지
세력을 포섭하여 간접지배를 했던 정책이 직접지배로 바뀐 것을 의미한다. 그
러나 전남지방을 포함한 이 시기의 영산강유역은 백제의 직접지배보다는 간
접지배방식을 고수했던 시기이다. 다만, 영산강유역에서 출토되는 銀製冠飾
은 백제의 중앙집권적 통치 질서에 편입된 것이고 銀製冠飾의 賜與는 이 지역
의 在地勢力을 포용, 편제해 가는 방식의 하나로 추정할 수 있다.

이러한 冠飾과 官制에 대한 문헌자료는 『周書』8), 『北史』9), 『隋書』10), 『唐書』11) 등이 있으며, 백제의 衣冠制 규정에 관한 내용은 『三國史記』의 百濟本紀와 雜志 色服條, 그리고 중국사서 중 百濟傳에 수록된 문헌에서 확인할 수 있다. 그러나 『三國史記』의 服色條나 중국사서의 기록은 官制에 대한 흔적만 확인될 뿐, 어느 시기에 어떤 내용으로 제정 및 실행되었는지에 관한 구체적인 내용은 전해지지 않고 있다.

그런데 『三國史記』의 百濟本紀 古爾王 27년에서 28년의 기간에 官等制定, 官職任命과 함께 의관제의 제정에 관한 구체적 내용을 적고 있다. 즉 古爾王은 그의 治世 27년 正月에 6佐平制를 마련하고 이들의 임무를 규정하였으며 동시에 官等을 제정하였다. 이어 二月에 6佐平을 포함한 16官等 중 6品, 11品을 界線으로 하여 官人의 服色과 冠飾을 규정한다. 三月에는 內臣佐平의 임명후 이듬해의 正月에 王의 衣冠에 대한 규정을 마련하였다12).

위의 사서에 나타난 기록은 冠飾의 착용을 규제하는 衣冠制가 古爾王代인 3세기 말엽으로 추정되나 현재까지 銀製冠飾이 출토되고 있는 고분의 편년은

---

8) 周書, 卷四十九 列傳 第四十一 異域上 百濟條 : 官有十六品 佐平五人 一品 達率三十人 …奈率六品 六品已上 冠飾銀花.

9) 北史, 卷九十四 列傳第八十二 百濟條 : 官有十六品 左平五人 一品達率三十人 … 六品已上冠飾銀花 將德七品紫帶 節德緋帶 ….

10) 隋書, 卷八十一 列傳 四十六 東夷百濟 : 官有十六品 長曰佐平 次大率 次恩率 … 其冠制並同唯奈率以上飾以銀花 ….

11) 唐書, 卷二百二十 列傳 第一百四十五 東夷百濟條 : … 王服大袖紫袍 烏羅冠飾以金花君臣緋衣飾以銀花 ….

12) 三國史記, 卷第二十四 百濟本紀 第二 古爾王 : 二十七年春正月 置內臣佐平 豪善納事 內頭佐平 豪庫藏事 … 又置達率 恩率 德率 扞率 奈率 及將德 … 振武 剋虞 六佐平竝一品 達率二品 … 剋虞 十六品 … 二月 下令 六品以上服紫 以銀花飾冠 十一品以上服緋 十六品以上服靑 … 三月 以王第優壽爲內臣佐平 … 二十八年春正月初吉 王服紫 大柚袍 靑錦袴 金花飾烏羅冠 素皮帶 烏韋覆 坐南堂廳事 ….

6세기 중반을 전후한 고분에서만 출토되는데, 문헌대로라면 기록된 동시기의 유물이 출토되어야 한다. 그렇지만 아직까지 출토되지 않는 것은 衣冠制의 制定은 古爾王代에 되었으나 본격적으로 실행되지 못하고 시대가 흐르면서 점진적으로 이루어진 것으로 추정된다.

의관제의 규정은 王과 官人과의 구별, 官人사이에서도 品階에 따른 위계질서의 마련이라는 차원에서 이루어졌다. 銀製冠飾은 㭯率이상의 官人이 착용한 것으로 이의 소유자는 당연히 백제의 중앙권력집단과 관련된 피장자로 볼 수 있다(李南奭, 1999). 이러한 문양 및 형식학적, 정치적 상관관계를 가지고 영산강유역에서 출토된 은제관식을 가지고 출토되는 고분의 계층화를 상정할 수도 있다.

그런데 나주 복암리 3호분 같은 경우는 옹관고분을 사용하였던 在地勢力들이 한 분구내에서 석실분을 수용하며 고분을 축조하였기 때문에 이 지역에 대한 백제의 지방지배방식이 중앙에서 지방관을 직접 파견한 것으로 변화하였다고 보기는 어렵다. 이런 점에서 威勢品으로의 銀製冠飾의 사여는 지방지배방식의 변화와 더불어 在地勢力을 포용·편제해 가는 방식의 하나로 보았다(朴普鉉, 1999).

은제관식과 함께 가는 철사로 만든 관의 테두리인 철제관모테가 출토된다. 현재의 철제관모테는 출토 당시 상태를 근거로 해서 착장형태를 복원한 것으로, 부여 능산리 능안골 36호에서 출토된 철제관모테를 통해서 원형과 착장방식, 은제관식과의 상관관계를 어느 정도 유추 할 수가 있었다.

현재까지 영산강유역에서 확인되는 철제관모테는 나주 복암리 3호분 5호·7호 석실분에서 각각 2점씩, 나주 영동리 1호분에서 1점 등 총 5점이 출토되었으며, 백제고지 지역에서는 부여지역 부근에서 압도적인 출토량을 보이고 있다. 철제관모테는 은제관식을 착장했던 관모의 형태로 추정되나 현재까지 나주 복암리 3호분 5호 석실에서 출토된 1점의 은제관식을 제외하고 관모테와 은제관식과의 수량면에서 일치하지 않는다. 이것은 아마도 모든 철제관모테가 은제관식을 착장하지 않았음을 의미한다고 볼 수도 있다.

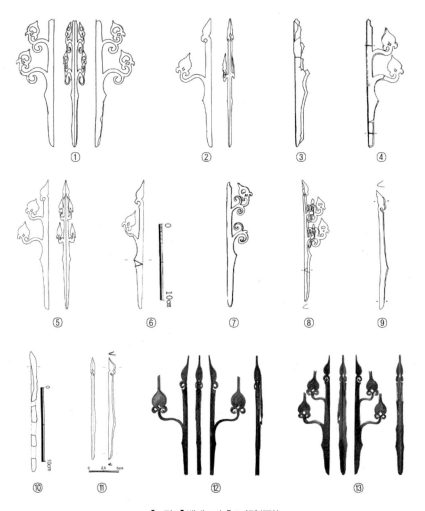

【그림 7】백제고지 출토 銀製冠飾

①나주 복암리 3호분 5호 ②나주 복암리 3호분 16호 ③나주 흥덕리 쌍실분 ④남원 척문리 ⑤논산 육곡리 7호분 ⑥부여 염창리 Ⅲ72호 ⑦부여 하황리 ⑧부여 능산리 36호(동편) ⑨부여 능산리 36호(서편) ⑩부여 능산리 44호 ⑪부여3-4지점 9호 석실 ⑫익산 미륵사지 석탑(서탑)-A ⑬익산 미륵사지 석탑(서탑)-B

(2) 金製冠飾

金製冠飾은 영산강유역에서는 나주 복암리 3호분 7호 석실에서 유일하게 출토되었다. 복암리 출토품 冠飾은 다양한 무늬를 투조한 작은 화형금판만 출토되었다. 지금까지 백제고지에서 金製冠飾이 출토된 유적은 公州 武寧王陵과 扶餘 陵山里古墳群 등 백제도읍지의 왕릉에서만 출토되었다. 金製冠飾에 대한 문헌자료 중에서 10세기 초에 찬술된 것으로 알려진『舊唐書』의 백제 의관규정을 살펴보면 다음과 같다[13].

> … 王은 大袖紫袍에 푸른 비단띠를 두르고 烏羅冠을 쓰되 金花로 장식하고 烏革
> 履를 신고 …

문헌자료에서 확인되는 것처럼 金製冠飾을 사용할 수 있는 사람은 王에 한정된 것을 알 수 있다. 하지만 무령왕릉의 금제관식처럼 화려하지 않으나 재료가 동일한 금제를 사용했다는 점에서 여러 가지 가정을 상정할 수 있다.

7호 석실의 묘실 축조는 사벽수직으로 追加葬이다. 내부출토 중요유물로는 다양한 금제관식을 비롯하여 金銀裝鬼面文三環頭大刀, 金銀裝圭頭大刀, 金銀裝刀子 등 화려한 위세품의 출토와 철심관모테가 출토되었다. 그렇지만 은제관식은 출토되지 않았다는 점, 또한 동 시기로 편년되는 석실 구조에서 은제관식이 출토되고 있는 점 등을 살펴볼 때 7호 석실의 피장자의 신분이 단순하게 지방관의 위상에 한정되지 않고 보다 높은 상위 신분의 인물이 묻혔을 가능성도 있다.

---

13) 唐書, 卷一百九十九 列傳 第一百四十九 東夷百濟條 : … 其王服大袖紫袍 青錦袴 烏羅冠 金花爲飾 素皮帶 烏革履 ….

이 외에도 백제 수도인 공주와 부여를 제외하면 출토예가 없는 영산강유역에서 확인되는 금제관식의 존재는 당시 정치적으로 약화된 왕권의 강화와 중앙집권을 강화하기 위해서 檐魯制를 이용한 중앙에서 직접지배의 방식으로 왕족들을 파견했다는 가정도 상정할 수 있다[14]. 하지만 금제관식이 출토된 7호분의 경우 후기 석실(사비식)단계에서도 가장 후행하는 양식이며 화려한 장식대도 중에서도 왜와 관련된 규두대도의 존재로 볼 때 피장자는 강력한 在地勢力의 묘제일 가능성이 매우 높다. 따라서 영산강유역에서 출토된 금제관식은 이 지역에서는 당시에 백제가 완전히 직접지배 체제로 전환되지 못하고 재지세력 집단들이 기존에 누려왔던 고유의 지배력을 유지하면서 어느 정도의 독자적인 세력을 영유할 수 있었던 상징적으로 보여주는 유물로 볼 수 있다.

---

14) 百濟領域 중에서도 가장 늦은 시기에 편입되고 또한 독특한 묘제를 영위하였던 영산강유역에서 王에 한정된 金製冠飾이 출토된 점은 李鎔彬과 金英心의 내용을 참조할 만하다.

李鎔彬은 영산강유역을 중심으로 한 전남지역에 甕棺古墳文化가 오랜 기간 동안 존속할 수 있었던 요인으로 백제 중앙의 전면적인 지배 곧 기존 백제의 지방통치 조직인 5부제에 편제되지 않았으며, 이 시기에 영산강 유역의 완전한 지배가 이루어졌다고 할 수 없고, 이 지역의 중요 요충지에 王·侯號 수작자를 파견하여 상주시키면서 在地勢力을 통한 간접지배 형태가 시행되었던 것으로 추정하였다. 또한 그는 王·侯號 수작자가 관칭한 지명은 대부분이 전남 서해안에 위치하고 있다는 점을 근거로 近肖古王의 南方經略은 이후 이 지역에 대한 檐魯制편제로 연결되고 있음을 확인할 수 있다. 檐魯가 편제된 지역에 대한 지배 방식은 공납을 매개로 하는 간접지배방식을 취하였을 것으로 추정되나 檐魯가 편제된 지역에 백제군이 주둔하고 있는 것으로 보아 아마도 직접지배를 전제로 한 것으로 보인다는 견해를 밝혔다(李鎔彬, 2002).

金英心은 중국 南北朝나 匈奴 등 주변제국에서도 宗室을 지방장관으로 삼음으로써 황제의 지배력을 강화시키고자 했다는 점을 고려할 때 백제에서도 王族을 지방관으로 파견하여 왕의 지배력을 강화시키고자 했을 가능성이 있으며, 『梁書』에서 언급된 子弟宗族을 파견해서 다스리게 했다는 기사와 상치된 것으로 볼 것이 아니라, 『梁書』에 나온 子弟宗族에 왕족만이 아니라 고위관료, 신진세력 등 의제적인 관계까지 포함된 것으로 확대 해석하였다(김영심, 1999).

3) 飾履

飾履는 銀이나 金銅과 같은 귀금속으로 만든 신발 바탕에 龜甲文, 斜格子文 등 여러 가지 문양으로 장식한 신발이다. 공주 수촌리에서 식리가 출토되기 전까지는 주인공의 사후를 위한 葬送儀禮用으로 제작되어 다른 유물들과 함께 부장된 것으로 파악하였다. 하지만 공주 수촌리 II-1호분, 고창 봉덕리 1호분 4호 석실에서 출토된 식리내에서 사람의 발 뼈가 출토되어 고분에 안치된 피장자의 사후에 착장형태로 부장된 유물임이 새롭게 밝혀졌다.

지금까지 출토된 金銅飾履는 삼국을 통틀어 약 40점을 상회하고 있으며, 일본에서는 고분시대 출토품으로 약 16점이 출토되었다. 영산강 유역에서는 나주 신촌리 9호분 乙棺, 복암리 3호분 96석실, 나주 복암리 정촌고분 1호 석실, 고창 봉덕리 1호분 4호 석실에서 각각 한 켤레씩 출토되었고 고창 봉덕 1호분 5호 석실에서는 저판부의 편만 확인된다<표 11>.

出土遺蹟		埋葬主體	全長(cm)	紋樣		못(개수)	瓔珞	발등각도	備考
				側板	底板				
나주 신촌리 9호 乙棺		옹관	29.7	斜格子紋, 凸狀圓紋	斜格子紋, 四葉花紋	9	×	7° 전후	金銅 單板 사용
나주 복암리 3호분 96석실		횡혈식 석실	현 : 27.0	龜甲紋, 五葉花紋	龜甲紋, 五葉花紋	9 (잔존)	圓形 魚形	7° 전후	金銅 單板 사용
나주 복암리 정촌고분1호 석실		횡혈식 석실	32	菱形紋, 五葉花紋 龍頭장식 등	鬼面紋, 蓮花紋 (透彫 線刻기법)	24	×	7° 전후	金銅 單板 사용
고창 봉덕리 1호분	4호 석실	수혈식 석실	?	凸字紋(透彫기법)?	龜甲紋, 蓮花紋, 龍鳳紋, 人面鳥身, 方士像紋(透彫기법)	18	×	?	金銅 單板 사용
	5호 석실		底片	알수 없음	菱形紋(透彫기법)	?	×	?	金銅 單板사용(?)
고흥 길두리 안동고분		수혈식 석곽	30.6	凸字紋, T字紋	菱形紋, 方形紋	11	×	?	金銅 單板 사용
익산 입점리 1호분		횡혈식 석실	30.1	斜格子紋, 三葉花紋	斜格子紋, 三葉花紋	9	×	22° 전후	金銅 單板 사용
공주 武寧王陵	王	전축분	38.0	龜甲紋, 蓮花紋 鳳凰紋(透彫기법)	龜甲紋, 蓮花紋, 鳳凰紋	10	圓形	?	銀板＋金銅 板사용
	王妃		35.0	忍冬唐草紋 龜甲紋, 鳳凰紋	忍冬唐草紋 龜甲紋, 鳳凰紋				
공주 수촌리Ⅱ	1호	토광묘 (목곽)	29.5	凸字紋(透彫기법)	菱形紋(透彫기법)	10	×	22° 전후	金銅 單板 사용
	3호	횡구식 석곽	31.6	凸字紋(透彫기법)	蓮花紋, 龍紋, 雲紋(透彫기법)	6	×	22° 전후	金銅 單板 사용
	4호	횡혈식 석실	29.7	凸字紋, 龍紋(透彫기법)	蓮花紋, 龍紋(透彫기법)	9	×	22° 전후	金銅 單板 사용
서산 부장리	6호	토광묘 (목곽)	片	凸字紋(透彫기법)	龜甲紋, 蓮花紋, 龍鳳紋, 人面鳥身, 方士像紋(透彫기법)	○(?)	×	?	金銅 單板 사용
	8호		片	凸字紋(透彫기법)	龜甲紋, 蓮花紋, 龍鳳紋, 人面鳥身, 方士像紋(透彫기법)	○(?)	×	?	金銅 單板 사용
日本 熊本縣 江田船山 古墳		횡혈식 석실 (石棺)	32.3	龜甲紋	龜甲紋	9	圓形	22° 전후	金銅 單板 사용
日本 滋賀縣 鴨稻荷山 古墳		횡혈식 석실	약 : 28.0	龜甲紋	龜甲紋	無	圓形 魚形	5° 전후	金銅 單板 사용
日本 山口縣 塔ノ尾 古墳		횡혈식 석실	28.4	龜甲紋	六葉花紋	9	圓形 魚形	22〜23°	金銅 單板 사용

金銅飾履는 주로 우리나라와 일본의 5~6세기로 편년되는 고분에서 출토되고 있으며, 金冠, 金銅冠, 裝飾大刀 등과 더불어 피장자의 권위를 보여주는 威勢品으로 사용되었다. 金銅飾履에 대한 연구는 日人學者들에 의해 시작되었는데, 대표적인 인물로 馬目順一과 吉井秀夫다. 특히, 馬目順一은 한반도와 일

본에서 출토된 金銅飾履를 단계별로 설정하고 이에 따른 형식학적 분류를 시도하였다.

그의 분류에 의하면 금동제 신발을 바닥이 금속제이고 측면이 다른 소재로 제작된 것을 I群, 바닥과 측면이 동일한 소재로 제작된 것을 II群, 그리고 II群은 다시 두 장의 側板이 발등 쪽과 발뒤꿈치 쪽에서 고정되게 제작된 것을 A형, 발등 쪽과 발 뒤꿈치 쪽을 다른 판으로 제작되고 발 측면 쪽에 고정된 것을 B형, 그리고 발등 쪽이 다른 판으로 제작된 것을 C형으로 각각 분류하였으며, 한반도에서 출토된 금동신발 중에 I群은 고구려와 신라, II-A형은 백제, 신라, 가야, 일본열도, II-B형은 신라와 가야 일부, II-C형은 일본에서 관찰된다고 하였다(馬目順一, 1991). 나주 신촌리 9호분, 복암리 3호분 96석실, 나주 복암리 정촌고분 1호 석실, 고창 봉덕리 1호분 4호 석실에서 출토된 金銅飾履는 馬目順一의 분류에 의하면 II-A형에 해당된다.

영산강유역에서 출토된 金銅飾履의 제작방법을 살펴보면 먼저 신촌리 9호분 출토품은 2매의 금동판을 형태에 따라 자른 다음 앞뒤로 리벳팅하여 상판을 결합하고, 底板의 주연을 'ㄴ'자형으로 꺾어 구부린 후 側板과 이어 針金으로 리베팅 하였다. 신발의 側板표면에는 두 줄의 점열로 斜格子모양의 공간을 만들고 사격자 공간 내에는 凸狀圓文을, 底板의 사격자 내에는 四葉花文을 시문하였다. 전체적인 무늬 배치는 상판의 가운데 접합부분을 중심으로 좌·우 대칭을 이루고 있다. 측판의 아랫면에는 9개를 단면 방형의 못을 사용하여 박았으나, 일부 결실되고 현재 5개의 스파이크가 남아있다. 신발내부의 저판에서는 麻布로 추정되는 布痕이 잔존한다.

복암리 3호분 96석실 출토품은 제작방법에 있어 문양을 먼저 시문한 후 제작하였다. 제작기법은 별도의 저판을 올려놓고 두 장의 측판을 발등 쪽과 뒤꿈치에서 겹쳐 고정하고 저판과 측판의 결합은 측판의 아래 부분을 접어 꿰맨 형식이다. 문양은 좌·우 측판과 저판에 정연하게 龜甲文이 시문되어 피장자의 신분을 암시해 준다.

龜甲文은 거북의 등껍질과 유사한 육각형의 문양을 말하는데, 주로 단독으로 쓰이기보다는 연속된 무늬로 반복되는 것이 특징으로 그 형태와 기원에 따라 두 가지로 구분된다. 먼저 Ⅰ유형은 단순히 육각형 무늬로만 베풀어지며 그 기원은 中國 漢代에 거북등무늬의 표현에서 시작하여 대부분 거북형상의 공예품에 잘 나타난다. 제 Ⅱ유형은 육각형의 꼭지점 부분에 점·원·꽃 등을 장식하고 귀갑문 내에 여러 가지 動物文이나 植物文을 시문하는 것이 특징이다. 우리나라의 경우는 제 2유형의 귀갑문이 주로 발달하였으며, 주로 왕릉급 고분에서만 나타나는 문양으로 품격이 높은 공예품의 의장 요소로 채용하였다. 金銅飾履에 귀갑문이 시문된 예는 공주 무령왕릉과 경주 식리총에서 확인되고, 일본은 熊本縣 江田船山古墳 출토 飾履부터 龜甲文이 확인되고 있다.

나주 복암리 정촌고분 1호 석실 출토품(국립나주문화재연구소, 2014)의 경우 현재까지 출토된 식리 중에서는 가장 완벽한 형태로 출토되었다. 특히 정촌 출토품이 주목되는 것 중의 하나는 발등 부분에 용 모양의 장식이 사실적으로 세밀하게 조각된 장식이 달려 있으며 이러한 용머리 장식은 현재까지 일본과 우리나라를 포함해서 출토예가 없는 최초이다. 식리의 제작기법은 필자의 육안 분석으로는 우선 기본적으로 복암리 출토품과 비슷하게 금동판으로 별도의 저판을 올려놓고 두 장의 측판을 발등 쪽과 뒤꿈치에서 겹쳐 리벳으로 고정하고 저판과 측판의 결합은 측판의 아래 부분을 접어 꿰맨 형식으로 추정된다. 전체적으로 透彫와 線刻기법으로 제작되었으며 다만 저판의 경우 바닥 중앙에 연화문으로 장식된 연꽃 문양은 8엽의 꽃잎을 선각기법을 사용하여 삼중으로 배치하였고, 중앙에 선각기법으로 꽃술을 새겨 더욱더 도드라지게 돋보이도록 제작되었다. 연화문 하단에는 귀면문을 투조하였으며 형태는 부릅뜬 눈과 크게 벌린 입, 형상화된 몸체 등이 연화문을 중심에 두고 앞뒤로 2개씩 묘사하였다.

고창 봉덕리 1호분 4호 석실 출토품의 경우 금동판으로 별도의 저판을 올려놓고 두 장의 측판을 발등 쪽과 뒤꿈치에서 겹쳐 리벳으로 고정하고 저판과 측판의 결합은 측판의 아래 부분을 접어 꿰맨 형식으로 추정된다. 다만 양 측판 상부(발목 덮개)에 1매의 금속판을 덧대어 제작된 나주 정촌고분 1호 출토품과 제작 기법이 동일하고 전체적으로 透彫와 線刻기법이 적용되었다. 그리고 5호 석실 출토품의 경우 저판만 일부 잔존하고 후대에 교란과 도굴로 인해 전체적인 제작기법과 형식은 알 수 없으나 4호 석실 출토품과 동일한 제작기법이 적용되었을 것으로 추정된다. 다만 서판에 4호 석실과는 다르게 능형문이 투조되어 문양은 동일하지는 않았을 것으로 추정된다.

馬目順一의 분류에 따르면 신촌리, 복암리 출토품은 Ⅱ-A형으로, 이 형식에 속한 신발은 발등 각도의 변화가 시간적인 변천의 지표가 된다고 지적한 바가 있다(馬目順一, 1980). 이러한 결과는 일본에서 출토된 Ⅱ-A형에 속하는 금동제 신발은 발등 각도가 작아지고, 전체길이는 길어지며, 바닥면의 스파이크가 없어지면서 바닥판 장식이 많아지도록 변화했다는 시간적인 흐름이 관찰된다. 특히, 식리의 대형화와 스파이크가 없어진 점이 우리나라와 다르게 일본 출토 금동식리에 나타나는 큰 특징으로 인식하였다.

吉井秀夫는 金銅飾履의 제작방법에 따라 발등 쪽 접합부가 하단부와 평행하지 않고 경사진 것과 발등 쪽 접합부가 하단부와 거의 평행한 것으로 두 가지 형식으로 분류하였다(吉井秀夫, 1996). 그는 전자에 속하는 예로는 경주 飾履塚, 공주 武寧王과 王妃, 나주 新村里 9호분 乙棺, 익산 笠店里 1호분, 日本 熊本縣 江田船山古墳 등이 해당되고 발등에 평탄면이 있는 것이 특징이다. 후자에 속하는 예로는 日本 滋賀縣 鴨稻荷山古墳, 奈良縣 藤ノ木古墳 등 주로 일본에서 관찰된다. 전자에 속하는 제작방법은 후자의 제작방법보다 제작기술의 수준이 높고 우리나라 중에서 백제고지 지역에서 출도비율이 높은 점으로 미루어 백제에서 제작되어 일본의 유력 수장층들에게 수여된 威勢品으로 추정하였다.

복암리 출토 飾履는 여타 金銅飾履와 다르게 저판에서 魚形裝飾具가 부착되었다. 魚形裝飾具는 현재까지는 주로 帶金具에 부착되는 장식구의 하나로 출토된 예는 있으나 식리에 부착된 예는 복암리 출토품이 처음이다. 일본에서는 塔ノ尾古墳, 鴨稻荷山古墳, 藤ノ木古墳(奈良縣立檀原考古學硏究所, 1995 ; 吉井秀夫, 1996) 등에서 출토되었다.

魚形裝飾은 주로 일본에서 출토되는 장식으로 塔ノ尾古墳 출토품이 복암리 출토품보다는 이른 시기로 편년되지만, 吉井秀夫의 제작방법을 적용하면 복암리나 신촌리 출토품과 같은 계통으로 분류되기 때문에 백제지역에서 만들어져서 일본 재지세력들의 威勢品으로 사용되었을 가능성이 매우 높다. 魚形裝飾을 신발에 한 이유에 대해서는 현재로서는 알 수 없으나 물고기가 사람을 보호한다는 神魚思想에서 유래한 것이라는 설(김병모, 1998, p.142)이 있다.

복암리 출토품은 제작기술 및 형태상으로 신촌리 9호분, 입점리 출토품과 동일한 것으로 판명되었지만 문양과 제작기법상에 있어서 세부적인 차이점이 나타난다. 즉, 신촌리 9호분과 입점리 출토품은 瓔珞이 없고 문양은 斜格子文을 채용하고 있다. 복암리 출토품은 주로 왕릉급에서 채용된 龜甲文을 사용하고 있고 원형의 영락이 존재한다는 점에서 신촌리와 입점리 출토품보다는 격식이 높고, 무령왕릉 출토품과 가깝다. 영산강유역에서 출토되는 귀갑문을 채용한 금동식리의 스파이크의 수는 모두 다 9개로 규격화 현상이 관찰된다. 이러한 현상은 일본의 초기 식리로 편년되는 江田船山古墳, 塔ノ尾古墳 등에서도 관찰되는 공통적인 현상이다. 늦은 시기의 고분 출토품은 초기 출토품보다

의장적인 면에서 격식이 떨어지고 점차 대형화 현상이 나타나면서 초기 飾履에 관찰된 제작기술의 정교함 등의 현상이 사라진다.

일본의 초기 식리는 제작기술적인 측면과 스파이크에 나타나는 못의 수로 보아 영산강유역을 포함한 백제고지의 영향을 받은 제품으로 추정할 수 있다.

특히 魚形裝飾具는 일본 식리의 독자성을 강조하는 장식구의 하나로 주장 (吉井秀夫, 1996, p.471)되었으나, 복암리 3호분 96석실에서 출토된 금동식리의 존재로 일본 초기 식리는 오히려 영산강유역 在地勢力과의 관계로 추정할 수 있다. 이러한 결과를 토대로 금동식리의 시간적인 흐름을 나타내면 다음과 같은 문양과 형식으로 변천되었을 것으로 추정할 수 있다【그림 8】.

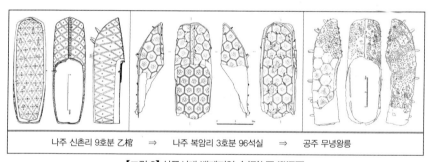

나주 신촌리 9호분 乙棺 ⇒ 나주 복암리 3호분 96석실 ⇒ 공주 무녕왕릉

【그림 8】삼국시대 백제지역 金銅飾履 變遷圖

금동식리는 삼국에서 공통적으로 제작된 유물이다. 하지만 제작기술적인 측면에서 뚜렷한 차이점을 보이고 있다. 즉 신라지역의 출토품들은 앞코가 둥그스름하며 바닥판과 좌·우 측판이 함께 붙어 있는 특징을 지니고 있다.

이와는 반대로 영산강유역을 포함한 백제고지 출토품들은 신라와는 다르게 앞코 모서리가 뚜렷한 각을 이루며 底板과 좌·우 측판을 따로 만들어 서로 釘金을 사용하여 서로 결합한 방식을 사용하고 있다. 이러한 백제의 제작기술은 일본 고분시대에 출토되는 금동식리의 제작기술과 많은 유사성을 지니고 있어

百濟(영산강유역 포함)와 倭사이의 문화적인 교류가 활발했음을 짐작해주는 고고학적 산물로 해석할 수 있다. 특히, 나주 정촌과 고창 봉덕 출토품은 투조와 신각기법을 병행하여 문양 또한 정밀하게 제작되었다. 복암리 3호분 96석실과 신촌리 9호분의 경우 선각기법만 적용되었는데 아마도 이러한 조각 기법의 차이는 시기차와 집단간의 위계화를 반영해 주는 것으로 추정된다. 선각 기법만 활용한 복암리 3호분과 신촌리 9호분의 경우 문양에 있어 사격자와 귀갑문이 적용되었다. 따라서 왕릉인 무령왕릉에 적용된 사례에서 살펴볼 때 비록 시기 차이는 있으나 귀갑문이 적용된 식리가 투조와 선각 기법이 활용된 식리보다 시기적으로 후대에 속하지만 위계적으로 상위에 속한다고 할 수 있다. 또한 무령왕릉 출토품을 기준으로 문양과 제작면에 있어서 귀갑문을 사용한 식리는 영산강유역을 포함한 백제고지에서는 복암리 3호분 96석실을 제외하고 아직까지는 더 이상 출토되지 않고 일본에서 이러한 양식이 확인된다.

식리에 투조기법이 유행한 시기는 한성기로 추정된다. 또한 이러한 제작기법이 활용된 식리의 부장된 지역의 범위가 충남 공주, 서산, 전북 고창, 전남 나주, 고흥 등 범위가 광범위하게 확인되고 있다. 따라서 한성기 백제가 각 지역의 재지수장층들에게 사여의 개념으로 제작하기 위해서 제작된 식리의 경우, 이른 시기에는 공주 수촌리와 고흥 안동고분에서 확인된 것처럼 T자문과 능형문 위주로 문양면에서 단순하게 제작된다. 이후 한성기 마지막 식리로 추정되는 나주 정촌고분이나 고창 봉덕 1호분 출토품에서 확인되는 것처럼의 투조기법으로 제작된 식리의 장식면에 있어서 지금까지 볼 수 없었던 화려한 문양을 투영하여 제작된다. 따라서 제작기법상 살펴보면 당시 한성기 백제의 금속기술이 최고의 절정기일 때 제작되었을 것으로 추정할 수가 있다.

그러나 이 지역에서는 신촌리 9호분 출토품을 기점으로 제작기법의 변화양상이 확인된다. 즉 한성기에는 투조기법이 주를 이루던 제작방식에서 공주 천도 이후에 제작된 식리의 제작방식이 점열문이 주를 이루는 彫金技法(선각기법)[15]으로의 변화가 시작되기 때문이다. 문양면에 있어서도 사격자문의 채택되고 이후에 추가로 귀갑문에 불교의 영향을 받아서 연화문계통이 채용되며 영락이 부착된다. 이러한 선각기법으로 제작된 금동식리의 경우 나주 복암리 3호분 96석실 식리에서 발전하여 절대연대가 확실한 공주 무령왕릉에서 그 절정을 맞이한다.

다만, 식리같은 위세품의 경우 제작지가 한정적이고 지금까지 연구 성과에 의하면 백제에서 각 지방 재지세력들에게 사여한 유물이기 때문에 전세의 위험성이 매우 크다. 즉 나주 복암리 3호분 96석실과 정촌고분에서 출토된 식리의 경우 매장주체부의 경우 초기 석실분으로 시기차가 별로 없다. 그렇지만 출토된 식리의 경우 제작기법에 있어서 확연한 차이를 보이고 있기 때문에 좀 더 신중한 검토가 필요할 것으로 판단된다.

---

15) 彫金技法이란 금속표면을 장식하는 모든 종류의 기법을 말하며, 가장 대표적인 방법이 線刻기법이다. 선각기법은 주로 점으로 연속적으로 표현되어 점열문 또는 열점문 등으로 불리운다(이난영, 2012).

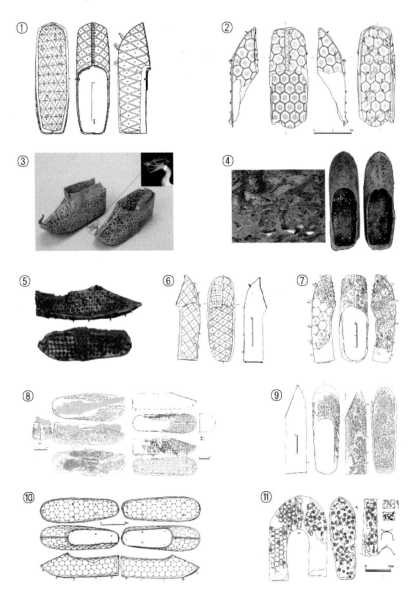

【그림 9】영산강유역 출토 金銅飾履 비교 검토

①나주 신촌리 9호분 乙棺 ②나주 복암리 3호분 96석실 ③나주 복암리 정촌고분 1호 석실
④고창 봉덕리 1호분 4호 석실 ⑤고흥 길두리 안동고분 ⑥익산 입점리 1호분 ⑦공주 무녕왕릉(王)
⑧공주 수촌리 Ⅱ-3호 석곽 ⑨공주 수촌리 Ⅱ-4호 석실 ⑩日本 熊本縣 江田船山 古墳 ⑪日本 滋賀縣 鴨稻荷山 古墳

4) 帶金具

帶金具는 革·布 등의 帶(띠)의 표면에 부착시켜 화려하게 장식하는 띠의 부속물로서 帶와 鉸具, 銙(과판부와 수하부로 구성된), 띠끝장식, 腰佩의 네 부분으로 구성된다(尹善嬉, 1987, pp. 303~345). 대금구는 위세품의 성격을 지닌 장신구로 왕릉이나 수장층의 고분에 부장품으로 부장되었으나, 그 후에는 실용적인 측면이 강화되면서 신분을 나타내는 표지적인 유물로 사용되었다. 이들 구성요소 가운데서 帶는 부식되어 없어진 반면, 金具는 잘 남아 있어서 帶의 크기를 추정하는 자료(桶口隆康, 1950)로 이용되기도 한다. 지금까지 영산강유역에서 확인되는 대금구는 장성 학성리 A-6호분, 복암리 3호분 5호·6호·7호 석실, 나주 영동리 1호분 4-1호, 장흥 충렬리 3호·4호분 등에서 출토되었다<표 12>.

〈표 12〉영산강유역 帶金具 출토 비교 현황표

出土 遺蹟		埋葬 主體	鉸具			端金具			銙板			기타
			銀製	靑銅	白銅	銀製	靑銅	白銅	銀製	靑銅	白銅	
나주 복암리 3호분	5호	횡혈식 석실	●									
	6호								●(1)			
	7호			●				●				
나주 영동리 1호분 4-1호		횡혈식 석실										
장성 학성리 A-6호분		횡혈식 석실		●			●			●(5)		
장흥 충렬리	3호	횡혈식 석실				●			●(1)			
	4호								●(1)			
고창 봉덕리 1호분 5호		횡혈식 석실	●									

出土 遺蹟			埋葬 主體	鉸具			端金具			銙板			기타
				銀製	靑銅	白銅	銀製	靑銅	白銅	銀製	靑銅	白銅	
부여 능산리	36호	동편	횡혈식 석실	●			●			●(4)			
		서편			●				●			●(4)	
	44호			●			●			●(5)			
	50호									●(2)			

복암리 출토품은 먼저 5호 석실에서 은제과대교구 1점, 6호 석실에서 과판 1점, 7호 석실에서 청동제 과대교구 및 백동제의 단금구가 출토되었다. 5호 석실 출토품은 은제교구로 단조품이며 刺金이 없으며, 띠 연결부에는 혁대를 고정하기 위한 逆凹形金具가 있어 竹으로 고정한 듯하며 못은 직접 사용하지 않았으나 못의 흔적이 안에서 밖으로 타출한 흔적이 잔존한다. 下緣金이 上緣金 보다 길어 左緣金이 비스듬한 각을 이룬다. 이와 비슷한 출토품으로 부여 능산리 목탑지 출토품(李漢祥, 1997, p.158), 능산리 36호(동편)·44호 출토품(國立扶餘文化財硏究所, 1998), 논산 표정리 13호 출토품(尹武炳, 1979)이 해당되며, 특히 능산리 44호 출토품이 형태상 가장 비슷하다. 현재까지 이러한 형식이 출토된 곳은 부여와 논산지역에서만 확인된다.

6호 석실은 주조품으로 銀製逆心葉形의 과판에 못이 없으며 혁대고정용 금

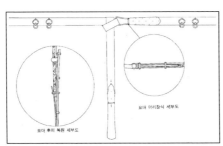

【그림 10】 帶金具 착용 추정 복원도(능산리 1998)

구는 逆凹字形으로 과판에 땜질되어 있다. 이와 비슷한 출토품으로 장흥 충열리 3호·4호분, 부여 능산리 36호분(서편), 장성 학성리 A-6호분 등이 해당된다. 그러나 형태 및 제작기법상 동일하나 재료가 銀製이며 땜질이 보이고 逆

心葉形 이면에 銀板이 덧대진 점 등 이른 시기의 요소를 가지고 있다.

崔孟植은 능산리에서 출토된 과대금구를 설명하면서 左緣金이 비스듬한 각에서 볼 수 있듯이 피장자가 겉옷의 허리부분에 가볍게 돌려 기능면에서 보면 옷의 날리는 것을 방지하거나 장식적인 효과, 또는 신분과 品階에 따른 位相을 위한 목적이었을 가능성이 높다고 추정하였다[16].

장성 학성리 출토품은 銅製로 鉸具와 逆心葉形銙板이 출토되었다. 동제교구는 띠 연결부에 못이 없어 주조품이며, 逆心葉形銙板도 주조품으로 이면에 혁대고정용 금구가 만들어져 있다. 학성리 출토품으로 볼 때 이러한 형식은 前시기에 銀을 사용하여 단조하였던 시기보다 대량으로 만들었을 것이고 그 형태도 정형화되어 帶金具의 소유 역시 확산되었을 것으로 보고 있다(李漢祥, 1997). 帶金具 중에서 逆心葉形銙板은 갖춘 것은 儀禮用보다는 實用品일 가능성이 매우 높다(李漢祥, 2001). 帶金具는 시간이 흐르면서 逆心葉形銙板을 지표로 하는 帶金具로 정형화되고 있다. 6세기 중엽 이후에 帶金具의 제작기법은 鍛造에서 대량생산이 가능한 鑄造로, 재료면에서는 金 · 銀에서 銅製로 변하며, 鉸具의 刺金과 과판 내부의 못이 퇴화 내지는 없어지는 방향으로 변한다.

帶金具가 출토된 복암리 3호분 석실은 규모면에서 각 유형의 다른 석실에 비해 대형으로 석실의 대형화는 과대교구가 威勢品의 성격과 관련이 있을 것으로 판단된다. 대금구는 은제관식과 마찬가지로 형태나 색깔, 재질 등이 관등에 따라 규정[17]되어 있었다고 한다. 지금까지 영산강유역에서 출토된 帶金具

---

16) 최맹식은 부여를 중심으로 한 백제유적에서 출토된 혁금구 장식은 지금까지 머리장식에 요대끈을 넣어 감아 밑으로 늘어뜨릴 수 밖에 없는 상태로 확인되어 양식상 신라나 가야지역에서 출토된 것들과 다소 차이점이 보인다고 하였다(國立扶餘文化財硏究所, 1998).

17) 周書, 卷四十九 列傳 第四十一異域上 百濟條 : … 六品已上, 冠飾銀華. 將德七品, 紫

를 시간적인 흐름으로 표현하면【그림 11】과 같다.

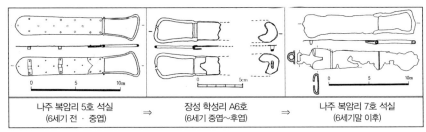

| 나주 복암리 5호 석실
(6세기 전 · 중엽) | ⇒ | 장성 학성리 A6호
(6세기 중엽~후엽) | ⇒ | 나주 복암리 7호 석실
(6세기말 이후) |

【그림 11】영산강유역 帶金具 變遷圖

5) 其他

이외에도 출토유물이 소량이지만 釧이 있다. 영산강유역을 포함한 백제고
지에서 금속제로 제작된 頸飾이나 釧이 분묘 유적에서 출토되는 사례는 공주
무령왕릉 출토품을 제외하면 현재까지는 영산강유역 출토품이 유일하다. 영
산강유역에서 출토되는 釧이 출토된 유적은 다음과 같다<표 13>.

帶, 施德八品, 皂帶, 固德九品, 赤帶, 季德十品, 青帶, 對德十一品, 文督十一品, 皆黃
帶, 武督十三品, 佐軍十四品, 振武十五品, 克虞十六品, 皆白帶 …(… 六品 이상은 관
을 은화로 장식하였다. 德은 七品으로 紫帶를 두르고, 施德은 八品으로 皂帶, 固德은
九品으로 赤帶, 季德은 十品으로 青帶를 각각 둘렀다. 十一品 對德과 十二品 文督은
모두 黃帶를 두르고, 十三品武督과 十四品 佐軍 · 十五品 振武 · 十六品 克虞는 모두
白帶를 둘렀다 …).

〈표 13〉 영산강유역 釧 출토 비교 현황표

出土 遺蹟		埋葬主體	材質別				形態	紋樣	其他
			金製	銀製	靑銅製	貝殼			
나주 신촌리 9호분	乙棺	옹관			●		通環	無紋	
	庚棺				●		通環	刻目	
덕산리 4호분 乙棺		옹관			●		通環	刻目	
대안리 9호분 庚棺		옹관			●		通環	刻目, 無紋	2점
해남 만의총 1호분		석곽			●	●	通環(?)	刻目	유구열도산 패제품
해남 월송리 조산고분		석실				●	通環	일본 繁根木型	청동못 장식(보수흔) 유구열도산 패제품
공주 무령왕릉 왕비 출토품	I	전축분		●			通環	龍, 多利作 명문	520년 제작
	II		●				분리	刻目	
	III			●			분리	刻目	
	IV		●	●			4절	多刻	

　　출토유적으로는 나주 신촌리 9호분 乙棺·庚棺, 덕산리 4호분 乙棺, 대안리 9호분 庚棺, 해남 만의총 1호분, 월송리 조산고분 등이 있다. 특히 나주 신촌리 9호분 乙棺 출토품을 제외하면 표면에 刻木紋이 시문되어 있다. 각목문을 시문한 사례는 中國 魏晋南北朝時代의 자료에서 자주 확인되며[18] 특히 백제시대 유적에서 兩晋의 중국문물이 다수 확인된다. 따라서 각목문이 시문된 釧의 경우 중국의 兩晋의 영향을 받아 제작된 백제계 계통으로 볼 수 있다.

　　이중에서 만의총 1호분 출토품은 청동제와 일본 유구열도산 패각(고호후라

---

18) 중국의 魏晋南北朝時代 釧의 경우도 무문이 다수를 이루고 있다. 이 시기 중국에서 각목문이 시문된 대표적인 유적으로는 南京 仙鶴觀 高崧墓(M2號墓), 東楊坊 M1號 南朝墓 등이 대표적이다(이한상, 2013).

또는 이모가이)으로 추정되는 貝釧이 출토되었으며 조산고분 출토품은 소위 일본에서 확인되는 하네키형[繁根木型]의 貝釧으로 패각 외면에 청동 못이 쌍쌍으로 3개소에 박혀 있는 형태이며 일부 보수흔이 확인된다. 이런 유형은 주로 일본의 구주지역에서만 사용되는 특수한 장신구로 알려져 있다(박천수, 2007).

현재까지 영산강유역에서도 釧이 출토된 지역은 나주와 해남이 유일하다. 특히 나주의 경우 옹관에서 청동제가 출토되었고, 해남의 경우 석실과 석곽에서 청동제와 일본 유구열도산 패제품이 출토되었다. 이처럼 釧의 경우 비록 출토량이 소량이기는 하나 지역적인 차이를 나타내고 있다. 일본산 패각으로 釧을 제작한 사례는 백제권 지역보다는 주로 가야와 신라권에서 자주 확인되는데 貝釧이 해남 지역에서만 확인되고 공반유물 또한 가야계나 신라계 유물들이 다수 확인되는 점 또한 해상을 통한 교류가 활발했음을 보여주는 사례로 볼 수 있다.

貝釧의 경우 木下尙子의 견해에 의하면 조산고분 貝釧의 산지는 유구열도산 貝類의 가능성을 언급하고 있다(木下尙子, 2002). 그의 견해에 따르면 한반도인들은 倭정권이나 九州地方의 豪族, 또는 九州海人을 통해서 琉球列島産 貝類를 입수하였다. 입수하는 과정에서 南島産貝文化가 간접적으로 수용되었을 가능성이 높고 이러한 貝文化가 한반도에서는 초창기에는 일상용품에서 시간이 흐르면서 在地勢力들의 威勢品으로 바뀌었으며 일본과는 다른 大型卷貝를 사용하는 문화가 존재하였다는 견해를 밝혔다.

이처럼 유구열도산 패각의 존재는 영산강유역 고대세력들이 백제권과는 다르게 일본 본토와 유구열도를 연결하는 직접적인 교류 등을 했음을 알려주는 유물이다. 또한 이러한 문화의 유입은 공반유물로 우리나라에서는 출토예가 적은 왜계의 銅鏡과 甲冑 등이 이를 뒷받침 해준다고 할 수 있다.

2. 武具類

무구는 원시 사회에 있어서 적과 싸울 때 쓰이는 도구였을 뿐만 아니라, 衣食住 등에 필요한 생활재료를 얻기 위한 중요한 생산도구이기도 하였다.

〈표 14〉 영산강유역 출토 武具類 현황표

遺蹟 \ 遺物	埋葬主體				裝飾大刀				大刀	劍	小刀	裝飾刀子	鐵鉾	鐵鏃	盛矢具		甲冑				備考
	土壙	甕棺	石室	石槨	圭頭大刀	裝飾環頭大刀	環頭大刀	環頭小刀	大刀	劍	小刀	裝飾刀子	鐵鉾	鐵鏃	飾金具	箭筒裝飾	縱長板冑	衝角付冑	札甲	板甲	備考
나주 덕산리 3호분 丙棺		●												3◆							
나주 덕산리 4호분 甲棺									1					5◆							
나주 대안리 4호분			●									1									
나주 신촌리 6호분 乙棺		●							1												
나주 신촌리 6호분 戊棺														1							
나주 신촌리 9호분 甲棺		●												2							
나주 신촌리 9호분 乙棺						3						2		◆							
나주 신촌리 9호분 丙棺														◆							
나주 신촌리 9호분 庚棺								1						2◆							
나주 대안리 9호분 乙棺		●							1					◆							
나주 대안리 9호분 戊棺														◆							
나주 대안리 9호분 己棺							1	1						◆	2						
나주 대안리 9호분 庚棺												1		◆							
나주 복암리 1·2호분 사이 7호 옹관															1						

遺蹟 \ 遺物	埋葬主體				裝飾大刀				大刀	劍	小刀	裝飾刀子	鐵鉾	鐵鏃	盛矢具		甲冑				備考
	土壙	甕棺	石室	石槨	圭頭大刀	裝飾環頭大刀	環頭大刀	環頭小刀							飾金具	箭筒裝飾	縱長板冑	衝角付冑	札甲	板甲	
나주 복암리 3호분 10호		●												13							
96 석실						1			2				2	◆							
5호			●		1																
7호					1	1						1									
11호				●					1				1								
14호			●											2							
4호				●							1										
11호									1												
나주 화정리 마산고분군 4-1호										1											
4-2호		●								1											
5-1호									1				1	6◆							
나주 영동리 1호분 1호			●						1												
나주 장동리 옹관고분		●							1												
영암 태간리 자라봉고분				●					1				1	17							
영암 신연리 9호분 4호	●												1								
영암 만수리 4호분 4호	●										1										
영암 옥야리 방대형고분			●										1	◆						◆	
함평 예덕리 신덕 1호분			●				1		2		2		3	30	2			1	◆		
함평 예덕리 만가촌고분 7-1호											1										
13-1호	●								1		1										
13-7호													1								

遺蹟＼遺物		埋葬主體				裝飾大刀			環頭小刀	大刀	劍	小刀	裝飾刀子	鐵鉾	鐵鏃	盛矢具		甲冑				備考
		土壙	甕棺	石室	石槨	圭頭大刀	裝飾環頭大刀	環頭大刀								飾金具	箭筒裝飾	縱長板冑	衝角付冑	札甲	板甲	
함평 고양촌 1호		●						1														
함평 순촌유적 A-39호		●											片									
무안 인평 6호					●									1	1							
무안 맥포리 3호		●													1							
무안 구산리 고분군	2호		●												1							
	3호							1							1							
무안 덕암고분군	1-2호 옹관									1												
	1-3호 옹관		●							1												사행검
	2-1호 옹관									1												
해남 부길리 옹관묘			●												1							
해남 월송리 조산고분				●				?							2	◈						
해남 방산리 장고봉고분				●											片				◆			
해남 용일리 용운 3호분				●				1							25							
해남 용일리 파괴고분				●											6							
해남 용일리 외도 1호분				●			1(片)								2					◆		
해남 용두리고분				●			1(片)								36	◆	◆					
해남 신월리고분					●	1		1						1								
해남 만의총 1호분					●						1											
해남 황산리 분토 I	1-1호													1								
	3-2호	●					1															
	6-1호										1											
해남 황산리 분토 II	2호	●								1												
	3호										1											
장성 만무리 유적				●				1						1							◆	

遺物 遺蹟	埋葬主體				裝飾大刀			環頭小刀	大刀	劍	小刀	裝飾刀子	鐵鉾	鐵鏃	盛矢具		甲冑				備考
	土壙	甕棺	石室	石槨	圭頭大刀	裝飾環頭大刀	環頭大刀								飾金具	箭筒裝飾	縱長板冑	衝角付冑	札甲	板甲	
광주 명화동고분			●											6	◆	◆					
광주 각화동 2호분			●											2							
광주 쌍암동고분			●																◆		
담양 제월리고분				●					1(?)			1(?)									
담양 서옥고분군 2-1호				●										1							
담양 서옥고분군 2-2호										1				7							
담양 성월리 월전고분			●											11					◆		
장흥 신풍유적 II 27호	●								1												
장흥 신풍유적 II 53호											1										
장흥 상방촌B 7-1호	●													5							
장흥 상방촌B 12-1호														2							
장흥 상방촌B 15-1호														2							
장흥 상방촌B 18-1호														2							
영광 학정리 대천 3호분			●						1(片)				1	42							
신안 안좌도 배널리고분				●					2	2									1	1	사행검
고창 예지리 4호					1								1								
고창 예지리 11호	●						1														
고창 예지리 4호 주구묘							1						1								
고창 봉덕리 1호분 4호			●						1												

| 遺蹟 | 遺物 | 埋葬主體 | | | | 裝飾大刀 | | | 環頭小刀 | 大刀 | 劍 | 小刀 | 裝飾刀子 | 鐵鉾 | 鐵鏃 | 盛矢具 | | 甲冑 | | | | 備考 |
		土壙	甕棺	石室	石槨	圭頭大刀	裝飾環頭大刀	環頭大刀								飾金具	箭筒裝飾	縱長板冑	衝角付冑	札甲	板甲	
고창 만동	2호								1														
	6호										1			1									
	7호								1														
	8호						1																
	9호	●					1							片									
	10호						1							片									
	11호										1												
	12호						1							片	1								
	13호																						
	3호토광						1																
	1호		●												1								
고창 남산리	1-1호													1									
	5-1호	●					1							1									
	5-10호													1									
	5-11호								1														

◆ 형태는 명확하나 수량파악이 불가능한 경우
◈ 형태가 불명확하고 수량파악도 불가능한 경우

무기는 기능과 용도에 따라 攻擊用 武器와, 防禦用 武器로 구분할 수 있다. 공격용 무기는 다시 베는 용도, 찌르는 용도 등으로 구분되며 刀·劍, 鐵鉾, 鐵鏃 등으로 구분할 수 있으며, 방어용 무기는 크게 甲胄와 그리고 방패 등으로 구분할 수 있다.

영산강유역에서 출토된 무구의 종류는 매우 한정적이며 鐵鏃 등의 일부 유물들을 제외하면 수량에 있어서도 빈약하다. 현재까지는 甲胄나 방패 등의 방어용 무기보다 鐵鏃과 大刀, 鐵鉾 등과 같은 공격용 무기의 출토수가 상대적으로 높게 확인되고 있다.

1) 大刀 · 劍

劍과 刀는 대표적인 短兵器로 전쟁 중에 백병전과 같은 근접전에 매우 유리하다. 용도 자체도 베거나 찌르기 위한 날이 있어서 갑주 등의 보호구를 착용하지 않는 적들에게 치명적인 상처를 줄 수 있다. 이 외에도 전투방식에 따라서 사용되는 주력무기가 달라지기도 한다. 즉 보병중심의 전투방식은 도검류가 중심을 이루는 주력무기로 사용되고, 기마술이 발달한 기마병 중심의 전투는 鐵鉾, 戈 등이 주력무기로 사용된다.

영산강유역 출토 대도는 環頭의 장식유무에 따라 威勢品의 裝飾大刀와 實用的 大刀로 구분할 수 있다. 특히 장식대도는 環頭의 화려한 문양과 다양한 기법 등의 장식요소 때문에 實用具 보다는 威勢品의 성격이 강했을 것으로 추정된다. 주로 분묘의 부장품으로 출토되는 環頭大刀는 다른 유물에 비해서, 佩用에 따른 被葬者의 頭向이나 性別, 형태와 재질에 따른 신분관계 등을 잘 나타내주는 유물이다. 출토위치나 출토상황에 따른 매장의식, 사용된 문양에 따른 사상적 의미, 제작 기술적인 측면에서의 금속공예 기술의 발전, 그리고 당시의 정치적 상황 등 매우 다양한 의미도 내포한다(具滋奉, 1995, p.69). 이외에도 장식을 하는 목적은 사치품 · 위세품으로서의 전시효과 외에 지휘권의 상징, 군사나 兵制 등과 같은 국가기능의 일면에서 이룬 表徵효과도 있다(김낙중, 2007). 전통적 장제인 옹관고분에서 출토되는 대도는 나주 신촌리 9호분 출토품을 제외하면 대부분 실용적 대도들만 출토된다. 실용적 대도는 장식대도에 비해서 출토예가 비교적 많고 주로 고총 옹관고분과 초기 석실분에서 출토된다. 신덕 1호분에서 출토된 대도 중에 칼턱[刀關] 부분에 圓形透孔이 배치되는데 용도는 關部의 上·下에 장치하여 칼날을 고정시키는 金具와 관련 있을 것으로 추정된다. 우리나라에서는 아직까지 출토예가 없으나 일본 江田船山古墳(熊本縣玉名郡菊水町, 1980, p.68)에서 확인할 수 있다.

〈표 15〉 영산강유역 출토 大刀·劍 현황표

出土遺蹟		裝飾大刀							大刀	劍	環頭小刀	小刀	裝飾刀子	備考
		金銀裝鬼面文三環頭大刀	金銀裝三葉環頭刀	銀裝單鳳文環頭大刀	金銀裝單鳳文環頭大刀	銀裝三葉文環頭大刀	圭頭大刀	環頭大刀						
나주 덕산리 4호분 甲棺									1					
나주 대안리 4호분													1	魚鱗文
나주 신촌리 6호분 乙棺									1					
나주 신촌리 9호분	乙棺			1	1	1(魚鱗文)							2	
	庚棺								1					
나주 대안리 9호분	乙棺								1					
	己棺							1	1					
	庚棺												1	鹿角製
나주 복암리 3호분	96 석실		1						2					
	5호 석실							1						
	7호 석실	1						1					1	
	11호 석곽								1					
	4호 석곽											1		
	11호 석곽								1					
나주 영동리 1호분 1호 석실									1					
나주 장동리 옹관고분										1				

出土遺蹟		金銀裝鬼面文三環頭大刀	金銀裝三葉環頭刀	銀裝單鳳文環頭大刀	金銀裝單鳳文環頭大刀	銀裝三葉文環頭大刀	圭頭大刀	環頭大刀	大刀	劍	環頭小刀	小刀	裝飾刀子	備考
나주 화정리 마산고분군	4-1호 옹관									1				
	4-2호 옹관									1				
	5-1호 옹관							1						
영암 만수리 4호분 4호 토광묘										1				
영암 태간리 자라봉 고분								1						前方後圓形
함평 예덕리 신덕 1호분							1	2				2		前方後圓形
함평 예덕리 만가촌고분	7-1호 토광										1			
	13-1호 토광							1				1		
함평 고양촌 1호 토광						1								
무안 구산리 3호 옹관								1						
무안 덕암 고분군	1-2호 옹관									1				
	1-3호 옹관									1				사행검
	2-1호 옹관									1				
해남 용일리 용운고분 3호석실								1						
해남 황산리 분토유적I	3-2호 토광묘										1			
	6-1호 토광묘											1		
해남 황산리 분토유적II	2호 토광묘									1				
	3호 토광묘									1				
해남 신월리고분							1	1						
해남 만의총 1호분										1				
장성 만무리고분								1						
담양 제월리고분								1						
담양 서옥고분 2분분 2호 석곽								1						
장흥 신풍II 토광묘	27호							1						
	53호											1		

出土遺蹟		裝飾大刀							大刀	劍	環頭小刀	小刀	裝飾刀子	備考
		金銀裝鬼面文三環頭大刀	金銀裝三葉環頭刀	銀裝單鳳文環頭刀	金銀裝單鳳文環頭大刀	銀裝三葉文環頭大刀	圭頭大刀	環頭大刀						
신안 안좌도 배널리 3호분									2	2				사행검(1)
고창 만동	2호묘										1			
	6호묘									1				
	7호묘							1						
	8호묘							1						
	9호묘							1						
	10호묘										1			
	11호묘									1				
	12호묘							1						
고창 예지리	3호 토관							1						
	4호 토광							1						
	11호 토광										1			
	4호 주구묘										1			
고창 봉덕리 1호분 4호 석실							1							
고창 남산리	5-1호 토광							1						
	5-11호 토광										1			
合 計		1	1	1	1	1	2	11	25	14	7	6	5	

장식대도는 신촌리 9호분 乙棺에서 銀裝短鳳文環頭大刀, 金銀裝單鳳文環頭大刀, 銀裝三葉文環頭大刀가 옹관고분에서 유일하게 출토되었고, 석실분에서는 복암리 3호분 96석실에서 金銀裝三葉環頭刀가, 5호 석실에서 圭頭大刀가, 7호 석실에서 金銀裝鬼面文三環頭大刀와 圭頭大刀가 각각 출토되었다.

裝飾刀子는 철도자의 柄部나 環頭部에 금·은제 등의 금속을 사용하여 화려하게 장식된 것을 말한다. 이러한 장식도자는 장식대도와 함께 권위와 신분

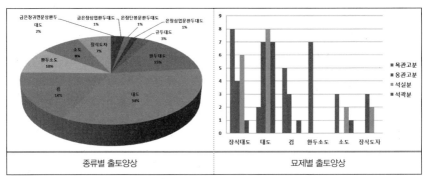

【그림 12】종류 및 묘제별 大刀 · 劍 출토양상

을 상징하는 위세품으로 사용되었을 것이다. 옹관고분에서는 신촌리 9호분 乙
棺에서 銀裝三葉文環頭刀子, 銀裝圓頭刀子가 대안리 9호분 庚棺에서 直弧文
鹿角製刀子柄이 출토되었다. 석실분에서는 대안리 4호분에서 銀裝刀子柄이
복암리 3호분 7호에서 金銀裝刀子가 6호 · 14호는 金 · 銀製刀子金具片이 출토
되었디. 裝飾刀子 중 直弧文이 새겨진 유물은 영산강유역에서는 대안리 9호분
출토품이 유일하고 가야고분인 함안 제34호분(朝鮮總督府, 1920, pp.259~260)

〈사진 2〉 영산강유역 고분 출토 장식대도
(左 : 나주 신촌리 9호분 을관,
右 : 나주 복암리 3호분 5호 · 7호)

에서 확인된다. 直弧文은 直線과 弧線으로 이루어진 기하학적인 문양으로 靈威와 神聖 상징으로 쓰이고 있으며, 일본에서는 刀子柄, 形象埴輪, 石棺 등의 문양을 나타내는데 주로 쓰였다.

복암리 3호분 5호 · 7호에서 출토된 圭頭大刀는 현재까지 日本에서 출토되었던 장식대도이다. 圭頭大刀란 일본 고분시대 장식대도의 한 형식으로 柄頭에서 頭部 중앙이 특징적으로 돌출되어 柄部의 상부형태가 山形을 이루거나 좌 · 우 비대칭의 형태로 한쪽이 많이 돌출된 것으로 중국 古玉 중 圭[19]로 불리는 것과 형태가 비슷하게 'ㅅ'자형으로 각이 져 있어 붙여진 이름으로 高橋健自가 처음으로 사용(高橋健自, 1911)하면서 널리 이용되었다.

圭頭大刀는 병부의 형태가 원형의 고리가 아니라 각종 형태의 통머리로 된 것으로 일본에서는 '袋頭大刀'라 분류되는 圓頭大刀, 圭頭大刀, 方頭大刀, 頭椎大刀, 鷄冠頭大刀의 하나다(瀧瀨芳之, 1986, p.9). 시원형은 圓頭大刀의 제작과정에서 파생된 것으로 추정되고 있으며 6세기 말에서 7세기 전반까지 매우 제한된 시기에 제작되어 복암리 3호분 圭頭大刀의 연대추정에 적용할 수 있다. 규두대도는 柄頭의 제작방법에 따라 크게 Ⅲ형식으로 분류되고, 頂部의 각이 진 정도에 따라 세분하기도 한다(岐卓縣 · 岐卓縣教育委員會, 1986).

---

19) 圭란 중국의 주나라 때 天子가 封侯의 징표로 제후에게 사여한 위쪽이 튀어나와 있고 밑쪽이 사각인 구슬을 뜻하며, 규두대도란 명칭은 손잡이 머리 부분이 이 구슬과 닮은 것을 보고 명명한 것이다. 형태는 손잡이 끝 부분에는 수관서를 연결하는 구멍이 뚫려 있다. 이 수관서는 후세에 의식용 검의 특징이 되었지만, 규두대도의 경우는 오히려 손에서 놓치지 않기 위해 고안한 것으로 생각된다(이츠카와 사다하루 저 이명환 편저, 2004).

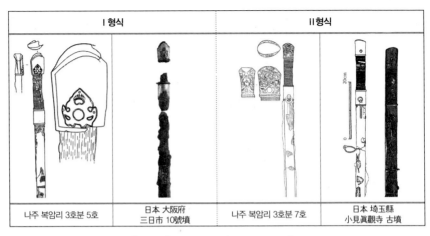

I 형식		II 형식	
나주 복암리 3호분 5호	日本 大阪府 三日市 10號墳	나주 복암리 3호분 7호	日本 埼玉縣 小見眞觀寺 古墳

【그림 13】韓 · 日 出土 圭頭大刀 비교 검토

① I 형식 : 전 · 후에 면판을 대고 둘레에 복륜을 돌린 覆輪式(日本 大阪府 三日市 10號墳, 福岡縣 童南山 12號墳, 群馬縣 藤岡市內古墳, 나주 복암리 3호분 5호)

② II 형식 : 1매의 얇은 판을 一周시켜 합쳐 만든 것(日本 埼玉縣 小見眞觀寺 古墳, 京都府 湯船坂 2號墳, 나주 복암리 3호분 7호)

③ III 형식 : 주조하여 제작된 것

高橋健自의 형식분류에 의하면 복암리 3호분 5호 출토품은 I 형식에 해당되고, 7호 출토품은 II 형식에 해당된다. 아직까지는 III 형식은 우리나라에서는 출토되지 않았다. 일본의 경우 金, 銀, 銅 등 장식적인 금속을 사용한 장식대도는 매우 제한된 고분에서 출토되는 상징적인 儀裝刀로 6세기 후반부터 시작된 지방지배체제의 확립과 관련하여 畿內政權이 지방의 재지세력을 지배하에 편입시키기 위한 수단으로 사용하였다(瀧瀨芳之, 1986, p.15). 일본에서의 장식대도의 제작, 분배는 畿內地方을 중심으로 살펴보면 고분시대 후기의 고분의 축조와도 밀접한 관계가 있는데, 전방후원분의 감소와 소형화 그리고 소멸, 횡혈식 석실분의 보급과 일부지역에서 확인되는 대형화 · 군집화의 특징이 확인된다(高島徹, 1996).

복암리 3호분 7호에서는 우리나라에서는 처음으로 金銀裝鬼面文三環頭大刀가 출토되었다[20]. 7호 출토품은 三累環의 外環에 鬼面文으로 구성되어 있으며, 일본 출토품 보다 뛰어난 장식성을 보여주는 裝飾大刀다. 環內에 장식된 鬼面文은 아직까지 일본에서만 출토되고 있으며 獅噛文이라고 한다. 귀면문은 三國에서 폭넓게 사용되었던 무늬로 신라의 金冠塚과 가야의 玉田 12號墳에서 출토된 도검류에서는 사용된바 있으나 환두대도에서는 처음이다. 일본에서는 귀면문이 環內에 장식된 대도를 獅噛環式環頭大刀라고 하며 약 30여점이 東日本에 편중되어 출토되고 圭頭大刀와 더불어 6세기 후반~7세기 초의 짧은 시기에 제작된다(小谷地肇, 2000, pp.1~28).

복암리 출토품과 비슷한 유물은 日本 靑森縣 丹後平 15號墳(靑森縣八戶市

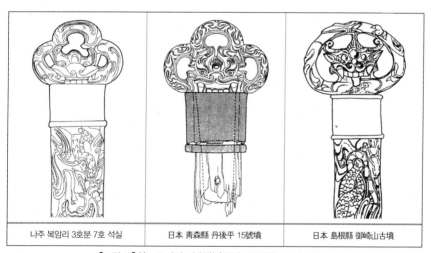

| 나주 복암리 3호분 7호 석실 | 日本 靑森縣 丹後平 15號墳 | 日本 島根縣 御崎山古墳 |

【그림 14】韓 · 日 出土 金銀裝鬼面文三環頭大刀 비교 검토

---

20) 金銀裝鬼面文三環頭大刀의 명칭은 具滋奉의 견해에 따랐다(具滋奉, 1995).

敎育委員會, 1990)에서 출토된 鬼面文三環頭大刀가 유일하며 일본에서도 출토예가 드문 장식대도로 한반도에서 제작된 전세품으로 추정하고 있다. 복암리 출토품이 일본 출토품보다 의장적인 면에서 매우 뛰어나고 鬼面文三環頭大刀가 일본에서도 희소성이 확인된다. 따라서 圭頭大刀와 더불어 畿內地域에서 집중적으로 출토되고 비교적 짧은 시기에만 나타난다는 점은 비슷한 시기에 축조된 복암리 고분 축조집단과 일본 기내정권의 유력한 재지세력과 직·간접적인 교류가 있었음을 추정하게 하는 유물이다.

이외에도 나주 신촌리 9호분 丙棺과 함평 예덕리 신덕 1호분에서 출토된 銀裝半球形裝飾金具가 있다. 아직까지 정확한 용도를 단정 할 수 없으나, 日本 群馬縣 塚廻り4號墳과 奈良縣 石光山 46號墳(大阪府立近つ飛鳥博物館, 1996, 圖版 pp.24~25)에서 각각 출토된 大刀形埴輪과 金銅裝半球形飾金具付大刀에 장식했던 동일한 반구형 장식품이 있어 원형을 짐작할 수 있다.

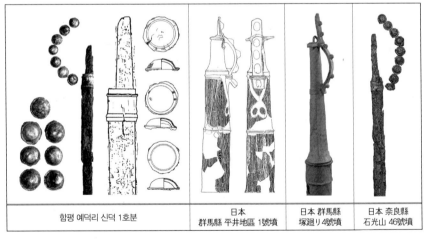

| 함평 예덕리 신덕 1호분 | 日本 群馬縣 平井地區 1號墳 | 日本 群馬縣 塚廻り4號墳 | 日本 奈良縣 石光山 46號墳 |

【그림 15】韓·日 出土 金銅裝半球形飾金具付大刀 비교 검토

신덕 1호분 출토 大刀중에 銀製鞘口金具가 부착된 1점이 수습되었는데, 재질면에서 銀製半球形裝飾金具와 같은 재료를 사용하였다. 이외에도 金具의 周緣부분에 透孔이 관찰되고 금구 내부에 布痕과 革質이 부착된 점으로 미루어 보아 대도의 손잡이부분에 장식을 하였던 飾金具로 보인다. 이러한 형태는 일본에서 확인되는 楔形柄頭大刀계열의 소위 꼰환두대도[捩り環頭大刀]일종으로 추정되며 현재까지는 우리나라에서는 처음으로 출토된 유물이다.

일본 연구자에 의하면 은장 또는 금동장의 꾸미개를 갖춘 목제 楔形柄頭大에 꼰장식대도, 녹각장의 꼰고리대도, 용이나 봉황 등의 환두대도 및 頭椎大刀라는 서열(松尾充晶, 2003)을 갖추고 있고 이러한 꼰고리대도는 6세기 倭 大和王權의 중추세력 및 지방 토호세력과의 관련성을 보여준다. 따라서 가가 지역의 유력한 세력과의 연관성이 있는 유물로 보고 있다. 銀製半球形裝飾金具가 甕棺古墳과 前方後圓形古墳에서 다량의 倭係 유물이 출토된 점으로 살펴볼 때 倭와 교류에 의한 부산물로 추정된다. 단지 출토품의 성격이 威勢品의 성격으로 왜에서 수입한 것인지 모방의 산출에 의한 자체 제작인지는 자료의 부족으로 정확한 판단은 힘들다.

장식대도 중에서 환두내에 장식이 없는 環部만 부착한 환두대도(환두소도 포함)의 경우 목병도와 더불어 가장 많이 출토되고 있으며 金永熙에 의해서 대략적인 형식 분류가 이루어진바 있다(金永熙, 2008). 그의 분류에 따르면 목병도의 경우 신부의 곡선도와 병부의 형태에 따라서 3형식으로 구분하였다. 환두도의 경우 일반적으로 병부와 신부가 일체형으로 제작되지만 병부와 환부의 제작방법에 따라 3형식으로 구분하였다. 먼저 일체형으로 제작된 형태와 환두부에 손잡이를 말아서 결합시킨 별주형과 환두부가 별주형으로 제작된 병부를 별도로 제작해서 결합시킨 형태 등으로 구분된다.

刀와 劍의 경우 주구토광묘단계에서 출현해서 목관고분(토광묘), 옹관고분,

석실분, 석곽분 등 영산강에서 출현하는 모든 묘제에서 다양하게 출토되고 있다. 劍은 그동안 출토사례가 전무해서 이 지역에서는 4세기 대에 한정되어 출토되는 것으로 알려져 있으나 최근 나주 마산고분의 옹관, 해남 만의총 1호분 등의 5세기대 또는 이후에 해당되는 고분에서도 확인되고 있다. 이외에도 출토예가 많지 않아서 정확한 용도를 파악하기는 힘들지만 신안 안좌도 배널리 3호분 출토품(이정호, 2014)과 무안 사창리 덕암고분 1-3호 옹관에서 출토된 검의 경우 사행검으로 판단된다. 사행검의 경우 피장자의 신분을 나타내주는 중요한 자료로 생각되며 차후 출토예의 증가를 기다린다.

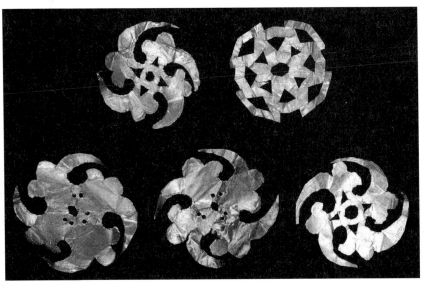

〈사진 3〉 영산강유역 출토 금판관모장식(나주 복암리 3호분 7호 석실)

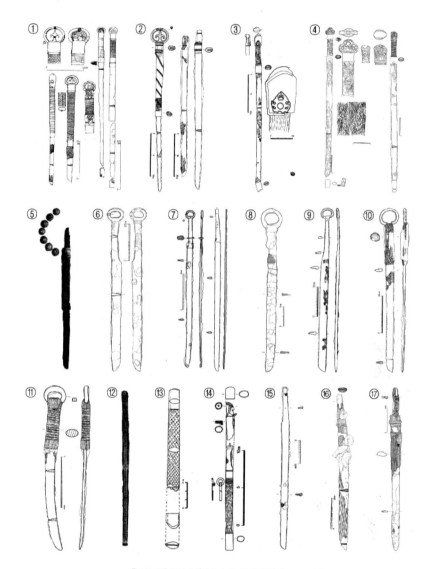

【그림16】榮山江流域 出土 각종 裝飾大刀

①나주 신촌리 9호분 乙棺 ②나주 복암리 3호분 96석실 ③나주 복암리 3호분 5호 석실
④·⑬나주 복암리 3호분 7호 석실 ⑤함평 예덕리 신덕 1호분 ⑥함평 예덕리 만가촌 7-1호 토광묘 ⑦해남 신월리고분
⑧해남 황산리 분토유적Ⅰ 3-2호 토광묘 ⑨고창 만동 7호묘 ⑩고창 만동 10호묘 ⑪고창 남산리 5-11호 토광묘
⑫고창 봉덕리 1호분 4호 석실 ⑭나주 대안리 4호분 ⑮무안 구산리 3호 옹관 ⑯영암 자라봉고분 ⑰해남 만의총 1호분

2) 鐵鉾

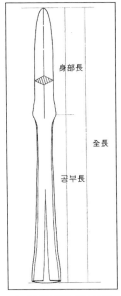

【그림 17】鐵鉾 세부 명칭
(우병철 2005 필자 수정)

鐵鉾[21]는 오랜 역사를 가지고 있는 무기 중의 하나인 대표적인 장병기로서 우리나라 남부지역에서는 삼한시대부터 삼국시대에 이르는 고분에 보편적으로 부장되는 유물 중의 하나다. 鉾는 일직선으로 찔러서 관통하는 기능이 뛰어나며, 전쟁에서 가장 보편적으로 사용되었던 무기이다[22].

영산강유역에서 출토된 철모는 목관고분(토광묘)에서는 영암 신연리 9호분 4호, 옹관고분에서는 무안 구산리 3호 옹관, 해남 부길리 옹관고분, 석실분에서는 함평 신덕 1호분, 나주 복암리 3호분 96석실, 해남 월송리 조산고분, 영광 학정리 대천 3호분, 석곽분에서는 해남 신월리고분, 신안 안좌도 배널리 3호분 등에서 출토되었다.

백제지역에 대한 철모의 연구는 지금까지 김길식(金吉植, 1994)과 성정용

---

21) 보통 鞏部를 가지는 鉾중에서 청동제의 경우 '矛'로, 철제의 경우 '鉾'를 쓴다.
22) 鐵鉾의 경우 창으로 대표되는 무기에 대한 세분적인 분류가 잘 되어있는데 살펴보면 다음과 같다(篠田耕一, 1992; 揚泓, 1985).
　① 矛 : 끝이 뾰족하고 폭이 넓은 양날의 身部를 가진 것.
　② 鈹 : 창 끝은 兩刃이며 형상은 당시의 劍과 같아서 莖部를 가지고 여기에 柄이 연결된다. 날은 길어서 찌르는 것만이 아니라 베는 위력도 가진다.
　③ 槍 : 기본적으로 찌르기에 좋도록 身部가 예리한 鐵製로 된 것을 말한다. 이전의 矛와 鈹를 원형으로 하여 삼국시대 촉의 재갈량이 개발하여 군대의 병기로 사용하였으며 이후 19세기 말까지 모든 兵器의 王으로서 널리 사용되었다.

(성정용, 2000)에 의해서 주도적으로 이루어져왔다. 하지만 영산강유역에서 출토되는 철모의 종류는 兩氏의 분류안에 맞추기에는 어려움이 따른다. 따라서 兩氏의 연구 성과를 바탕으로 영산강유역에서 출토되는 철모를 재정리한 다음에 이 지역에 맞는 형식 분류를 시도해 보았다. 우선 기존의 분류에서는 신부의 길이나 형태 등도 중요한 기준을 삼았으나, 여기서는 출토 수량이나 형식 자체도 비교적 간단해서 이러한 기준은 중요한 기준으로 삼지는 않았다.

영산강유역에서 출토되는 철모는 형식분류의 기준에 의해서 분류를 하면 크게 Ⅳ유형으로 구분 할 수 있다. 분류기준은 크게 銎部 형태와 關部의 유무를 기준으로 삼았으며 다음과 같이 나눌 수 있다【그림 18】.

① Ⅰ- A형식 : 燕尾形의 공부에 단면 원형이며 관부가 형성되었으며 신부 단면은 마름모형이다. 함평 예덕리 만가촌 13호분 7호 토광묘 출토품이 있다.

② Ⅰ- B형식 : 연미형의 공부에 단면 원형이며 관부가 없으며 신부 단면은 마름모형이다. 영암 신연리 9호분 4호 토광묘 출토품이 있다.

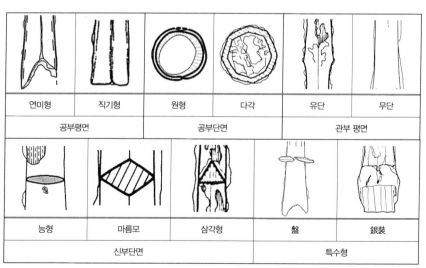

【그림 18】영산강유역 출토 鐵鉾 형식 분류안

③ Ⅱ- A형식 : 直基形의 공부에 단면 원형이며 관부가 형성되었으며 신부 단면은 능형이다. 고창 예덕리 4호 토광묘 출토품이 있다.

④ Ⅱ- B형식 : 직기형의 공부에 단면 다각형이며 관부가 형성되었으며 신부 단면은 마름모형이다. 함평 예덕리 신덕 1호분 출토품(도면 24-①)이 있다.

⑤ Ⅱ- C형식 : 직기형의 공부에 단면 다각형이며 관부가 없으며 신부 단면은 마름모형이다. 장성 만무리고분 출토품이 있다.

⑥ Ⅱ- D형식 : 직기형의 공부에 단면 원형이며 관부가 없으며 신부 단면은 마름모형이다. 영암 태간리 자라봉고분 출토품이 있다.

⑦ Ⅲ형식 : 연미형의 공부에 단면 원형이며 공부에 盤部가 형성되었으며 신부 단면은 마름모이다. 현재까지는 해남 신월리고분 출토품이 유일하다.

⑧ Ⅳ형식 : 직기형의 공부에 단면 다각형이며 관부가 없고 단면 삼각형의 신부를 가진다. 공부에 銀製覆輪金具가 부착되었다. 현재까지는 함평 예덕 신덕 1호분 출토품(도면 24-③)이 유일하다. 이외에도 공부나 신부 일부만 출토되어 정확한 형식 분류가 불가능한 유물은 분류대상에서 제외하였다.

지금까지 영산강유역에서 출토되는 철모들은 유구수에 비해 출토수량은 소량이나 특정한 형식에 치우치지 않고 다양한 형태가 출토되고 있다. 그중에서도 공부이 형태가 직기형인 Ⅱ-A·Ⅱ-D형식이 다른 형식에 비해서 수량면에서 많이 출토되고 있다.

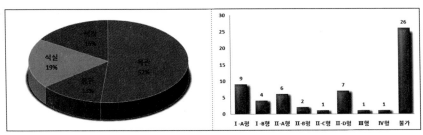

【그림 19】 묘제 및 형식별 鐵鉾 출토양상

직기형의 철모가 출토되는 지역은 백제와 가야에서만 출토되는 양상을 보인다. 단면형태는 다각형과 원형으로 구분할 수 있으며, 다각형 철모는 서울, 공주, 논산, 부안 등지의 백제지역과 고령, 합천, 고성 등의 대가야 지역에서도 출토된다. 하지만, 신라지역의 유적에서는 아직까지 이러한 형태의 철모가 출토되지 않아 이러한 형식은 백제와 가야의 관계가 있는 형식으로 추정된다. 신덕 1호분에서 확인되는 철모는 모두 다각형 철모로 확인되고 있다. 그 중 1점은 철지은장철모로 基部에 은판이 돌려진 매우 장식성이 강한 철모다. 출토된 지역은 백제권에서는 공주 무령왕릉, 가야권에서는 고령 지산동 45 - 1호 석실, 합천 옥전 M3호분 등 왕릉이나 지역의 수장층에 해당되는 고총 고분에서 출토되어 위세품의 성격을 지닌 것으로 추정 된다(김길식, 2004). 반부가 형성된 철모는 영산강유역권에서는 해남 신월리고분 출토품이 유일하며 백제권에서도 공주 용원리 9호 석곽분, 서산 부장리 5호분에서만 확인되었다. 반부 철모의 경우 4세기 후반~6세기 전반의 경주를 중심으로 하는 낙동강이남 지역의 수장급에서 주로 출토되는 유물로 알려져 있는데, 신월리고분 축조연대와 거의 일치하고 있다. 따라서 반부 철모의 경우 백제권의 영향보다는 신라나 가야권과 밀접한 교류에 의한 부산물로 볼 수도 있다. 直基無關形 계통 철모의 부장은 중서부 지방에서는 5세기 후반 대를 전후하여 소멸된다. 이 시기는 영산강유역에서 고총 옹관고분의 해체기에 해당되며 초기 석실분이 출현하는 시기이다. 석실분이 출현하면서 영산강유역에서도 소위 직기무관형 계통의 철모가 현재까지는 부장되지 않고 있으며 오히려 이질적인 계통이 유행하는데 당시 가야 및 왜 등과 활발하게 교류를 하연서 새로운 형식이 유행하게 된다.

지금까지 영산강유역에서 출토되는 철모의 특징을 살펴보면 우선, 형식을 알 수 있는 수량은 소량이나 반부가 형성된 철모부터 철지은장철모, 공부 단면이 다각형으로 형성되는 등 매우 복잡하고 다양하게 전개되고 있음을 알 수 있다. 다만, 필자 분류안에 의하면 이른 시기의 철모는 관부의 형태는 有關과 無關이 혼재된 양상을 보여주고 있으나 점차 후대로 갈수록 無關으로의 변화 상이 확인됨을 알 수 있다.

<표 16> 영산강유역 출토 鐵鉾 현황표

出土遺蹟		매장주체				형식분류								備考
		土壙	甕棺	石室	石槨	I형식		II형식				III 형식	IV 형식	
						I-A	I-B	II-A	II-B	II-C	II-D			
나주 화정리 마산고분군 5-1호			●			1								
나주 복암리 3호분 96석실				●							2			
영암 태간리 자라봉 고분					●						1			
영암 옥야리 방대형고분				●										형식 不
영암 신연리 9호분 4호		●					1							
담양 제월리고분					●									형식 不
장성 만무리고분				●						1				
함평 예덕리 신덕 1호분				●					2				1	
함평 순촌유적	A-39호	●												형식 不
	A-32호		●											형식 不
함평 예덕리 만가촌 13호분 7호		●				1								
무안 맥포리 3호 토광묘		●									1(?)			
무안 인평고분군 6호				●			1							
무안 구산리 3호 옹관			●				1							
해남 부길리 옹관			●				1(?)							
해남 월송리 조산고분				●							2			
해남 신월리 고분				●									1	
해남 황산리 분토 I 1-1호		●				1								
해남 황산리 분토 II 3호		●				1								
영광 학정리 대천 3호분				●							1			

出土遺蹟		매장주체				형식분류								備考
						Ⅰ형식		Ⅱ형식				Ⅲ형식	Ⅳ형식	
		土壙	甕棺	石室	石槨	Ⅰ-A	Ⅰ-B	Ⅱ-A	Ⅱ-B	Ⅱ-C	Ⅱ-D			
산안 안좌도 배널리 3호분					●	5								
고창 만동	6호	●												형식 不
	9호													형식 不
	10호							1						
	12호													형식 不
고창 예지리	4호	●						1						
	11호													형식 不
	4호 주구묘							1						
고창 남산리	1-1호	●						1						
	5-1호							1						
	5-10호							1						
합계	15	5	4	5	9	4	6	2	1	7	1	1	26	

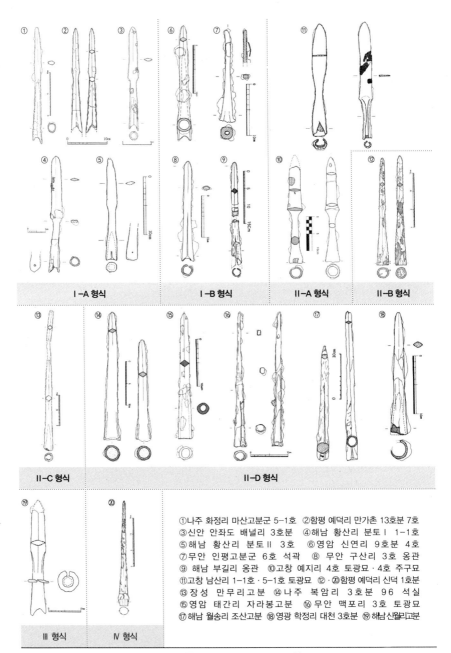

【그림 20】榮山江流域 出土 각종 鐵鉾

I-A 형식

I-B 형식

II-A 형식

II-B 형식

II-C 형식

II-D 형식

III 형식

IV 형식

①나주 화정리 마산고분군 5-1호 ②함평 예덕리 만가촌 13호분 7호
③신안 안좌도 배널리 3호분 ④해남 황산리 분토 I 1-1호
⑤해남 황산리 분토 II 3호 ⑥영암 신연리 9호분 4호
⑦무안 인평고분군 6호 석곽 ⑧무안 구산리 3호 옹관
⑨해남 부길리 옹관 ⑩고창 예지리 4호 토광묘 · 4호 주구묘
⑪고창 남산리 1-1호 · 5-1호 토광묘 ⑫ · ⑳함평 예덕리 신덕 1호분
⑬장성 만무리고분 ⑭나주 복암리 3호분 96 석실
⑮영암 태간리 자라봉고분 ⑯무안 맥포리 3호 토광묘
⑰해남 월송리 조산고분 ⑱영광 학정리 대천 3호분 ⑲해남신월리고분

3) 鐵鏃

鐵鏃은 철기시대부터 삼국시대 대부
분의 유적들에서 출토되고 있으며, 시간
의 경과에 따른 다양한 형태변화를 보
여주는 유물중의 하나이다. 원거리 공격
용 무기인 弓矢의 일부분이나 유기물질
로 구성된 弓, 矢柄은 거의 사라지고 矢
의 선단만 남은 것이다. 지금까지 영산
강유역에서 확인되는 鐵鏃의 형태는 鏃

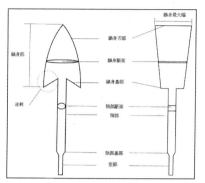

【그림 21】鐵鏃 세부 명칭도(우병철 2004)

頭形態에 따라 無莖形, 逆刺形, 刀子形, 柳葉形, 菱形, 儀器形 등으로 형식분류 할
수 있다. 이외에도 鑿頭形[23], 鳴鏑 등이 있으나 아직까지는 출토예가 보고되지
않고 있으며 鑿頭形, 鳴鏑는 高句麗系 鐵鏃으로 분류하기도 한다(金性泰, 1992).

지금까지 철촉의 형식 분류는 다양한 분석 방법을 통해 여러 형태로 분류되
었으나 주로 영남지방이나 백제권역에서 출토되는 유물들을 주 대상으로 분
류를 하였기 이 지역의 출토유물과는 비교 분석의 제약점이 따른다. 따라서
필자는 기존 선학들의 연구 성과와 영산강 유역에 맞는 형식 분류안을 바탕으
로 제시해 보고자 한다.

분류방법은 鏃身部와 鏃身基部의 형태와 각도에 따라 분류를 실시하였다.
좀 더 객관적인 분류를 위해서는 촉신부나 경부에 따라 계량화가 이루어져야
하나 현재까지는 계량화를 실시하기가 불가능하다. 다만 장경촉과 단경촉에

---

23) 전남지방에서는 순천 운평리고분군 1호 토광묘, 1호 석곽분, M1호분에서 착두형 철촉
이 출토되었다(이동희 · 이순엽 · 최권호 · 이승혜, 2008).

따라 구분이 어느 정도 가능하나 분류 결과 영산강유역에서는 이러한 장단에 따른 구분이 명확하지 못하여 분류속성에서는 우선 배제하였다. 이러한 분류에 따라 정리한 결과 총 6개의 형태로 분류가 가능하였으며, 다시 세부적으로 총 13개의 형식으로 분류가 가능하였다.

〈표 17〉 영산강유역 출토 鐵鏃 및 盛矢具 출토 현황표

出土遺蹟		無莖式	逆刺形(I)			刀子形(II)		柳葉形(III)			菱形(IV)			儀器形	盛矢具		備考
			I-a	I-b	I-c	II-a	II-b	III-a	III-b	III-c	IV-a	IV-b	IV-c	V字	飾金具	箭筒裝飾	
나주 덕산리 4호분 甲棺			4								1						◈
나주 신촌리 9호분	甲棺		1								1						◈
	乙棺			1								2	1				◈
	丙棺		1										1	1			◈
	庚棺					1	1										◈
나주 대안리 9호분 已棺															2		◈
나주 복암리 1·2호분사이 7호 옹관								1									
나주 복암리 3호분	10호 甕棺		3	9							1						
	96 석실					◆											
	11호 석곽								1								
	14호 석실														2		
나주 화정리 마산고분군 5-1호 옹관고분		1	4								1	◆					
영암 태간리 자라봉고분								6	11								
영암 옥야리 방대형고분										◆							
함평 예덕리 신덕 1호분								10			20					2	
무안 인평 6호 석곽											1						
해남 월송리 조산고분																	◈
해남 용일리 용운 3호분																25	弓飾金具
해남 용일리 외도 1호분												2					

出土遺蹟	無莖式	I-a	I-b	I-c	II-a	II-b	III-a	III-b	III-c	IV-a	IV-b	IV-c	V字	飾金具	箭筒裝飾	備考
		逆刺形(I)			刀子形(II)		柳葉形(III)			菱形(IV)			儀器形	盛矢具		
해남 용일리 파괴석실분	6															
해남 용두리고분					27		4					3	1	◆	◆	
광주 명화동 고분											6			◆	◆	
광주 각화동 2호분					2											
담양 서옥고분군 2-1 석곽			1													
담양 서옥고분군 2-2 석곽					3					1	3					
담양 성월리 월전고분								7								
장흥 상방촌B 토광묘 7-1호(목관)	5															
장흥 상방촌B 토광묘 12-1호	1										1					
장흥 상방촌B 토광묘 15-1호	1								1							
장흥 상방촌B 토광묘 18-1호	1	1														
영광 학정리 대천 3호분				1	41											
신안 안좌도 배널리 3호분					50	6	3	3								
고창 만동 12호 토광묘			1													
고창 만동 1호 옹관묘											1					

◆ 형태는 명확하나 수량파악이 불가능한 경우
◈ 형태가 불명확하고 수량파악도 불가능한 경우

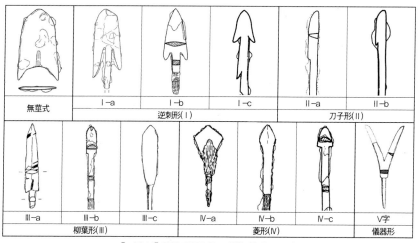

無莖式	I-a	I-b	I-c	II-a	II-b
	逆刺形(I)			刀子形(II)	

III-a	III-b	III-c	IV-a	IV-b	IV-c	V字
柳葉形(III)			菱形(IV)			儀器形

【그림 22】 영산강유역 출토 鐵鏃 형식 분류안

無莖式의 경우 頸과 莖이 없이 鏃頭만으로 이루어진 古式의 형태다. 일반적으로 청동기시대 마제석촉의 형태를 계승한 것으로 보고 있으며 현재까지는 영산강유역에서는 나주 화정리 마산고분군 5-1호 옹관고분에서 1점만 출토되었다. 촉신부에 경부가 없는 형태이며 주로 신부 중앙에 頸部 부분과 결구를 위한 구멍이 좌·우에 각각 투공되어 있다.

逆刺形은 無莖鐵鏃의 촉두에 철제의 頸과 莖이 붙은 형태로 촉두의 단면형태는 볼록렌즈형, 마름모형, 납작 볼록렌즈형이 기본적이다. 逆刺形은 다시 촉신부와 촉신 기부의 각도에 따라 3가지로 세분할 수 있다.

① Ⅰ-a식 : 촉신의 인부가 광형의 삼각형을 띠고 있으며 촉신 인부의 상단에 각을 형성하며 완만하게 내려와 역자로 벌어지는 형태가 연미형으로 촉신 관부가 깊은 예각을 형성한다.

② Ⅰ-b식 : 촉신의 인부가 세형의 삼각형을 띠고 있으며 역자는 사선으로 내려오며 촉신 관부가 예각을 형성하나 Ⅰ-a식 보다는 짧다.

③ Ⅰ-c식 : 전체적인 형태는 Ⅰ-b식과 비슷하나 촉두가 소형이며 頸部의 관부에 미늘이 형성된 형태이다. 현재까지는 영산강유역에서는 영광 학정리 대천 3호분에서 1점만 출토되었다.

刀子形은 片刃形鐵鏃으로도 부르기도 한다. 시기에 따라서 촉두의 변화가 장·단으로 제작되나 형태적 구분에 따른 의미가 없어 별도로 구분하지는 않았다. 鐵刀子의 기본 형태를 모방한 鏃頭·頸·莖이 명확하게 구분되며 기부 하단에 미늘의 유무에 따라서 2가지로 구분할 수 있다.

① Ⅱ-a식 : 촉신의 기부에 미늘이 없는 형태로 頸部가 비교적 단경촉에 속한다. 나주 복암리 3호분 96석실 출토품이 대표적이다.

② Ⅱ-b식 : 촉신의 기부에 미늘이 형성되었으며 Ⅱ-a식에 비해서 頸部가 비교적 장경촉에 속한다. 영광 학정리 대천 3호분 출토품이 대표적이다.

柳葉形은 짧은 촉두에 세장한 형태의 頸과 莖으로 구성되어진 형태로, 보고자마다 柳葉形, 三角形, 蛇頭形, 廣葉形, 劍身形 등으로 불리어진다. 철촉 중에서 그 형태가 가장 다양하다.

① Ⅲ-a식 : 유경식으로 단면형태는 마름형이다. 촉신의 인부 부분이 삼각형 형태를 띠고 있으며 頸部가 짧다. 유경식의 철촉으로 비교적 古式에 속한다. 현재까지는 유일하게 영산강유역에서는 옹관고분에서 1점만 출토되었다.

② Ⅲ-b식 : 촉두의 인부는 삼각형에 세형이며 촉신의 관부가 직각으로 비교적 구분이 뚜렷하며 기부와 頸部가 일자형의 莖部를 형성한다.

③ Ⅲ-c식 : 촉두의 인부는 세형의 육각형의 형태를 띠고 있으며 관부가 둔각이며 촉신의 頸部가 상경의 일자형으로 형성되었으며 莖部로 연결된다.

菱形은 형태가 마름모꼴처럼 닮았다고 해서 붙여진 명칭이다. 영산강유역에서 출토되는 능형은 전형적인 마름모꼴에서 세장형의 형태까지 다양하다.

① Ⅳ-a식 : 전형적인 능형식의 형태를 띠고 있으며 인부가 넓은 광형이며 莖部가 짧은 형태이다.

② Ⅳ-b식 : 촉두의 인부는 세형이며 대칭의 마름모형에 관부가 둔각이며 촉신의 頸部가 장경의 일자형으로 형성되었으며 莖部로 연결된다.

③ Ⅳ-c식 : 촉두의 형태는 마름모보다 삼각형에 가깝고 세형이며 촉신의 관부가 직각으로 비교적 구분이 뚜렷하다. 기부와 頸部의 일자형에 莖部를 형성한다.

儀器形은 현재까지는 평면 V자형만 확인되고 있으며 옹관고분(나주 신촌리 9호분)과 석실분(해남 용두리고분)에서 각각 1점씩 출토되었다.

鐵鏃의 제작기술 발달은 시간이 흐르면서 實用的 鐵鏃과 儀器用 鐵鏃의 형태로 기능의 구별이 이루어진다. 철촉은 흔히 공격용 무기로 구분되며, 공격용 무기의 발달은 방어용 무기의 발달이라는 현상을 초래한다. 방어용 무기에 대한 기능의 쇄신은 이를 초월하는 공격용 무기를 생산하게 된다(李盛周, 1993). 따라서 방어용 무기의 발달은 공격용 무기 중에서 가장 광범위하게 사용하였던 칠촉은 이러한 맥락에서 鐵頭, 頸部, 莖部의 구분이 좀 더 명확해지고 특히 頸部가 長頸化된다. 長頸化 현상은 목표물의 관통력과 비상거리가 길어지는 효과가 있다. 頸部의 長頸化와 더불어 촉두 하단에 미늘이 부착되는데, 미늘은 물체에 박히면 빠지기 어렵게 하는 기능적 효과가 있다. 따라서 미늘의 출현은 기존의 철촉보다 더욱더 강력한 살상용 기능이 첨가됨으로써 각종 전투에서 효율적으로 사용되었을 것으로 추정된다.

현재까지 영산강유역에서 鳴鏑 같은 특수형태의 儀器用 鐵鏃은 확인되지 않고 있으나 나주 신촌리 9호분 丙棺, 해남 용일리고분에서 출토된 촉두가 'V' 字 형태의 철촉이 1점씩 출토되었다. 이런 형태의 철촉은 영산강유역을 포함한 우리나라에서는 아직까지 출토예가 확인되지 않고 있으며 鏃頭 길이나 형태로 보아 실용적으로 보기에는 다소 무리가 있기 때문에, 피장자의 신분이나 특수한 목적을 가지고 의기용으로 제작되었을 것으로 보여진다.

이외에도 활의 경우 나주 신촌리 9호분 乙棺에서 다량의 철제무기와 함께 출토되었다고 보고되었으나 현재 실물은 남아있지 않아서 정확한 형태는 확인할 수는 없다. 다만 활의 부속품이나 장식구로 추정되는 弓飾金具가 실물자료로는 처음으로 해남 용일리 용운 3호분에서 다량의 철촉과 함께 출토되었다. 弓飾金具는 현재까지 출토사례가 처음으로 이와 비슷한 형태는 일본의 고분에서 주로 확인되고 있다[24].

---

24) 弓飾金具가 출토된 대표적인 유적으로는 日本 奈良縣 藤ノ木古墳, 橿原市 沼山古墳, 福岡縣 高崎 2號墳, 平群町 烏土塚古墳 등에서 출토되었다(奈良縣立橿原考古學研究所, 1990).

화살을 담는 도구인 盛矢具 또는 胡錄을 장식했던 부속품으로 飾金具와 曲玉形箭筒裝飾이 출토되었다. 또한 다양한 성시구 부속편(方形板金具, 臺輪狀金具, 板狀金具 등)이 해남 용두리고분에서 식금구는 나주 대안리 9호분 己棺, 복암리 3호분 14호 석실, 광주 명화동고분, 함평 예덕리 신덕 1호분에서 출토되었다. 曲玉形箭筒裝飾은 나주 신촌리 9호분 丙棺, 광주 명화동고분에서 출토되었는데, 출토 당시 잔편이나, 도굴 등의 외부적인 요인으로 교란되어 형태 복원이 어렵다. 하지만 矢筒을 장식했던 飾金具와 曲玉形箭筒裝飾은 철제의 소지금속에 金·銀을 사용하여 도금했던 유물들로 피장자의 신분을 추정할 수 있는 자료를 제공한다. 현재까지 확인된 성시구의 경우 장식성이라든지 재료자체가 金·銀 등을 사용하여 실용성보다는 장식성에 초점을 두어 고분 피장자의 권위와 세력권을 보여주는 하나의 위세품적인 성격도 강했던 것으로 판단된다. 일반적으로 성시구가 출토된 부장양상을 살펴보면 철촉군이 성시구 내부나 한쪽에 군집으로 놓여져 출토되기 때문에 기존 연구들도 성시구를 장식구류보다는 무기구류로 분류했던 이유도 아마도 이러한 기능적인 측면을 고려했던 것으로 추정된다. 그러나 성시구에 사용된 화려한 금·은·금동제 등의 재료와 타출이나 점열기법 등의 장식요소를 근거로 실용적인 기능보다 일종의 장신구와 같은 역할을 했던 것으로 보는 연구도 있다(최종규, 1986).

이외에도 칠기로 제작된 성시구가 고창 봉덕리 1호분 4호 석실에서, 최근에는 나주 복암리 정촌고분 1호 석실에서도 성시구가 출토되었다.

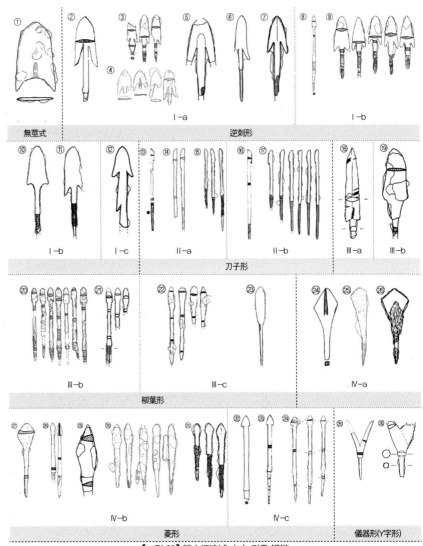

【그림 23】榮山江流域 出土 각종 鐵鏃

① · ④ · ㉕ · ㉚ 나주 화정리 마산고분군 5-1호 옹관고분 ② · ㉔ 나주 신촌리 9호분 甲棺
③ · ⑨ · ㉙ 나주 복암리 3호분 10호 옹관 ⑤장흥 상방촌B 12-1호 ⑥ · ㉓ 장흥 상방촌B 15-1호
⑦ · ⑪ 장흥 상방촌B 18-1호 ⑧ · ㉘ · ㉜ 나주 신촌리 9호분 乙棺 ⑩ 담양 서옥고분군 2-1호
⑫ · ⑰ 영광 학정리 대천 3호분 ⑬ · ⑯ 나주 신촌리 9호분 庚棺 ⑭ 광주 각화동 2호분
⑮ · ㉖ · ㉛ 담양 서옥고분군 2-2호 ⑱ 나주 복암리 1 · 2호분 사이 7호 옹관 ⑲ 나주 복암리 3호분 11호 석곽
⑳ 함평 예덕리 신덕 1호분 ㉑ · ㉞ 해남 용두리고분 ㉒ 영암 태간리 자라봉고분
㉗ 나주 덕산리 4호분 甲棺 ㉝ · ㉟ 나주 신촌리 9호분 丙棺 ㉞ 해남 용일리 용운 3호분

4) 甲冑

甲冑는 적의 공격으로부터 신체를 보호하기 위하여 장착하는 장구로서, 일반적으로 신체를 보호하는 갑옷[甲]과 머리에 쓰는 투구[冑]를 지칭한다.

영산강유역에서 甲冑가 소량으로 확인되고 있으며 현재까지 백제고지를 포함한 지역에서는 甲冑의 출토예가 매우 희소하고 출토

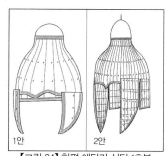

【그림 24】함평 예덕리 신덕 1호분
투구 복원도(안)

품도 소량으로 출토되고 있어 정확한 형태를 추정하기는 매우 어렵다.

현재 갑주가 출토된 유적으로는 장성 만무리고분 출토품과 함평 예덕리 신덕 1호분, 해남 용일리 외도 1호분, 영암 옥야리 방대형고분(1호분), 신안 안좌도 배널리 3호분으로, 이중에서 신덕 1호분은 소위 蒙古鉢形이 있는 縱細長板革綴冑과 각종 형태의 지판으로 이루어진 札甲(투구 및 단갑으로 추정)이, 만무리고분에서는 橫長鋲留板甲片이 용일리 1호분에서는 三角板革綴板甲片이 각각 출토되었다.

영암 옥야리 방대형고분에서 출토된 갑주편은 三角板革綴板甲으로 남해안의 고흥 야막고분 출토품과 유사한 양상을 보여주고 있다. 신안 안좌도 배널리 3호분에서 완형의 衝角付冑 투구와 三角板革綴 판갑이 출토되었다. 신안 배널리 3호분의 경우 가야지역을 제외하고는 우리나라에서는 출토사례가 극히 적으며 출토된 갑주의 계통을 살펴볼 때 제작지가 일본일 가능성도 있다. 이와 동일한 유물이 출토된 지역으로 최근 발굴된 고흥 야막고분 출토품과 매우 유사성을 띠고 있다. 신덕 1호분 찰갑의 경우 비록 부식과 도굴로 인해 본래의 모습을 잃어버렸으나 드물게 머리(冑), 목(頸甲), 가슴(短甲), 허리(腰甲)

를 보호해주는 하나의 세트를 이루는 형태로 출토(國立光州博物館, 1995)되어 매우 흥미롭다.

<표 18> 전남지역 출토 甲冑 비교 현황표

遺蹟 \ 遺物	투구 縱長板 縱長	투구 縱長板 彎曲	투구 遮陽	투구 小札	札甲 (鐵製)	板甲 帶金式板甲 長方板革綴	板甲 帶金式板甲 三角板革綴	板甲 帶金式板甲 橫長鋲留	附屬具 肩甲	附屬具 腰甲	附屬具 頸甲	備考
광주 쌍암동고분					1(片)							석실
담양 성월리 월전고분					1(片)							석실 (前方後圓形)
장성 만무리고분								1(片)				석실(?)
영암 옥야리 방대형고분							1(片)		片 (?)		片 (?)	석실
함평 예덕리 신덕 1호분	1			1	1 (단갑)					1(?)	1(?)	석실 (前方後圓形)
해남 방산리 장고봉고분					片(?)							석실 (前方後圓形)
해남 내동리 외도 1호분							1(片)					석곽
신안 안좌도 배널리 3호분			1 (衝角付胄)				1		1			석곽
고흥 길두리 안동고분			2 (衝角付胄)			1			1		1	석곽
고흥 야막리 야막고분			1 (衝角付胄)				1					석곽 (葺石)
여수 죽림리 차동 2-10호								1				석곽

특히 신덕 1호분의 찰갑은 조그마한 소찰들을 횡방향으로 연결하고 다시 종방향으로 垂結하여 상하의 유동성이 용이하도록 제작된 갑옷이다. 따라서 판갑과는 다르게 이러한 유동성이 용이하도록 소찰들은 모두 가죽을 사용한 革綴技法으로 연결되어 가죽으로 垂結한 부분이 없어져 출토 당시에는 그 전형을 알 수 있는 사례가 드물다. 다만 출토되는 양으로 살펴볼 때 기본적으로 상반신을 집중적으로 보호해주는 구실과 고구려벽화에 묘사된 것처럼 찰갑을

사용한 보호 범위가 매우 넓었을 것으로 추정되며 신덕 1호에서 출토되는 찰갑 세트들이 이를 증명하고 있다.

또한 신안 배널리 3호분, 해남 외도고분, 고흥 길두리 안동고분, 야막고분 등에서 출토되는 갑주와 출토지역을 살펴보면 고대 해상세력이 활동한 해상 교통로에 해당된다. 따라서 무덤의 피장자의 주인공은 고대 서남 해안 해상세력과 연관되며 출토되는 갑주도 왜계 갑주로 같이 부장된 동경이나 철경, 왜계 철촉 등으로 살펴볼 때 판갑이 주로 출토된 고분의 피장자는 일본과 관련된 해당 거점 세력의 단위 집단일 가능성도 있다.

아직까지 영산강유역에서는 甲冑로는 비교적 이른 시기에 제작되는 걸로 알려진 4세기 대에 유행하였던 縱長板甲 계열의 甲冑는 확인되지 않고 있다. 따라서 현재까지는 비록 한정된 자료이기는 하지만 신안 배널리 3호분과 남해안의 고흥 야막 출토품을 甲冑 출토의 표지로 삼는다면 이 지역에서 이른 시기 갑주의 경우 5세기 전반을 전후로 해서 일본과 관련되는 판갑 형태의 갑주가 먼저 유행했으며, 주로 해안가에 위치하는 고분에서 출토된다는 공통점이 확인된다. 이후 일본의 영향을 받은 판갑 계통의 점차 사라지고 6세기 대에 들어서면 초기 석실분인 함평 신덕 1호분과 광주 쌍암동고분에서 부장된 刹甲의 경우 백제의 영향을 받아서 부장된 걸로 추정할 수 있다.

일반적으로 板甲과 刹甲은 판을 이루는 구성과 결합 방법에 따라서

〈사진 4〉 갑주 복원도 현황
(신안 안좌도 배널리 3호분)

그 기능과 불리는 용어에서도 차이가 있다. 판갑은 기동성이 떨어지기 때문에 보병용으로 찰갑은 기병용이라는 인식이 자리를 하고 있다.

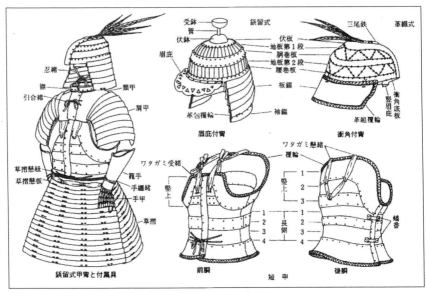

【그림 25】 일본 중기고분 출토 갑주류 명칭(末永雅雄 1934 인용)

3. 馬具類

사람들이 자연 상태의 말을 부리기 위해서는 각종의 장식도구가 필요한데, 이를 일괄하여 馬具라고 부른다. 마구는 처음에는 재갈[轡]이 사용되다가 차차 안장이나 鐙子들과 같은 것이 사람들의 필요에 의해 개발되어 보급된 것으로 알려지고 있다(金斗喆, 2000, p.20).

아직까지 영산강유역에서 출토된 마구의 세부편년은 이루어지지 않고 발굴되는 보고서에서 잠깐 언급한 정도였다. 물론 마구의 출토유적이라든지 수량이 빈약한 결과지만 그 동안 자료의 축적으로 좀 더 객관적인 구분이 필요할 것으로 생각된다. 그렇지만 영산강유역에서 확인되는 고분출토 마구의 희소성으로 살펴볼 때 마구가 지니는 상징적인 의미와 기능론적 관점에 대한 재검토가 필요할 것으로 생각된다.

이 지역의 전통적 장제인 옹관고분에서는 마구의 부장이 전혀 보이지 않고, 횡혈식 석실분이 축조됨으로써 마구가 부장품으로 부장된다. 마구가 출토된 유적은 나주 복암리 3호분 96석실, 정촌고분 1호 석실, 함평 예덕리 신덕 1호분, 해남 월송리 조산고분(徐聲勳·成洛俊, 1984), 영광 학정리 대천 3호분(최성락·김건수, 2000), 광주 쌍암동고분(林永珍·趙鎭先, 1994), 담양 제월리고분[25] 장성 만무리고분(은화수·선재명·윤효남, 2004) 등이며 고분 외 출토품으로 담양 대치리유적(호남문화재연구원, 2004)에서는 주거지에서 鐵製壺鐙이 출토된 바 있다. 그중 영광 대천 3호분 재갈(銜)은 일부 편밖에 없어 형태파악은 불가능하다<표 19>.

---

25) 당시 보고서를 작성한 최몽룡 교수는 담양 제월리고분의 경우 매장주체 성격을 토광묘에서 발전한 圍石墓로 판단하였으며, 축조 연대는 부장품 중 有蓋盒을 기준으로 대략 5세기후반에서 6세기 후반에 축조된 걸로 추정하고 있다(崔夢龍, 1976).

遺蹟 \ 遺物	制御具	安定具		裝飾具					備考
	轡	鐙子	鞍橋	杏葉	雲珠	馬鈴	鉸具	環鈴	
나주 복암리 3호분 96석실	1	1(壺鐙)		3	6	·	·	·	
나주 복암리 정촌고분 1호 석실	3	4(쌍)	1(?)						
함평 예덕리 신덕 1호분	1	2(쌍)			4	·	5	·	前方後圓形
해남 월송리 조산고분	1	2(쌍)		3	·	10	·	·	
광주 쌍암동고분		1							
담양 제월리고분	1	2(쌍)				·	·	·	圍石墓(?)
장성 만무리고분	·	·		·	·	·	·	1	
영광 학정리 대천3호분	1			·	·	·	2	·	
화순 내평리 사촌고분					1				
고창 봉덕리 1호분 4호 석실	1	2(쌍)	1						

우선 출토된 마구의 조합관계를 살펴보면, 복암리 3호분 96석실에서는 心葉形十字文鏡板轡, 心葉形三葉文杏葉, 雲珠, 壺鐙(木心鐵板被鐙子)이 출토되었으며, 조산고분은 f字形鏡板轡, 劍菱形杏葉, 鐵製鐙子, 銅鈴이 조합을 이루고 있고, 신덕 1호분은 鑣轡, 雲珠, 木心鐵板被鐙子, 안교부속구인 金具가 출토되었다. 그리고 제월리 고분 출토품은 鑣轡, 鐵製鐙子가 대천 3호분에서는 일부 편이지만 재갈(銜), 金具가 조합을 이룬다. 장성 만무리 유적은 장식구의 일종인 三環鈴이 출토되었다.

마구가 출토된 유적은 거의 동 시기로 편년되는 유적으로 신덕 1호분의 마구는 백제계로 분류하며, 조산고분은 f字形鏡板轡와 劍菱形杏葉이 출토된 점으로 미루어 그 당시 백제 및 가야와 밀접한 문화교류가 있었음을 추정할 수 있다. 특히 조산고분에서 출토되는 마구는 비슷한 연대로 편년되는 금강수계의 입점리 1호분과 日本 熊本縣 江田船山古墳과 埼玉縣 稻荷山古墳에서 출토되는 마구의 형식이 비슷하다. 이러한 점으로 미루어보아 영산강유역에서 확인되는 마구들은 어느 특정한 국가의 형식보다는 주변국가의 다양한 문화의 영향을 받아 파생된 문화교류의 유물일 가능성이 있다.

나주 복암리 3호분 96석실에서 출토된 재갈[轡]과 杏葉의 출토품은 신라지역에서 보이는 양식과 비슷하지만 세부적인 형식에 있어서는 백제적인 양식도 관찰된다. 따라서 영산강 유역의 중심지라 할 수 있는 나주 지역까지 주변국들의 다양한 문화교류가 활발하게 파급되었음을 추정 할 수 있다. 영산강 유역 고분에서는 동시기의 가야나 신라의 경우처럼 마구의 출토예가 많지 않는 희소성이 관찰된다. 이는 이 지역이 다른 지역처럼 마구의 부장의 필요성을 느끼지 못하고 다만 재지세력들의 權威와 富를 나타내는 하나의 상징적인 의미로서의 역할을 수행했을 가능성이 있다. 이러한 추론이 가능한 이유는 우선 이 지역의 마구의 희소성과 더불어 실용구의 마구보다는 의장적인 요소의 마구의 출토 비율이 높다. 이외에도 안정구와 장식구로 구분되는 안교나 각종 치레걸이들의 출토가 세트로써의 출토보다는 독립적으로 1점씩 출토되는 비율이 높게 나타난다는 점이다. 여기서는 우선 그 사용목적과 용도에 따라 制御具·安定具·裝飾具[26] 등으로 나누어 살펴보겠다.

---

26) 이외에도 전투시의 말장구나 치레걸이 즉, 馬冑, 馬甲, 蛇行狀鐵器(기꽂이)등을 포함한 용어로 戰馬具나 防護具를 포함하여 4가지로 구분하기도 한다(金斗喆, 2000). 현재까지 영산강유역을 포함한 전남지방에서는 戰馬具의 유물은 출토되지 않고 있다.

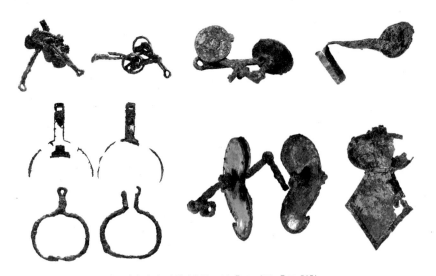

〈사진 5〉 영산강유역 고분 출토 마구 출토 현황
(左 : 나주 정촌고분 1호 석실, 上 : 나주 복암리 3호분 96석실, 下 : 해남 월송리 조산고분)

1) 制御具

영산강유역에서 출토된 마구류 중에서 가장 높은 분포를 차지하는 것이 制御具이다. 제어구는 말을 부릴 때 사용되는 기구로 주로 재갈, 고삐, 굴레 등이 포함된다. 먼저 '재갈[轡]'은 '銜' 또는 '馬銜'으로 부르기도 하는데 '鏡板'과 '引手' 등이 조합되어 재갈의 형태를 갖춘다. 말을 부리기 위하여 입에 가로로 물리는 기구의 전체 부위를 지칭하는 용어로서 여기에서 사용하는 용어인 재갈[轡]은 銜留, 引手까지도 포함한 넓은 의미로서 사용하였으며 재갈[銜]을 지칭할 때는 좁은 의미로 사용하였다(金斗喆, 2000). 이 중에서 경판의 형태와 구조특징에 따라 세분되며 전체 재갈[轡] 가운데서도 이와 관련된 부분이 주된 논의의 대상이 된다. 우리나라의 재갈[轡]에 대한 분류는 鈴木治의 구분(鈴木治, 1958)에 의하면 크게 鑣轡, 鏡板轡, 圓環轡로 구분하였다. 지금까지 영산

강유역에서 확인된 재
갈형식은 鑣轡와 鏡板
轡만 확인되고 鏡板轡
는 다시 f字形鏡板轡, 心
葉形十字文鏡板轡로 구
분할 수 있다. f字形鏡板
轡는 조산고분 출토품,
복암리 정촌고분 1호 석
실 출토품[27] 등이 있고
心葉形十字文鏡板轡는

〈표 20〉 영산강유역 출토 재갈[轡] 비교 분석표

出土遺蹟	鏡板			銜 形式	備考
	재질	형태	크기(cm)		
나주 복암리 3호분 96석실	鐵地金銅裝	心葉形	11.3×9.3	2連式	
나주 복암리 정촌고분 1호 석실	鐵地金銅裝	心葉形	·	2連式	?
해남 월송리 조산고분	鐵地金銅裝	f字形	22.5×9.5	2連式	
함평 예덕리 신덕 1호분	鐵製	鑣轡	10.8	3連式	
영광 학정리 대천 3호분	鐵製	鑣轡(?)	잔존장 : 9.3	2連式 (?)	
고창 봉덕리 1호분 4호 석실	鐵製	鑣轡		·	
담양 제월리고분	鐵製	鑣轡	?	2連式	

복암리 3호분 96석실 출토품, 鑣轡는 신덕 1호분 출토품이 이에 속한다. 이 중
에서 鑣轡는 백제고지에서 출토되는 재갈 중에서는 가장 대표적이고 실용적
인 성격이 강한 마구라 할 수 있다.

먼저 조산고분 출토품은 f字形鏡板轡라 할 수 있는데 재질은 鐵地金銅張鏡板
에 銜이 2連式의 扁圓菱形鏡板으로 재질과 형태상 日本 埼玉縣 稻荷山古墳 출토
품과 비슷하다. 다만 稻荷山古墳 출토품은 조산고분에 비해 鏡板은 약간 세장
되어 곡선이 급격하게 나타나고 扁圓形鏡板 앞쪽 부분이 조산고분에 비해 매
우 뾰족하게 처리되어 있어 조산고분 출토품보다는 약간 격식이 떨어진 모습
을 보여준다. 영산강유역에서 확인된 f字形鏡板轡의 존재가 일본에서도 같은
형태로 확인되는 것은 영산강유역 재지세력과 당시 일본 九州地域 在地勢力간
의 문화교류가 활발했음을 보여주는 문화적 산물의 결과물로 추정된다.

---

27) 나주 정촌고분 1호 석실에서는 조사를 담당한 오동선 선생에 의하면 f字形鏡板轡 외에
도 복환식 환판비가 등자 등과 함께 출토되었다고 한다.

나주 복암리 96석실 출토 재갈[轡]는 타원형에 가까운 心葉形十字文鏡板이 붙은 재갈인데, 心葉形鏡板은 아직까지는 백제지역에서는 출토예가 없고, 경주를 중심으로 한 신라지역에서 주로 출토되는 형식이다. 신라에서 경판은 5세기 이후 타원형경판이 등장하면서 본격화된다. 이후 5세기 후반이 되면 최상위계층의 高塚古墳을 중심으로 화려한 金工品으로서 儀裝的 성격의 마구가 최전성기를 맞이하며(姜裕信, 1997), 96석실 출토품은 형태학상으로 金鈴塚(梅原末治, 1932) 출토품과 유사하다. 遊環 유무, 銜과 引手의 결합방법에는 차이를 나타내고 있으나, 경판이 心葉形으로 나머지 속성은 매우 유사한 구조이다. 경판 내측에서 재갈[轡]과 인수가 연결되는 예는 아직까지 백제지역에서는 출토 예가 없고, 신라지역에서 황남대총 북분, 경주 미추왕릉지구 제7지구 3·5호, 합천 반계제 다 - A 주실 등에서 일부 확인되었다. 복암리에서 확인된 心葉形十字文鏡板의 경우 황남대총 북분 출토품이 현재까지는 가장 빠르다고 볼 수 있다(金斗喆, 1993).

　　金斗喆은 재갈[銜]과 引手의 연결에서 遊環의 사용은 백제적 제작기법(金斗喆, 1993 ; 李蘭暎·金斗喆, 1999)으로 보고 있으나, 심엽형경판, 장방형의 입문공, 문양 등의 세부요소에서는 신라적 제작기법을 나타낸다. 복암리에서 출토된 재갈의 형식은 일본에서는 6세기 전반~중엽에 새로 나타나는 형식으로

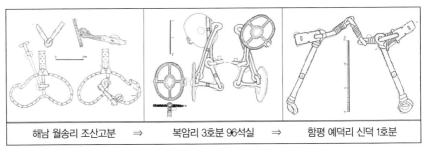

| 해남 월송리 조산고분 | ⇒ | 복암리 3호분 96석실 | ⇒ | 함평 예덕리 신덕 1호분 |

【그림 26】 영산강유역 재갈[轡] 變遷圖

日本 滋賀縣 鴨稲荷山古墳 출토품이 대표적이다. 복암리에서 확인된 재갈은 신라와 백제적 요소가 혼합된 형식의 재갈이다. 이러한 유물이 일본에서 확인되는 것은 그 당시의 활발했던 문화교류에 의한 산물로 추정되며 조산고분과 복암리 출토품에서 확인된 재갈은 직·간접적인 형태로 일본의 재갈제작기법에 영향을 준 것으로 보인다.

2) 安定具

安定具는 말에 올라앉기 위한 도구로서 여기에는 안장 및 관련부품, 鐙子, 그리고 이들을 매달기 위한 혁대와 고리 등이 포함된다. 이중에서 혁대는 가죽이나 천 등 유기물을 사용하여 제작되기 때문에 남아있는 경우는 거의 없고, 금속에 고착된 布痕이나 革痕 등의 유기물의 흔적으로 추론만 할 수 있을 뿐이다. 鐙子는 鐙, 발걸이 등으로도 불리어지는데 그 기능은 말을 탈 때 발을 딛거나 또는 말을 달릴 때 몸의 중심을 유지하기 위한 말갖춤의 하나이다. 등자의 輪部의 형태에 따라 크게 輪鐙, 壺鐙으로 구분되며 다시 재질에 따라 木心金屬板被鐙子(木心金銅板被·木心鐵板被), 鐵製鐙子, 靑銅製鐙子, 木製鐙子 등으로 구분하기도 한다.

영산강유역에서는 安定具중에서는 등자의 출토예가 비교적 많다. 鐵製鐙子가 출토된 유적은 나주 복암리 정촌고분 1호 석실[28], 해남 월송리 조산고분과 담양 제월리고분에서 木心鐵板被鐙子는 나주 복암리 정촌고분 1호 석실,

---

28) 나주 정촌고분 1호 석실에서 출토된 등자의 경우 오동선 선생에 의하면 木心鐵板被와 철제등자가 출토되었으며 철제등자의 경우 영산강유역에서 보이는 형태와는 약간 상이한 부분이 있다고 한다.

함평 예덕리 신덕 1호분, 壺鐙(木心鐵板被鐙子)은 나주 복암리 96석실에서는 출토되었다. 이중 조산고분 등자는 입점리 1호분과 日本 熊本縣 江田船山古墳 출토품과 비슷하나 양식상 약간의 차이점이 발견된다. 우선 조산고분 등자는 踏受部에 凹凸이 형성되어 미끄러짐을 방지하였으나, 입점리 1호분과 江田船山古墳 등자의 踏受部에서는 관찰되지 않고 약간 세장한 형태로 조산고분 보다는 시기적으로 약간 빠른 것으로 추정된다. 나주 정촌고분 1호 석실에서 확인된 등자는 2쌍으로 조산고분 출토품과 계통적으로 동일하다.

복암리 정촌고분 1호 석실과 신덕 1호분에서 출토된 등자는 이른바 木心金屬板被鐙子로 木心外面의 일부 혹은 전면에 鐵板을 덮어씌운 다음, 方頭釘을 박아서 보강한 등자를 지칭하며, 금속의 재질에 따라 木心金銅板被鐙子와 木心鐵板被鐙子로 구분된다. 신덕출토 鐙子는 후자에 해당되는 유물로서 공반 출토된 鑣轡가 실용적 성격이 강하기 때문에 이러한 기능을 위해 목제로 제작된 鐙子의 취약점을 보강하기 위해서 겉면을 鐵板으로 보강한 木心鐵板被鐙子로 제작된 것으로 여겨진다.

복암리 3호분 96석실에서 출토 등자는 삼국시대 壺鐙으로는 지금까지 실물자료로는 합천 반계제 다-A호분과 복암리 출토품이 유일하다. 壺鐙의 경우도 목심에 주요부분을 철판으로 보강한 것과 전체가 철제 혹은 금동제등 금속제로 만들어진 것이 있는데 복암리 출토품은 전자에 해당된다.

〈표 21〉 영산강유역 출토 안정구 비교 속성표

出土遺蹟	鐙子			鞍橋	備考
	木心鐵板被	鐵製	壺鐙		
나주 복암리 3호분 96석실			1		
나주 복암리 정촌고분 1호 석실	2	2		1(?)	?
광주 쌍암동고분		1			
해남 월송리 조산고분		2			
함평 예덕리 신덕 1호분	2				
담양 제월리고분		2			
고창 봉덕리 1호분 4호 석실		2		1	
담양 대치리 나-4호 주거지			2		

이 호등은 발을 넣는 壺部의 형태에 따라 杓子形壺鐙과 三角錐形壺鐙으로 나눌 수 있는데 아직까지 삼각추형호등은 우리나라에서 출토예가 없고 반계제 다-A 호분과 복암리 출토품은 木心鐵板被杓子形壺鐙에 해당된다. 일본에서는 5세기 후반 이후 등장하여 6세기 동안 제작되는데, 모두 舶載品으로 추정되고 있다(千賀久, 1988). 호등은 우리나라보다는 일본에서의 출토예가 많기 때문에 일본 연구자들은 독자적으로 개발된 것으로 보는 경향도 있다. 그러나 복암리 壺鐙은 반계제 다-A호분과 5세기 후반의 대표적 유적인 日本 稻荷山古墳 壺鐙 보다는 발전된 형식으로 파악되고 있다.

이상 영산강유역에서 확인된 등자를 형태와 재질에 따라 살펴보았다. 이 지역에서는 신라나 가야지방보다는 실물자료가 풍부하지는 않지만 우리나라에서 확인되는 모든 종류의 鐙子가 확인되고, 특히 우리나라에서는 출토예가 희소한 壺鐙의 존재는 鐙子硏究에 있어 좋은 사례가 될 것이다.

3) 裝飾具

장식구는 안정구와 제어구에 각종 장식을 하는 기구로서 여기에는 각종 垂飾, 杏葉, 馬鈴, 雲珠, 馬鐸, 環鈴 등으로 구분된다. 삼국시대의 의장용으로 사용된 말에는 소리를 내는 鳴具를 장착하는 풍습이 성행하였다. 이것은 소리가 나는 방울로 말을 장식하는 것을 선호하였던 기마민족의 영향에 의한 것으로 보고 있다(金斗喆, 2000).

馬鈴은 주로 말의 가슴걸이에 매달아 사용하였던 것으로 추정된다. 재질은 주로 청동제로 제작되며 球形 또는 타원형의 몸통 상부에 고리를 매달기 위한 鈕가 부착되어 있다. 영산강유역에서는 조산고분 출토품이 유일하며 청동으로 제작되었다.

〈표 22〉 영산강유역 출토 장식구 비교 속성표

出土遺蹟	杏葉		雲珠	環鈴	馬鈴	鉸具	備考
	劍菱形	心葉形	半球形				
나주 복암리 3호분 96석실		3 (鐵地金銀)	6				
해남 월송리 조산고분	3 (鐵地金銅)				10 (靑銅)		
함평 예덕리 신덕 1호분			4			5	
장성 만무리고분				1 (靑銅)			
영광 학정리 대천 3호분						2	
화순 내평리 사촌고분			1				
고창 봉덕리 1호분 4호 석실							

雲珠는 주로 가슴걸이나 후걸이 등과 같은 끈의 위에 그리고 이러한 끈이 교차되는 지점에 부착되는 장식구의 하나이다. 삼국시대의 운주는 크게 環形雲珠, 板形雲珠, 半球形雲珠의 세 종류가 있으며, 이외에도 반구형의 頂部에 立柱를 세우고 瓔珞을 매단 立柱附雲珠와 반구형의 頂部에 立柱를 세우지 않고 圓頭釘을 박은 無脚小半球形雲珠도 있다. 신덕 1호분, 복암리 3호분 96석실, 화순 내평리 사촌고분(영해문화유산연구원, 2014) 운주는 모두 반구형운주로 그 중에서도 無脚小半球形雲珠에 해당된다. 화순 사촌고분 운주의 경우 철제가 아닌 청동제로 제작되었고, 신덕 1호분 운주는 鐵地銀裝의 半球形座金 둘레에 8개의 다리가 等間隔으로 부착되었으며, 座의 頂部 중앙에 8각을 이룬 寶珠形 꼭지를 세운 후 그 주위에는 방사상으로 배치된 8葉의 花葉裝飾이 2겹으로 돌려져 있는 매우 장식성이 뛰어난 제품이다.

杏葉은 가슴걸이나 후걸이에 매달아 말을 장식하는 치레걸이로서, 그 형태에 따라 크게 나누면 하트 형태의 心葉形杏葉, 심엽형행엽 아래 부분의 돌출된 刺가 없어진 楕圓形杏葉, 위가 타원형이고 아래가 물고기의 꼬리지느러미처럼 생긴 것을 결합한 형태의 扁圓魚尾形杏葉, 타원형과 칼끝처럼 생긴 것을 결합한 劍菱形杏葉이 있으며 이 밖에도 다양한 형태의 異形杏葉들이 있다. 지금까지 영산강유역에서 확인된 행엽은 조산고분에서 劍菱形杏葉, 복암리 3호분 96석실에서 心葉形杏葉이 출토되었다.

조산고분 출토 행엽은 扁圓部에 菱形의 尾部가 부착된 鐵地金銅張製로서 가야나 신라적 요소보다는 日本 奈良縣 石光山 8號墳(白石太一郎·河上邦彦·龜田博·千賀久, 1976) 행엽과 거의 일치하고 있다. 그러나 石光山 8호분 행엽은 곡선적이고 尾部의 菱角이 예리한 세장된 형태를 나타내는 등 후기적인 특징이 나타나는데 조산고분 행엽은 둔중하며 石光山 출토품보다 古式的이다. 복암리 3호분 96석실 행엽은 心葉形三葉文杏葉이다. 심엽형행엽은 신라, 가야, 고구려, 왜에 이르기까지 매우 광범위하게 출토되는 형태로서 백제고지에서는 처음으로 출토되었다. 이 행엽은 크기나 장식적인 형태에서 보면 신라지역의 왕릉급에 버금가는 장식성이 매우 뛰어난 출토품이다.

裝飾具 중에서는 우리나라에서는 출토예가 극히 드문 環鈴이 있는데 이 지역에서는 장성 만무리 출토품이 유일하다. 環鈴의 기능은 馬鈴으로서의 기능도 겸하면서 가슴걸이나 후걸이의 가죽 끈을 서로 연결하는 일종의 연결고리로 사용되었거나 혹은 이들 끈에서 垂下되었던 것으로 추정된다. 우리나라보다는 일본지역에서 빈번하게 출토되는 유물로서 청동의 주조품으로 둥근 環의 바깥에 돌아가면서 방울(鈴)을 3개 혹은 4개를 붙인 것으로 5세기 후반~6세기 전반에 해당되는 고분에서 출토된다. 環과 鈴의 접합방법에 따라 有脚式과 無脚式으로 분류되고, 시기적으로는 有脚式에서 無脚式으로 小形에서 大形으로 이등변삼각형에서 정삼각형으로 변화하는 것이 일본 측 연구자들의 연구(石山勳, 1980) 성과다. 만무리고분 출토품은 방울이 3개 붙은 이른바 三環鈴으로 무각식의 대형에 해당된다.

지금까지 마구의 형태를 각각의 쓰임새에 따라 살펴보았다. 영산강유역에서 출토된 마구는 일반적으로 석실분이 축조되면서 나타난 하나의 문화적 현상으로 살펴볼 수 있다. 마구가 출토된 유적은 비교적 석실의 규모가 크고 초기 석실에서만 출토되고 있다. 이러한 현상은 실물자료의 부족으로 정확한 판단은 어렵지만 동시기의 가야나 신라의 고분에서 확인되는 현상처럼 이 지역에서도 계급이나 신분에 따라 마구 소유의 제한을 시사해 준다고 볼 수 있다. 아직은 영산강유역에서 출토되는 마구의 수량이 적은 관계로 정확한 마구문화를 설명하는데 어려움이 있으나 다양한 형태의 마구가 출토되고 특히 우리나라에서 출토예가 매우 드문 壺鐙과 三環鈴의 존재는 앞으로 자료의 보완이 이루어지면 영산강유역 在地勢力과 일본과의 관계규명에도 중요한 자료가 될 수 있을 것이다.

〈사진 6〉 영산강유역 제형고분(나주 용호고분군 12호분)

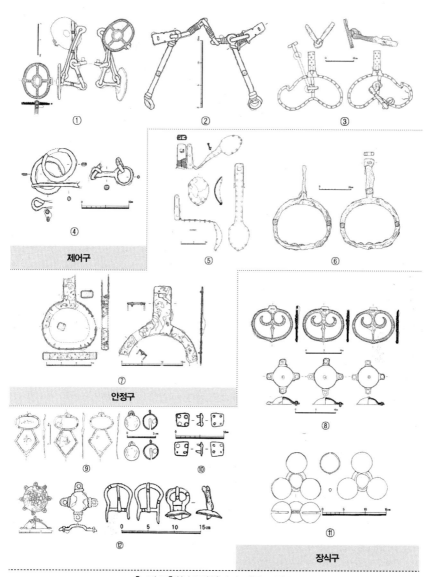

【그림 27】榮山江流域 出土 각종 馬具類

①·⑤·⑧나주 복암리 3호분 96석실 ②·⑦·⑫함평 예덕리 신덕 1호분
③·⑥·⑨해남 월송리 조산고분 ④·⑩영광 학정리 대천 3호분 ⑪장성 만무리고분

4. 生活用具類

영산강유역 출토품 중에 생활용구로 분류될 수 있는 것은 현재까지 U자형 삽날, 鐵斧, 鐵鎌, 鐵刀子 등이 해당되며 연구자들마다 각각 농구류 또는 공구류 등으로도 분류하기도 하나 필자는 좀 더 포괄적인 개념으로 생활용구로 구분하였다. 특히 이중에서 가장 광범위하게 출토되는 것이 鐵鎌과 鐵刀子이다. 철부의 경우 영산강유역에서는 대형급은 아직까지는 확인되지 않지만 철겸의 경우 최근 장성 와룡리 방곡유적에서 대형 철겸이 1점 확인되었다[29]. 따라서 철부나 철겸이 대형인 경우 생활용구보다는 상황에 따라서는 무기류로 전용될 수 있는 기종이기도 하다<표 23>.

〈표 23〉 영산강유역 출토 주요 生活用具 현황표

遺蹟 \ 遺物	埋葬 主體				鐵鎌	U자형 삽날	鐵刀子	鐵斧	鐵鋌 (板狀鐵斧)	其他	備考
	土壙	甕棺	石室	石槨							
나주 복암리 3호분 — 2호							1				
나주 복암리 3호분 — 3호		●					1				
나주 복암리 3호분 — 17호							1	1			
나주 복암리 3호분 — 5호묘			●				4				
나주 복암리 3호분 — 16호묘							1				
나주 복암리 3호분 — 4호묘				●	1						
나주 용호 12호분	●								1		
나주 화정리 마산고분군 2호		●			1						
나주 가흥리 신흥고분			●							살포	목곽

---

29) 철겸이 출토된 유구는 토광묘로써 규모(48,7cm)나 금속학적 분석으로 살펴볼 때 무기류로 사용된 철겸(벌낫)으로 조사단은 보고하였다(호남문화재연구원, 2013).

遺蹟	遺物	埋葬 主體				鐵鎌	U자형삽날	鐵刀子	鐵斧	鐵鋌(板狀鐵斧)	其他	備考
		土壙	甕棺	石室	石槨							
영암 와우리	가1호									1		
	가6호		●					1		2		
	나1호									1		
영암 만수리 4호분	4-1호	●							2			
	4-5호							1				
	4-7호					1		1				
	4-10호							1	1	2		
	4-11호					1		1	1	1		
	4-12호							1				
	4-13호							1				
	4-14호							1				
영암 만수리 1호 옹관			●					1				
영암 옥야리 14호분			●					1				
영암 신연리 93호		●						1				
영암 초분골	15호		●									
	21호	●										
함평 예덕리 신덕 1호분				●		3	7					
함평 송산유적 3호 토광묘		●				1						
함평 예덕리 만가촌	7-1호	●								1		
	12-1호								1			
	14-1호									1		
	13-7호					1			2			
	3-2호		●							1		
함평 고양촌 1호분			●							1		
무안 인평고분군	1호	●							1			
	2호					1						
	6호			●		1						
	8호					1						
무안 구산리 2호 옹관			●			1		1				
무안 사창리 甕棺			●								망치, 집게 등	
해남 황산리 분토유적 I	1-1호									1		
	2-2호	●								1		
	3-2호									3		

遺蹟 \ 遺物	埋葬 主體				鐵鎌	U자형 삽날	鐵刀子	鐵斧	鐵鋌 (板狀鐵斧)	其他	備考
	土壙	甕棺	石室	石槨							
해남 황산리 분토유적II 1호	●				1						
해남 부길리 甕棺		●							4		
해남 원진리 농암1호		●							2		
해남 원진리 신금 甕棺		●							2		
해남 월송리 조산고분			●				1	4			
해남 신월리고분				●	1		1	5	10		
해남 용일리 용운 3호분			●					2			
담양 서옥고분군 2-1호							2				
담양 서옥고분군 2-2호				●	1		1				
담양 서옥고분군 3호								1		망치	
담양 성월리 월전고분			●		1			4			
장성 야은리유적 주구내 토광묘	●				1			1			
장흥 신풍II 1호								1			
장흥 신풍II 5-2호	●							1			
장흥 신풍II 5-3호								1			
장흥 신풍II 6-1호					1						
장흥 신풍II 7호					1						
장흥 신풍II 8호					1						
장흥 신풍II 33호	●				1						
장흥 신풍II 47호					1						
장흥 신풍II 48호					1						
장흥 신풍II 53호					1						
장흥 상방촌B 12-1호	●										
장흥 상방촌B 15-1호								1			
장흥 상방촌B 16-1호 목관묘											
장흥 상방촌B 17-1호								1	2		
장흥 상방촌B 18-1호											
영광 화평리 고분군 A호		●			1				6		
영광 화평리 고분군 B호											
영광 학정리 대천 3호분			●		1	2	5	4			
신안 안좌도 배널리 3호분				●			5	1			

遺 蹟	遺 物	埋葬 主體				鐵鎌	U자형 삽날	鐵刀子	鐵斧	鐵鋌 (板狀鐵斧)	其他	備考
		土壙	甕棺	石室	石槨							
고창 만동	1호묘					1						
	2호묘					1			1			
	6호묘					1			1			
	7호묘					1			1			
	8호묘	●				1						
	9호묘								1			
	10호묘					1						
	11호묘					1			1			
	8호묘 1호					1						
	9호묘 6호		●							1		
	1호 옹관묘		●			1						
고창 남산리	1-2호							1				
	1-3호					1						
	2-1호					1						
	2-2호					1						
	2-3호					1			1			
	2-4호	●				1						
	2-5호					1						
	5-1호								1			
	5-2호							1	1			
	5-7호					1						
	5-12호					1						

※ 철겸과 철도자, 철부의 경우 형식 분류가 가능한 완형급만 대상으로 분석

1) 鐵鎌

鐵鎌은 시대와 장소에 따라 쓰이는 용도와 형태가 달라지면서 현재에도 가장 유용하게 쓰이는 농기구다. 일반적으로 철겸은 수확구로 분류되며 철기사용이 본격화되면서 점점 그 양이 늘어나고 기능에 따라 형태가 변화·발전되어

왔다(李釛起, 2002). 철겸은 날 중앙부의 형태에 따라 直刃과 曲刃으로 분류하고 直刃鐵鎌은 밭농사용이나 벌채용으로, 曲刃鐵鎌은 논농사 또는 풀을 베는 용도로 구분하기도 한다. 지금까지 확인되는 철겸은 곡인철겸이 다수를 차지한다.

영산강유역에서 출토되는 철겸의 경우 어느 특정한 유구에서 확인되지 않고 전체적인 유구 내에서 불 특징적으로 확인되고 있으며 철도자와 더불어 가장 많은 수량을 차지하고 있다. 하지만 지금까지는 기본적인 형태와 특징만 정리하여 살펴보았다. 이에 따라 정형성을 가진 형태학적인 분류나 구분 없이 출토품으로 정리되어 형식 분류나 설명이 정확히 이루어지지 않고 단지 농경구의 하나로만 인식되었을 뿐이다.

따라서 먼저 영산강유역에서 출토된 철겸 중에 정확한 형태를 갖춘 완형품을 대상으로 형태학적으로 형식 분류를 실시하였다. 형식 분류를 실시한 결과 【그림 28】과 같은 기준을 삼아 분류할 수 있었다.

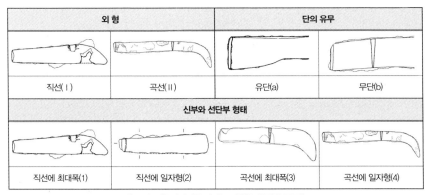

외 형		단의 유무	
직선(Ⅰ)	곡선(Ⅱ)	유단(a)	무단(b)
신부와 선단부 형태			
직선에 최대폭(1)	직선에 일자형(2)	곡선에 최대폭(3)	곡선에 일자형(4)

【그림 28】영산강유역 출토 鐵鎌 형식 분류안

여기서는 착장 각도나 크기에 대해서는 비계측적인 요소인 철겸의 외형에 따라 구분한 결과 크게 2형식으로 분류할 수 있으며 세부적으로 총 6가지의 형태로 형식 분류가 가능하였다. 먼저 각 형식간의 특징을 살펴보면 다음과 같다.

Ⅰ식의 경우 외형은 직기형이며 단의 유무에 따라 2가지로 구분된다.

① Ⅰ- b1식 : 외형은 直刃에 無段이며, 날 끝부분은 직선의 형태이며 최대 폭을 이룬다. 刃部를 아래로, 날 끝이 오른쪽일 때 基部의 접힌 방향은 위쪽이다. 무안 인평 2호 토광묘 출토품이 대표적이다.

② Ⅰ- b2식 : 외형은 直刃에 無段이며, 날 끝부분은 직선의 형태에 일자형을 이룬다. 刃部를 아래로, 날 끝이 오른쪽일 때 基部의 접힌 방향은 위쪽이다. 고창 만동 1호 옹관묘 출토품이 대표적이다.

Ⅱ식의 경우 외형은 곡인의 형태를 띠고 있으며 단의 유무, 날 끝부분 폭의 형태에 따라서 4가지로 구분된다.

① Ⅱ- a3식 : 외형은 曲刃에 有段이며, 날 끝부분은 아래로 굽으면서 최대폭을 이룬다. 刃部를 아래로, 날 끝이 오른쪽일 때 基部의 접힌 방향은 위쪽이다. 고창 남산리 5-7호 토광묘 출토품이 대표적이다.

② Ⅱ- a4식 : 외형은 曲刃에 有段이며, 날 끝부분은 아래로 굽으면서 일정한 폭을 이룬다. 刃部를 아래로, 날 끝이 오른쪽일 때 基部의 접힌 방향은 위쪽이다. 고창 만동 1호묘 출토품이 대표적이다.

③ Ⅱ- b3식 : 외형은 曲刃에 無段이며, 날 끝부분은 아래로 굽으면서 최대 폭을 이룬다. 刃部를 아래로, 날 끝이 오른쪽일 때 基部의 접힌 방향은 위쪽이다. 장흥 신풍Ⅱ- 8호 토광묘 출토품이 대표적이다.

④ Ⅱ- b4식 : 외형은 曲刃에 無段이며, 날 끝부분은 아래로 굽으면서 일정한 폭을 이룬다. 刃部를 아래로, 날 끝이 오른쪽일 때 基部의 접힌 방향은 위쪽이다. 함평 예덕리 신덕 1호분 출토품이 대표적이다.

영산강유역에서 확인되는 철겸은 대다수 曲刃의 Ⅱ형식에 해당되며, 다시 Ⅱ형식은 無段의 Ⅱ- b4식이 가장 많이 확인되고 있으며 그 다음으로 有段의

Ⅱ- a4식이 출토된다. Ⅰ형식의 경우 외형은 直刀에 無段의 형태가 있다. 시기적으로 Ⅰ형식이 시기적으로도 빠르고 시원형이며 현재까지는 그 출토예도 이른 시기의 복관고분(토광묘)이나 초기 옹관고분에서만 확인되고 있다.

이러한 철겸의 변화상을 토대로 현재까지 영산강유역에서 가장 빠른 시기의 철겸으로 추정할 수 있는 것은 무안 인평 2호 토광묘와 화순 용강리 1호 토광묘 출토품인 필자 분류 Ⅰ- b1식이 가장 시기적으로 빠르게 나타나는 형식이다.

Ⅰ- b1식의 경우 목관고분(토광묘)에서 확인되었으며 3세기 후반에 나타나는 걸로 추정된다. 영산강유역에서 확인되는 철겸의 변천은 직인에 무단의 Ⅰ형식 → 곡인에 유단의 Ⅱ형식으로 변화 발전하는데 단의 유무나 시기적인 속성의 차이는 나타나지 않는다. 다만 선단부의 형태가 폭이 넓은 형태에서 일정한 두께로 시간이 흐르면서 변화되는 양상이 관찰된다.

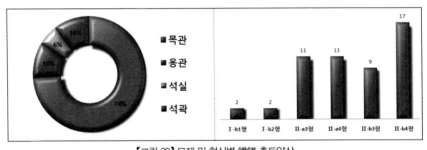

【그림 29】 묘제 및 형식별 鐵鎌 출토양상

이외에도 장성 와룡리 방곡유적 1호 토광묘에서 출토된 대형 철겸의 경우 영산강유역에서는 최초로 확인된 무기류로서 '벌낫'으로도 부른다. 이런 대형 철겸은 무구류로 사용되지 않을 때는 이 지역에서는 주된 용도가 들풀 등을 베는데 사용된 연장으로 사용되었으나, 무구류로 사용될 때는 긴 자루를 장착하여 말의 발목이나 기병을 걸어 낙마시키는 용도로 사용되었다.

〈표 24〉 영산강유역 출토 철겸 현황표

출토유적		매장주체				형식분						備考
		土壙	甕棺	石室	石槨	Ⅰ-b1	Ⅰ-b2	Ⅱ-a3	Ⅱ-a4	Ⅱ-b3	Ⅱ-b4	
나주 복암리 3호분	3호		●							1		
	4호묘				●						1	
나주 화정리 마산고분군 2호			●								1	
나주 장등유적 4호 토광묘		●						1				
영암 만수리 4호분	4-7호	●							1			
	4-11호							1				
화순 용강리 1호 토광묘		●				1						
함평 예덕리 만가촌 13-7호		●								1		
함평 예덕리 신덕 1호분				●						3		
함평 송산유적 3호 토광묘		●						1				
무안 인평고분군	2호	●				1						
	6호				●						1	
	8호										1	
무안 구산리 2호			●								1	
해남 황산리 분토유적Ⅱ 1호		●							1			
해남 신월리고분					●				1			
담양 서옥고분군 2-2호					●						1	
담양 성월리 월전고분				●							1	
장성 야은리유적 주구내 토광묘		●							1			
장흥 신풍Ⅱ	6-1호	●							1			
	7호							1				
	8호								1			
	33호										1	
	47호								1			
	48호							1				
	53호							1				
장흥 상방촌B	12-1호	●							1			
	15-1호										1	
	16-1호 목관묘								1			
	17-1호										1	
	18-1호										1	

출토유적		매장주체				형식분						備考
		土壙	甕棺	石室	石槨	I-b1	I-b2	II-a3	II-a4	II-b3	II-b4	
영광 화평리고분군 A호			●					1				
영광 학정리 대천 3호분				●					1			
고창 만동	1호묘	●							1			
	2호묘								1			
	6호묘										1	
	7호묘								1			
	8호묘						1					
	10호묘									1		
	11호묘								1			
	8호묘 1호									1		
	1호 옹관묘		●				1					
고창 남산리	1-3호	●								1		
	2-1호								1			
	2-2호										1	
	2-3호								1			
	2-4호							1				
	2-5호										1	
	5-7호								1			
	5-12호									1		
합 계	37	5	3	5	2	2	11	11	9	17	52	

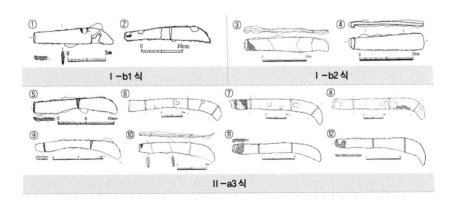

① ②
I-b1식

③ ④
I-b2식

⑤ ⑥ ⑦ ⑧
⑨ ⑩ ⑪ ⑫
II-a3식

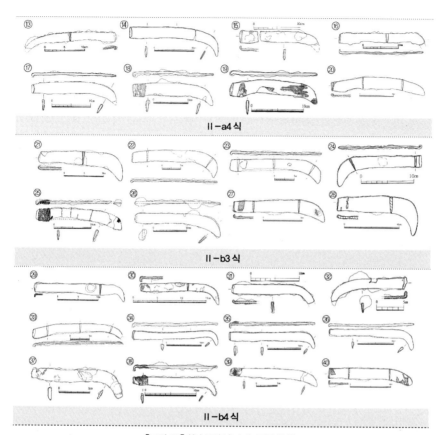

Ⅱ-a4식

Ⅱ-b3식

Ⅱ-b4식

【그림 30】榮山江流域 出土 각종 鐵鎌

①무안 인평고분군 2호 토광묘 ②화순 용강리 1호 토광묘 ③고창 만동 8호묘 ④고창 만동 1호 옹관묘 ⑤영암 만수리 4-11호 ⑥장흥 신풍Ⅱ-7호 ⑦장흥 신풍Ⅱ-48호 ⑧장흥 신풍Ⅱ-53호 ⑨영광 화평리고분군 A호 ⑩함평 송산유적 3호 토광묘 ⑪고창 남산리 2-1호 ⑫고창 남산리 5-7호 ⑬영암 만수리 4-7호 ⑭장흥 상방촌B 12-1호 ⑮해남 황산리 분토유적Ⅱ 1호 ⑯해남 신월리고분 ⑰장성 야은리유적 주구내 토광묘 ⑱고창 만동 1호묘 ⑲고창 만동 2호묘 ⑳고창 남산리 2-4호 ㉑나주 복암리 3분구 3호 ㉒장흥 신풍Ⅱ6-1호 ㉓장흥 신풍Ⅱ-8호 ㉔함평 예덕리 만가촌 13-7호 ㉕고창 만동 10호묘 ㉖고창 만동 8호묘 1호 ㉗고창 남산리 1-3호 ㉘고창 남산리 5-12호 ㉙나주 복암리 3호분 4호 ㉚함평 예덕리 신덕 1호분 ㉛무안 인평고분군 6호 ㉜무안 구산리 2호 ㉝장흥 신풍Ⅱ-33호 ㉞장흥 상방촌B 15-1호 ㉟장흥 상방촌B 17-1호 ㊱장흥 상방촌B 18-1호 ㊲나주 화정리 마산고분군 2호 ㊳담양 서옥고분군 2-2호 ㊴고창 만동 6호묘 ㊵고창 남산리 2-5호

2) U자형 삽날

U자형 삽날은 평면형태가 U자를 나타낸 데에서 붙은 이름으로 연구자에 따

라서 여러 가지 이름으로 불리어진다. 삽날이 출토된 유적은 해남 월송리 조산고분, 영광 학정리 대천 3호분, 함평 예덕리 신덕 1호분에서 확인되며, 신덕 1호 출토품은 홈이 없는 형태로 모두 다 횡혈식 석실분에서만 출토되고 있다.

쇠 삽날의 가장 큰 특징은 내측에 자루와 결합하는 홈이 있는데, 장착되는 자루의 형태에 따라서 가래와 회가래, 말굽쇠형 따비, 삽 등 다양한 용도로 사용할 수 있다(金光彦, 1987). 이러한 U자형 삽날의 경우 남한지역에서는 4세기대 이후에 출토되며 5세기 후반에 양적으로 크게 증가한다(안승모, 2001). 이러한 양상은 단순한 농기구의 변화뿐만 아니라 농업기술의 변화를 의미한다고 보는 시각도 있다(이현혜, 1990).

U자형 삽날을 분류한 千末仙은 삽날을 홈의 위치와 兩端모양 등에 따라 Ⅰ류와 Ⅱ류로 분류하였다(千末仙, 1994). 그의 분류에 따르면 삽날의 제1의 속성이라 할 수 있는 홈의 위치가 양단의 일부에만 나타나는 Ⅰ류가 Ⅱ류 보다는 이른 시기의 유적에서 확인된다고 하였다. 일반적으로 홈이 내측 전체에 있는 것이 양단의 일부에만 확인되는 것보다 시기적으로 후행하고 발달된 형식일 가능성이 크다는 견해도 있다(이상율, 1900).

영산강유역에서 확인되는 삽날은 천말선의 분류에 의하면 모두 Ⅱd2 형식에 해당되고 출토된 유적도 6세기 초로 편년되는 고분으로 이러한 주장을 뒷받침 해준다고 할 수 있다. 하지만 고분 이외에서 출토된 유일한 자료인 함평 중랑 159호 주거지에서 출토된 U자형 삽날의 경우 유적의 연대가 3세기 후반에서 5세기 까지 조성된 유적이다. 따라서 함평 중랑에서 출토된 U자형 삽날의 경우 최소 필자의 추정으로는 5세기대의 유물로 편년 할 수가 있다. 그렇다면 U자형 삽날의 경우 영산강유역에서는 농사용 기경구로서 5세기 때부터 등장하여 사용되었음을 확인 할 수가 있다. 아마도 주거지와 고분에서 확인되는 시기적 차이는 발굴조사가 이루어지지 않는 요인과 영산강유역 고분의 부장풍습의 영향일 수도 있다. 이외에도 당시에는 철기를 사용한 일반적인 농기구로서는 현재까지의 자료로 추정했을 때 철겸이 유일하다고 할 수가 있다. 따라서 부장용으로 선택되지 않고 매우 희소하고 한정적으로 사용되어 4~5세기대의 고분에서는 부장되지 못하고 철기의 확산이 본격적으로 이루어진 6세기대를 전후하여 부장품으로서 선택되어 부장된 것으로 추정된다.

3) 鐵刀子

鐵刀子는 영산강유역에서 묘제의 매장주체부와 관계없이 가장 광범위하고 장기간 출토되는 유물 중의 하나이다. 일반적으로 철도자는 철부와 더불어 농·공구류에 포함시켜 살펴보고 있으나 재료의 쓰임새나 환두부 장식의 유무에 따라서는 출토자의 신분을 나타내주는 위세품의 성격도 포함하고 있다.

이외에도 장식도자의 경우 위세품의 성격을 가진 호신용으로 보는 경우(李釩起, 2002), 세부가공용 공구로 파악하는 경우(이상율, 1900)와 분묘 또는 생활유적에서 구분 없이 출토된다는 점을 들어 다목적·다용도의 공구로도 추정하기도 하였다(이남규, 2002). 또한 곡물 등의 수확도구로서 보는 경우(이현혜, 1990), 해안가에서 출토되는 경우는 그 용도를 어류나 동물의 해체조리구 또는 골각기나 장신구 제작에 쓰였을 것으로 추정하는 경우(곽종철, 1989) 등 그 용도와 출토되는 유적에 따라서 매우 다양한 형태로 사용되었음을 알 수 있다. 철도자의 경우 외형에 따른 신부의 곡선도와 병부 형태에 따라 크게 4가지 형식으로 구분할 수 있다【그림 31】.

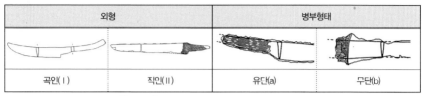

외형		병부형태	
곡인(Ⅰ)	직인(Ⅱ)	유단(a)	무단(b)

【그림 31】 영산강유역 출토 鐵刀子 형식 분류안

① Ⅰ-a식 : 신부가 곡인이며 경부에 단이 있는 경우, 영암 옥야리 14호분 출토품이 대표적이다.

② Ⅰ-b식 : 신부가 곡인이며 경부에 단이 없는 경우, 고창 남산리 5-2호 옹관고분 출토품이 대표적이다.

③ Ⅱ-a식 : 신부가 직인이며 경부에 단이 있는 경우, 장흥 신풍Ⅱ 5-2호 토광묘 출토품이 대표적이다.

④ Ⅱ-b식 : 신부가 직인이며 경부에 단이 없는 경우, 고창 남산리 1-2호 토광묘 출토품이 대표적이다.

필자는 철도자의 쓰임새가 생활용구에서 농·공구와 관련하여 부분적으로 곡식의 수확용 등으로 사용되었을 것으로 판단되지만, 일반적으로 묘제에서 출토되는 철도자의 경우 시각을 달리해서 살펴보아야 할 것이다. 즉, 철부와 더불어 무덤의 피장자의 신분을 나타내주는 부장품의 일종으로 살펴본다면 호신용이나 위세품으로 사용되어진 걸로 추정된다.

특히, 나주 대안리 4호분·9호분, 신촌리 9호분, 복암리 3호분 7호 석실 등에서 확인되는 도자 중에 柄頭 부분에 은제나 녹각제 등의 물질을 사용하여 魚鱗紋이나 直弧紋 등의 장식을 화려하게 한 경우가 있다. 이러한 장식성이 매우 강한 도자들의 경우 함께 출토되는 유물과의 조합상이나 이질적인 장식을 가미했을 때 그 용도는 이미 실생활용이 아닌 피장자의 권위나 계급을 상징하는 위세품으로 해석해야 될 것이다[30].

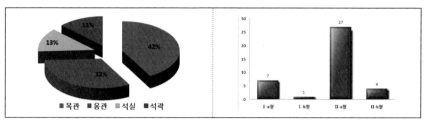
【그림 32】묘제 및 형식별 鐵刀子 출토양상

철도자의 경우 신부의 형태가 곡인 → 직인으로의 유단 → 무단으로 바뀌면서 金具가 부착되는 장식성이 가미된 형태로의 시간상의 변화상이 확인된다.

〈표 25〉영산강유역 출토 철도자 현황표

출토유적		매장 주체				형식분류				備考
		토광	옹관	석실	석곽	I-a	I-b	II-a	II-b	
고창 남산리	1–2호	●							1	
	5–2호	●					1			
나주 복암리 3호분	2호		●					1		
	3호		●			1				
	6호		●					1		
	7호		●					1		
	12호		●					1		
	17호		●					1		
	5호묘			●				4		
	16호묘			●				1		

30) 아마 이러한 전통은 조선시대까지 이어져 여성들이 몸에 착용할 수 있는 장도로서의 기능으로 계승되었을 것이다. 조선시대 장도의 경우도 유사시에는 최소한의 신변을 보호할 수 있는 용도로서의 기능도 하지만 그 장식성이나 제작형태를 보면 장도의 경우도 신분과 권력에 따라서 재질과 제작이 다르게 이어졌음을 알 수 있다.

출토유적		매장 주체				형식분류				備考
		토광	옹관	석실	석곽	I-a	I-b	II-a	II-b	
영암 와우리 가6호			●					1		
영암 만수리 1호 옹관			●			1				
영암 옥야리 14호분			●			1				
영암 만수리 4호분	4-5호	●				1				
	47호					1				
	410호					1				
	411호							1		
	412호							1		
	4-13호							1		
	4-14호							1		
영암 신연리 93호		●						1		
함평 예덕리 신덕 1호분				●				3		
무안 구산리 2호 옹관			●					1		
해남 신월리고분					●			1		
해남 만의총 1호분					●			1		
담양 서옥고분군	2-1호				●			1	1	
	2-2호								1	
장흥 신풍II	5-2호	●				1				
	5-3호								1	
장흥 상방촌B 15-1호		●						1		
영광 학정리 대천 3호분				●				3		
신안 안좌도 배널리 3호분					●	2		1	2	
합계		13	10	4	5	9	1	28	6	

※ 형식 분류가 가능한 완형급만 대상으로 분석

4) 鐵斧

鐵斧는 크게 제작기법에 따라 주조와 단조로 구분 할 수 있다. 일반적으로 광의의 의미로 철부라 지칭하는 경우 자루의 착장방법에 따라 자귀, 괭이 등 여러 용도로 사용되어 철부로 한정 할 수 없다고 하였다(최종규, 1995). 주조철부의 경우 용범을 사용해서 제작하였으며 단조철부와 더불어 철기시대는 물론 그 이전시기까지 폭넓게 사용되었다(이상율, 1900). 용도는 주로 공구보다는 농구의 기능으로 보고 있으며 주조괭이로도 불리기도 한다(千末仙, 1994 ; 이남규, 2002 ; 김도헌, 2002). 단조철부의 경우 정련된 철괴를 사용하여 두드려 제작한 것으로 철기시대부터 제작되어 삼국시대에 이르면 수를 이룰 만큼 대량으로 제작되어 사용된다. 주 용도는 주로 공구로 파악하고 있으며 벌목, 목공구의 기능으로 쓰인 걸로 보고 있다(김도헌, 2001).

좀 더 세부적으로는 실생활에 사용된 실용구와 피장자의 신분이나 권위 또는 그 당시의 교류를 나타내는 용도의 의기용의 성격을 가진 위세품적인 용도로 구분할 수 있다. 특히 위세품의 용도로 본다면 고대부터 전쟁에 참전할 때 지휘권을 부여하는 상징적 의미로도 사용되었다면 무기나 공구의 기능보다도 상징적인 권위를 나타내는 의기로서의 용도로서 해석되어야 할 것이다.

다수의 목관고분(토광묘)과 옹관고분 등에서는 실생활용기로는 사용할 수 없는 철부를 모방하여 제작된 극소형의 철부들이 출토된다. 이러한 미니어쳐(miniature)성격의 의례용 철기의 출토는 목관고분(토광묘)과 옹관고분에서 斧形鐵器[31]의 형태로 부장된다. 부형철기는 의례용 철제품으로 파악되고 있으

---

31) 유물에 대한 명칭은 해당 연구자들에 따라 각각 釜形金具(濱田耕作), 鑿形鐵器 · 指頭狀鐵器(金鍾徹), 縮小模型(miniature)鐵器(李熙濬), 農具狀鐵器(朴天秀), 小形鐵製模型農工具(安順天)등 여러 가지 용어로 불려진다. 본고에서는 용어상에서 오는 혼란을 피하고 현재까지 학자들간에 통일된 명칭이 없기 때문에 보고서에 실린 용어를 그대로 사용하였다. 하지만, 최근 활발한 고고학적 연구의 결과로 미니어쳐 철제품에 대한 연구가 다양하게 제시되고 있다.

며, 이제까지 영암, 함평을 중심으로 목관고분(토광묘)과 옹관고분에서 출토되고 있다. 의례용 철제품은 영산강유역 이외에도 가야, 백제지역에서도 확인되는데 각 지역 재지세력의 고분에서 부장품으로 부장되기 때문에 연구자들에 따라서 위세품으로 보기도 한다.

이처럼 철부는 그 형태와 제작기법, 부장 등에 따라서 다양한 해석이 가능하다. 필자는 이러한 철부의 형태적인 과정과 발전을 살펴보기 위해서 먼저 영산강유역에서 출토된 철부 중에 정확한 형태를 갖춘 완형품을 대상으로 형식 분류를 실시하였다. 분류를 실시한 결과【그림 33】과 같은 제작방법과 형태에 따라 단조, 주조, 특수용 등으로 구분할 수 있었다.

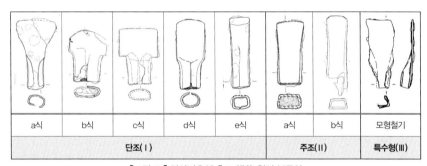

a식	b식	c식	d식	e식	a식	b식	모형철기
단조(Ⅰ)					주조(Ⅱ)		특수형(Ⅲ)

【그림 33】영산강유역 출토 鐵斧 형식 분류안

단조는 인부와 신부, 공부의 형태와 제작기법에 따라 5가지 형식으로 세분하여 살펴볼 수 있다. 주조철부의 경우 기존 연구에 의하면 공부와 인부를 따로 제작한 걸로 보고 있으나[32] 이 부분에 있어서는 과학적이고 객관적인 검토

---

32) 김상민의 연구에 따르면 일본의 연구자료를 바탕으로 5가지로 제작기법을 분류하였으나 그의 분류기법 중에서 B형과 C형에 대해서는 현재까지 객관적인 자료와 출토유물

가 필요할 것으로 판단되어 분류법에서는 제외하였다.

① Ⅰ-a형식 : 주로 古式의 형태에 해당되며 인부의 형태가 팔자형으로 대체로 일자형의 공부를 형성한 다음 신부에서 인부까지 급격하게 벌어지는 형태로 공부는 타원형이다. 함평 예덕리 만가촌고분 13-7호 토광묘 출토품이 대표적이다.

② Ⅰ-b형식 : 일자형의 공부를 형성한 다음 일자형의 짧은 신부를 형성하거나 생략된 후 호상의 형태로 인부가 급격하게 벌어지는 형태를 띤다. Ⅰ-a형식과 더불어 주로 古式의 형태에 해당되며 공부는 타원형이다. 고창 만동 9호묘 출토품이 대표적이다.

③ Ⅰ-c형식 : 소위 유견철부로 불리는 형태이다. 분류자들에 따라서 鐵鋤로 분류되기도 한다. 일자형의 짧은 공부를 형성한 다음 직각의 각을 이룬 후 장방형이나 사각형의 인부를 형성하며 공부는 타원형이다. 고창 만동 11호묘 출토품이 대표적이다.

④ Ⅰ-d형식 : 일자형의 공부를 형성한 후 완만한 신부를 형성한 다음 장방형의 공부를 형성한다. 영산강유역에서 가장 많이 확인되는 형태이다. 공부의 형태는 타원형이며 철부의 크기에 따라서 공부의 길이가 길거나 짧다. 장성 만무리고분 출토품이 대표적이다.

⑤ Ⅰ-e형식 : 공부와 신부의 구분이 없고 장방형의 인부를 형성하며 전체적으로 일자형의 형태이다. 공부의 형태는 타원형이거나 장방형에 가까운 타원형 계통이다. 함평 예덕리 만가촌 13-7호 토광묘 출토품이 대표적이다.

주조철부의 경우 신부의 형태와 외면에 형성된 돌대의 유무에 따라 2가지 형식으로 세분하여 살펴볼 수 있다. 현재까지는 묘제에 부장된 유물 중에서는

없이 분류하여 이 부분에 있어서는 좀 더 신중한 접근방식이 요구된다(김상민, 2006).

이른 시기의 특징인 제형의 신부에 호선을 이루며 신부에 돌대가 형성된 주조 철부는 확인되지 않고 있다[33].

① Ⅱ-a형식 : 형태는 장방형을 띠고 있으며 신부에 돌대는 확인되지 않는 다. 고창 남산리 2-3호 토광묘 출토품이 대표적이다.

② Ⅱ-b형식 : 형태는 제형을 띠고 있으며 신부에 돌대는 확인되지 않는다. 장흥 신풍Ⅱ 1호 토광묘 출토품이 대표적이다.

이외에도 실생활 용도로는 사용할 수 없는 부장용으로 제작되거나 또는 매장된 주인공의 신분을 상징하는 위세품적인 의례용 철기로 추정되는 미니어 처계통의 부형철기 등이 있다. 부형철기의 경우 실용적인 성격은 아니지만 제작형태가 단조철부를 모방해서 제작되어 별도로 분류해서 Ⅲ형식으로 구분하였다. 의례용이나 철부 등의 형태를 본떠서 축소형 내지는 모형의 형식 등으로 제작된 유물을 통칭한다.

현재까지 출토된 철부의 시간상 변천을 살펴보면 Ⅰ형식(단조)은 古式의 a·b형에서 → d형 → e형으로 신부와 공부의 구분이 점점 없어지는 일자형으로 변화되며 Ⅱ형식(주조)은 a형 → b형으로 공부가 장방형에서 제형으로 변화되는 형태로 변화된다. 하지만 이러한 철부의 변천은 각각의 양식의 변화에 따른 단절이 아닌 제작기술상의 발전에 의한 연속적인 변화로 볼 수 있다.

이외에도 철부의 경우 필자는 생활용구로 구분하였으나 무기로서의 역할과 전쟁에서 지휘권을 상징하는 역할도 했을 것으로 보여진다. 이러한 예는 고구

---

33) 동일한 시기의 생활유적인 주거지에서는 제형의 형태에 돌대가 형성된 전형적인 주조 철부가 광주 향등, 해남 신금, 장흥 상방촌 등의 집단취락지 등에서 출토된다. 주거지와 분묘에서 출토되는 주조철부 등의 용도가 달라서 주거지에서 출토되는 주조철부의 경우 철부의 기능보다 괭이의 용도로 사용되었을 것으로 추정된다.

려 고분벽화(안악 3호분)에 묘사된 부월수의 존재와 고대에는 전쟁에서 군권에 대한 명령권이나 통수를 위한 왕의 대리를 위한 신물로서의 기능이다. 이러한 사례로 볼 때 무기의 한 종류와 권위나 지휘권을 상징하는 의기로서의 기능으로 사용된 것을 분명하지만 영산강에서 출토된 철부의 경우 현재까지는 무기나 의기성을 가진 기능은 없었던 것으로 판단된다.

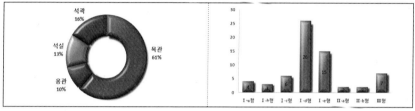

【그림 34】 묘제 및 형식별 鐵斧 출토양상

〈표 26〉 영산강유역 출토 철부 현황표

출토유적		매장 주체				형식 분류								備考
		토광	옹관	석실	석곽	단조(Ⅰ)					주조(Ⅱ)		특수형(Ⅲ)	
						I-a	I-b	I-c	I-d	I-e	II-a	II-b	모형철기	
나주 복암리 3호분 17호			●							1				
영암 화평리 농암 2호			●						1					
영암 만수리 고분군	4-1호	●											2	
	4-10호	●											1	
	4-11호												1	
함평 예덕리 만가촌	12-1호	●						1						
	13-7호						1			1				
함평 순촌리 고분군	A-32호		●					1	1					
	A-39호	●						1						
함평 예덕리 신덕 1호분				●					16					
무안 인평고분군 1호		●				1								
해남 월송리 조산고분					●					4				
해남 용일리 용운 3호분				●					2					

출토유적		매장 주체				형식 분류							특수형(III)	備考
		토광	옹관	석실	석곽	단조(I)					주조(II)			
						I-a	I-b	I-c	I-d	I-e	II-a	II-b	모형철기	
담양 서옥고분군	2-1호				●								2	
	2-2호												1	
담양 성월리 월전고분				●					1	3				
장성 야은리 주구내 토광묘		●				1								
장흥 신풍II-1호		●										1		
장흥 상방촌B 17-1호		●							1					
영광 학정리 대천 3호분				●					4					
신안 안좌도 배널리 3호분					●			1						
고창 만동	2호묘	●										1		
	6호묘								1					
	7호묘									1				
	8호묘									1				
	9호묘					1								
	10호묘										1			
	11호묘							1						
고창 남산리	2-3호	●									1			
	5-1호					1								
합계		19	3	4	5	4	3	6	26	15	2	2	7	

※ 형식 분류가 가능한 완형급만 대상으로 분석

5) 鐵鋌

鐵鋌은 목관고분과 옹관고분, 석곽분에서만 확인되고 있으며 석실분에서는 아직까지 출토예가 없다. 철정은 낙동강유역에 자리 잡은 가야문화권에서 집중적으로 부장되는 유물로, 그 기능에 대해서는 철기중간소재설, 화폐설, 그리고 철기중간소재와 화폐로도 사용했다는 설 등이 있다. 영산강유역에서 확인되는 철정들의 유형은 크게 鐵斧(소형단조철부, 판상철부)와 鐵鋌 등으로 구분할 수 있다. 특히 철정이나 板狀鐵斧 등은 지금까지 출토유적이 점차 증가하고 있음에도 크게 주목을 받지 못하는 유물 중의 하나였다. 또한 막연하게 유적에서 출토되면 가야와의 연관성을 상정하기도 하거나 교류에 의한 交易品(李暎澈, 2001), 威勢品(李釖起, 2002·2003) 등으로 구분되었다. 지금까지 철정이 출토된 유적으로는 목관고분에서는 나주 용호 12호분, 영암 만수리 4호분 10호·11호 토광묘(國立光州博物館, 1990), 함평 예덕리 만가촌고분군, 해남 황산리 분토유적Ⅰ, 장흥 상방촌B지구, 고창 남산리 5-2호 등에서, 옹관고분은 영암 와우리 가占墳群 6호(國立光州博物館, 1989), 해남 부길리(成洛俊, 1994), 원진리 농암 1호, 신금 옹관묘(成洛俊·申相孝, 1989), 영광 화평리고분군 A호(李命熹 外, 1989), 고창 만동 9호묘 6호 등과 이외에도 석곽분의 신월리고분에서도 출토되었다.

철정의 형식과 부장양상을 살펴보기 위해서 필자는 형식 분류의 기준이 되는 외형의 형태인 基部의 각도와 刃部의 벌어지는 각도에 따라 크게 Ⅲ형식으로 분류하였다. 형식분류 결과 현재까지 출토되는 철정들은 크게 梯形(Ⅰ형), 八字形(Ⅱ형), 나비형(Ⅲ형)으로 분류할 수 있다.

먼저 제Ⅰ형은 평면형태가 梯形으로 기부의 형태와 인부의 벌어지는 각도에 따라 2형식으로 세분할 수 있다.

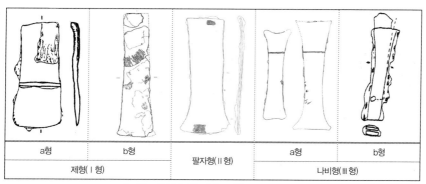

a형	b형		a형	b형
제형(Ⅰ형)		팔자형(Ⅱ형)	나비형(Ⅲ형)	

【그림 35】영산강유역 출토 鐵鋌 형식 분류안

① Ⅰ- a형식 : 기부의 각도가 일자형에 가깝고 신부의 측면은 날이 형성되는 인부가 신부와 비슷한 너비를 형성한다. 영암 와우리 가-1호 출토품이 대표적이다.

② Ⅰ- b형식 : 기부의 형태가 원형으로 신부의 측면은 날이 형성되는 인부까지 완만하게 벌어지며, 인부의 폭 역시 완만한 형태이다. 해남 황산리 분토 1-1호 출토품이 대표적이다.

Ⅱ형은 평면형태가 팔자형으로 제형과 기부의 형태는 비슷하나 신부의 측면은 날이 형성되는 인부에서 단을 형성하며 급격하게 벌어진다. 송계현의 분류에 의하면 '板狀鐵斧形鐵鋌'[34]으로 분류된다. 팔자형의 경우 판상철부에서 전형적인 철정으로 변하는 과도기적 유물로 볼 수 있다. 나주 용호 12호 출토품이 대표적이다.

Ⅲ형은 나비형으로 소위 전형적인 철정이며 다시 양쪽 인부의 벌어지는 각도와 신부의 내만되는 각도에 따라 2형식으로 세분될 수 있다.

① Ⅲ- a형식 : 신부가 대칭되게 인부의 폭이 비교적 동일하며 인부의 형태는 일자형 또는 완만한 원형이다. 해남 부길리 옹관, 해남 원진리 농암 1호분 출토품이 대표적이며, 대부분의 철정이 이 형식에 속한다.

② Ⅲ- b형식 : 신부와 인부의 폭이 비대칭적이거나 한쪽이 세장된 형태로 인부의 구분이 명확하지 않다. 영암 와우리 가-6호 출토품이 대표적이다.

---

34) 판상철부는 兩側線이 직선적으로 벌어지고 刃部가 弧形을 띠며 인부의 단면이 모두 合刃인데 비해 판상철부형 철기는 인부가 직선적이며 양측선이 평행하거나 좁아지다가 인부 가까이에서 급격하게 벌어지는 모양으로 형태상 뚜렷한 차이가 있으며, 철부로서의 기능을 상실한 것으로 보고 있다.

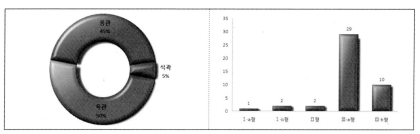

【그림 36】 묘제 및 형식별 鐵鋌 출토양상

영산강유역 철정의 특징은 비실용적인 성격이 강한 극소형의 미니어쳐 성격의 철정이 대부분이다. 이것은 유구내의 출토상황을 관찰하면 알 수 있는데, 대옹 또는 소옹의 바닥 이외에도 출토위치를 살펴보면 어떤 특정한 위치에 국한되지 않고 피장자의 양쪽이나 옆 등 다양한 위치에서 확인할 수 있다. 최근에는 충청·전남지역에서 출토되는 철정은 영남지역에서 출토되는 철정 전 단계의 판상철부 또는 板狀鐵斧形鐵鋌이 출토되지 않는 점을 근거로 철정의 변화 속도가 영남지역보다 시간적으로 빠르게 변했다고 추정하기도 한다(金正完, 2000).

〈사진 7〉 해남 신월리고분
석곽 및 유물출토 현황

지금까지 출토된 영산강유역 철정의 경우, 실생활용과는 거리가 먼 극소형이나 매우 얇은 철판으로 제작되었다. 이러한 이유로 때문에 무구나 공구로는 사용할 수 없는 섬 등이 위세품의 성격을 띠고 있으며 동시에 死者에 대한 의례적 행위를 위한 제의용 철기[35]로의 기능도 있었을 것으로 추정된다. 이러한 철정의 경우 주거지에서 확인되는 경우도 극소형의 철정이 묶여서 출토되고 있으며, 철정이 출토되는 주거지들의 공통점은 대규모 취락지에서도 규모가 대형에 중심부에 위치하며 내부에는 화덕시설이 존재하고 화재로 폐기되었다는 점도 매우 시사하는 바가 크다. 필자는 주거지에서 확인되는 철정의 경우 형태나 규모, 위치 등으로 살펴 볼 때 앞에서 언급된 것처럼 의례용으로 제작하기 위한 2차 가공지일 가능성이 매우 크다.

한편 일본에서는 고분시대 전기에 걸쳐서 출토되는 소형철제모형농공구에 대한 연구는 철제 농공구와 더불어 오래전부터 진전되어왔다.

---

35) 해남 신금 유적에서 확인된 주거지(4호 · 40호 · 43호)의 경우 노지에서 연소부 후벽을 側壙하여 철부 등을 인위적으로 埋納한 행위가 확인되고 있다. 노지에 철기 등의 埋納 행위는 출토 위치가 실생활품으로 사용할 수 없는 위치인데, 이러한 출토는 의례행위로 추정될 수 있다. 해남 신금유적 이외에도 주거지에서 의례행위가 확인되는 유적으로는 담양 태목리유적 등에서 확인되고 있다.

<표 27> 영산강유역 출토 鐵鋌 현황표

출토유적		매장주체				형식분류					備考
		土壙	甕棺	石室	石槨	I-a	I-b	II	III-a	III-b	
나주 용호 12호분		●						1			
영암 만수리 4호분	10호	●							2		
	11호								1		
영암 와우리고분	가-1호		●			1					
	가-6호		●							2	
함평 예덕리 만가촌고분	7-1호	●							1		
	14-1호								1		
	3-2호분		●							1	
참평 고양촌 1호분			●						1		
해남 황산리 분토유적 I	1-1호	●					1				
	2-2호						1				
	3-2호								3		
해남 부길리 옹관묘			●						4		
해남 원진리 농암 1호분			●						2		
해남 원진리 신금옹관묘			●						2		
해남 신월리고분					●				10		
장흥 상방촌B지구 17-1호분		●							2		
영광 화평리 A호분			●							6	
고창 남산리 5-2호		●						1			
고창 만동 9호묘 6호 옹관			●							1	
합계		10	9	0	1	1	2	2	29	10	44

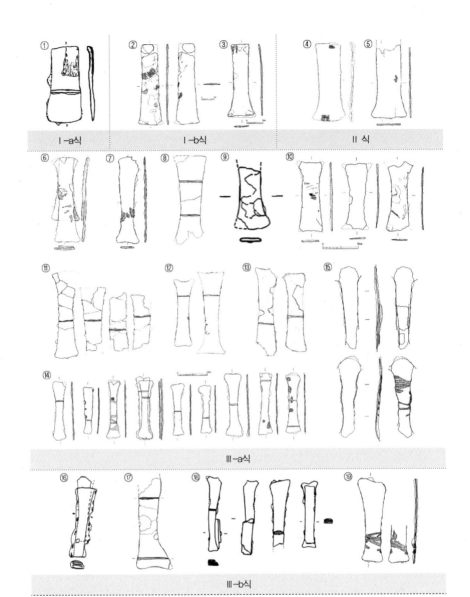

【그림 37】榮山江流域 出土 각종 鐵鋌

①영암 와우리고분 가-1호 ②해남 황산리 분토유적Ⅰ1-1호 ③해남 황산리 분토유적Ⅰ2-2호
④나주 용호 12호분 ⑤고창 남산리 5-2호 ⑥영암 만수리 4-10호 ⑦영암 만수리 4-11호 ⑧함평 예덕리 만가촌고분 7-1호
⑨함평 고양촌 1호분 ⑩해남 황산리 분토유적Ⅰ3-2호 ⑪해남 부길리 옹관 ⑫해남 원진리 농암 1호
⑬해남 원진리 신금옹관 ⑭해남 신월리고분 ⑮장흥 상방촌B지구 17-1호분 ⑯영암 와우리고분 가-6호
⑰함평 예덕리 만가촌고분 3-2호분 ⑱영광 화평리 A호분 ⑲고창 만동 9호묘 6호 옹관

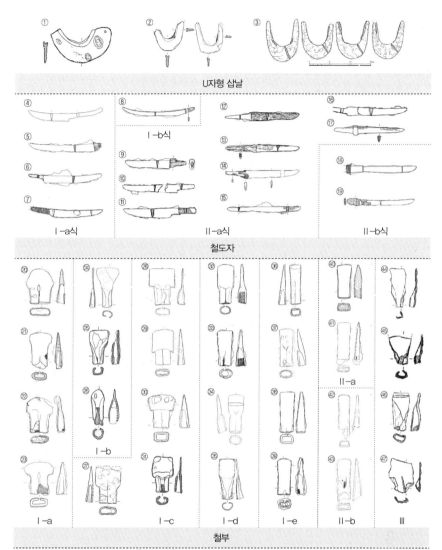

U자형 삽날

Ⅰ-b식

Ⅰ-a식   Ⅱ-a식   Ⅱ-b식

철도자

Ⅱ-a

Ⅰ-b

Ⅰ-a   Ⅰ-c   Ⅰ-d   Ⅰ-e   Ⅱ-b   Ⅲ

철부

【그림 38】榮山江流域 出土 각종 生活用具

①해남 월송리 조산고분 ②영광 학정리 대천 3호분 ③함평 예덕리 신덕 1호분 ④영암 옥야리 14호분 ⑤영암 만수리 4 - 5호
⑥영암 만수리 4 - 7호 ⑦장흥 신풍Ⅱ 5 - 2호 토광묘 ⑧고창 남산리 5 - 2호 옹관묘 ⑨ · ⑰영암 만수리 4 - 11호
⑩영암 만수리 4 - 13호 ⑪영암 만수리 4 - 14호 ⑫나주 복암리 3호분 2호 옹관묘 ⑬나주 복암리 3호분 5호 석실
⑭장흥 상방촌B 15 - 1호 ⑮영암 신연리 9 - 3호⑯영암 와우리 가 - 6호⑰나주 복암리 3호분 16호 석실⑱장흥 신풍Ⅱ 5 - 3호 토광묘
⑲고창 남산리 1 - 2호 ⑳ 고창 남산리 5 - 1호 ㉑무안 인평 1호 토광묘 ㉒고창 만동 9호묘㉓장성 야은리 주구내 토광묘
㉔ · ⑤함평 예덕리 만가촌 13 - 7호 ㉕ · ㉛함평 순촌 A - 32호 옹관㉖함평 순촌 A - 39호 주구토광묘㉗영암 예덕리 만가촌 12 - 1호
㉘고창 만동 11호묘 ㉙ · ㉚ · ㉗해남 신월리고분 ㉜장흥 상방촌B 17 - 1호 ㉝고창 만동 6호묘 ㉞해남 용일리 용운 3호분
㉟영암 화평리 농암 2호 옹관 ㊳ 고창 만동 7호묘 ㊲ 고창 만동 8호묘 ㊴ 고창 남산리 2 - 3호 ㊶고창 만동 10호묘
㊷고창 만동 2호 토광묘 ㊸장흥 신풍Ⅱ 1호 토광묘 ㊹ · ㊺영암 만수리 4 - 1호 ㊻영암 만수리 4 - 10호 ㊼ 영암 만수리 4 - 11호

5. 其他

　기타 유물로는 銅鏡, 단야구(망치, 집게, 鑽등), 鐵鐏, 鐵鋸, 철착, 삼지창 등
과 용도미상의 유물들이 있다.

〈표 28〉 영산강유역 출토 기타유물 현황표

유 물 유 적	매장주체				銅 鏡	靑銅器	鍛冶具	鐵鐏	기 타	備考
	土壙	甕棺	石室	石槨						
해남 월송리 조산고분			●		珠紋鏡					倭鏡
해남 만의총 1호분				●	倣製鏡					漢鏡
해남 신월리고분				●				1		
해남 용일리 용운 2호분				●				1		
무안 사창리 옹관고분		●					집게, 鑽, 망치(세트)			
나주 신촌리 9호분 乙棺		●						1	철거, 삼지창	
나주 복암리 3호분 96석실			●				집게	1		
나주 가흥리 신흥고분				●					살포	
함평 예덕리 신덕 1호분		●						3		
함평 예덕리 만가촌 13-7호	●								철착	
광주 쌍암동고분			●		珠紋鏡					倭鏡
담양 제월리고분				●	珠紋鏡, 變形六獸鏡					倭鏡
담양 서옥 2호분 분정				●			망치			
영광 수동 토광묘	●				小形倣製鏡, 連弧文倣製鏡	鳥文 靑銅器				漢鏡
영광 학정리 대천 3호분			●						철착	
신안 안좌도 배널리 3호분				●	鐵鏡				집게	倭鏡(?)

　우선 銅鏡은 영산강유역권에서는 영광 수동 토광묘에서 小形倣製鏡, 連弧

文倣製鏡등 2점, 광주 쌍암동 고분에서 1점, 해남 조산고분에서 多乳鏡 1점, 만의총 1호분에서 旋回式獸像鏡 1점, 담양 제월리 고분에서 變形六獸鏡, 百乳鏡등 2점, 신안 안좌도 배널리 3호분에서 철경 1점 등이 출토되었다. 그 외 전남 지역에서 고흥 길두리 안동고분에서 蓮弧文鏡 1점, 야막고분에서 位至三公鏡, 素文鏡 등 2점 등이 출토된 바 있다. 동경의 경우 이미 청동기시대부터 지배자나 피장자가 하나의 권위를 상징하는 위세품의 형식으로 사용되었다[36].

　현재까지 출토된 동경은 중국 漢式鏡이나 倭鏡을 모방한 방제경으로 재질과 문양에 따라서 약간씩의 차이점이 발견된다. 필자는 대체적으로 동경이 부장된 고분들의 경우 편년을 5세기 전·중반~6세기 초·중반으로 파악하고 있다. 물론 동경의 경우 위세품적인 성격이 매우 강하며 甲冑와 더불어 전세의 가능성이 높은 유물 중의 하나이나, 다른 공반유물들과 비교·검토를 통해 살펴보면 시기적으로 부합되고 있다. 영산강유역에서 확인되는 동경들의 경우 한식경이 다수를 차지하지만, 모두 다 모방품으로 오히려 일본 九州地域에서 출토예가 많은 倣製鏡系統으로 확인되었다. 따라서 이 당시에 일본과의 교류를 짐작 할 수 있는 유물이다. 특히 해남 만의총 1호분에서 출토된 동경의 경우 내구의 동물상의 표현과 외구의 문양구성으로 보아 일본에서 유행했던 고분시대 제3기에 해당되는 倭鏡으로 볼 수 있다. 해남 만의총 1호 출토 동경의 경우 고분시대 중기 후반에서 후기에 걸쳐 생산이 계속되었으며 일본열도에서 약 80개의 출

---

36) 중국사서 기록에 銅鏡이 위세품의 역할을 하였음을 알 수 있는 다음과 같은 기사가 있다. 三國志, 卷三十 魏書 烏丸鮮卑東夷傳 倭人條 : … 今以絳地交龍錦五匹, …答汝所獻貢直. 又特賜汝紺地句文錦三匹, … 金八兩, 五尺刀二口, 銅鏡百枚, … 階裝封付難升米, 牛利還致錄愛, 悉可以示汝中國人, 使知國家哀汝, 故鄭重賜汝好物也.(238년의 기사를 나타내는 3세기대의 倭의 대외교류에 대한 상황을 보면 倭도 魏에서 하사한 물품 중에 銅鏡에 중국의 위세를 나타내주며, 당시 倭에서도 중국문물에 대한 선호도를 엿볼 수 있다).

토예가 알려져 있다(上野祥史, 2013). 이 외에도 배널리 3호분에서 확인된 철경의 경우 다른 고분에서 출토된 동경과는 다르게 제사의 용도로 사용되어 공헌품으로 부장되었을 가능성도 있다. 철경이 출토된 유적은 전축분의 道齊里 50호분을 비롯한 낙랑지역 및 경주 황남대총과 제사유적인 부안 죽막동유적에서도 철경과 함께 석경이 출토되어 제사와 관련된 가능성을 높여주고 있다.

영광 수동 토광묘   광주 쌍암동고분   해남 월송리 조산고분

담양 제월리고분   해남 만의총 1호분   신안 안좌도 배널리 3호분

〈사진 8〉 영산강유역 고분 출토 외래계 방제경

다음으로 단야구를 살펴보면 우선 출토된 유적의 경우 무안 사창리 옹관고분에서 망치, 집게, 鑽 등을 비롯한 세트가, 나주 복암리 3호분 96석실에서는 철제집게, 담양 서옥 2호분 분정에서 망치가 출토되었다. 특히 무안 사창리 옹관고분에서 출토된 鑽의 용도는 모루 같은 작업대에 정련된 철제를 놓고 접거나 구부리거나 자루의 鎏部 등을 만들거나 일정한 형태로 가공하는 도구이다. 鑽은 쓰이는 용도에 따라서 角形과 嘴形 등으로 구분할 수 있으며, 취형의 경우 주로 일본에서 출토되는 형태이고 현재까지는 우리나라에서는 확인되지 않는

형태이다. 사창리 옹관고분에서 출토된 鑽의 경우 각형으로 구분할 수 있다.

단야구는 주지하다시피 정련된 鐵塊 등을 사용하여 일정한 무기나 공구류 같은 형태로 제작하는데 필수적인 작업도구이다. 따라서 당시 단야구가 고분에 부장품으로 선택된 이유는 아마도 철제품을 제작하던 이들 장인이 최고의 공인집단으로 인정을 받고, 이들을 지배층이 관리 및 장악했던 표지적인 유물로 볼 수 있다. 따라서 단야구의 부장은 당시에는 철을 다룰 줄 알았던 제철과 관련된 장인집단들을 관리 및 통제했던 상징적 의미를 나타낸 걸로 추정된다.

살포는 지금까지 영산강유역에서는 나주 가흥리 신흥고분에서만 출토되었고 전남지역을 포함해서는 고흥 길두리 안동고분에서 1점이 자루까지 장착된 완형의 형태로 출토되어 비교자료가 있다. 일반적으로 살포는 지역의 농업을 관장하는 지배계층의 의장용으로, 또는 의례용의 위세품으로 보기도 한다. 살포는 지역에 따라 부르는 명칭 또한 매우 다양하며[37], 살포의 용도는 논의 물꼬를 막거나 트는 기능과 함께 이랑의 잡초를 밀어 제거하는 용도로도 사용하였다. 중국과 일본에서는 잘 확인되지 않는 우리나라 특유의 농기구(김재홍, 2007)이나 구체적인 기능에 대해서는 좀 더 많은 검토가 필요하다고 생각된다.

그러나 살포는 고대국가에서는 주로 수장층의 무덤에서만 출토되기 때문에 수장이 농사를 장악하고 통치하는 상징적 의미의 유물로 보기도 한다. 이러한 전통은 후대에 남겨진 초상화 등을 통해서도 확인할 수 있으며 조선시대에는 임금이 신하에게 하사하는 几杖이기도 했다. 또한 살포는 사실상 연장으로서 사용되기보다는 감독자의 권위와 신물을 나타내는 징표인 지팡이로서의 기능

---

37) 살포의 경우 지역마다 각각 부르는 명칭이 다양한데 지역마다 살포갱이(경남 영산), 살피·손가래(경북), 논물광이(강원도 도계), 살보(전남), 삽가래(전남 보성), 살보가래(전남 강진) 등으로 불린다(金光彦, 1986).

으로 더 많이 사용되었다. 시기적으로 5세기 대에 출토되는 살포의 경우 실물을 부장한 걸로 파악되지만 6세기 대에 이르러서는 의례용으로 제작되어 소형화 된다.

鐵鐏은 물미라고도 하며 깃대나 철모의 끝에 끼우는 뾰족한 도구이다. 주용도로는 깃대나 창대를 땅에 꽂거나 버티게 하는데 사용된다. 목관고분에서는 출토되지 않고 고총 옹관고분이나 석실분, 석곽분에서만 출토된다. 철준의 출현은 본격적인 무기류의 부장과 더불어 철모와 함께 세트를 이루면서 출토되기 때문에, 공반되는 철기유물과 출토위치에 대한 검토 등이 필요하다. 또한 철준의 경우 유사시에는 끝이 원추형으로 뾰족하기 때문에 철모의 대용인 방어용으로도 사용되었을 것으로 추정된다.

이 외에도 소량으로 철착, 鐵居, 삼지창 등이 확인되는데 먼저 철착의 경우 철기를 이용하여 목재나 석재, 철재의 형태를 다듬는 도구라 할 수 있으며, 가장 유사한 형태로는 현재 사용하고 있는 정과 같은 기능이다. 철착이 출토된 고분은 함평 예덕리 만가촌 13-7호 목관고분, 영광 학정리 대천 3호분에서만 확인되고 있다. 철착의 경우 단야구와 같이 출토되면 공구로서의 기능보다는 단야구와 함께 철기제작에 쓰이는 도구로 생각된다.

철거와 삼지창의 경우 나주 신촌리 9호분에서만 확인되고 있어 추후 정확한 검증이 필요하다. 특히, 삼지창의 경우 크기가 보고서에는 16,5cm로 소형으로 무기의 용도보다는 단야구와 같이 피장자의 권위를 나타내는 위세품의 성격이 강한 것으로 추정된다.

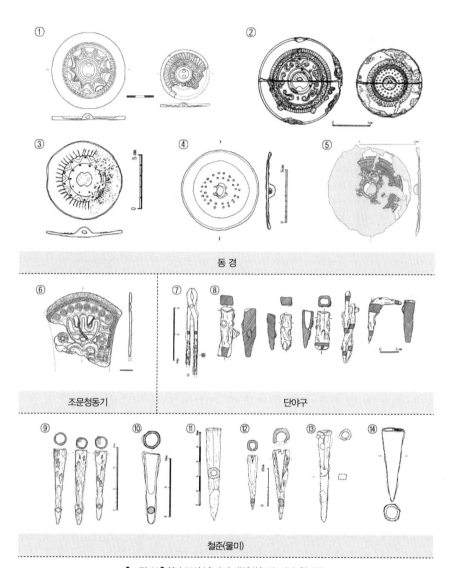

【그림 39】榮山江流域 出土 倣製鏡 및 기타 철기류
①·⑥영광 수동 토광묘 ②담양 제월리고분 ③·⑫해남 월송리 조산고분 ④광주 쌍암동고분
⑤해남 만의총 1호분 ⑦·⑩나주 복암리 3호분 96석실 ⑧무안 사창리 옹관고분 ⑨함평 예덕리 신덕 1호분
⑪ 나주 신촌리 9호분 乙棺 ⑬해남 신월리고분 ⑭해남 용일리 용운 2호분

第Ⅳ章. 榮山江流域 鐵器의 編年과 段階設定

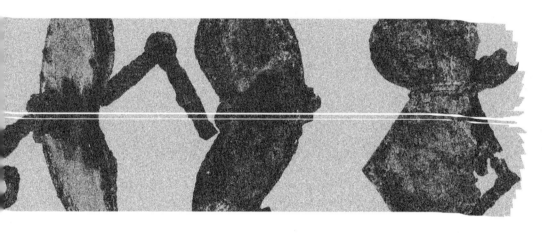

山 江 流 域 古 墳 鐵 器 研 究

1. 編年設定 過程

지금까지 영산강유역 고분에서 출토되는 철기유물들에 대해서 매장주체부에 따라 기능과 용도별로 살펴보았다. 출토유물은 유물의 부장양상, 성격과 쓰이는 용도에 따른 분류 등을 중심으로 각각 매장주체부와의 관계 설정을 시도해 보았다. 영산강유역으로 대표되는 전남지방의 고분은 최근 들어 활발한 구제 및 학술발굴의 영향으로 출토되는 유적의 수와 유물의 양도 증가하였고, 그 종류도 다양하게 확인되고 있다.

그러나 출토되는 철기유물의 특성상 절대연대자료의 측정과 유물의 성분 분석이나 산지 추정 같은 과학적인 분석 등이 미비하다. 이러한 요인은 영산강유역이 가지고 있는 철제 유물이 소량으로 출토되고 있어 아직까지는 상대적으로 절대적 자료가 매우 빈약한 실정이며, 유물의 과학적인 보존처리 등의 연구도 극히 미미한 형편이다.

특히 薄葬의 부장풍습에 따른 장제적 영향으로 영산강유역에서 출토되는 철기유물은 수량이나 용도상의 분류에 있어서 희소성이 매우 강하다. 이에 따른 영향으로 아직까지도 체계적인 형식 분류나 각 기종간의 연구가 없어 출토 유물을 가지고 독자적인 시기설정은 현재로서는 매우 어렵다. 다만, 매장주체부의 변천과 각각의 시기를 달리하면서 유물의 부장 수량과 종류가 분석결과 각각 다르게 나타나고 있음을 알 수 있다.

따라서 지금까지 출토된 철기유물을 가지고 분석한 결과 영산강유역에서 확인되는 고분의 변화과정이 철기유물의 변천과 출토에 깊은 관련이 있음을 알 수 있다. 이러한 결과를 가지고 철기유물의 부장에 따른 결과와 분석을 바탕으로 크게 5期의 분기로 나누어 살펴보았다. 즉 목관고분(토광묘) → 초기 옹관고분 → 전용 옹관고분 → 석곽분·고총 옹관고분 → 전기 석실분 → 후기 석실분(사비식) 등으로 분기별 변천과정을 보여주고 있다<표 29>.

〈사진 9〉 영산강유역 출토 단야구 일괄(무안 사창리 옹관고분)

〈표 29〉 영산강유역 묘제와 철기유물의 부장관계

遺物	形式(年代)	I期 3C 후반~4C 전반	II期 4C 전·중반~5C 전반	III期 5C 전반~5C 후반	IV期 5C 말~6C 전반	V期 6C 중반 이후	備考
裝身具	冠帽			⊙	⊙		
	銀製冠飾					⊙	
	金銅飾履			⊙	⊙		
	帶金具					⊙	
	耳飾			⊙	⊙		
馬具類					⊙		
武具類	裝飾大刀			⊙	⊙		
	大刀/鐵劍	⊙	⊙	⊙	⊙		
	裝飾刀子			⊙	⊙		
	鐵鉾	⊙	⊙	⊙	⊙		
	鐵鏃	⊙	⊙	⊙	⊙		
生活用具	鐵鋌	⊙	⊙				미니어처
	U字形 삽날				⊙		
	鐵斧(주조)	⊙					
	鐵斧(단조)	⊙	⊙	⊙	⊙	⊙	
	鐵鎌	⊙	⊙	⊙	⊙		
	鐵刀子	⊙	⊙	⊙	⊙	⊙	
	斧形鐵器	⊙					미니어처
	板狀鐵斧	⊙					미니어처
	鍛冶具		⊙	⊙	⊙		
其他	銅(鐵)鏡	⊙		⊙	⊙		
	銅(貝)釧			⊙	⊙		

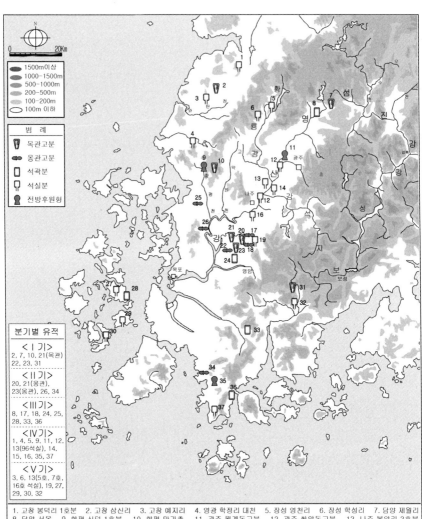

범 례

🔲	목관고분
⬗	옹관고분
🔲	석곽분
🔲	석실분
⬤	전방후원형

1500m이상
1000-1500m
500-1000m
200-500m
100-200m
100m 이하

분기별 유적

<Ⅰ기>
2, 7, 10, 21(목관)
22, 23, 31

<Ⅱ기>
20, 21(옹관),
23(옹관), 26, 34

<Ⅲ기>
8, 17, 18, 24, 25,
28, 33, 36

<Ⅳ기>
1, 4, 5, 9, 11, 12,
13(96석실), 14,
15, 16, 35, 37

<Ⅴ기>
3, 6, 13(5호, 7호,
16호 석실), 19, 27,
29, 30, 32

1. 고창 봉덕리 1호분 2. 고창 삼신리 3. 고창 예지리 4. 영광 학정리 대천 5. 장성 영천리 6. 장성 학성리 7. 담양 제월리
8. 담양 서옥 9. 함평 신덕 1호분 10. 함평 만가촌 11. 광주 월계동고분 12. 광주 쌍암동고분 13. 나주 복암리 3호분
14. 나주 정촌고분 15. 나주 영동리 16. 나주 송제리 17. 나주 신촌리 9호분 18. 나주 대안리 9호분 19. 나주 흥덕리 쌍실분
20. 영암 만수리 21. 영암 신연리 22. 영암 옥야리 14호분 23. 영암 초분골 24. 영암 옥야리 방대형고분 25. 무안 구산리
26. 무안 사창리 27. 신안 읍동 28. 신안 배널리 3호분 29. 신안 도창리 30. 신안 상서고분군 31. 장흥 신풍 32. 장흥 신월리
33. 해남 만의총 1호분 34. 해남 부길리 35. 해남 용두리고분 36. 해남 신월리 37. 해남 월송리 조산

【그림 40】榮山江流域 分期別 古墳 分布圖

2. 編年과 段階設定

1) 第 I 期(목관고분 · 초기 옹관고분)

I 期의 대표적인 묘제는 木棺古墳(土壙墓)과 初期 甕棺古墳 成立期이며 중심 연대는 3세기 후반~4세기 전반에 해당된다. 대표적인 목관고분(토광묘) 유적으로는 영암 만수리 4호분 목관고분, 내동리 초분골 1호 · 2호 목관고분, 신연리 9호분, 함평 만가촌고분군, 순천유적, 나주 용호 12호분 등이다. 옹관고분으로는 영암 와우리 가-1호분 · 6호분, 와우리 서리매제 옹관, 옥야리 14호분 등이 대표적이다.

목관고분의 가장 큰 특징은 多葬에 제형의 주구를 이루는 고분이라 할 수 있으며, 일부 연구자들은 이러한 고분을 분구묘 또는 복합제형분으로 부르기도 한다(金洛中, 2009). 영산강유역 옹관고분의 중심지역인 반남 · 복암리 지역이나 영암 시종지역 등의 고총 옹관고분 중심지를 제외하면 지금까지 알려진 제형의 주구를 가진 고분의 매장주체부는 목관고분으로 추정된다. 분구의 형태는 목관고분의 경우 제형계, 옹관고분의 경우 원형계가 확인되며, 분구 규모의 경우 원형계는 10m내외에 한정되나, 제형의 목관고분은 저분구의 주구 토광묘가 목관고분으로 발전하면서 분구의 수직 · 수평적 확장에 따른 현상이 나타나 분구 규모가 원형계에 비해 비교적 크다. 매장주체부인 토광이나 목관, 옹관이 안치되는 위치는 이른바 반지하식의 축조방식이 나타난다.

이 시기의 분구는 제형으로 대표되는 목관고분(토광묘)에서 분구의 확장과 축조과정을 살펴볼 수 있다. 대표적으로 함평 만가촌 13호분을 통해 분구의 확장과 축조방법을 보면 제형의 분구로 한쪽은 넓고 높으며, 다른 한쪽은 좁

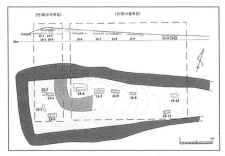
【그림 41】목관고분의 분구 확장과정(최성락 2009)

고 낮은 형태이다. 조사결과 두 곳의 목관고분 사이에 선행하는 주구가 확인되었으며, 현존 분구는 선행 주구를 메우면서 확장되었다. 따라서 좁고 낮은 쪽으로 목관이 축조되면서 수평적으로 확장이 이루어졌고, 그 다음에 선행 주구를 메우고 넓고 높은 곳에 가장 늦은 시기의 목관을 축조하면서 수직적으로 확장했음을 알 수 있다【그림 41】.

철기유물의 부장 특징은 철제 부장품의 증가와 더불어 철정과 판상철부 같은 의례용 철제품의 등장이다. 즉, 목관고분에 부장 되는 철기가 1~2점 정도의 소량에 불과했던 이전의 시기보다 훨씬 풍부하고 다양한 철제품이 부장 된다는 점이다. 영암 만수리 4호분 10호·11호 목관고분, 와우리 가-6호 옹관, 화평리 B호 옹관, 해남 부길리 옹관 등에서 鐵鋌이 출토되었고, 영암 와우리 가-1호분에서는 板狀鐵斧가 출토된다. 일반적으로 판상철부와 철정은 영남지방의 신라나 가야에서 유행하던 부장품이다.

특히, 철정은 그 출현시기가 낙동강유역에서는 4세기 말~5세기 초로 편년되는 고분에서 출토된다(東潮, 1987, p.136). 하지만 영산강유역 출토품은 출토 유적이 목관고분과 초기 옹관고분에 해당되는 유적으로 그 출현 시기를 3세기 후반~4세기 전반으로 낙동강유역 출토품과는 상당한 시기 차이가 발생하고 있음을 확인할 수 있다. 출토된 철정의 경우도 실생활 용도로 사용된 유물보다는 미니어쳐 성격이 강하고, 의례용 성격이 강하게 작용한 특별히 제작된 제품으로 생각된다. 그렇지만 이 지역에서 철정이나 판상철부 등의 이질적인 철제품이 출토되는 것은 매우 흥미로운 현상이다.

이 시기에 가장 표지적인 유물은 철정이라 할 수 있다. 영산강유역에서 확인되는 철정의 변화양상은 필자의 분류에 의하면 3세기 후반부터 부장되며, Ⅰ형(제형) → Ⅱ형(팔자형) → Ⅲ형(나비형)으로 변천하고 있음을 알 수 있는데, 철정의 변화양상이 시기적으로 묘제의 변천과 동일하게 변천하고 있다. 다만, 4세기 중반 이후부터 소형화되고 함평의 중랑과 소명동 등의 취락유적에서 출토되는 시점부터 묘제에 부장되는 철정도 점차 의기성이 강한 성격으로 바뀌고 있음을 확인할 수 있다. 매장주체부에 따른 철정의 부장은 현재까지 확인된 유적에서는 출토비율이 10(목관)대 9(옹관) 정도로 목관고분이나 초기 옹관고분과 비슷하게 부장된다. 형식을 살펴보면 시기가 가장 빠른 Ⅰ형의 철정은 3세기 후반의 해남 황산리 분토 목관고분에서 확인되고, 4세기 중반의 목관고분인 나주 용호고분에서는 Ⅱ형이, 이후 목관고분 쇠퇴기와 옹관고분 발전기 단계인 4세기 중·후반 경부터 Ⅲ형이 집중적으로 부장되고 수량도 복수로 많아진다.

鐵鉾의 경우 필자 분류안에 의하면 묘제의 발전과 변천에 따라 시간적인 흐름이 관찰된다. 철모의 속성 중에서 가장 확실한 구분인 銎部의 변화를 살펴보면, 시기적으로 차이가 있음을 확인할 수 있다. 즉 공부는 연미형으로 관부의 형태는 유단과 무단이 혼재되는 양상을 보여주나, 무단으로의 변화가 관찰된다. 연미형의 공부가 확인되는 시기는 4세기 전반 경에 처음으로 확인된다. 鐵斧의 경우 필자 분류안인 신부와 공부의 부분이 확연하게 구분되는 이른바 유견철부로 불리는 Ⅰ-a·b·c형의 출토비율이 높고 매장주체부에 따라 6(목관)대 1(옹관)의 출토비율로 목관고분이 옹관고분보다 높게 나타나고 있다. 이러한 공부와 신부의 구분이 확실한 유견철부 계통의 철부는 3세기 후반 경부터 목관고분에 부장되면서 점차 옹관고분에도 부장되기 시작한다. 하지만 주조철부의 경우, 현재까지는 신부에 돌대가 없는 유물만 확인된다. 영남지방에서 확인되는 3세기 중엽에 해당되는 유단 돌대 주조철부는 확인이 안 되고 무단 돌대 주조철부가 이 시기에만 한정적으로 부장된다. 수량면에서도 고창지역(만동·남산리)에서만 출토되는데 시기는 3세기 후엽~4세기 전반 경으로 영산강유역에서는 발달되지 못한 철부로 추정된다. 다만, 남해안의 광양 도월리유적(정일·송혜영, 2010)에서 확인되는 용범과 주조철부로 추정했을 때 주조철부는 지리적으로 낙동강유역의 영향을 받아서 주로 남해안지역에서 사용되었을 것으로 추정된다. 이외에도 大刀나 鐵鏃 등의 무기류의 증가와 더불어 생활용구로 분류되는 鐵鎌, 鐵刀子 등의 철제품이 주구토광묘 단계에 비해서 양적인 증가를 보인다. 이러한 부장양상의 변화는 아마도 본격적인 농경의 발전으로 계급의 분화와 더불어 각 집단들의 서열화가 본격적으로 시작되는 시기와 상통한다. 따라서 철기유물에 대한 부장의 변화는 다장을 이루는 묘제에서 기존에 부장되던 구슬 외에도 지배집단의 권위를 상징한 무기류에 대한 부장의 필요성으로 추정된다.

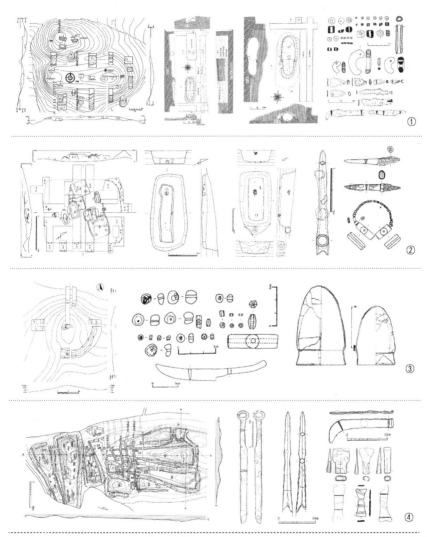

【그림 42】Ⅰ期 遺構 및 出土遺物

①영암 초분골 1・2호분 ②영암 신연리 9호분 ③영암 옥야리 14호분 ④함평 예덕리 만가촌 고분군

2) 第II期(옹관고분 발전기)

II期의 대표적인 묘제는 전용 甕棺古墳으로 중심 연대는 4세기 전·중반~4세기 후반에 해당된다. 대표적인 유적으로는 영암 초분골 1호분(목관고분 제외), 만수리 4-2호·13호 옹관, 신연리 9-2호·3호, 만수리 옹관고분(1호·2호) 등이 있다. 물론 이 시기에도 만수리 4호분이나 신연리 9호분 같이 목관고분이 주묘제로서의 위치를 차지하는 경우도 있다. 그러나 필자는 이 시기는 주묘제가 전환되는 과도기적인 성격을 가지고 있다고 생각된다. 따라서 이 시기에는 이미 기존의 대용 옹관묘가 전용옹관으로 발전하여 어느 정도의 분구를 갖추며 묘역의 독자성이 인정되는 옹관고분의 정착단계로 이해하고자 한다.

이렇게 추정할 수 있는 근거로는 I期의 중심묘제였던 목관고분(토광묘)은 고총고분으로 발전하지 못하고 소멸되는 양상을 보여주고 있으며, 부장되는 철기유물도 점차 소량화와 위세품의 소멸이라는 변화상을 보여주고 있다. 또한 매장주체부가 이미 주묘제로서의 우위를 상실했으며, 비슷한 시기의 고분에서는 옹관고분이 주묘제로서의 위치를 차지하기도 한다. 출토유물의 조합상을 살펴보면 옹관고분에서 출토되는 부장품과의 차별성이 관찰되지 않을 뿐만 아니라 광주 포산유적[1]에서 확인된 유물처럼 오히려 늦은 시기까지 내려가는 유물도 있다. 유구의 조합상에 있어서도 목관고분이 주묘제인 경우 추가장이 이루어질 때는 토광을 추가하거나 주구를 확장하여 매장하는 경우도 많으나 옹관을 추가하여 매장하는 경우도 적지 않게 나타나는 것도 이 시기의 한 특징으로 볼 수 있다. 이러한 현상은 아마도 기존의 목관고분을 주묘제로

---

1) 광주 포산 유적에서 출토된 有孔廣口小壺는 이은창의 분류에 의하면 가장 발달된 후기 형식으로 6세기 대에 속하는 것으로 생각된다(이기길, 1995).

채택했던 집단들이 '옹관' 이라는 새로운 형식의 묘제를 수용하는 과도기적 현상으로 생각할 수 있다. 따라서 이러한 현상은 목관고분이 가지고 있던 고유의 특징이 사라진 결과로 판단된다. 유구의 분포도 하나의 분구에 매장주체부를 다수 안치하는 다장화 현상이 본격적으로 정착되기 시작한다.

철기유물의 부장은 옹관고분 I期에 부장되던 철정같은 비실용적인 의기성 철기의 비중이 줄어들고 철모나 대도 등의 무기류가 본격적으로 부장되기 시작한다. II期에는 새롭게 무안 사창리 옹관고분에서 단야구가 부장되는데, 단야구는 철기의 제작을 증명해주는 도구로 일반적으로 집게, 망치, 숫돌 등의 유물이 한 세트를 이루며 출토된다.

이 시기의 가장 표지적인 유물로는 단야구를 들 수 있다. 단야구는 I期에는 부장되지 않았던 유물로 4세기 전반 경에 처음으로 부장품으로 나타난다. 물론 현재까지 이 시기에 해당되는 단야구의 경우 사창리 옹관고분에서만 확인된다. 그러나 동시기에 해당되는 함평 중랑 유적 62호 주거지에서 출토된 철재 슬러그의 존재는 이 유구의 성격이 주거지가 아닌 제련유구로 추정되며, 자체적으로 철기를 제작했음을 알 수 있다[2]. 하지만 단야구의 존재는 이후 III期에 들어서면 고총고분으로 발전한 옹관고분에서는 확인되지 않고 새롭게 출현하는 석곽분에서만 부장된다. 이러한 단야구의 출토는 점차 철제품의 보급이 확산된 결과로 추정할 수 있다. 이와 더불어 철기유물의 자체 제작이 가능해지고, 4세기 대를 전후하여 철기유물의 양적인 증가와 더불어 종류도 다

---

2) 중랑 62호에서 출토된 鐵滓를 대상으로 금속학적 분석을 실시한 결과 담금질 조직과 비교적 빠른 속도의 냉각과정에서 생성되는 펄라이트 또는 베어나이트 조직 등으로 보아 제련 또는 제강과정에서 생산되는 기본소재로 파악되어 자체적인 생산이 가능했음을 과학적인 분석을 통해서도 밝혀졌다(李在成, 2003).

양하게 부장된다.

먼저 대도를 살펴보면 이전 시기에는 환두(대)도와 같은 장식성이 있는 대도도 일부 확인되나 실용성이 가미된 대도가 주로 출토된다. 이러한 변화는 4세기 대에 급격하게 부장되는 무기류의 양상을 살펴보면 장식성보다는 활용면에 치중했던 것으로 추정된다. 철모의 경우 4세기 말~5세기 초엽 경에 공부가 燕尾形에서 直基形으로 변화되며, 關部의 경우 有關보다는 無關이 강세를 보이기 시작한다. 단조철부의 경우 필자 분류안인 공부와 신부의 구분이 명확하지 않는 I - d · I - e형이 확인되는데 이 형식은 옹관고분에서 주로 확인되며, I 期에 부장되었던 주조철부는 더 이상 부장되지 않는다.

다만 동일시기로 편년되는 취락 유적에서는 주조철부가 확인되는데, 이러한 이유는 고분에서는 부장품으로서의 주조철부가 상징성이 사라진 결과라고 생각된다. 하지만 취락유적에서는 이 단계에 오히려 본격적인 농경의 발달에 따라 목제 농기구를 대체할 철제 농기구의 확산과 보급이 이루어진다. 이에 따라 철부로서의 기능보다 아마도 괭이와 비슷한 역할의 실생활용으로서 대체되면서 장기적으로 사용되었기 때문으로 해석할 수 있다.

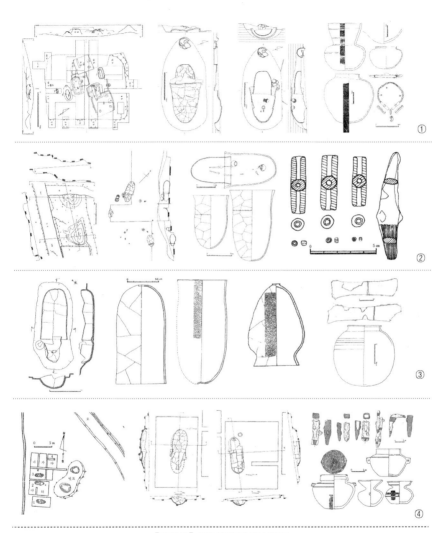

【그림 43】 II期 遺構 및 出土遺物

①영암 신연리 9호분 옹관고분(1호~3호) ②영암 만수리 1호 옹관 ③해남 신금 옹관 ④무안 사창리 옹관고분

3) 第Ⅲ期(옹관고분 최성기 · 석곽분 출현기)

Ⅲ期의 대표적인 묘제는 고총 옹관고분과 새로운 묘제로 石槨墳의 출현으로 중심 연대는 5세기 전반~5세기 후반에 해당된다. 대표적인 유적으로는 옹관고분으로는 나주 신촌리 6호분 · 9호분, 대안리 9호분 등이며, 고총고분 단계로 주로 나주 반남지역과 복암리 고분군을 중심으로 분포한다. 석곽분으로는 나주 옥야리 방대형고분, 해남 신월리고분, 신안 안좌도 배널리 3호분 등으로 이 중에서 영암 옥야리 방대형고분의 경우 다른 석곽분과는 다르게 옹관고분 중심지역에서 확인된다. 외형도 고총의 분구를 형성하며 주변으로 옹관과 석곽이 배장된 형태이다. 출토유물 또한 다량의 철기유물들이 출토되었으나 갑주편(판갑)을 제외하면 분구의 규모에 비해서 철기유물의 부장은 격이 떨어지는 편이다. 영암 옥야리 방대형고분을 제외하면 중심지인 나주지역보다는 주로 해로상에 위치한 해안가에 독립적으로 분포하며 대부분 단독분을 형성한다.

이 시기의 옹관고분의 특징은 분구의 高大化현상이 나타나며 다량의 威勢品이 부장된 고분을 중심으로 본격적인 계층화 현상이 나타난다. 즉, 나주 신촌리 9호분, 대안리 9호분 등은 분구의 규모면에서도 대형의 方臺形系墳丘가 확인되고 그 반대의 고분에서는 소형의 圓形系墳丘가 나타난다. 이처럼 같은 시기에 형성된 고분이라도 반남지역을 중심으로 위세품이 출토된 고분에서는 분구의 대형화와 厚葬의 부장풍습이, 반대의 고분에서는 외곽지역에 분포하며 소규모의 분구에 薄葬의 부장풍습이 나타나는 등 고분간의 위계화가 심하게 나타난다. 하지만 석곽분의 경우 영산강유역 고분의 특징인 매장주체부가 다장보다는 군집을 형성하지 않고 단독장 형태로 독립적이며 해안가나 도서지역에 주로 축조된다.

먼저 옹관고분인 나주 신촌리 9호분에서 출토된 유물들을 살펴보면 장식성이 매우 강한 金銀裝單鳳文環頭大刀, 금동관, 금동식리 등의 부장과 재료면에 있어서도 철제보다는 금·은제를 사용한 다량의 威勢品들이 확인되며, 고분간의 위계화 현상을 보여주는 대표적인 경우다. 하지만 신촌리 9호분 같은 특수한 경우를 제외하면, 이 시기의 고분에 부장 되는 철기유물의 가장 큰 특징은 耳飾을 비롯한 장신구의 부장과 구슬류 같은 경우 양적인 증가와 종류도 다양하게 나타난다. 무기류 같은 경우도 환두부에 금·은을 장식한 화려한 장식대도가 등장하고 왜래계 유물이 다수 부장된다.

특히 이 시기의 대표적인 옹관고분인 신촌리 9호분의 경우 금동관과 금동식리가 출토되었는데, 먼저 금동관의 경우 관모와 관대가 분리되는 형태이다. 지금까지는 백제 중앙권력에서 사여받은 유물로 연구가 진행되었다. 그러나 관모의 경우 수촌리고분, 입점리고분 등 백제권역에서 출토된 부장양상과 제작기법을 살펴보면 백제계로 추정할 수 있으나 관대의 경우 '出字' 형태의 자연수지형이며 瓔珞이 붙어 있다. 아직까지는 백제권역에서는 유사한 형태의 관대는 확인되지 않고 그 기원을 추정하면 보통 출자형의 경우 오히려 가야나 신라권역에서 주로 확인되는 양식이다. 특히 신촌리 9호분 피장자와 함께 부장된 장식대도와 원통형토기 등의 공반유물을 살펴보면 백제뿐만 아니라 가야 및 倭와도 연결되는 유물들이 다수 확인됨을 알 수 있다. 이렇게 종합적으로 부장된 유물의 기원으로 살펴보았을 때 나주 신촌리 9호분에서 출토된 관모의 경우, 백제권역에서 출토되는 관모를 비교 검토하면 백제 중앙권력의 사여와 깊은 관련이 있었을 것으로 추정할 수 있다. 그렇지만 관대의 경우, 그 기원의 문제나 제작기법 등에 따른 양식상으로 살펴보면 오히려 가야와 밀접한 연관이 있었을 것으로 추정된다.

금동식리 중에서 고흥 길두리 안동고분이나 공주 수촌리고분, 나주 정촌고분에서 확인되는 식리의 경우 연구자들은 한성기 백제 때의 유물로 추정하고 있다. 그러나 나주 신촌리 9호분과 복암리 3호분 96석실에서 출토된 식리의 경우, 그 시원은 무녕왕릉 출토품에서 찾아볼 수 있으나 복암리 출도품의 경우 문양은 귀갑문이고 신촌리 출토품은 사격자문이다. 문양학적으로 왕릉에 사용된 귀갑문의 경우 위계적으로 상위에 속하며, 사격자문이 시문된 식리의 경우 백제가 영역을 확장하는 과정에서 재지세력들을 포섭하기 위해서 격이 떨어지는 식리를 증표로 하사한 걸로 추정된다. 하지만 필자의 경우 무조건적인 백제의 통치력의 확대에 따른 하사품으로 보기보다는 서로 대등한 관계에서 상호호혜의 원칙에 의거해서 입수되었을 것으로 추정되기 때문에 금동관의 경우처럼 신중한 해석이 필요하다고 본다.

石槨墳에서 확인되는 철기유물의 경우 이전까지 부장되지 않던 5세기 전반의 왜계 계통의 갑주의 출현과 동경의 재등장이다. 그런데 여기서 출토되는 갑주의 경우 내륙의 영암 옥야리 방대형고분이나 해안 도서지역의 배널리와 해남반도의 용두리고분 등에서도 확인되는데, 모두 다 판갑계열이다. 판갑은 비교적 이른 시기에 등장하는 유물로서 영산강유역에서는 5세기 전반 경에 처음으로 등장한다. 그러나 이처럼 무구류의 증가는 이루어지지만 마구류는 이 시기에도 부장되지 않는다. 따라서 석곽분에 부장되는 갑주의 출현과 3세기 후반 경에 부장되다 옹관고분 단계에서는 부장되지 못하고 석곽분에서만 재등장하는 동경의 경우, 5세기 전·중반 경에 왜와의 대외교류 등의 사회상을 알 수 있는 표지적인 자료이다. 또한 철촉 같은 경우도 양적으로 급격하게 증가하나 형식적으로도 필자 분류안의 역자형(Ⅰ식)과 도자형(Ⅱ식) 등이 주종을 이루지만 형태적으로 구분 없이 점차 단경촉에서 5세기 후반 경에는 장경촉으로 변화·발전한다. 이외에도 양적으로 유물이 증가하며 이전 시기까지 부장되던 철정이나 부형철기 같은 의기용 철기들이 사라진다.

이처럼 이 시기의 표시적인 유물로는 매장주체부에 따라서 이원화가 확인되는데 옹관고분에서는 장식성이 매우 강한 화려한 장식대도와 식리 등의 위세품이 다량으로 부장되고, 석곽분의 경우에는 영산강유역에서는 새롭게 갑주의 출현과 동경 등의 재등장이라 할 수 있다.

〈사진 10〉 신안 안좌도 배널리 3호분 석곽 및 유물출토 현황

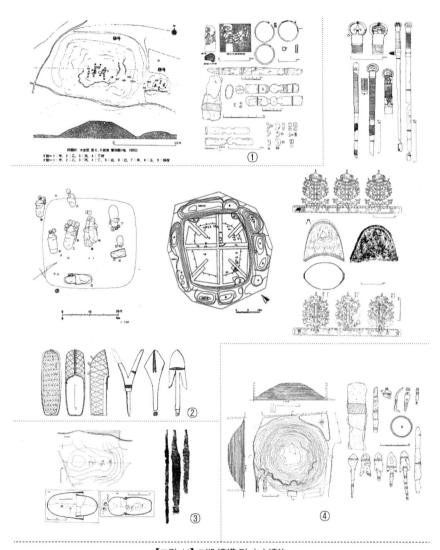

【그림 44】 Ⅲ期 遺構 및 出土遺物

① 나주 대안리 9호분 ②나주 신촌리 9호분 ③나주 신촌리 6호분 ④나주 덕산리 4호분

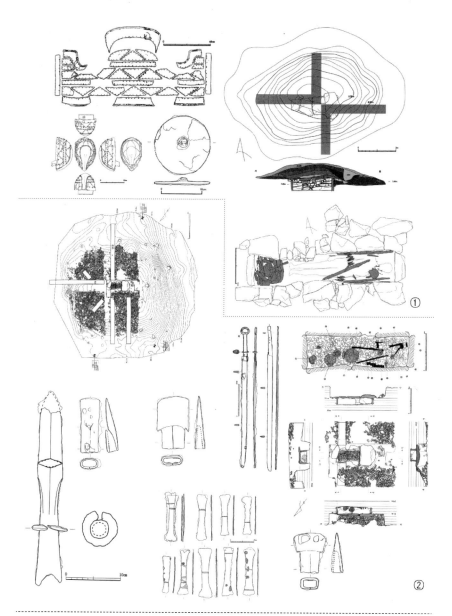

【그림 45】Ⅲ期 遺構 및 出土遺物

① 신안 안좌도 배널리 3호분 ②해남 신월리고분

4) 第Ⅳ期(전기 석실분)

Ⅳ期의 대표적인 묘제는 전기 석실분의 출현과 발전기까지로 중심 연대는 5세기 말~6세기 전반에 해당된다. 영산강유역에서 전기 석실분의 시원형은 나주 송제리 고분에서 찾는데, 송제리고분의 경우 공주지역에서 사용되었던 궁륭상 석실구조를 하고 있다. 대표적인 유적으로는 고창 봉덕리 1호분, 장성 영천리 석실분, 나주 복암리 3호분 96석실, 정촌고분 1호 석실, 해남 조산고분, 함평 신덕 1호분, 광주 명화동고분, 월계동 1호·2호분, 영광 대천리 고분군 등이다. 이 시기에 축조된 석실분은 매장주체부가 지상식으로 축조되는 등 재료에 있어서 석재를 사용하였으나 장제적 전통과 축조방식은 옹관고분을 계승하고 있다. 전기 석실분에서 나타나는 특징 중의 하나는 정형화된 분구가 축조되지 않고 다양한 형태의 분구가 확인된다는 점이다. 하지만 분구의 정형성을 찾기는 힘들지만 대체로 원형계가 다수를 차지하고 있고, 늦은 시기에는 前方後圓形古墳 같은 특수한 묘제도 한시적으로 축조된다. 철기유물의 부장도 다량의 철제품과 더불어 마구류와 갑주(찰갑 계열)가 부장되고 늦은 시기에 접어들면 銅鏡, 銅(貝)釧 등의 외래적 유물이 부장된다.

그렇지만 나주 복암리 3호분 96석실처럼 석실 내에 옹관이 안치되고, 복암리 3호분과 무안 구산리에서 확인된 돌막음 옹관(4호·6호)의 존재는 비록 주묘제로서의 위치를 석실분에게 넘겨주었지만 옹관의 매장풍습이 어느 정도 지속적으로 사용되었음을 알 수 있다. 또한 늦은 시기에는 석곽분이 주변지역에서 석실분의 하위묘제로 정착된다. 따라서 석곽분에서 출토되는 철기유물은 이 시기에 들어서면서 Ⅲ期에 다양하고 화려한 위세품이 부장되었던 유물들이 사라지고 철도자나 관정 같은 소량의 유물들만 출토되는 등 유물상의 변화가 확인된다.

이처럼 급격하게 석곽분에서 출토되던 철기유물들의 변화는 석곽분을 사용했던 집단들의 신분변화에 따른 요인으로 추정된다. 즉 Ⅲ期에 축조된 석곽분의 경우 단독장에 독립된 분구를 형성했으며, 그 분포 범위도 고총 옹관고분 집단들의 세력범위에 포함되지 않는 지역에 위치한다. 이러한 지역적인 범위는 우선적으로 통제와 규범에서 비교적 자유로울 수가 있는 요인을 형성하였으며, 이는 곧 다량의 위세품의 부장이라는 결과를 나타내고 있다. 따라서 이 시기의 피장자는 독립적인 재지계 집단이나 어느 정도의 군사력을 유지하였던 무장집단들로 구성된 상위계층이었으나, 이 시기에 축조된 석곽분은 규모가 소형화되고, 단독장 형태가 아닌 군집화되는 현상이 확인된다. 이러한 군집화 현상은 피장자의 계급의 약화와 더불어 부상유물 또한 한정적일 수밖에 없어서 철도자 정도의 유물만 부장되었을 것으로 추정된다.

이 시기의 표지적인 유물로는 마구류의 출현을 들 수가 있다. 마구류의 경우, 영산강유역 재지세력이 전통적으로 사용했던 유물보다는 묘제가 옹관에서 석실로 변천되면서 유입된 유물로 추정된다. 그 이유는 우선 영산강유역의 토착묘제에서는 시기를 달리하면서 재지계유물과 동경이나 금동관, 식리 등과 같은 다양한 유입유물들이 확인되지만, 유독 마구류는 확인되지 않는다. 6세기 초엽 경에 축조되는 시원형의 석실에서는 확인되지 않고, 6세기 전반에 석실분이 영산강유역 전역에 중심묘제로 자리 잡으면서 마구류의 부장이 확인된다. 따라서 선택적인 선별에 의한 유물의 유입으로 추정할 수 있다.

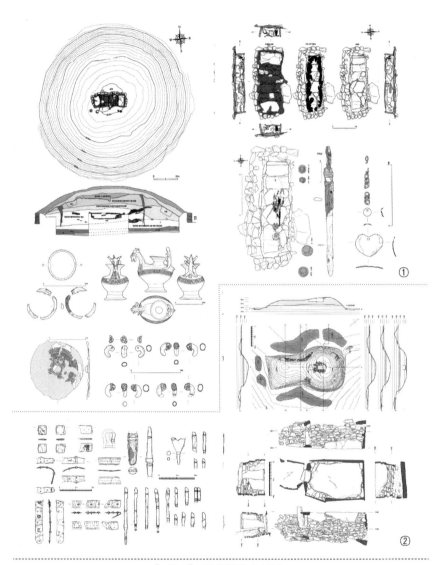

【그림 46】 Ⅳ期 遺構 및 出土遺物

①해남 만의총 1호분 ②해남 용두리고분

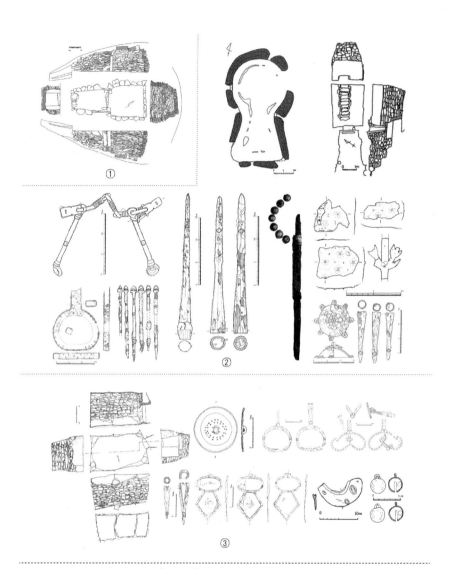

【그림 47】 IV期 遺構 및 出土遺物

①장성 영천리 석실분 ②함평 신덕 1호분 ③해남 월송리 조산고분

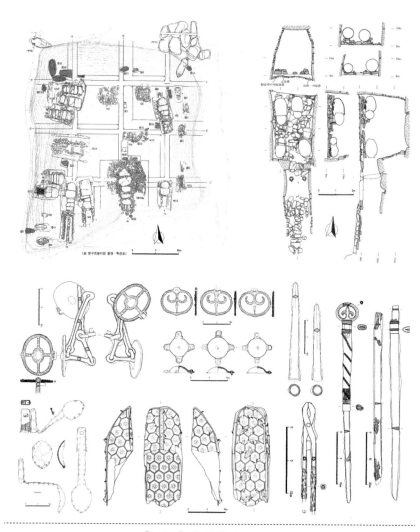

【그림 48】 IV期 遺構 및 出土遺物

나주 복암리 3호분 96석실

5) 第Ⅴ期(후기 석실분)

Ⅴ期의 대표적인 묘제는 사비식석실 구조가 나타나는 후기 석실분 단계로 중심 연대는 6세기 중반 이후에 해당된다. 대표적인 유적으로는 무안 인평 석실분, 함평 신덕 2호분, 신안 도창리고분, 나주 복암리 1호분·3호분 석실(96석실 제외), 대안리 4호분, 흥덕리 쌍실분, 장성 학성리 고분군 등이다. 철기유물의 부장상태를 살펴보면 Ⅳ期에 부장되던 동경, 장식대도, 銅(貝)釧 등의 활발한 교류에 따른 외래적 유물들과 나주 복암리 3호분 5호와 7호분에서만 위세품으로 규두대도가 확인될 뿐 철기유물의 비율이 전체적으로 감소한다. 축조된 석실분의 분포상을 살펴보더라도 Ⅳ期까지 영산강유역의 수계를 벗어나지 않으면서 축조되던 현상이 신안 도창리고분, 읍동고분, 신의도 고분군처럼 영산강유역을 벗어나 서·남해안 도서지역까지 분포 범위가 확산되며, 석실분의 주변부에 소형의 석곽분도 활발하게 조성된다.

이러한 축조양상의 변화는 석실의 규모와 더불어 분구의 규모가 중·소형으로 점점 정형화되는 경향과 관련이 있을 것으로 추정된다. 이 시기의 가장 큰 특징은 나주 복암리 3호분 5호·16호, 흥덕리 쌍실분에서 출토되는 銀製冠飾과 장성 학성리 A-6호분, 나주 복암리 3호분 5호·6호·7호 석실에서 출토된 帶金具 부장이다. 대금구의 경우 복암리 출토품은 재질면에서 은제, 장성 학성리 출토품의 경우 청동제이며, 모두 다 장식성보다는 사비기에 확립된 실용적인 유물이다. 대금구의 경우에도 은제관식처럼 최소한 신분에 따라서 재질면에서 은제와 청동제로 구분되어 사용할 수 있었던 계급적인 차이가 존재했던 것으로 추정할 수 있다. 영산강유역에서 출토되는 은제관식이나 대금구의 부장은 백제의 영역화 진행과 관련된 표지적인 유물로서, 당시 시행되었던 관등제가 영산강유역까지 일정부분 파급되었음을 알 수 있다. 다만, 이 지역에서는 은제관식과 대금구가 부장되었어도 묘제의 규격이나 복암리 3호분 5호 · 7호에서 확인되는 규두대도 등의 존재로 볼 때 백제 중앙정권의 지배와 영역화 과정에 따른 유물보다는 재지계 세력들에게 권위를 부여하기 위해서 사여했던 유물일 가능성이 매우 높다.

이 시기는 백제의 신분제가 16官等制로 정착된 시기로 1品인 佐平부터 제16品의 克虞에 이르기까지 관등을 정리하였으며 이는 한성기 신분제에 바탕을 두고 있다(山本孝文, 2006). 따라서 당시 영산강유역은 묘제의 양식으로 보면 사비식 석실이 정착되었던 시기다. 그렇지만 백제 중앙에서 영산강유역에 지방관의 파견보다는 현지의 유력한 재지계 세력들을 임명한 토착 관료계의 고분으로 추정할 수 있다. 당시 사비식에서 확인되는 축조양식 중 최상위층으로 추정되는 능산리고분에서 확인된 석재의 경우 모든 석실을 정교하게 가공한 판석이나 切石이 사용되었다. 따라서 능산리고분의 사례를 적용하면 자연석이나 할석을 사용한 석실의 경우 하위단계의 석실로 규정할 수도 있다. 이외에도 이 단계에서는 소형 석곽분에서는 철기의 부장은 확인되지 않는다.

영산강유역 고분에서 출토되는 철기유물을 분기별로 살펴보면 고분의 축조 및 변천과정과 밀접한 관련이 있음을 확인 할 수 있었다. 일반적으로 영산강유역의 고분변천은 크게 분구 축조과정에 따라 설명하는 연구자(임영진 · 김낙중)와 매장주체부를 중심으로 구분하는 연구자(최성락) 등이 있다. 필자 또한 철기유물의 부장 등을 통해 살펴본 결과 영산강유역의 고분의 변천과정을 살펴보면 부분적으로 전자의 견해처럼 분구의 특징에 따라서 변화 · 발전했음을 확인 할 수 있었다. 다만 최근에 영산강유역에서 확인되는 다양한 고분 축조방법에 따른 연구성과 등을 살펴보면 분구의 축조과정과 변천만 가지고 다양하게 확인되는 매장주체부에 대한 설명이 어려운 경우도 있다. 이외에도 매장주체부 내에서 출토되는 부장유물 같은 경우 특히, 교류에 따른 유물들의 출토는 분구 축조과정의 입장에서는 변화·발전과정의 해석에 있어서 제한적인 해석을 제공할 수밖에 없다. 다른 입장인 매장주체부를 중심으로 하는 해석도 일정 부분 해석상의 문제점이 내포된다고 할 수 있겠다. 즉, 분구 축조과정과 매장주체부와 일치되지 않는 가장 대표적인 이형고분이라 할 수 있는 즙석분, 전방후원형 같은 고분들이 대표적인 경우이다. 그러나 아직까지는 후자의 견해처럼 영산강유역에서 확인되는 고분의 전체적인 발전과정은 매장주체부의 변천과 발전에 따라 철기유물 또한 동일한 양상으로 변화하고 있음을 알 수 있다【그림 49】.

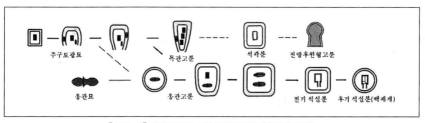

【그림 49】영산강유역 고분 변천 모식도(최성락 2013)

지금까지 영산강유역 고분에서 출토되는 대표적인 철기유물들을 기준으로 편년안을 작성해 보았다. 편년안에서 확인되는 것처럼 철기유물 중 특히 위세품의 경우 전세의 위험성이 있어서 묘제간의 편년안과는 약간씩 차이는 있으나 크게 다르지 않고 있음을 알 수 있다. 또한 철기유물의 부장양상은 앞장에서 확인되듯이 부장되는 수량이나 종류가 매장주체부의 변천에 따라서 철기유물도 동일하게 변천되고 있음을 확인 할 수 있다<표 30>.

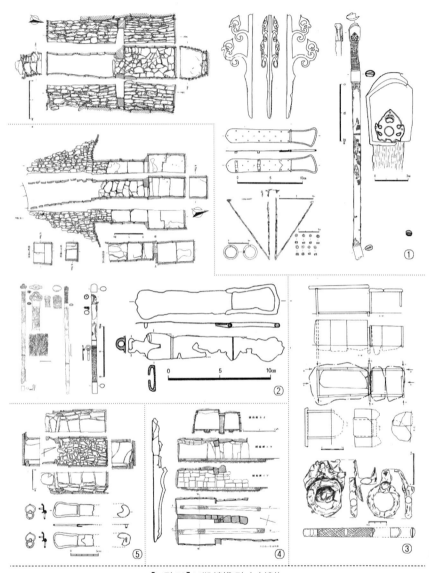

【그림 50】V期 遺構 및 出土遺物

①나주 복암리 3호분 5호 ②나주 복암리 3호분 7호 ③나주 대안리 4호분 ④나주 흥덕리 쌍실분 ⑤장성 학성리 A-6호분

<표 30> 영산강유역 출토 철기유물의 종류와 편년(안)

遺物		分期 (年代)	I 期 3C 후반 ~ 4C 전반	II 期 4C 전·중반 ~ 5C 전반	III期 5C 전반 ~ 5C 후반	IV期 5C 말 ~ 6C 전반	V 期 6C 중반 이후	備考
裝身具	冠帽					▬▬▬	▬▬▬	
	銀製冠飾						▬▬▬	
	金銅飾履					▬▬▬	▬▬	
	帶金具					▬	▬▬▬	
	耳飾					▬▬	▬▬▬	
馬具類						▬▬		
武具類	裝飾大刀					▬▬	▬	
	大刀/鐵劍		▬▬▬	▬▬▬	▬▬▬	▬▬▬	▬	
	裝飾刀子					▬▬	▬	
	鐵鉾		▬▬	▬▬▬	▬▬▬	▬▬▬	▬	
	鐵鏃		▬▬	▬▬▬	▬▬▬	▬▬▬	▬	
生活用具	鐵鋌		▬▬▬	▬▬				미니어처
	U字形 삽날					▬▬		
	鐵斧(주조)		▬▬	▬▬▬	▬▬▬	▬▬▬	▬	
	鐵斧(단조)		▬▬	▬▬▬	▬▬▬	▬▬▬	▬	
	鐵鎌		▬▬	▬▬▬	▬▬▬	▬▬▬	▬▬	
	鐵刀子		▬▬	▬▬▬	▬▬▬	▬▬▬	▬▬▬	
	斧形鐵器		▬▬					미니어처
	板狀鐵斧		▬▬					미니어처
	鍛冶具			▬▬▬	▬▬▬	▬▬		
其他	銅(鐵)鏡		▬▬▬	▬▬	▬▬	▬▬		
	銅(貝)釧				▬▬	▬▬		

第Ⅴ章. 榮山江流域
鐵器의 變遷과 古代社會 性格

山 江 流 域 古 墳 鐵 器 研 究

1. 단계설정을 통해 살펴본 地域政治體 形成過程

앞장에서는 영산강유역에서 출토된 묘제를 고분에 따라 木棺古墳, 甕棺古墳, 石槨墳, 石室墳으로 구분한 후, 이와 관련하여 출토유물에 따라 크게 Ⅰ期 ~Ⅴ期의 분기를 설정하고 각 시기별 특징과 變遷양상을 살펴보았다.

먼저, 철기유물을 중심으로 각 시기의 특징을 살펴보면, Ⅰ期는 이전 시기의 묘제인 토광묘와 주구토광묘보다 부장품의 증가와 더불어 부형철기, 철정 등과 같은 의례용 철제품이 등장한다. Ⅱ期는 재료면에 있어서는 철제품이 사용되나 이전 시기에 부장되던 의례용 철제품의 감소와 더불어 철기제작과 관련된 단야구가 새로 확인되고, 무기류가 본격적으로 부장된다. Ⅲ期는 새로운 묘제 형식인 석곽분의 출현과 고총의 옹관고분 단계로 재료면에 있어서 金·銀製를 사용하는 등 이전 시기와는 비교가 안될 만큼 화려한 위세품이 다량으로 부장된다. Ⅳ期는 매장주체부의 변화가 획기적으로 일어나는 시기로 기존의 옹관고분에서 석재를 사용하는 석실분의 등장과 내부에 석실이 축조되면서 馬具類와 銅鏡, 甲冑(刹甲)가 출토되는 등 이전과는 다른 양상의 철기유물이 부장된다. V期는 이른바 사비식 유형을 중심으로 하는 후기 석실분이 축조되면서, 유물의 薄葬化 현상이 나타나고 백제의 지방 통치체제의 증거라 할 수 있는 帶金具와 銀製冠飾이 부장된다.

이처럼 영산강이라는 대하천을 중심으로 시기를 달리하면서 묘제의 변천과 더불어 초기에는 철정이나 판상철부 등과 같은 의례용 철기의 출토와 後期로 갈수록 다량의 威勢品(prestige goods)[1]이 부장되고 있으며, V期에 백제의 영역화가 본격적으로 진행되면서 薄葬化현상이 관찰된다. 이상의 연구 결과를 토대로 묘제에 따른 철기유물의 변천과정을 살펴보았다.

먼저 I期의 부장유물은 앞선 시기의 목관고분(토광묘) 단계보다 훨씬 다양해지고 양적으로도 증가되는 현상이 관찰된다. 이 시기 묘제 특성은 동일 분구에 多葬이라는 새로운 葬法이 성행한다. 초기 옹관고분의 입지를 살펴보면 자연구릉이나 산 사면부에 입지하며, 분구 주변에 주구를 설치하여 묘역을 확보한다. 또한 매장방식에 있어서도 토광묘의 영향을 받아 반지하식의 축조방식을 채택하나 후기로 갈수록 목관고분(토광묘)나 옹관고분 모두 지상식의 형태를 띠게 된다. 토광묘와 초기 옹관고분이 함께 공존하는 단계로 토광묘에서

---

1) 威勢品을 설명하는데 있어 김승옥은 威信材라는 표현을 사용하여 다음과 같이 설명하고 있다(金承玉, 1999). "威信財는 시·공간상으로 멀리 떨어진 현상에 대한 절대적 질서와 통제에 대한 엘리트지배를 합리화시킬 수 있다. 이런 점에서 엘리트의 형성과정은 물질의 초자연적 현상을 언급함으로써 문화체계를 전유하는 과정과 밀접한 관련을 맺고 있었다고 한다. 초자연적 특질을 지닌 물건에 대한 이러한 통제는 정치권력을 획득하고 합법화하는 엘리트 중심의 정치 전략에 있어서 가장 중요한 구성 요소 중의 하나라 할 수 있다." 이희준은 고고학 관련 용어는 물론, 일반 한자어의 사용에서 동양 삼국 사이에 상위가 있을 경우에 각국의 일반 언어 관행을 따라야 한다는 견해처럼 威信材라는 일본식 표현보다는 威勢品이라는 용어를 사용할 것을 주장하고 있다(李熙濬, 2002). 필자는 이희준의 견해를 따라 威信材를 威勢品으로 용어를 수정하여 사용하고자 한다.

는 철정과 부형철기 같은 의례용 철제품의 등장과 鐵鉾나 鐵劍 등의 무기류가 광범위하게 부장된다. 철제품의 부장양상이 이 단계에 접어들면서 토기류와 비슷하거나 오히려 높게 나타나기도 하는데, 이러한 철제품의 증가는 철기문화가 전 단계보다 광범위하게 확산·보급된 결과로 추정된다.

I期의 가장 큰 특징은 부장품으로서 철정과 판상철부, 부형철기의 출현이다. 이중 철정은 신라나 가야지방에서 보편적으로 출토되는 출토품이다. 철정은 지금까지의 연구결과에 의하면 화폐설, 철기중간소재설, 그리고 양쪽의 견해를 모두 수용하는 견해 등이 있다. 지금까지의 연구결과에 의하면 낙동강유역 고분에서 부장 되는 철정은 출현 시기를 대체적으로 5세기를 중심연대로 삼고 있으나 일반적으로 4세기~6세기까지 출토되는 유물이다.

영산강유역에서 철정이 출토된 옹관은 비교적 古式으로 초기 옹관고분 성립기와 비슷한 시간적 흐름이 관찰된다. 철정이 출토된 연대는 3세기 후반~4세기 전반으로 가야지역 출토 철정 연대관과는 상당한 시기차이가 나타나고 목관고분(토광묘), 옹관고분을 통틀어서 공통적으로 철정이 부장된다. 크기의 大·小 차이는 있으나 유물의 성격은 일반적으로 소형의 세장된 미니어쳐 성격이 강한 부장용 제품들로 볼 수 있다.

이 시기에 출토되는 철정의 기능적인 면에서 살펴보면 필자의 견해로는 의례용 부장품으로서의 측면이 강하다고 생각된다. 의례용 부장품으로서 해석되는 이유는 일단 낙동강유역과 영산강유역에서 출토되는 철정과의 시기 차이가 너무 많다는 점과 낙동강유역에서는 6세기까지 비교적 장기간 동안 부장품으로 출토되는 유물로써 그 수량도 비교가 안될 만큼 다량으로 출토된다. 하지만 영산강유역 출토 철정은 지금까지 확인되는 유적으로는 I期 단계에서 표지적인 유물로서 부장되나 이후로는 부장되지 않다가 IV期 단계의 석곽분에서 한시적으로 부장되고 그 이후에는 부장되지 않는다는 점이다. 물론 이러한 요인은 아직까지도 영산강유역에 대한 고고학적인 자료의 부족도 한 요인일 수 있으나, 지금까지의 출토 유적수와 수량을 종합하여 관찰할 때 한정된 유적에서만 출토되고 있다. 또한 철정의 두께와 크기, 형태 등에 있어서 세장된 형태로서 비실용적인 측면이 강하다는 점 등이다. 이 시기의 철정을 交換具(李暎澈, 2001, p.88)로서의 역할을 보는 견해도 있는 만큼 유적의 증가와 더불어 세부 편년에 대한 연구가 이루어지고 출토유물의 과학적인 분석이 뒷받침될 때 정확한 유물의 성격이 밝혀질 것이다. 하지만 지금 단계에서는 이 지역에서 확인되는 철정의 존재는 榮山江이라는 대하천과 南海라는 海洋을 통한 지리적인 이점을 이용한 활발한 교류의 산물에 따른 부장유물로 출토되는 유물로서 잠정적으로 보고자 한다.

I期에서 확인되는 목관고분(토광묘)의 부장양상을 살펴보면 앞 시기에 비해서 수적으로나 양적으로 우위를 점하고 있음을 알 수 있다. 초기 옹관고분에서 출토되는 철기유물의 조합상은 토광묘와 비슷하게 철부, 철겸, 철도자 등의 농·공구류가 부장 되고 있으나 양적으로 1점 내외밖에 부장되지 않아 목관고분에 비해서 매우 빈약하게 부장되고 있음을 알 수 있다. 이 단계의 초기 옹관고분이 철기유물의 부장에 있어 목관고분보다 빈약한 이유는 전통적 장제인 토광묘에 비해서 장인 집단들의 숙련된 기술과 많은 노동력이 요구되는 甕棺이라는 토기를 매장주체로 사용하는 새로운 형태의 장제가 도입되면서 일정부분 선택적인 묘제로 쓰였을 것이다. 하지만 이 단계에서는 초기 옹관고분이 주묘제로서의 위치를 확보하지 못하였기 때문에 주묘제인 토광묘보다 유물이 빈약한 요소로 작용하였을 것이다. 또한 이 시기에는 鐵鋌과 더불어 斧形鐵器가 출현하는데, 부형철기는 간단하게 양 끝을 말아 올려 마치 철부처럼 제작한 것이다. 그런데 부형철기로 제작된 철기 중에는 철정이나 판상철부를 사용하여 의례용 철제품으로 쉽게 제작하여 부장했을 것이다.

초기 옹관고분보다는 목관고분(토광묘)에서 철기유물의 부장이 상대적으로 많다. 이러한 현상은 이미 이 시기에는 주묘제로 옹관을 선택했으나 과도기적 단계로 목관고분과 함께 공존하는 시기로서 이 시기의 옹관고분은 독자적으로 발전하지 못한다. 하지만 Ⅱ期에 접어들면서 과도기적인 단계로 채용되었던 甕棺 + 土壙의 초기 옹관고분은 옹관을 단독으로 매장하면서 목관고분의 부장관습을 이어받은 것으로 추정되는데, 이러한 현상은 Ⅰ期 목관고분 부장품과 Ⅱ期 옹관고분의 부장품이 비슷한 점을 들 수 있다.

Ⅱ期는 전용 옹관고분 발전기로 목관고분(토광묘)이 주묘제로서의 위치를 상실하고 전용 옹관고분 단계가 성립되는 시기이다. 이 시기 묘제의 특성은 영암 만수리 4호분과 신연리 9호분 등을 제외하면 대다수의 고분에서 옹관고분이 주묘제로 토광묘와 목관고분이 더 이상 고총고분으로 발전하지 못하고 옹관고분의 하위의 개념으로 바뀌는 Ⅰ期와는 정반대의 현상이 나타난다. 하지만 옹관고분 축조는 Ⅰ期의 목관고분 축조방식의 전통이 남아 자연구릉이나 산 사면부에 입지하나, 매장주체가 지상식으로 바뀌고 분구의 대형화 현상이 나타나고 다양한 형태의 분구가 축조된다.

부장유물의 조합상은 Ⅰ期에 비해서 커다란 유물상의 특징은 없으나 판상철부나 부형철기 등 의례용 철기유물의 급속한 감소 현상과 옹관고분에 철제무기류의 부장이 나타난다는 점이다. 하지만 이 시기에도 해남 원진리 농암 1호분, 신금옹관에서 철정의 출토가 확인되는 등 Ⅰ期의 특징과 墳丘의 대형화 현상이 일부 이루어지는 Ⅲ期의 특징이 함께 공존하는 과도기적인 단계이다. 그렇지만 이전 시기보다는 의례용 철기의 급속한 감소와 초기 옹관고분에서는 확인되지 않던 무기류의 부장은 제철기술의 발달과 확산에 따른 산물이라고 생각된다. 이러한 추정을 할 수 있는 요인으로 무안 사창리 옹관고분에서 확인된 鍛冶具의 출토다. 제철(단야구)과 관련된 유적이나 유물은 무안 사창리 옹관고분에서 단야구 세트가 출토되기 전까지는 전무한 상태였기 때문에 철기유물의 자체 제작보다는 완성품을 수입하는 등의 교류가 있었을 것으로 막연히 추정만 하였다. 특히 단야구가 다른 지역에서는 대체로 집게 + 망치 또는 숫돌이 추가되는 조합이 일반적이다. 그러나 사창리에서는 鑿과 鑽이 확인되며, 특히 鑽같은 경우는 단조철기의 공부 부분을 제작할 때 사용되는 도구로 단조제품이 성행했던 것으로 보인다. 단야구가 출토된 무안의 경우, 비록 후대의 기록이지만 『世宗實錄地理志』나 『新增東國輿地勝覽』[2])에 의하면 함평과 무안지역의 경우 사철이 채집되고, 특히 무안은 鐵所인 '水多所'가 있었던 지역으로 일찍부터 철 생산이 이루어졌을 개연성도 매우 크다.

이처럼 영산강유역에서 단야구의 출토는 점차 철제품의 수요가 양적으로나 자체 제작에 의한 철기유물이 증가되고 이에 따라서 철제품의 보급이 점차 확산되는 여명기를 맞이하게 된다. 다량의 무기와 양적 부장은 다양해진 철제품의 보급 현상에 기인했을 것이며, 옹관고분에서 출토된 철제무기들은 유력한 집단의 재지세력들이 부와 권력을 나타내는 상징적 의미로 부장했을 것이다.

Ⅲ期는 고총 옹관고분 시기로 다량의 威勢品이 부장되며, 옹관고분과 더불어 목관고분을 계승한 석곽분이라는 새로운 묘제의 출현이다. 이 시기 묘제의 특징은 초기 옹관고분사회에서 관찰되던 계층화 현상이 이 시기에 이르러 유물의 부장양상에도 급격한 변화를 보이며 금·은제의 화려한 威勢品과 다량의 철기유물이 출토된다. 부장유물도 耳飾을 비롯한 금속제 장신구가 출현하

---

2) 世宗實錄地理志 卷151 務安縣條 : … 古屬鐵所一水多(옛 屬鐵所가 1이니 水多이다) … 鐵場二 一在縣東南紫口洞 一在縣南炭洞〔品皆上 鍊鐵一千五百八十六斤 納于軍器〕鐵場이 2이니 하나는 현의 동남쪽 紫口洞에 있고 하나는 현의 남쪽 炭洞에 있다〔품질이 모두 상품이다. 鍊鐵 1천 5백 86근을 軍器監에 바친다〕).
   新增東國輿地勝覽 務安縣 土産條 : … 縣東鐵所里(현 동쪽 철소리에서 철이 난다) …

고 환두대도, 철촉 등의 철제 무기류가 급속한 증가를 이루고 있다. 이처럼 급속한 철제무기류의 증가는 부장품으로 나주 복암리 3호분 96석실에서 철제 집게가 출토되었고, 나주 복암리유적(국립나주문화재연구소, 2010)과 화순 삼천리유적(최성락 · 김경칠 · 정일, 2007)에서는 제철과 관련된 유구와 유물이 각각 확인되었다. 따라서 이 시기에 확인되는 제철관련 유구와 단야구의 출토로 본격적으로 철기의 보급과 확산이 광범위하게 이루어졌으며, 자체제작이 가능해졌음을 추정할 수 있는 유적이다.

특히 나주 복암리고분군 내에 위치한 복암리유적에서 철기유물의 제작과 관련된 제철유구(용해 · 단야)와 도가니, 다량의 슬래그, 노벽편 등이 출토되었고[3], 화순 삼천리유적에서는 노벽과 송풍관편으로 추정되는 유물들이 출토되었다. 유구가 확인된 복암리유적의 경우 필자의 구분에 의하면 제련유구에 가깝다고 할 수 있는데(李釩起, 2010), 제련유구의 특징은 기본적으로 철기제작에 필요한 정선된 鐵塊를 생산하는 유구이다. 따라서 영산강유역에서 직접 철기를 제작한 결정적인 자료를 제공해주는 중요한 유적이라 할 수 있다.

---

3) 이러한 일련의 행위는 넓은 의미로 일반적으로 제철유구로 불리나 직접 광석에서 철을 생산하는 철 생산유적(製鍊遺蹟)과 철기제품을 제작 생산하는 철기 생산유적(溶解, 鍛冶遺蹟)으로 구분할 필요가 있다. 제철유구는 철 및 철기를 생산하는 조업공정에 따라 크게 7가지의 유형으로 다음과 같이 구분 할 수 있다. ① 채광유구 : 철광석산지에서 토철, 사철을 채취하는 과정의 유구, ② 제련유구 : 채광한 원료를 가열하여 1차적으로 불순물을 분리해 철괴를 생산하는 공정과 관련된 유구, ③ 정련유구 : 불순물이 많은 저품위의 철괴를 재가열하여 양질의 철괴 및 철소재를 생산(2차 제련)하는 공정과 관련된 유구, ④ 단야유구 :정선된 철소재를 가열 · 단타 · 성형하여 단조철기를 완성하는 단계의 유구, ⑤ 용해유구 :선철을 완전히 용융시킨 용선을 용범에 흘려 부어 주조철기 등의 주조품을 제작하는 공정의 유구, ⑥ 제강유구 : 선철을 탈탄하거나 연철을 침탄하여 鋼의 성질로 개선하는 공정의 유구, ⑦ 부속유구 : 노 시설 이외 폐기장, 배수구, 작업장, 저장소, 취사장 등 부대시설 등을 지칭한다(이종남, 1983).

또한 鍛冶具는 주지하다시피 제철도구로써 낙동강유역에서도 매우 한정된 고분에서 출토되는 유물로 단조기술과 관련된 도구로 알려져 있다. 철은 자연상태의 철광석을 1차 행위(제철)로 얻어진 철괴를 가지고 고도의 기술이 요구되는 열처리 작업(담그질, 뜨임, 풀림, 표면경화 등)을 거쳐야 원하는 형태의 철제품을 제작할 수 있는데, 이때 필요한 도구가 鍛冶具이다. 물론 영산강유역에서는 복암리유적을 제외하고는 확실한 冶鐵止와 같은 제철유구가 아직까지는 발견되지는 않고 있으나 전남지역의 경우 磁鐵鑛, 티탄磁鐵鑛, 褐鐵鑛 등의 鐵鑛이 분포하기 때문에(東潮, 1987) 낙동강유역보다는 활발하지 않지만 이 지역에서도 기본적인 철기 생산과 제작이 가능했던 것으로 추정한다.

이 시기의 특징인 高大한 분구를 갖춘 高塚古墳들은 나주 복암리와 반남을 중심으로 집중되는 경향이 나타난다. 즉 복암리와 반남의 재지세력들을 중심으로 분열과 통합이라는 자체 발전적으로 광역적인 정치질서(계층화 현상)를 확립해 나갔던 것이다. 따라서 이 시기 고분간의 계층화 현상이 분구의 규모에 의해서 외형적으로 뚜렷하게 나타나고 高塚化된 옹관고분은 부장유물도 화려한 금·은제를 사용한 다량의 위세품이 출토된다.

일반적으로 통합을 하는 방법에 있어서 전쟁이나 정복을 통한 강제적인 방법과 혈연이나 혼인관계, 또는 권력을 유지하기 위해서 선진적인 문물을 어느 정도 정략적으로 수용하는 방법도 있다. 특히 금동관이 부장된 나주 신촌리 9호분의 경우는 비실용적이며, 권력과 장식성이 위주를 이루는 의기성 環頭大刀를 비롯하여 금동식리 등의 화려한 위세품의 유물들이 집중적으로 출토되고 있다. 그렇지만 실용적인 유물들의 부재는 강제적인 방법보다는 사여관계 등을 통한 정략적 방법에 의한 간접적인 통합방법의 하나였음을 시사한다. 즉, 이 시기 옹관고분에서 확인되는 금동식리나 금동관의 존재는 백제의 남진에 따라 영산강유역의 재지세력의 독립성과 독자성을 어느 정도 인정해 준 바탕에서 점진적으로 백제의 영역화를 시도했던 시기였을 것이다.

Ⅳ期는 묘제의 변화가 가장 확실하게 변화되는 시기라 할 수 있다. 매장주체부가 기존의 흙과 토기의 옹관고분에서 석재를 사용하는 전기 석실분의 출현이다. 현재까지의 고고학적 자료에 의하면 영산강유역에서의 묘제의 변천은 전쟁이나 정복에 의한 강제적 통합방식 보다는 이 지역의 재지세력들이 필요에 의해서 새로운 장제방식인 석실분을 선택적으로 수용하였던 것으로 추정된다. 이러한 현상은 복암리 3호분처럼 묘제의 선택은 옹관을 대신해서 석재를 사용하는 새로운 방식의 석실을 수용하였다. 부장유물의 특징을 살펴보면 토착적 성격이 강한 유물들과 장식성이 강한 마구와 금동식리 등의 왜래적 유물들도 함께 부장되었으며, 석실내의 옹관의 안치 등은 옹관고분사회에서 재지세력을 중심으로 점진적으로 횡혈식 석실분이 전파되었음을 시사하고 있다.

고총 옹관고분 사회의 중심세력인 시종과 반남지역보다 이른 형식의 석실분의 등장은 해남, 함평, 광주 등 주변지역으로 분류되는 지역에서 선택적으로 채용되기 시작한다. 주변세력에서 먼저 석실분이 채택된 이유는 옹관고분 중심세력보다는 사회적인 통합 내지는 결속이 확실하게 이루어지지 못하였고, 이 지역은 水路와 비교적 가까운 지형적인 요인도 크게 작용했을 것이다. 즉 초기 석실분이 활발하게 축조된 지역들은 대부분 영산강 하류에 해당되는 지역들로 해로와 영산강의 수로를 통한 독자적인 대외교류가 가능한 지역들이다. 이러한 바탕은 해남 조산고분의 倣製鏡, 琉球列島産 貝釧, 劍菱形杏葉 등의 외래적 유물의 부장과 해남 방산리 장고봉, 함평 신덕 1호분, 죽암리고분 같은 前方後圓形古墳의 축조로 이어졌을 것이다.

그러나 늦은 시기로 갈수록 초기 석실분에 부장되던 외래적 유물들과 다양한 철기유물들의 부장은 점진적으로 줄어들지만 관정이 기본적으로 출토되기 시작한다. 특히 함평 신덕 1호분에서 확인되는 대형의 관정은 頭部는 방형의 원두정을 형성하며 관고리와 같이 출토된다. 이처럼 신덕 1호분의 경우에서 확인되듯이 목관의 사용은 이른 시기에는 극히 제한적이고 계급을 상징하는 의미였다. 하지만 늦은 시기로 갈수록 관정의 확산은 목관의 보급이 보편화되었음을 알 수 있으나 관고리는 확인되지 않고 소형의 관정만 출토된다. 이러한 석실내 철기유물의 변화는 묘제의 변천과도 깊은 연관을 갖는 것으로 보인다. 우선적으로 매장주체부의 석실이 점차 대형 → 소형으로 변화되고 분구의 규모 또한 대형화 → 중·소형으로 점점 정형화되는 경향이 관찰되면서 철기유물의 변화가 일어나기 때문이다.

Ｖ期는 전형적인 사비식 구조의 후기 석실분이 축조되는 단계이다. 석실 구조의 변화는 이 지역의 통치방식의 변동을 의미하는 현상으로 보여진다. 이미 이 단계의 영산강유역 재지세력들은 영토적으로는 백제의 영역 속에 포함되었으나 통치적인 측면으로 살펴보면 직접적인 통치가 곧바로 이루어지지 않았다. 복암리 3호분 5호·7호에서 부장된 圭頭大刀 등의 출토가 이를 증명해준다. 그렇지만 석실의 변화는 내부에서도 점진적으로 위계질서의 확립으로 나타나며, 복암리 3호분 16호 석실에서 출토된 은제관식의 경우처럼 공반유물이 철도자만 부장되고 석실의 규모도 소형급이기 때문이다. 물론 복암리 3호분 5호 석실에서도 은제관식이 출토되었으나, 5호 석실 은제관식은 사비지역의 출토품과 비교하면 최상급에 속하는 단계이며 석실 내부도 대형급에 속한다. 따라서 5호 석실 단계는 앞에서 언급되었듯이 위계질서가 확립되기 전 단계로 파악할 수 있고, 16호 석실 단계부터 점차 사비식 석실이 정착되면서 교류와 관련된 유물과 威勢品의 철기유물은 거의 부장되지 않는다.

영산강유역에서 출토되는 철기유물 중에서 특이한 점은 생활용구류 중에서 農·工具에 해당되는 철기유물의 부장이 다른 유물의 수량에 비해서 높은 비율을 차지하고 있으며, Ⅰ期~Ⅳ期까지 지속적으로 부장되는 것을 확인 할 수 있다. 물론 같은 시기의 신라나 가야에서처럼 다량의 무구류나 마구류의 부재로 인한 결과일 수도 있으나, 나주 가흥리 지역의 토탄층에서 검출된 벼의 꽃가루분석(安田喜憲·金遵敏 外, 1981)이라든지, 광주 신창동 저습지유적(조현종·신상효·장제근, 1997 ; 조현종·신상효·선재명·신경숙, 2001)과 무안 양장리유적(이영문·이정호·이영철, 1997)에서 확인된 다량의 목제농기구의 출토는 이 지역이 이른 시기부터 농경이 발달한 지역임을 알 수 있다. 이러한 농경의 발달은 점차 제철기술의 보급 및 확산으로 철제 농기구의 양적 증가를 가져왔던 요인 중의 하나로 작용했을 것이다. 영산강유역에서 주목되는 유물 중의 하나가 바로 미니어쳐 성격의 의례용 철제품들이다. 이는 기존의 토광묘 집단들이 옹관고분과 석실분으로 매장주체가 바뀌고, 전 시기보다 철제품의 보급이 보편화 되면서 철제 농기구의 사용이 중요하게 부각되게 된다. 따라서 옹관고분에서 빈번하게 출토되는 극소형의 부형철기와 철정의 존재는 토광묘에서 출토되는 실용구 성격이 강한 철부들이 점차 초기 옹관고분을 축조했던 집단들에 의해서 철제품이 부장용으로 특별하게 제작된 결과로 해석된다. 특히 고총의 옹관고분에서는 다량의 威勢品이 출토되고 倭의 영향을 받았을 것으로 추정되는 유물의 출토는 영산강이라는 대하천을 통해 이 지역 재지세력들이 어느 정도 독자적으로 倭와의 해상교류가 있었음을 시사해준다. 그렇다면 葬制로 채택한 옹관은 한반도 전역에서 확인되지만 유독 영산강유역에서만 전용옹관을 제작하여 매장한 옹관고분이 高塚古墳으로 발달할 수 있었는가? 라는 의문점이 생긴다.

이러한 요인은 아마도 영산강유역 고대인들의 生死觀 등의 내적인 요인도 있을 수 있고(성낙준, 2000) 이 지역은 주지하다시피 드넓은 평야지대이다. 따라서 농경문화가 다른 지역보다 광범위하게 발달하였고, 재료의 선택, 즉 석재보다는 흙이 구하기 쉬운 재료였을 것이다. 따라서 구하기 쉬운 흙을 대상으로 일찍부터 토기 제작기술이 발달할 수 있는 환경적 토대가 형성되었다. 이러한 바탕 위에서 무안 구산리 3호 옹관이나 반남지역에 위치하는 거대한 전용 옹관이 제작되었을 것이다. 일반적으로 토기의 경우 제작하는데 있어 크기에 제약을 받기 쉽다. 그런데 유독 옹관만은 직경이 약 150~200cm에 다다를 정도로 하나의 크기가 대형이다. 이런 고도의 제작기술과 다량의 노동력이 동원되는 옹관은 威勢品의 부장과 高塚古墳을 축조할 수 있었던 정치 · 경제적 권력을 소유하였을 것이다. 이러한 추정이 가능한 이유는 최근 조사된 나주 오량동 토기가마(최성락 · 이정호 · 박철원 · 이수진, 2004)의 존재이다. 이 가마에서 제작되었을 것으로 추정되는 甕棺이 반경 약 2~5Km 지점에 복암리 고분군, 영동리 고분군과 반남 고분군 같은 옹관고분들이 위치한다는 것은 나주지역에만 집중적으로 高塚古墳群이 존재하는 하나의 요인으로 작용하였을 것이다.

하지만 토착적인 옹관고분 집단의 재지세력들은 정치체제로 발전하지는 못하고, 백제의 묘제인 석실분이라는 선진묘제의 영향을 받아 점차 옹관고분에서 점진적으로 석실분으로 대체된다. 통치방식도 간접지배 방식에서 백제의 직접지배로 바뀌면서 부장유물도 옹관고분과는 다르게 나타난다. 지금까지 일부 옹관고분에서 출토되는 위세품을 제외하고 석실분에서 새로운 형태의 철기유물이 부장되는데 대표적으로 초기에는 마구의 출현, 철제무기의 증가와 갑주 등의 부장에서 후기에는 銀製冠飾과 帶金具의 등장이다.

이러한 철기유물의 부장양상의 변화는 토기에서도 어느 정도 확인되는데, 기존의 영향을 받은 조족문 계열의 호형토기류와 개배 등이 지속적으로 부장된다. 이 외에도 백제의 표지적인 유물인 삼족토기가 광주 월계동 2호분과 나주 영동리고분 등에서 확인되고, 나주 복암리 3호분 96석실에서 확인된 유공광구소호의 경우 일본 須惠器 계통으로 일본에서는 大阪 陶邑 陶器山(MT) 15 號窯와 陶邑 高藏(TK) 10號窯(田辺昭三, 1981 ; 大阪府教育委員會 · 財團法人

大阪埋藏文化財協會, 1989)에서 출토된 유물과 유사성이 확인되는 등 재지계 토기와 더불어 백제·일본과 관련된 토기들도 부장된다.

또한, 나주 복암리 3호분 같은 한 墳丘에 전용 옹관고분부터 후기 석실분까지 시간을 달리하면서 축조되는 소위 '多葬의 傳統'은 영산강유역의 전통적인 葬制方式과 석실분이라는 새로운 묘제의 문화를 수용하였다. 정치적으로는 백제의 중앙 지배체제에 편입되었으나 토착적인 전통을 기반으로 새로운 문화를 받아들여 독창적인 '영산강식 고분문화'라는 새로운 문화의 모델을 이룩하였다. 철기유물 중에서 해남 조산고분과 나주 복암리 3호분 96석실에서 출토된 마구는 외형적인 면에서는 신라와 가야의 양식을 많이 수용하고 있으나, 세부적인 형식에서는 백제적 요소가 채용되었다. 이처럼 유물에 복합적인 요소들이 존재하는 것은 이 지역이 고립적이고 폐쇄적인 정치체제가 아니라, 영산강이라는 대하천을 통해 주변세력들과 다양한 문화교류를 하였음을 시사해 준다. 『三國志』倭人傳에 의하면 당시 고대인들의 해로가 자세히 기록되었는데, 중국에서 三韓이나 日本(倭)까지의 통로가 해상을 통해 이루어졌음을 알 수 있다(崔盛洛, 1993, pp.265~266).

倭人 在帶方東南大海之中 … 從郡至倭 循海岸水行 歷韓國乍南乍東 到其北岸 狗邪韓國 七千餘里 始度一海 千餘里 至對馬國 …[倭는 帶方 동남쪽 커다란 바다 가운데 있다.(중략)(樂浪·帶方)군으로부터 倭에 이르는 경로는 다음과 같다. 군에서 해안을 따라 가다가 韓國을 거쳐 다시 남쪽과 동쪽으로 잠시 가다 보면 그 북쪽 해안에 있는 狗邪韓國에 도달하게 되는데 여기까지 거리가 7천여리이다. 여기에서 처음 바다를 건너 천여리가면 對馬島에 이르게 된다.]

이처럼 고대부터 해로를 통한 中國 ↔ 三韓(馬韓·辰韓·弁韓) ↔ 伽倻 ↔

倭로 연결되는 교역의 발달은 영산강유역의 옹관고분 집단들이 개방적이고, 창의적인 문화를 영유할 수 있었던 자연적인 요인도 한 몫을 하였을 것이다. 또한 지리적인 위치는 주변세력들과 다양한 교역이 이루어졌고, 이러한 문화적 전파의 영향은 영산강이라는 하천을 통해서 비교적 내륙에 위치한 함평, 광주 등 前方後圓形古墳의 축조로 이어졌을 것이다. 나주 복암리와 반남 고분군에서 출토된 圓筒形土器, 鹿角製直弧文裝飾刀子, 圭頭大刀 등의 외래적 유물이 부장될 수 있었던 요인도 영산강유역 在地勢力들의 능동적이고 개방적인 문화의 한 단면을 보여주는 대표적인 유물이라 할 수 있을 것이다.

영산강유역의 고분문화의 성격을 파악하는데 있어서, 토착적 묘제인 신촌리 9호분, 대안리 9호분과 이질적인 석실분인 복암리 3호분 96석실 · 5호 · 7호 석실에서 출토된 부장유물이 중요한 자료가 될 것이다. 5호와 16호 석실에서 출토된 銀製冠飾과 冠帽의 출토는 백제와의 관계 규명을 위한 직접적인 자료가 된다. 이와 더불어 일본 고분시대 말기인 6세기 후반~7세기 초의 고분에서 주로 출토되는 圭頭大刀 등의 존재는 영산강유역 在地勢力과 일본과의 관계 규명에도 중요한 자료가 될 수 있다. 그러나 나주 복암리 3호분 96석실에 안치된 옹관의 존재는 在地勢力들이 이질적인 석실분을 수용하면서도 묘제의 보수성을 보여주는 하나의 표본적인 자료가 될 것이다. 이러한 철기유물의 변천은 영산강유역 재지세력들이 백제에 의한 일방적인 석실분의 수용이 아닌 토착적인 옹관묘제의 기본적인 바탕에서 주체적으로 선택 · 수용하면서 점차 백제의 통치체제의 정비에 따라 銀製冠飾이 부장된다.

철부나 철겸, 철도자는 목관고분(토광묘) 단계부터 석실분 단계까지 부장품으로 부장되고 있다. 이처럼 생활용구가 지속적으로 사용될 수 있었던 배경은 일단 소형이고, 제작방법도 비교적 수월하게 제작할 수 있기 때문으로 추정된다. 또한 부장용으로 따로 제작하였던 철기유물들이 묘제의 변천과정을 겪으면서 더 이상 제작되지 못한 정치적·사회적인 외부요인도 작용했을 것이다. 즉 외부적으로 영산강유역이 백제의 영역에 편입되고 내부적으로는 재지세력들의 해체가 고분의 규격화와 더불어 부장품이 급속하게 감소하는 현상으로 이어졌을 것이다.

그럼, 목관고분(토광묘)에서 부장되던 철기유물들이 초기 옹관고분에서는 나타나지 않는 원인은 무엇일까? 라는 의문점이 남는다. 이러한 의문점은 아마도 목관고분을 축조했던 재지세력들은 처음에는 단독묘 형태로 나타나다 점차 옹관묘가 부수적으로 부장되기 시작한다. 따라서 이 시기의 옹관묘는 주묘제인 목관고분(토광묘) 주위에 추가장의 형태로 출현하여 시간이 흐르면서 옹관을 단독으로 매장하기 시작면서 점차 분구의 규모를 갖춘 초기 옹관고분으로 발전했을 것이다. 초기 옹관고분 축조세력들은 葬法에 있어서 목관고분(토광묘) 단계보다 한 단계 발전한 묘제였으며, 목관고분(토광묘)과 일정기간 공존하다 점차 토기제작기술이 발달하면서 매장주체부인 옹관은 代用 甕棺 → 專用 甕棺으로, 분구 또한 小規模 → 大規模로 발전했을 것이다. 따라서 옹관묘를 묘제로 채택했던 재지세력들은 이미 옹관이라는 새로운 장제의 출현 자체가 희소성이 확인되기 때문에 굳이 부장품을 목관고분(토광묘)처럼 다량으로 부장할 필요성을 느끼지 않았기 때문에 유물의 희소성이 나타났을 것이다. 하지만 목관고분(토광묘)을 축조한 세력들은 묘제의 변화를 전통적인 방법을 고수했을 것이고, 그 결과 다량의 부장품이 부장되는 현상으로 나타났을 것이다.

다시 말하면 기원후 3세기말 영산강유역에서는 옹관을 주묘제로 채택하였고, 이를 중심으로 목관고분(토광묘)이 공존하는 제형의 주구가 있는 異形古墳이 축조되어 일정기간 동일 분구 내에 공존하다 최후에는 전용 옹관을 주묘제로 하는 高塚 甕棺古墳이 등장하는 출현 배경이 되었다. 영산강유역 묘제의 변천과 발전과정에 따라 철기유물 또한 부장양상이나 수량에 차이가 있음을 확인 할 수 있었다. 즉, 영산강유역의 고대 토착세력들은 중국의 철기문화의 영향을 받아 목관고분(토광묘)과 옹관묘에 부장되는 철기유물의 경우 독특하고 다양하게 시대에 따라 발전을 이루어 왔다. 토착묘제의 변천은 곧 다양한 유물의 조합과 동일한 집단내에서도 정치적, 경제적으로 유력한 집단들은 묘제의 축조방법에서도 차이를 보이고 있으나 출토유물에 따라 서열화와 계층적 구조가 발견되고 있다.

이러한 형식학적, 정치적 결과를 가지고 영산강유역 고분에서 출토되는 유물을 가지고도 동일 분구에서 축조된 매장주체부를 통해서 해당 고분의 서열화와 나름의 위계질서를 확인할 수가 있다. 토착세력의 주체인 옹관고분 집단들이 묘제와 부장품에서 획기적인 구분을 짓는 유물이 출현하는데, 바로 백제 중앙정권의 영향을 받아서 6세기 중엽 이후에 출현하기 시작하는 후기 석실분(사비식)의 등장과 백제와의 관계를 확인해 주는 대금구와 은제관식의 출현이다. 특히 은제관식의 출현은 이 지역에 백제의 관등제에 따른 정치적 서열화의 출현이다. 즉 옹관고분으로 대표되는 토착세력과 사비식 석실분으로 대표되는 백제세력 집단들의 상호간의 교류로 나타나는 은제관식을 통해서 영산강 고분 축조세력의 계층화와 더불어 백제의 영역화가 점진적으로 이루어지고 있음을 확인 할 수 있다.

은제관식이 출토된 유구에서 공반유물로 冠飾과 관련 있는 철제관모테와 대금구의 출토는 장제의 서열화 내지는 위계화가 진행되고 있음을 확인할 수 있다. 복암리 3호분과 동일 수계권을 형성하는 흥덕리 쌍실분의 경우 복암리 3호분과 같이 한 분구에서 은제관식이 동일한 형태가 아닌 유물로 출토된 경우 고분내의 위계질서 내지는 계층화를 살펴 볼 수 있는 좋은 자료를 제공한다.

즉, 복암리 3호분 96석실에서 출토된 인골의 과학적인 조사를 통해서 밝혀졌듯이(국립문화재연구소, 2011) 혈족 내지는 동일한 집단으로 구성된 씨족

공동체 분묘의 성격을 강하게 지니고 있는 고분으로 추정하고 있다. 특히 3호분의 경우 5호와 16호와 같이 시기와 묘제의 변천을 달리하면서 은제관식이 출토된 고분을 가지고 철기유물에 따른 변천과 발전과정을 살펴 볼 수 있는 묘제이다.

복암리 3호분 5호 출토 은제관식의 경우 필자 분류에 의하면 Ⅰ-B형식으로 제작기법이 정교하고 장식면에 있어서도 가장 화려하며 Ⅰ형식의 경우 영산강유역을 제외하면 부여 지방에서만 출토된다. 공반유물 또한 규두대도와 이식, 관모틀 등이 출토되어 화려한 은제관식의 부장에 맞게 피장자는 당시 최상위 계층에 해당되는 걸로 판단된다. 16호의 경우 花蕾가 1쌍으로만 제작되어 필자 분류 Ⅱ-B형식으로 복암리 3호분 5호와 흥덕리 쌍실분보다 격이 떨어지며 공반유물 또한 도자만 확인되고 있다. 따라서 복암리 3호분 5호의 경우 은제관식이 출토된 고분 중에서 가장 낮은 하위 단계에 해당된다고 볼 수 있다.

흥덕리 쌍실분 출토 은제관식을 살펴보면 花蕾가 결실되어 정확한 형태를 파악하기에는 어려움이 있으나 잔존 가지 수를 근거로 頂花 부분을 추정하면 필자 분류의 Ⅱ-A형일 가능성이 매우 크다. 하지만 투각의 유무와 인동당초문의 존재 유무에 대해서는 알 수는 없다. 다만, 조사 당시의 기록에 따르면 공반유물은 대금구의 일종인 좌금구가 부장되고 봉분의 규모는 원형계의 소형분으로 추정하였다. 따라서 흥덕리 쌍실분의 경우 석실 내부의 규모와 공반유물과의 관계, 고분의 주변입지와 분구의 독립 등을 종합적으로 살펴보면 복암리 3호분 5호 보다는 하위단계로 보았다. 영산강유역에서 출토된 은제관식과 공반유물에 따른 위계화를 살펴보면 복암리 3호분 5호(Ⅰ그룹) → 흥덕리 쌍실분(Ⅱ그룹) → 복암리 3호분 16호(Ⅲ그룹) 순으로 확인되며 매장주체부 석실의 변천도 동일한 방향으로 변화됨을 알 수 있다【그림 51】.

특히 복암리 3호분 5호 석실의 공반유물을 살펴보면 은제관식과 더불어 착

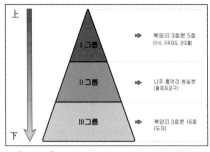

【그림 51】 은제관식으로 살펴본 고분의 계층도

장했던 철제관모테와 이식 외에도 대금구의 부재와 일본에서 그 연원을 찾아볼 수 있는 규두대도의 부장은 피장자가 왜와 관련된 유력한 재지세력이었음을 확인할 수 있다. 따라서 피장자의 주인공은 최소한 백제가 영역화를 시도하던 과도기에 부여 중심에서만 확인되는 가장 격이 높고 화려한 Ⅰ형식의 은제관식을 사여함으로써 그 위상을 인정해주는 유물로 생각된다. 하지만 흥덕리 쌍실분과 복암리 3호분 16호에서 확인되는 은제관식의 경우 부여 중심에서 벗어나 백제의 지방에서 확인되는 Ⅱ형식이 출토된다. 흥덕리 쌍실분의 경우 대금구의 부장은 이 지역이 이미 백제의 영역화가 진행되었으나 정착 단계로 추정되며, 복암리 3호분 16호 단계에서는 매장주체부의 축조와 부장품의 경우 백제 중앙으로부터 엄격히 통제되어 위세품은 사라지고 도자만 부장되어 묘제의 통제에 따른 확립단계로 볼 수 있다.

다음으로 영산강유역에서 확인되는 위세품이 출토된 고분을 중심으로 각 고분간의 위계화를 살펴보면 5단계별로 그룹화가 확인된다. 장신구 이외의 부장품 가운데 위계 차이를 나타내는 것은 마구류, 무구류, 무기류, 농·공구류, 옥류 등이 있으며, 그 중에서도 장식대도는 위계를 나타내는 대표적인 유물이다. 따라서 장신구를 제외하고 장식대도가 최상위, 그 다음으로 마구+도+철촉 → 마구+철촉 → 도+철촉 → 철촉 → 무기가 출토되지 않는 것 등의 순으로 계층이 낮아진다(新納泉, 1983). 이처럼 출토되는 유물을 가지고 각 고분간의 위계화를 상정하면 가장 상위 단계의 A그룹은 신촌리 9호분 乙棺이 해당된다. B그룹은 나주 복암리 3호분 96석실과 함평 예덕리 신덕 1호분이 해당되고,

B - 1그룹은 해남 만의총 1호
분과 나주 복암리 3호분 7호
석실이다. C그룹은 나주 복암
리 3호분 5호 석실, 나주 흥덕
리 쌍실분, 신안 안좌도 배널
리 3호분이, C - 1그룹은 나주
복암리 3호분 16호 석실이 해

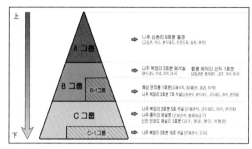

【그림 52】 위세품으로 살펴본 고분의 위계도

당된다. 이러한 선정 기준은 일단 출토유물과 석실과의 관계를 상정했으며, 이
러한 기준으로 살펴보면 동일한 금동관이 출토되었지만 신촌리 9호분보다 낮
은 신덕 1호분 같은 경우는 식리의 부재, 은제관식이 출토되었으나 가장 낮은
C - 1그룹에 속한 나주 복암리 3호분 16호 석실의 경우는 석실의 규모가 가장
소형이며, 공반유물로 철도자만 확인된다는 점이다【그림 52】.

　이외에도 철기유물을 통해 살펴볼 때 고분군의 위계화와 더불어 원래의 목
적을 상실한 유물을 통해서도 살펴 볼 수 있다. 이러한 철기유물을 "儀器性 鐵
器"로 구분 할 수 있는데 대표적인 유물로 철정을 들 수 있다. 철정은 가야에
서 가장 활발하게 부장되고 발달된 철기유물 중의 하나인데, 영산강유역에서
확인되는 철정의 경우 해남 황산리 분토 출토품을 제외하고 모두 다 비실용
성이 강한 의기성의 미니어처 성격을 띠고 있다. 즉 해남 황산리 분토유적에
서 출토되는 철정의 경우 실용성이 매우 강한 제품으로 볼 수 있으나 이후 출
토되는 철정의 양상은 얇은 철판의 형태나 극소형의 제품으로 바뀌는 것을 알
수 있다. 이러한 철정의 출토는 분묘유적과 더불어 대규모 취락유적인 함평
중랑과 소명동에서도 확인되고 있는데, 대부분 10매 단위의 묶음 형태로 출토
되는 양상으로 볼 때, 이는 철정이 가지고 있는 고유한 기능이 상실되면서 소
형으로 제작되어 실물화폐의 기능을 담당한 것으로 추정된다. 이러한 추론이

가능하다면 당시 영산강유역 고대세력들은 철기라는 유물을 통해서 주변세력들과 빈번한 교류가 이루어졌음을 추정 할 수 있다.

따라서 영산강유역 고대세력들은 고분의 변천과 함께 철기유물의 변천도 교류를 통해서 철기유물을 받아들이면서 백제의 영역화가 진행되는 과정에서 토착묘제인 옹관고분 세력이 점차 석실분 세력들에게 우위를 물려주고, 유물 또한 다량의 위세품과 철기유물의 감소와 더불어 은제관식의 출현으로 백제화가 점진적으로 이루어지게 된다.

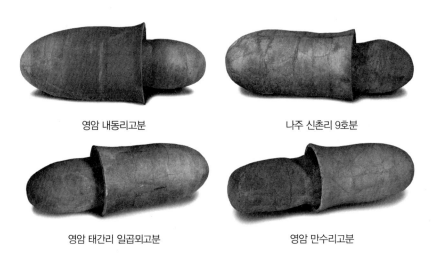

영암 내동리고분   나주 신촌리 9호분

영암 태간리 일곱뫼고분   영암 만수리고분

〈사진 11〉 영산강유역 전용 옹관고분

〈표 31〉 영산강유역 시기별 철기유물 현황표

遺物＼分期		I 期	II 期	III 期	IV 期	V 期	備 考
裝身具	冠 帽			○	○		
	銀製冠飾					○	
	金銅飾履			○	○		
	帶金具					○	
	耳 飾			○	◉		
馬具類	轡				○		
	杏 葉				◉		
	鐙 子				○(1쌍)		
	雲 珠				◉		
	馬 鈴				◉		
	鉸 具				◉		
武具類	裝飾大刀			◉	◉		
	大刀/鐵劍	○	○	○	◉		
	裝飾刀子			○	○		
	鐵 鉾	○	○	○	◉		
	鐵 鏃	○			◆		
	盛矢具			○	○		
	甲 冑				○		
生活用具	板狀鐵斧	○					
	斧形鐵器	▲(목관)/◉(옹관)					
	鐵 鋌	◉	◉	◆			
	鐵 鎌	◉(목관)/○(옹관)	○	○	◉	○	
	鐵 斧	○	○	○	◉	○	
	鐵刀子	◉(목관)/○(옹관)	○	○	◉	○	
	U字形 삽날				◉		
	鍛冶具		○(세트)		○		
其他	銅(鐵)鏃	◉			○		
	銅(貝)釧			○	◉		

* 수량(○:1점 ◉:2~3점 ▲:4~9점 ◆:10점 이상)

2. 鐵器의 變遷으로 살펴본 古代社會의 性格

이 글에서는 영산강유역에서 출토되는 철기유물을 통해서 고대사회 성격에 대해서 검토해보고자 한다. 먼저 고대사회를 살펴보는데 있어서 당시 주인공인 피장자와 축조한 집단들의 생사관이 투영된 고분과 더불어 취락유적을 검토해볼 필요가 있다. 취락(주거지)에서 출토되는 자료는 과거 사회를 이해하고 복원하는데 매우 중요한 정보를 제공해주기도 한다. 최근에는 이러한 맥락에 힘입어서 고전적 형태의 '聚落考古學(settlement archaeology)'에서 좀 더 발전한 가구 차원의 양상을 설명하기 위해서 '家口考古學(household archaeology)'이라는 용어를 사용하기도 한다(金範哲, 2013). 이러한 가구고고학적인 관점에서 살펴보면 영산강유역에서 확인된 취락유적의 경우 고분과의 상관관계를 확인하기 어려웠다. 그러나 최근 발굴자료 증가와 더불어 단순히 주거지만 조사를 하는 것이 아니라 주변 환경과 지형 등에 대한 자료축적도 병행하여 조사한다. 이러한 다양한 자연과학적 분석의 결과로 취락지와 고분과의 상관관계, 지역, 영역, 거리 등을 다루는 공간분석 등의 활발한 연구와 더불어 주변 배후 관계를 살펴볼 수 있는 자료가 상당히 진척되었다.

취락지 분석에서 가장 널리 적용되는 공간분석의 경우 물리학, 경제학, 생물학, 생태학, 기하학 등으로 부터 다양한 가설 모형을 착용하고 있으며, 1970년대 이후 서구의 고고학계는 중력모형, 경제모형, 중심지이론, 자원집중모형 등을 활용해왔다. 이러한 서구의 이론을 토대로 주거지 등의 다양한 분석연구의 결과로 최근 들어 공간고고학(spatial archaeology)이 주요 연구방법 중 하나로 평가받고 있다. 이외에도 공간의 역사특수성을 강조하는 탈과정고고학(post-processual archaeology)에서는 인간공간성의 연구를 위해 다양하고 새로운 정성분석(qualitative analysis)을 시도하고 있지만, 공간분석에 대한 근본적인 이해가 무엇보다 중요하다는 점을 유념해서 분석방법에 적용할 필요가 있다(Wheatley, D. and Gillings, M., 2002). 어떠한 사회에서든지 계급이 발생하면서 필연적으로 사회적 불평등이 형성된다. 고대의 평등사회에서도 性과 연령, 선천적 재능에 의한 지위차이를 가진다. 이러한 지위를 획득지위(achieved staus)라고 하며, 통상 자손들에게까지는 상속되지 않는다. 반면에 출생에 의해 다른 구성원보다 높거나 낮은 지위차이를 갖는데 이것을 귀속지위(ascribed staus)라고 표현한다. 이러한 귀속지위는 불평등의 제도화된 사회에서 개인의 능력과는 무관하게 혈통이나 혈연에 의해 세습되는 특징을 지닌다(Herbert D. G. Maschner, 1996 ; 박양진, 2001). 이러한 사회적 불평등을 가장 잘 드러내는 것이 고분과 집단내의 서열화 내지는 계층화를 나타내는 취락유적이라 할 수 있다. 이러한 공간분석과 사회적 불평 등을 영산강유역의 출토유적에 적용하면 고분과 마찬가지로 하천을 중심으로 권역별로 주 취락과 보조 취락 등으로 구분을 할 수 있으며 주 취락유적과 중심지 고분과의 상관관계도 매우 밀접하게 연계됨을 알 수 있다.

영산강수계별에 따른 중심유적을 살펴보면 와탄천 수계는 영광 · 고창지역이 중심을 이루며, 중심지 유적으로 고분은 봉덕과 대천고분군이 취락지로는 봉덕과 남산유적을 들 수 있다. 와탄천 수계권은 중심지에서는 가장 최북단에 위치하며, 지형적으로 탐진강 수계권과 더불어 산지가 발달한 지형으로 고총 옹관고분이 발달하지 못한 옹관고분사회 권역에서는 비교적 변방지역에 포함된다. 하지만 초기 옹관고분과 목관고분(토광묘)이 가장 활발하게 축조된 지역 중의 하나이기도 하다. 출토되는 철기유물도 동경을 포함한 환두대도와 철모, 철부 등의 유물이 풍부하게 출토된다. 함평천과 고막천 수계의 경우 함평이 중심지역으로 대규모의 고분군과 취락지가 함께 분포한다. 중심 취락유적으로는 함평 중랑과 소명동 유적이, 고분으로는 중랑, 표산, 만가촌고분군 등이 있다. 이 지역은 함평만의 바다를 이용하여 일찍부터 해로를 통한 중국자기(전문도기, 연판문청자)등과 같은 교류에 의한 유물들이 확인되고 있다.

영산강수계의 중심에 해당되는 본류 중에서 담양, 광주에 해당되는 상류는 대규모 취락유적과 고분군이 다수 확인되었다. 먼저 취락은 담양 태목리유적이 대표적이며 광주 동림동, 하남유적 등이 있다. 이들 유적의 공통점은 취락 중심이지만 분묘유적과 공간을 달리하면서 분포권을 형성하고 있다. 나주를 중심으로 하는 영산강중류는 옹관고분 사회의 중심지역으로 고총고분군인 옹관고분과 석실분이 대규모 밀집하는 지역이다. 배후로 넓은 평야와 하천이 발달했으나 고분군에 비해서 대규모의 취락유적은 장등과 운곡동 등으로 현재까지 분포범위가 한정적이며, 대부분 고분군을 중심으로 독립적인 단일 취락군을 형성한다. 영암, 무안이 중심인 영산강하류의 취락은 양장리유적이 중심이 되고 고분군은 시종과 옥야리가 해당된다. 하류도 옹관고분사회의 중심지역으로 양장리에서 확인된 경작과 관련된 수리시설과 농경도구 등이 확인되었다.

이외에도 탐진강유역의 경우 신풍과 상방촌 유적을 중심으로 대규모의 취락유적은 확인되고 있으나 분구를 형성하는 고분군은 확인되지 않고 저분구의 옹관묘와 군집 형태의 소형 석곽분만 다수 확인된다. 이러한 점으로 미루어 보아 탐진강유역은 석실분보다는 석곽분의 조성이 활발하게 진행된 것으로 추정된다. 해남반도의 삼산천유역과 신안지역의 경우 일부 고분군을 제외하면 단독분으로 확인되며, 취락지 또한 대규모로 분포하지는 않는다. 다만 해남의 신금과 황산리 분토 유적에서 확인되는 것처럼 주거지와 약간의 시기차를 보이면서 분묘가 동일 지역권에 축조되는 양상을 보여준다.

하지만 지석천으로 대표되는 화순지역의 유구현황을 살펴보면 다른 수계권보다 다른 점이 확인된다. 화순지역은 영산강유역권에서 영암·나주를 제외하면 지형적으로 비교적 넓은 평지를 형성하고 있다. 따라서 고대 구석기시대부터 유적이 다수 확인되어 고대인들이 생활환경이 비교적 양호함에도 청동기시대를 대표하는 지석묘와 철기시대 토광묘 등의 분묘유적을 제외하면 고분세력들과 관련이 있는 대규모의 취락유적이나 고총 옹관고분이 발달하지 못하였다. 물론 지석천 주변이 조사가 활발하지 못한 점이 주요한 원인이 될 수도 있으나, 이 지역은 청동기로 대표되는 지석묘 세력의 집단들이 철기시대(초기 철기시대)까지도 비교적 세력권을 형성하면서 철기문화의 유입이 발달하지 못한 점도 하나의 주요 원인이 될 수도 있다고 생각된다.

하지만 화순 백암리고분에서 확인되는 원통형토기편의 존재를 생각할 때 다른 지역처럼 옹관고분이나 초기 석실분으로 내표되는 대규모의 고분군이 축조되지는 못하였지만 지석묘의 활발한 축조와 대곡리유적에서 확인되는 것처럼 철기시대의 전통이 강하게 작용하여 토광묘와 목관고분이 발달한다. 이러한 요인으로 장제에 있어서도 토착적인 고총의 전용 옹관고분으로 발달하지 못하고 저분구의 옹관고분 단계에서 석곽분과 석실분 단계로 발전한다<표 32>.

〈표 32〉 고분과 취락지 입지와의 상관관계

구분		고분군 (고분)	취락지	입지	비고
수계별	지역별				
와탄천	영광 · 고창	봉덕 · 대천	봉덕 · 남산	산지 · 평지	
함평천 · 고막천	함평	표산 · 만가촌	중랑 · 소명동	구 릉	
지석천	화순	내평리	용강리	평 지	
영산강 상류	담양 · 광주	하남 · 서옥	태목리 · 하남동 · 동림동	평 지	
영산강 중류	나주	반남 · 복암리	장등 · 운곡동	평 지	
영산강 하류	영암 · 무안	시종 · 옥야리	양장리	평 지	
탐진강	장흥 · 강진	신풍	상방촌	구 릉	
서남해안 · 삼산천	해남 · 신안	신월리	신금 · 분토	구 릉	

일반적으로 聚落을 규정하는 기준에 따라서 연구자들은 광의적 개념[4]과 협의적 개념으로 나누어 설명하고 있다. 전자는 주거지를 주축으로 하여 그 주변에 배치되고 있는 주거 형태 전반을 포괄하는 개념이고, 대표적인 유적으로 무안 양장리유적과 함평 소명동유적이 해당될 수 있다. 후자의 경우, 취락을 구성하는 주거지의 집합체로 한정하여 해석하는 경우로 대표적으로는 담양 태목리유적과 광주 동림동유적 등이 해당된다. 즉 취락이란 한 지점을 점거하는 과정에 있어서 인간이 세운 建造物이며, 인류의 공동생활의 단위인 주거를 총칭하는 것으로 이러한 취락의 개념은 아직까지는 주거지의 집합체로 협의적 개념으로 파악하고 있다(오홍철, 1994 ; 홍경희, 1993).

먼저 이러한 고분과 취락유적과의 상관관계나 공간분석을 살펴보기 위해서는 기본적으로 취락내 주거지의 면적이 매우 중요한 요소로 작용한다. 주거지 내 면적은 물론 내부구조에 따라 다소 차이가 확인되며, 인간의 생활상에 낲은 영향을 주는 요소이다. 주거지 내부의 주거공간으로써의 기능을 고려하면 면적과 내부구조에 따라 취침 및 내부의 활용면적에 제약이 존재했을 것이다. 이는 주거지 내부의 거주 인원수와 밀접하고 최근에는 유적 내에서 상대적으로 주거 면적이 크게 나타나는 대형주거지의 경우를 취락 내 계층화를 의미하는 것으로 해석하는 경우도 있다(權五榮, 1995).

따라서 이러한 요인으로 살펴보더라도 고총의 옹관고분이 발달하지 못한 지역은 영산강유역 재지세력들의 대표적인 묘제라 할 수 있는 고총의 전용 옹관축조세력들은 각 수계권을 중심으로 전파·발전되지 못한 것으로 추정된다. 이러한 이유는 토착의 전용 옹관고분 집단들이 중심지역을 벗어나면 정치체

---

4) 이영철은 영산강유역의 옹관고분사회 집단의 취락유적의 모델을 각 지역단위체를 설정하여 광의적 개념으로 설명하고 있다(이영철, 2004).

의 세력화된 범위가 한정적이었고 오히려 각각의 고유한 장제적 전통을 유지하면서 이질적이며, 당시로는 선진적인 장제기법이라 할 수 있는 백제의 석실분을 수용한 걸로 판단된다. 이러한 이유로 전용 옹관고분 집단들이 비록 고총의 분구와 화려한 위세품을 사용하였음에도 불구하고 고대국가체제로 더 이상 발전하지 못한다. 이처럼 수장중심의 군장사회(chiefdom) 단계에서 국가(state)단계로의 발전[5]을 하지 못하는 점은 고대국가 전 단계에서 신라에 복속된 가야정치체 집단의 단계와 동일한 맥락으로 생각할 수 있다.

영산강유역에서 취락과 분묘유적과의 관계설정을 잘 보여주는 유적은 담양 태목리 유적이다[6]. 태목리 취락유적은 영산강 상류에 해당되며 대규모로 복합적인 유구가 확인된 유적이다. 이 중에서 4세기 대에 해당되는 주거군은 환호를 기준으로 주거와 분묘공간을 형성하며, 지상건물지와 생산시설(토기가마)이 조형된다. 태목리에서 확인된 분묘는 늦은 시기의 목관고분 단계이며, 공간구성을 확인해 보면 환호를 기준으로 바깥쪽 공간은 목관고분만 조영되고 내부로 건물지와 가마가 배치된다. 이 시기에 들어서면서 이전 시기보다 생산활동의 다양화와 공간구성에 있어서 활용과 배치에 계획이 가미되면서 대단위 취락유적으로 발전한다. 특히 가마의 존재는 자체적인 소규모단위의 토기생산 활동이 이루어졌을 가능성이 매우 크다(이지영, 2008). 이 시기에는 영산강 본류를 포함한 각 수계를 중심으로 취락들을 형성한다. 이러한 지역단위별 수계권을 중심으로 성장한 취락지들은 당시 지역정치체 집단들의 발전

---

5) 진화단계설을 주창한 Elman Service의 경우에도 군장사회의 개념은 확실하지 않는 점을 많이 내포하고 있고, 특히 고고학이나 역사자료가 불완전한 경우 군장사회와 국가 간의 구분이 매우 어렵다는 점은 인정하기는 하나 아직까지도 널리 활용되고 여전히 유효한 모델이기도 하다(Elman Service, 1975).

6) 담양 태목리 취락유적에 대한 최근 연구성과는 다음 논문을 참조(姜貴馨, 2013).

과 연관이 있을 것으로 추정된다. 따라서 태목리 취락지의 경우도 기본적인 주거의 기능과 더불어 토기생산 활동과 농경과 관련된 경제활동도 함께 진행하여 내부적으로 안정된 사회를 구축하기 위한 일련의 노력에 의한 결과물로 살펴보아야 할 것이다. 이처럼 태목리유적의 경우 영산강 상류지역 재지세력들에 의해 성장·발전한 지역정치체 집단의 중심 취락으로 볼 수 있다. 조사에서 확인되었듯이 3세기 대는 양적으로 확대하면서 팽창하다 4세기 대에 접어들면서 취락을 구성하는 환호가 등장하면서 환호를 중심으로 취락의 공간배치에 있어서 계획성을 갖추기 시작한다. 이러한 발전 토대 속에서 내부적으로는 농업생산을 기반으로 발전하여 주변 세력들과 교류를 통해 지리적 이점을 활용하여 성장했던 것으로 추정할 수 있다. 태목리 취락지와 유사한 문화양상을 보여주는 유적으로는 탐진강유역[7]과 보성강 상류에 위치한 보성 도안리 석평유적[8]의 사례에서도 확인할 수 있다. 그럼 서·남해안에 위치하는 신안의 도서지역과 삼산천수계 중심의 해남반도에서 확인되는 다량의 왜·가야계 계통으로 추정되는 유물의 출토는 어떻게 설명 할 수 있을까? 여기에 대한 실마리는 4세기~5세기 초반 이후의『三國史記』[9]에 언급된 당시 백제 중앙권력 집단의 정치적인 상황을 보여주는 다음과 같은 기사가 등장한다.

---

7) 탐진강유역에서 확인된 목관고분이 4~5세기경까지 재지세력의 고분으로 축조되는 점에 대해서 이영철은 영산강 중·하류를 제외한 지역에서는 나타날 수 있는 묘제양상으로 보고 있다(이영철, 2008).

8) 도안리 석평 취락지의 경우도 시기적으로 대단위 주거지군이 형성되었으며 보성강이 곡류하면서 취락지를 자연스럽게 감싸 환호 같은 기능을 하고 있다. 이곳에서도 생산시설(가마)과 공방지(옥 가공지, 유리슬래그 등)가 있어 자체적인 생산활동이 가능한 남해안지역을 대표하는 유적지 중의 하나다(金珍英 외, 2011~2012).

9) 三國史記, 卷 第二十五 百濟本紀 第三 阿莘王條, 百濟本紀 第三 腆支王條.

夏五月 王與倭國結好 以太子腆支爲質 … 十四年 王薨 王仲 … 季弟碟禮殺訓解

自立爲王 腆支在倭聞訃 … 倭王以兵士百人衛送 … 腆支留倭人自衛 依海島以待

之 … 迎腆支卽位 … [아신왕 6년(397년) 여름 5월에 왕이 왜국과 우호를 맺고 태자

腆支를 왜국의 인질로 보냈고 … 14년(405)년에 왕이 죽자 … 막내 동생 碟禮가 訓

解를 죽이고 스스로 왕이 되었다. … 腆支가 왜국에서 부음을 듣고 … 왜왕이 병사

100명으로서 호위해서 보냈다. … 腆支는 왜인을 머물러 두어 자기를 호위하게 하였

으며, 바다의 섬에 의거하여 기다렸더니 … 腆支를 맞아 왕위에 오르게 하였다.]

이를 유추해서 신안이나 해남반도 등의 도서지역에 다량의 왜계 계통의 철

기, 특히 무구나 갑주 등이 대량으로 부장되는 석곽분의 축조배경을 살펴보면

어느 정도의 해답을 찾을 수 가 있을 것이다. 위에서 언급된 구절 중에 腆支가

"바다의 섬에 의거하여 기다렸다"는 구절이 확인된다. 이런 역사적인 시기와

부합되는 영산강유역권에서 확인할 수 있는 고분으로는 신안 외도고분, 안좌

도 배널리 3호분 등이 해당된다. 남해안의 경우는 시기적으로는 고흥 야막고

분(권택장, 2014), 길두리 안동고분 등, 이 시기 서·남해안에 축조되는 고분의

경우 매장주체부가 석곽분으로 다량의 왜계유물(갑주, 동경, 철경, 鳥舌鏃 등)

이 부장되는 공통점이 확인된다.

물론 고분의 주인공인 피장자의 성격과 축조배경에 대한 종합적인 검토 등

이 필요할 것으로 보이나, 이들 고분의 축조시기를 최소한 필자는 부장된 갑

주나 철촉 등을 근거로 5세기 전·중반대로 편년하고자 한다. 특히 신안 안좌

도 배널리 3호분에서 출토되는 철촉의 경우 頸部가 발달하지 못한 단경촉이

중심을 이룬다. 필자의 분석에 의하면 영산강유역권에서는 頸部가 발달하고

살상력을 극대화한 미늘이 부착된 장경촉이 본격적으로 출현하는 시기는 5세

기 후반 이후부터 확인되는 걸로 파악되기 때문이다. 이러한 양상은 이후 남

해안에 위치하는 고흥 야막고분에서 출토된 철촉 중에서 5세기 전반 늦은 시기로 편년할 수 있는 왜계 계통의 철촉이 다량으로 확인되는 섬 또한 고고학적인 사실을 뒷받침해준다고 할 수 있다.

전남지역이 5세기 대를 기점으로 영산강유역권인 해남반도와 신안의 도서지역에 다량의 외계 유물과 석곽분의 축조되던 시기는 백제가 고구려에 의해 한성 백제가 붕괴(475년)되며, 웅진으로 천도하던 시기다. 이 시기는 백제내부 정국의 불안에 따라 왕권이 극도로 약화되면서 왕족과 유력 귀족세력들간의 대립으로 영산강유역권에 대한 백제의 통제력은 급속도로 약화될 수밖에 없었다. 이 시기는 倭의 경우에도 혼란해진 백제와의 교류가 원활하지 못하게 된다. 이와 더불어 당시 가야지역 특히 금관가야와의 교류가 어렵게 되자 倭정권은 이를 극복하기 위한 타개책으로 아라가야와 소가야 등 남해안의 서부지역과 영산강유역을 교류의 대상으로 선택하게 된다. 이러한 倭의 외교적 선택은 백제를 통하지 않고 독자적으로 직접 중국과 교류를 하게 되는데 당시 南朝의 宋외에도 齊와 梁에도 사신을 파견하는 독자적인 외교 정책을 선보인다.

따라서 당시의 동북아시아 국제정세는 광개토대왕의 활발한 정복사업에 힘입은 고구려의 남진정책과 백제는 한성백제의 붕괴와 왜의 홀로서기 외교 등의 영향으로 왜와의 경우는 중국과의 해로에 위치한 영산강유역과 상호우호적인 관계를 유지할 수 있게 된다. 영산강유역권의 재지세력들도 백제가 이지역에 대한 통제력이 약화된 틈을 타서 왜와의 활발한 교류를 했을 것으로 추정된다. 이러한 고고학적 산물이 바로 倭系 甲胄와 銅鏡, 유구열도산 貝釧 등의 부장으로 나타난다. 특히 영산강유역의 고총고분 단계의 5세기 대에는 다양한 위세품이 정치적·사회적으로 활발하게 사용되었던 시기이다. 신촌리 9호분에서 시작된 위세품의 부장은 석곽분과 이후, 초기 석실분 단계까지 종류도 다양하고 비교적 풍부하게 부장된다. 위세품의 용도는 비실용적인 물건이나 위세품의 부장은 정치적 동맹체계를 구축하는데 필요하며, 이러한 이용은 상위계급이 하위계급과 또는 강대국이 약소국의 지배력을 정치적으로 확대하기 위해서는 사여의 징표로서 아주 유용하게 사용되기도 한다. 따라서 고대국가 단계에서는 중앙권력의 영역확산 내지는 지배력 등을 알 수 있는 매우 유용한 자료가 되기도 한다. 그렇기 때문에 5~6세기 대까지 영산강유역에서 다양하며 활발하게 확인되는 위세품의 경우도 당시 백제와 倭(大和政權), 중국과 관계되는 다양하고 복합적인 정치적·사회적 요인들이 작용했을 것이다.

이러한 경우는 일본의 古墳時代에도 銅鏡, 다양한 裝飾大刀 등 실생활과 상관없는 유물들이 제작되어 각 지역으로 유통되어 당시 畿內政權의 중앙권력이 각지 수장층의 정치적 지위를 보증해 주는 징표로 사용되기도 한다. 이러한 위세품의 유통에 따른 결과로 정치권력의 획득과 유지에 중요한 기초가 되었다고 보는 견해도 있다(都出比呂志, 1994).

그러나 백제가 사비시대에 들어서면서 영산강유역에서도 커다란 변환점이 형성된다. 6세기 중반 이후를 기점으로 고분의 매장주체부가 사비식 석실로 정착되면서 부장유물의 薄葬化와 더불어 일부 석실분을 제외하고 이전 시기까지 활발하게 보이던 교류에 의한 유물과 위세품까지 급격하게 사라진다. 이 시기의 표지유물인 은제관식과 대금구가 출토된 나주 복암리 3호분 5호·7호·16호 석실, 흥덕리 쌍실분, 장성 학성리 A-6호분의 석실 축조상태와 규모를 살펴보면 먼저, 내부 면적은 3호분 5호 석실(은제관식) → 흥덕리 쌍실분(은제관식) → 3호분 7호 석실(은제 대금구) → 3호분 16호 석실(은제관식) → 장성 학성리 A-6호분(청동제 대금구) 순이다. 석실의 축조기법은 판석과 할석을 혼용하여 축조하고 있으며, 복암리 3호분 16호와 장성 학성리 A-6호분에 이르러 규모가 점차 소형화된다. 이외에도 석실은 시기가 후대로 갈수록 축조방법에 있어서도 판석 계열보다는 할석 계열이 주종을 이루고 연도부의 퇴화 내지는 생략화가 진행되면서 조잡하게 축조되는 경향이 있다.

복암리 3호분 5호 석실에서 출토된 은제관식의 경우 양식상이나 제작기법 등은 사비시기에 정착된 16官等制를 적용해서 유추해보면 최소 達率급에 해당되었을 것으로 추정할 수 있다. 이러한 추론이 가능한 요인은 중국 사서인 『周書』[10]의 기록에 따르면 백제의 지방통치체제에 있어 方을 통솔하는 方領에는 제2品인 達率, 郡을 통솔하는 郡將(郡令)에는 제4品인 德率이 각각 임명되었다고 한다. 이 기록을 근거로 영산강유역에서 은제관식이 확인된 석실을 살펴보면 은제관식의 장식성과 밀접하게 연관되어 나타나고 있다. 은제관식을 착용할 수 있는 관등은 率자 계열인 柰率에 해당되는 6品까지만 착장할 수 있다[11]. 그렇다면 영산강유역에서 확인된 은제관식의 피장자는 최소 方領에서 郡將(郡令) 이상의 신분을 가진 백제에서 파견된 중앙관료 내지는 지방의 유력한 재지계 세력들 중에서 포용정책의 일환으로 임명했을 가능성도 있다. 그러나 복암리나 흥덕리에서 확인된 석실의 축조와 공반유물상으로 살펴보면 적어도 백제에서 파견한 중앙관료 집단보다는 이 지역의 유력한 재지세력 집단의 가능성이 현재로서는 매우 높다고 할 수 있다.

---

10) 周書 百濟傳 : 五方各有方領一人 以達率爲之 郡將三人 以德率爲之 ….

11) 1品인 佐平을 제외하면 2品인 達率부터 6品인 柰率까지의 5관등은 모두 率字가 들어가는 率系관등이며, 7品인 將德부터 11品인 對德까지는 모두 德字가 들어가는 德系관등이다. 11品인 文督과 13品인 武督은 督字가 들어가는 督系 관등에 해당되며, 14品 이하 佐軍 · 振武 · 克虞는 무관적인 성격을 지니는 관등으로 분류할 수 있다(노중국, 1988).

유적명	내부구조(석실)	은제관식	관 등	공반철기
나주 복암리 3호분 5호	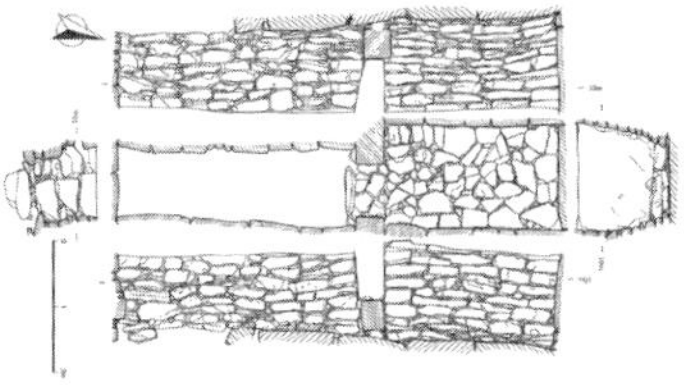		↕ 達率(2品)	
나주 흥덕리 쌍실분	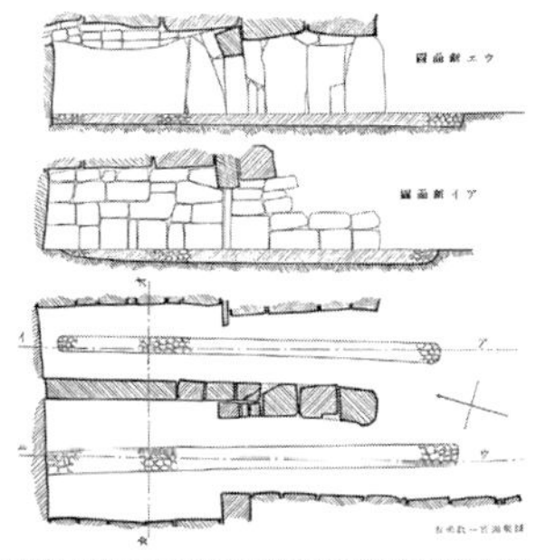	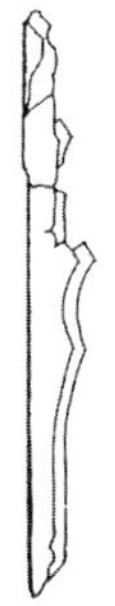	恩率(3品) ↕ 德率(4品)	
나주 복암리 3호분 16호	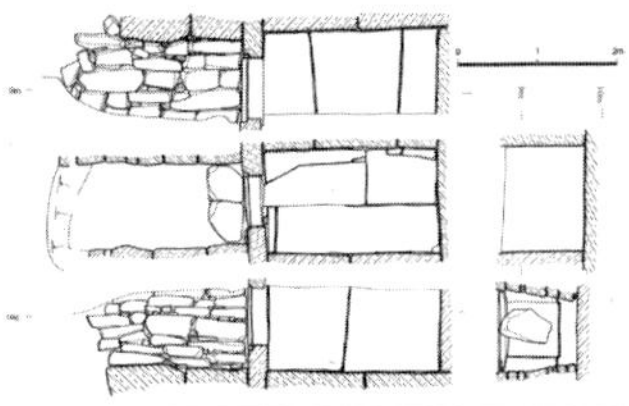	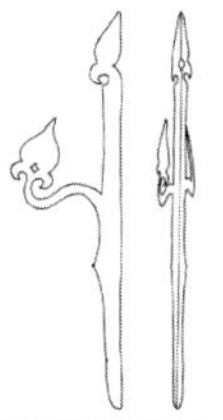	扞率(5品) ↕ 柰率(6品)	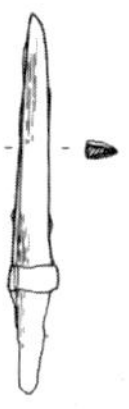

【그림 53】 은제관식과 관등제로 살펴본 영산강유역 사회계층도

3. 鐵器를 통해 살펴본 관계설정과 交流의 흔적

인류는 잉여 생산물이 생겨나면서 교류가 이루어졌으며, 이렇게 시작된 상거래는 고대국가 탄생의 밑거름이 되었다. 특히 문헌자료가 부족한 고대국가의 문화체계를 연구하는데 고고학적 증거는 중요한 문화해석을 가능하게 해

주었다. 또한 고대사회의 원거리 교류에 대한 연구를 수행하기 위해서는 교류가 이루어진 제품에 대한 원산지 확인과 그 지역에서 교역품들 각각에 대한 시·공간적인 분포 등이 설명되어야 한다.

교류의 개념과 관련하여 최근 서구의 고고학계에서 논의되는 相互作用(interaction)이라는 개념이 우리나라에도 소개되어 논의된 바 있다(李盛周, 1998). 상호작용이라는 개념은 매우 포괄적으로 인구이동을 수반하기도 하나, 그렇지 않을 수도 있고 가시적인 흔적을 남길 수도 있다. 심지어 직접적인 인간접촉 없이, 相互競爭, 模倣이라는 과정을 통해서 이루어지기도 하며, 최근에는 경제적인 측면이 고려되는 교역이라는 관점에서 교류문제가 많이 연구되고 있다(李淸圭, 2003).

원거리 무역 혹은 원거리 교류는 동일한 정치조직체 내의 사람들 혹은 정치적 소속이 다르고, 종족도 다른 인간 집단들 사이에 있어서 원료나 원자재나 상품뿐만 아니라 아이디어, 지식, 새로운 식생기술, 그리고 여러 가지 다양한 문화적 현상이 한 지역에서 다른 지역으로 옮겨지는 것을 의미한다(Wright, Gary, 1974). 일반적으로 원거리 교류를 실시하게 되는 이유로서 우선 중요한 자원의 차별적 접근, 연맹관계와 정보에 대한 필요성, 그리고 지방의 소도시에서는 구할 수 없는 권력층의 위세품 등 널리 알려지지 않은 기술획득 등이다. 이와 더불어 교류체계와 과정들은 상당히 복잡하고 경제, 생태, 생계유지 형태, 그리고 취락형태 등의 연구와 상호 밀접한 관련이 있다(강봉원, 1998).

교류는 주체대상에 따라 대·내외 교류와 중계자의 개입에 따라 직접교류와 간접교류로 구분할 수가 있다. 이 중 대·내외 교류는 고대국가가 성립하기 전에는 읍락공동체 단위, 소국단위를 고대국가 성립 이후에는 중앙의 통제력이 미치는 단위나 권역을 설정하여 구분한다. 대외교류는 원거리와 근거리로 구분할 수 있으며, 원거리의 부산물인 外地産 유물과 外來系 유물로 구분할 수 있다. 외지산 유물은 다시 기성품과 요소품으로 구분할 수 있다. 외래 기성품은 권역과 정치, 문화, 지리적으로 떨어진 외부집단에서 생산되어 들어온 물품으로서 銅鏡, 貨幣 등의 완성품과 기술적인 모티브나 형식은 재지적 방법을 따르지만 원료가 수입되는 물품으로는 유리, 목재, 규두대도, 흑요석, 칠기, 일본 大形卷貝(이모가이 · 고호우라) 등이 해당된다.

〈사진 12〉 함평 금산리 방대형고분 전경 및 외래계 출토유물

고대사회의 交流유형에 대하여 부족사회는 호혜성, 고대사회 단계는 재분배경제이고, 국가와 문명에 나타나는 제도가 교역단계라고 보았으며, 이러한 교역단계를 설정하는 것은 貿易의 증거와 貨幣의 사용(Polanyi, Karl, Harry Pearson, and C. M. Ahrensburg, 1957)이라고 하였다. 경제적인 교류를 입증하는 물품 중에 가장 중요한 것이 화폐지만, 화폐가 곧 화폐경제의 증거라고 말할 수는 없다. 그 이유는 화폐 자체가 상인세력들의 私貿易 활동의 증거로 될수 있으나, 그 발견 장소가 상인활동의 루트로 설명이 되지만, 화폐가 출토되는 매납, 부장 등의 여러 구체적인 고고학적 맥락을 다각도로 고려할 필요가 있다. 그리고 당시 영산강유역을 포함하여 한반도인들이 화폐로 교류할 수 있

는 상품이나, 화폐를 소지하고 이를 유통시킬 수 있는 계층도 한계가 있었음을 추정해 보아야 한다(李釩起, 2006).

따라서 이 장에서 사용되는 交流는 지역집단간의 관계 속에서 발생하는 일체의 현상으로 정치, 군사, 경제, 종교 등의 여러 측면에서 물자, 정보, 인력의 왕래를 전부 포괄하는 넓은 의미로 사용하고자 한다. 또한 交易, 交換, 交涉 등이 가지는 용어의 의미는 경제적인 측면이 강조되고 좁은 의미로 사용되고 이해될 수 있기 때문에 '交流'라는 용어를 사용하여 설명하고자 한다(李淸圭, 2003).

영산강유역 집단들은 앞에서 설명한 교류라는 측면에서 살펴보면 백제왕권의 입장에서는 이 지역은 재지계 토착세력들이 지배하는 주변 중의 하나이다. 그러나 주변지역임에도 불구하고 전략적으로 중요한 거점지역으로서 직·간접적인 관리가 지속적으로 필요하였다. 이 지역의 토착세력들은 지리적으로 넓게 형성된 해안과 내륙까지 운항이 가능한 대하천의 발달은 중국·일본과의 지리적인 이점을 최대한 활용하여 고대부터 활발한 교류를 했다. 백제왕권의 경우에도 영산강유역이 차지하는 지리적 이점의 중요성으로 일찍부터 병합지역으로 부각되었다. 이러한 지리적 이점은 일찍부터 해상활동을 통한 다양한 문화적 수입과 교류를 하면서 백제지역의 변방지역임에도 불구하고 출토유물로 살펴볼 때, 고대 중국과 일본 그리고 가야와 연결되는 해상교류의 거점이 될 수 있었다. 이러한 교류의 거점지역의 발달로 경제적 요충지가 되면서 변방지역에서도 사회변동이 급격하게 일어날 수 있는 환경적 요건이 구비되었다(Amold, Jeanne E., 1995). 이러한 환경은 5~6세기대 영산강 같은 하천의 경우, 고대에는 내해가 매우 발달하여 그 당시 해안선과 포구 인근에 고분군들이 주로 입지하고 있는 것을 알 수 있다(문안식, 2014)【그림 54】.

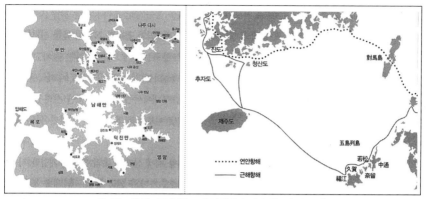

【그림 54】 연·근해 항로 및 영산내해 해안선(문안식 2014)

영산강유역에서 출토되는 철기유물의 성격은 독자적으로 파생된 성격보다는 전파 내지는 교류에 의해 파생되어 자체적으로 발달된 유물이 다수를 차지한다고 할 수 있다. 즉 이 지역은 주지하다시피 전용 옹관을 장제로 채용하면서 다양한 분형을 가진 고총고분이 발달하고 백제에 완전히 병합될 때까지 독자적인 세력을 구축하였다. 철기유물의 경우 이미 이 지역에서는 철기시대부터 중국과 일본·가야 등과 상호간에 동등하게 교류가 활발하게 이루어졌음이 많은 고고학적 유물을 통해서 밝혀졌는데, 중국 漢代의 貨泉, 五銖錢, 청자, 일본 大形卷貝(고호후라·이모가이), 甲冑 등이 대표적이다.

또한 이러한 철제품의 경우 주변국과의 교류를 통해 수입할려면 어느 정도의 경제력이 뒷받침되어야 한다. 즉, 바다를 통한 원거리 또는 근거리를 이용한 뱃길의 위험에 따른 감수와 더불어 항해를 할 수 있는 기술력, 이들 집단들을 통제할 수 있는 정치력 등이 수반되어야 한다. 이처럼 영산강유역을 포함한 고대 서·남해안 세력들은 고총고분이 발달하기 이전부터 연안항로를 통한 해로를 이용하여 중국을 대상으로 하는 대외교류가 활발하게 이루어졌음을 알 수 있다【그림 55】.

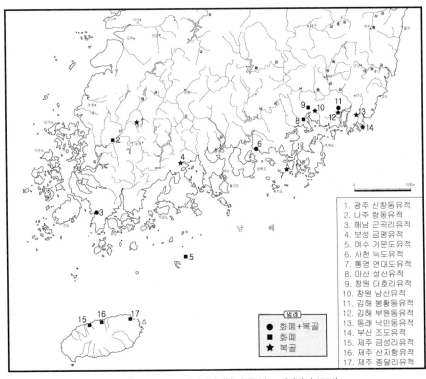

【그림 55】 고대 서 · 남해안지방 漢代유물 분포도(이범기 2006)

1. 광주 신창동유적
2. 나주 랑동유적
3. 해남 군곡리유적
4. 보성 금평유적
5. 여수 거문도유적
6. 사천 늑도유적
7. 통영 연대도유적
8. 마산 성산유적
9. 창원 다호리유적
10. 창원 남산유적
11. 김해 봉황동유적
12. 김해 부원동유적
13. 동래 낙민동유적
14. 부산 조도유적
15. 제주 금성리유적
16. 제주 산지항유적
17. 제주 종달리유적

범례

● 화폐+복골
■ 화폐
★ 복골

특히 전남의 서 · 남해안이 위치하는 동아시아 해역의 경우 한류와 난류가 교차하는 지역(동중국해 · 쿠로시오 · 대한난류 등)으로 고대부터 항로가 中 ↔ 韓(서 · 남해안) ↔ 日(九州 지역)로 개설되어 있었던 지역이다. 따라서 大形卷貝의 원산지인 유구열도의 경우도 쿠로시오나 동중국 해류가 지나가는 통로에 위치하고 있기 때문에 해류의 흐름을 이용하여 중간 기착지로 왜 본토(九州지역으로 추정)나 제주도를 경유한 일본 大形卷貝와 관련된 항로가 다음과 같이 존재했을 것으로 추정된다.

즉, ① 항로 : 해남반도 ↔ 제주도 ↔ 유구열도를 경유, ② 항로 : 해남반도

↔ 유구열도, ③ 항로 : 해남반도 ↔ 가야 ↔ 일본 본토(九州) ↔ 유구열도를 경유하는 항로 등 전남·서 남해안의 해류의 흐름을 감안했을 때 크게 3가지 항로가 존재했을 것으로 추정할 수 있다.

그러나 조류의 영향이나 당시 항해술로 추정했을 때 ①·②번 항로의 경우도 존재의 가능성도 매우 높다. 하지만 당시 시대적인 상황과 출토되는 철기 등의 유물들을 살펴보면 ③번 항로의 영산강유역과 관련이 깊은 일본 九州지역을 경유하여 유구열도산 貝釧과 함께 판갑이나 무구류, 동경 등과 왜계의 유물이 신안이나 해남반도에 위치한 유력한 재지수장층들에게 유입되었을 것으로 추정된다【그림 56】.

특히, 5세기 대에 들어서는 왜계 계통의 철기유물이 다수 확인되고 있으며 이 시기에 들어서는 철기유물과 함께 영산강유역권에서는 왜의 영향을 받은 석곽분이 해상교통로에 위치하는 서·남해안 도서지방이나 해남반도 등에 다수 축조된다. 이러한 왜의 영향을 받은 고분들은 해남반도 이외에도 남해안으로는 고흥반도(길두리 안동, 야막고분)와 가야권역의 거제지역(장목고분, 송학동고분 등)까지 확인되고 있다. 따라서 이 시기에 활동한 5세기 초반으로 편년할 수 있는 신안의 배널리 3호분에서 출토되는 다량의 철기유물들은 해남반도의 재지세력들이 영산강 본류에 있는 반남·복암리 세력들과는 다르게 가야와 왜와의 연결된 해상루트를

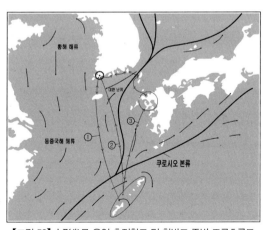

【그림 56】大形卷貝 유입 추정항로 및 한반도 주변 조류흐름도

적극적으로 활용하여 교류했던 것으로 추정된다.

따라서 영산강유역 재지세력들 중에서 영산강본류에 위치한 반남·복암리 고분 십단들을 중심으로하는 재지수장층들은 고총의 옹관고분과 초기 석실분을 축조하면서 백제와 왜 본토의 직·간접적인 영향과 교류를 통하여 금동식리나 규두대도 등의 위세품을 향유하였다. 그러나 조산고분과 만의총고분을 축조했던 해남반도(신안 포함)의 재지수장층들은 초기 석실분과 석곽분을 축조하면서 유구열도와 일본 본토(畿內)와 연결된 항로의 존재로 식리나 장식대도보다는 격이 떨어지지만 일본산 패제품과 왜계 갑주 등을 받아들여 독자적인 위세품을 부장했던 것으로 추측할 수 있다. 특히 일본산 패제품의 경우 당시 한시적으로 한반도에 유행했던 유구열도산 大形卷貝문화의 유입은 일본과 지리적으로 인접한 가야지방과 영산강유역권의 신안과 해남반도 지역에 약 5세기 초부터 유입되었을 것으로 추정된다. 이러한 유구열도산 패제품의 경우 영산강유역권에서는 해안과 가까운 지역과 장신구(釧)에 국한된다. 하지만 가야지방의 경우 오히려 전파가 활발해져서 5세기 중엽 이후부터는 신라지역의 경주지방까지 영역이 확대되어 다양한 용도(국자, 마구류 등)로 제작되어 부장된다.

이외에도 출토된 甲冑중에서 해남반도와 신안 등에서 확인되는 板甲은 일본에서도 제작기법상 상위제품군에 속하는 帶金式板甲 계열의 三角板革鐵板甲이 부장되었다. 투구의 경우 衝角付冑의 제작기법상 釘結式으로 우리나라에서는 배널리 3호분에서 처음으로 확인되었으며, 일본에서는 TK73단계에 등장하는 투구로 알려졌다. 三角板革鐵板甲의 경우 일본에서도 특수한 형식을 생산하는 일본의 특정 제작지(畿內 大和政權)에서 한정적으로 한반도에 반입되었거나 특정한 형식이 선택적으로 이동되었을 가능성을 언급하기도 하였다(鈴木一有, 2007). 그렇지만 일본과 한반도에서 확인되는 대금식판갑 계열의 경우 세부적인 양식의 차이가 존재한다. 또한 당시에 지방지배가 불완전했던 점을 고려하면 일본 畿内왕권 뿐만 아니라 일본의 유력한 지역정치체와의 교류로 도입되었거나 한반도에서 그 출토사례가 많아지면서 왜계 갑주의 영향을 받아서 자체 제작했을 가능성(송정식, 2009)도 있다. 그러나 일부 연구자들 중에는 영산강유역권 등에서 확인되는 다수의 판갑계열의 갑주는 이 지역에 판갑의 제작 전통을 찾아 볼 수가 없다. 이러한 판갑이 부장된 고분은 왜계 계통의 고분에 부장된다는 점과 장송의례 및 매장주체부의 형태를 근거로 고분의 피장자를 倭人일 가능성이 높은 것으로 보고 있다(金洛中, 2013).

필자는 영산강유역권에서 확인되는 판갑계열의 갑주는 일본 열도와 연결된 왜와의 교류에 의해 수입된 유물로 볼 수는 있으나 다만, 고분의 피장자는 이 지역의 재지세력중에서 서·남해안의 해상권을 장악하여 일본과 가야, 유구열도까지 아우르는 무장세력의 수장층으로 보고자 한다. 이러한 역사적 배경은 앞글에서 언급했던 것처럼『三國史記』百濟本紀, 腆支王條(405년)에 언급된 腆支가 왕위에 오르는 과정에서 왜인이 서·남해안으로 추정되는 섬에 은거했다는 기록이 확인된다. 따라서 섬에 은거했던 세력을 왜인 뿐만 아니라 이 지역의 재지계 무장세력층도 포함되었을 것으로 추정한다.

이러한 추론을 할 수 있는 가능한 이유는 지정학적인 측면이 크게 작용했을 것으로 판단되기 때문이다. 신안과 해남반도가 위치하는 이 지역의 해안가는 리아스식으로 매우 복잡하며, 조류의 흐름이나 해로를 알지 못하면 난파할 가능성이 매우 높은 해역이다. 따라서 외부세력들인 腆支나 왜인으로 구성된 호위세력들만 가지고서는 반란이 진압될 때까지 섬에 은거하여 최소한 생존에 필요한 식수나 식량 등을 조달 내지는 반입할려면 지형이나 해로를 알지 못하고서는 불가능하다[12]. 따라서 이러한 주변 상황을 고려하면 이 지역의 재지계 무장 세력이나 유력 집단들의 비호나 조력 등이 있지 않으면 불가능하다. 이러한 시대적·역사적 상황 등을 근거로 해남반도에 위치한 재지세력들은 자연스럽게 왜인들의 무장집단들과의 교류를 통해서 왜계 계통의 무구류 등이 유입되고 부장된 걸로 보고자 한다. 특히 왜인들의 무장 집단들은 차기 왕권으로 내정된 腆支를 호위했기 때문에 왜의 호위무사 집단들은 왜 왕권 및 腆支의 권위를 나타내는 위세품이나 착용한 갑주들의 경우 상위 계열의 갑주들을 착용했을 가능성이 매우 크기 때문이다.

따라서 당시 이 지역의 재지계 무장세력들은 은거한 왜 호위무사들과 자연스럽게 당시로서는 볼 수 없었던 板甲(三角板革鐵板甲)과 三角衝角付冑 계열의 甲胄들을 선호했을 것이고, 이러한 행위는 왜 집단들은 식량 및 주변지역의 해로, 해남반도 무장세력들은 위세품과 판갑계열의 갑주 등의 이해관계가 맞았을 것으로 보인다. 이후에 이러한 정보들을 활용하여 직·간접적으로 일본 본토와 유구열도를 경유하는 해상 교류가 가능했던 것으로 판단된다.

신안과 해남반도 등에서 출토된 갑주의 형식을 일본에서 출토되는 지역별 출토현황을 살펴보면 일본 畿內지방에 위치하는 오사카(大阪)를 중심으로 하는 지방의 출토비율이 높음을 알 수 있다【그림 57】.

---

12) 연안항해의 경우 물길을 잘 아는 현지인들이나 뱃사람들의 도움을 받은 항해의 경우에는 가능하다. 그러나 해안선이 복잡하고 물길이나 조수간만의 차가 크며 암초지대가 많아서 일정기간 머물면서 바다를 수시로 항해할 때는 어려웠을 것으로 생각된다. 이 외에도 파견된 왜인 들의 수와 배의 크기를 감안하면 배에 적재한 식량 또한 장기간 머물 수 있는 양도 부족하기 때문에 현지에서 필연적으로 생존에 필수적인 식수와 식량 조달 등이 필요했을 것이다.

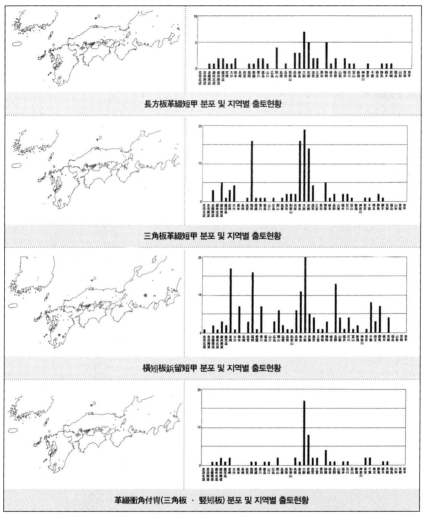

長方板革綴短甲 분포 및 지역별 출토현황

三角板革綴短甲 분포 및 지역별 출토현황

橫矧板鋲留短甲 분포 및 지역별 출토현황

革綴衝角付胄(三角板 · 竪矧板) 분포 및 지역별 출토현황

【그림 57】고대 한·일 甲胄의 종류별 출토 현황(橋本達也·鈴木一有 2014)

　　영산강유역의 대표적인 철기유물중에서 교류와 관련된 甲胄와 더불어 장식
대도와 鐵鋌 등이 해당되며 특히, 이러한 유물들은 대·내적인 교류와 威勢品의
성격을 나타내주는 대표적인 철기유물이기도 하다. 장식대도와 갑주의 경우 지

역의 유력한 재지계 세력들이 일본과 관계된 당시의 정치·사회적인 변화 속에 대외적인 교류의 측면을 보여주는 고고학적인 산물의 영향으로 볼 수 있다면, 철정은 가야와 관련된 생산과 경제적인 측면의 목적이 큰 내부적인 교류의 단면을 잘 보여주는 유물이라 할 수 있다. 하지만 倭系甲冑(판갑 계통)의 경우 당시의 정치력과 시대적인 상황을 잘 보여주는 대표적인 유물이지만 출토되는 존속기간이 5세기 전반(세부적으로 1/4 분기)~5세기 중반(세부적으로 3/4 분기)이후로 매우 짧다. 또한 출토지 또한 일부 지역에만 한정적으로 부장되며 후기 석실분이 영산강 전역에 파급되면서 더 이상 부장되지 못하고 소멸된다.

그러나 철정의 경우는 3세기 말(세부적으로 4/4 분기)부터 부장되면서 4세기 중반(세부적으로 3/4 분기)까지 시대 폭을 넓게 하면서 부장된다. 하지만 고총의 옹관고분이 축조되면서 부장품으로서의 가치를 상실하다 5세기 중반(세부적으로 3/4 분기)에 석곽분(해남 신월리)에 한시적으로 부장되다 소멸된다. 철정은 Ⅲ장에서 살펴보았듯이 비교적 이른 시기의 고분에서는 판상철부나 부형철기 등의 형태로 부장되다, 4세기 전반 경에는 목관고분이나 초기 옹관고분 단계에서부터 철정형태로 부장된다. 부장되는 유구는 목관고분, 초기 옹관고분, 석곽분(해남 신월리고분) 등 석실분을 제외하고는 영산강유역에서 축조된 토착계고분에서 부장되는 특징과 출토양상도 영산강 전 지역에서 출토되고 있다. 이처럼 국제적인 감각과 개방적이며 자율적으로 선진문물의 수입과 대외교류에 적극적인 영산강유역의 고대세력들이 백제의 입장에서 보면 전략적으로 이 지역의 고총고분을 사용하는 토착계 재지세력들을 포섭할 필요가 있었다. 따라서 다른 지역과의 교류에 의한 철정 등의 철기유물보다는 백제가 금·은제나 금동제 등을 사용하는 화려한 금공예품을 직·간접적인 형태로 전파 내지는 사여했을 것이다.

이러한 백제의 선진기법이 담긴 화려한 금공예품의 전파는 당시 영산강유역 고대세력들은 인접한 가야와 일본과의 활발한 교류를 통해서 다양한 철제품과 이전부터 발달했던 유리구슬 등을 제작했던 유리 제작기술과 이로 인한 金箔구슬 같은 다양한 형태의 유리구슬들이 주종을 이루었던 유물의 변화에 획기적인 파급효과가 있었을 것이다. 특히 금박구슬의 경우 철기시대에 유행하다 단절이 된 후에 삼국시대에 재등장하는 유물로 지금까지 확인된 남부지방 금박구슬의 출토지는 경주(金冠塚), 공주(武寧王陵), 천안(청당동유적)등을 제외하면 영산강유역권에서 집중적으로 출토되어 지역적으로 편중되는 부장 양상이 나타남을 알 수 있다[13]. 이러한 요인은 이 지역이 고대부터 中國 ↔ 漢四郡(樂浪·帶方) ↔ 전남 서·남해안 ↔ 일본(倭) 등으로 연결되는 고대 해상로가 일찍부터 발달하였다. 또한 당시에는 백제나 신라처럼 강력한 중앙집권적 고대국가가 들어서지 않았기 때문에 영산강유역을 중심으로 옹관고분사회 집단들이 재지수장층들의 권위와 위신을 내세우기 위해서 금박구슬 같은 외래 기성품의 수입이나 제작기술력 등을 적극적으로 교류를 통해서 유입했던 것으로 추정할 수 있다(李釩起, 2007).

따라서 이러한 교류를 통한 재지기술력을 바탕으로 당시로는 선진적인 기술력을 보유하여 화려하게 제작하였던 백제의 발달한 금공예품 등을 위세품으로 차용하기 시작했을 것이다. 특히 6세기 중엽 이후 영산강 중심세력들은 매장주체부의 변화와 더불어 신분제 정착을 나타내주는 은제관식과 대금구의 부장으로 위세품이 사라지고 확실한 백제의 영역화가 되었음을 나타내준다.

---

13) 이외에도 최근 발굴성과에 힘입어 전국적으로 金箔구슬의 출토예가 증가하고 있으나, 권역별 출토 비율은 전남지방에 편중되고 있다. 최근 전남지방 이외에 조사된 대표적인 유적으로는 연천 학곡리, 천안 두정동, 완주 상운리 유적 등이 있으며, 모두 낙랑계 유물이 보고되고 있다.

〈사진 13〉 함평 금산리 방대형고분(그림 김병택 화백)

그렇지만 주변부에 위치한 해남반도, 신안 등지에서는 석실분이 발전하면서 하위단계로 전락한 석곽분이 석실분의 위치를 대체하는 현상도 발생한다. 석곽분의 축조가 지속될 수 있었던 배경은 이 지역이 비록 백제화되면서 석실분도 사비식의 백제계 석실로 축조되는데, 이러한 묘제의 변화는 영산강 중심지에서 활발하게 나타난다. 그러나 늦은 시기에도 석곽분이 주류를 이루었던 해남반도나 신안 등의 주변부에 위치한 지역의 재지세력층의 집단은 나주처럼 고총의 옹관고분이 발달하지 못한 지역이다. 따라서 토착계 계통의 묘제인 목관고분의 전통을 계승하면서 이질적이며, 노동력과 공력이 많이 드는 석실분보다는 동일한 재료를 사용하면서 비교적 축조가 쉽고 노동력이 적게 드는 석곽분을 채용했을 것이다. 그러나 유물에 있어서는 내륙에 위치한 재지세력집단들과는 달리 해안의 지리적 이점과 통치력이 미치지 못하는 정치력을 최대한 이용하여 부장되는 유물들은 위세품을 다량으로 부장했다.

<표 33> 분기별 변천에 따른 철기유물의 조합현황

구 분	중심묘제	중심철기	교류유물
I期	목관고분·초기 옹관고분	철정, 부형철기	동경 등
II期	전용 옹관고분	단야구	
III期	고총 옹관고분	이식, 위세품	금동관, 금동식리, 갑주, 동경 등
	석곽분	갑주(판갑), 동경	
IV期	전기 석실분	마구, 갑주(찰갑)	銅(貝)釧 등
V期	후기 석실분(사비식)	은제관식, 대금구	규두대도 등

이러한 고분축조의 방향은 전방후원형고분과 즙석분의 축조로도 나타난
다. 전방후원형고분의 경우 해남 방산리 장고봉·용두리고분, 함평 장고산고
분·표산고분, 즙석분의 경우 해남 신월리고분, 함평 금산리 방대형고분(미출
고분)14) 등이다. 해남 신월리고분의 경우 즙석시설과 석곽 내부에 주칠의 흔
적, 함평 표산고분(동신대학교문화박물관, 2013)과 해남 용두리고분에서 확인
되는 錢文陶器片, 함평 금산리 방대형고분에서 확인된 중국제 청자(연판문완
편)와 흑유도기편, 일본 圓筒埴輪과 形象埴輪 등의 출토는 당시 이 지역의 재
지세력들이 중국 및 일본과 연결된 해상교통로를 통해 활발한 교류가 이루어
졌음을 알 수 있다.

그러나 이러한 시기는 6세기 초반에 나타나는 일시적인 현상으로 다량의 위

---

14) 시굴조사 결과 분구는 장축 약 50m, 최대 높이 약 9m 이상, 주구는 잠형 주구의 대형
葺石墳으로 필자가 책임조사원으로 조사했다. 유물은 동쪽 분구쪽에서는 形象埴輪이
최초로 출토되었다. 形象埴輪은 여러 개체(닭, 말, 인물 등)로 추정되고 있으며, 정확한
형태를 알 수 있는 鷄形埴輪片의 경우 일본의 오사카 미즈즈카고분(大阪 水塚古墳)
출토품과 유사하다. 이외에도 중국남조(송) 연판문청자완편과 흑유도기도 함께 출토
되었다.

세품과 교류에 의한 부장품 등이 등장하지만 더 이상 이 지역에서는 지속적으로 나타나지 못하고 일회성에 그치는 양상을 보여준다. 그리고 점차 나주를 중심으로 백제의 영역화에 성공한 집단들은 점차 세력을 확장하여 이후 백제 지방통치에 따른 규범과 통제를 받은 묘제의 축조(사비식 석실)가 점진적으로 확산되기 시작한다. 이러한 사비식 석실분이 영산강 중심지역에 확산된 후 정착되는 단계를 잘 보여주는 유적은 나주 복암리 3호분 5호 · 7호 · 16호 석실의 변화과정을 통해서 확인할 수가 있다. 사비식 석실분이 완전히 정착된 이후에는 위세품 등의 부장유물과 이 지역에 형성된 독특한 장제인 多葬의 전통도 점차 사라지면서 묘제뿐만 아니라 부장유물에서도 백제화가 이루어지게 된다.

第VI章. 結論

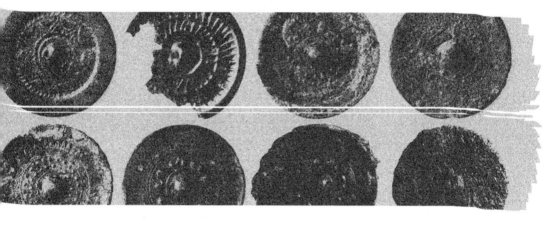

榮 山 江 流 域　古 墳　鐵 器　研 究

甕棺古墳으로 대표되는 이 지역의 고대 세력들은 榮山江이라는 대하천을 중심으로 지역산 統合과 變化를 지속하면서 백제계 석실분을 수용하기 전까지 독창적인 문화기반을 유지하였던 집단이다. 그렇지만, 영산강유역의 재지세력들은 백제의 영역확장과 더불어 지방 통치체제의 확립에 따라 백제의 영역에 흡수·병합되었으며, 대표 묘제였던 옹관고분에서 석실분으로 대체되는 묘제의 변천을 보인다. 영산강유역 고분의 특징은 분구를 조성하고 주구를 형성한 다음 분구상에 복수의 매장주체부가 들어서는 이른바 多葬의 전통과 부장유물의 薄葬化 및 분구와 주구의 확장 등이 확인되는 전통을 가진 장제적 특징을 유지했던 사회이다.

이러한 장제적 특징에 따라 영산강유역 고분에서 출토된 철기유물의 경우도 수량이나 종류에 있어서도 타지역과 비교했을 때 빈약하다. 하지만, 영산강유역에서 확인되는 多葬의 전통에 따라 동일 분구에서도 시기를 달리하면서 축조된 매장주체부나 묘제의 변화과정이 철기유물의 변천과 깊은 관련이 있음을 알 수 있다. 현재 전남지방을 포함한 영산강유역의 고대사 중 百濟領有說은 『日本書紀』神功紀 49年條의 기사를 근거로 4세기 중·후반에 백제에 편입되었다는 견해와 그 동안의 고고학적 자료의 증가로 6세기 초·중엽으로 보는 견해가 상존한다.

이 글에서의 연구대상은 3세기 후반부터 주구토광묘의 영향을 받아 본격적으로 축조되기 시작하는 목관고분(토광묘)부터 6세기 중반 경에 사비식 석실분이 축조되는 시점까지 출토되는 철기유물을 대상으로 시기적으로 변화와 발전양상을 살펴보고자 했다. 당시 영산강유역의 재지세력들은 영산강유역 사회의 발전과정을 내부의 변화와 더불어 백제, 가야, 왜라는 주변 정치체와의 대·내적인 교류가 활발하게 발달하였던 시기다. 특히 고분에 부장되는 철기유물의 경우 그 상징성이 토기류 등의 유물에 비해서 크며, 그 당시 주변 정치체와의 정치·경제적인 상황을 잘 보여주는 유물이다. 따라서 지금까지 발굴 조사된 영산강유역 고분을 매장주체에 따라 木棺古墳(土壙墓), 甕棺古墳, 石室墳, 石槨墳 등으로 구분하였다. 각각의 고분에서 출토되는 유물에 따라서 I期~V期로 분류한 다음 각각의 분기별로 매장주체부와 철기유물의 부장양상에 따른 변천과정을 살펴보았다.

먼저, I期는 고분으로는 木棺古墳(土壙墓)과 初期 甕棺古墳으로 편년은 기원후 3세기 후반~4세기 전반에 해당된다. 이 시기 분구의 형태는 목관고분의 경우 제형계가 옹관고분의 경우 원형계가 확인된다. 분구 규모 또한 원형계는 10m내외에 한정되나, 목관고분의 경우 저분구의 주구토광묘가 목관고분으로 발전하면서 분구의 수직·수평적 확장에 따른 현상이 나타나 규모가 원형계에 비해 크다. 매장주체부인 토광이나 목관, 옹관이 안치되는 위치는 반지하식의 축조방식이 나타난다. 이 시기의 특징은 부장유물이 증가하면서 철제 부장품의 증가와 더불어 의례용 철제품의 등장이다. 목관고분에 부장되는 철기가 1~2점 정도의 소량에 불과했던 이전의 시기에서 훨씬 풍부하고 다양한 철제품이 부장된다는 점이다. 이외에도 대도나 철촉 등의 무기류의 증가와 더불어 생활용구로 분류되는 철겸, 철도자 등의 철제품이 주구토광묘 단계에 비해서 양적인 증가를 보인다. 이러한 부장양상의 변화는 아마도 본격적인 농경의 발전으로 계급간의 분화와 더불어 각 집단들의 서열화가 본격적으로 시작되었음을 보여준다. 또한 다장을 이루는 묘제에서 기존에 부장되던 구슬 외에도 지배집단의 권위를 상징한 무구류에 대한 부장의 필요성으로 추정된다.

Ⅱ期는 專用 甕棺古墳이며 이 시기는 목관고분이 점차 옹관고분으로 대체되면서 하위묘제로 자리 잡고 옹관고분이 거대한 분구가 조성되는 시기이다. 편년은 기원후 4세기 전·중반~5세기 전반에 해당된다. 이 시기 철기유물의 부장특징은 옹관고분 Ⅰ期에 부장되던 비실용적인 의기성 철기의 비중이 줄어들고 철모나 대도 등의 무구류가 본격적으로 부장되기 시작한다. 하지만 鐵鋌 등이 이 시기에도 부장되는 등 Ⅰ期의 전통이 어느 정도 지속된다. 이 시기의 가장 표지적인 유물로는 단야구를 들 수 있다. 단야구는 Ⅰ期에는 부장되지 않았던 유물로 4세기 전반 경에 처음으로 부장품으로 나타난다. 이러한 단야구의 출토는 점차 철제품의 보급이 확산된 결과로 추정되며, 이와 더불어 철기유물의 자체 제작이 가능해지고, 4세기 대를 전후하여 철기유물의 양적인 증가와 더불어 종류도 다양하게 부장된다.

Ⅲ期는 고총 옹관고분의 전성기 및 소멸기와 새롭게 石槨墳이 조성되는 시기로 편년은 기원후 5세기 전반~5세기 후반이다. 이 시기 옹관고분의 특징은 분구의 高大化현상이 나타나며, 다량의 威勢品이 부장된 고분을 중심으로 각 고분들간에 본격적인 계층화 현상이 나타난다. 즉 신촌리 9호분, 대안리 9호분 등은 대규모의 方臺形系墳丘가 확인되고 그 반대의 고분에서는 소규모의 圓形系墳丘가 나타난다. 이처럼 같은 시기에 형성된 고분이라도 반남지역을 중심으로 위세품이 출토된 고분에서는 분구의 대형화와 厚葬의 부장풍습이, 반대의 고분에서는 외곽지역에 분포하며 소규모의 분구에 薄葬의 부장풍습이 나타나는 등 고분간의 위계화가 심하게 나타난다. 하지만 이른 시기에 조성된

석곽분의 경우 영산강유역 고분의 특징인 매장주체부가 다장보다는 주로 단독장 형태로 나타나며 군집을 형성하지 않고 독립적이고, 축조도 주로 교통로에 위치하는 해안이나 도서 지역 등에 분포한다.

옹관고분에서 출토된 유물들을 살펴보면 장식성이 매우 강한 金銀裝單鳳文環頭大刀, 금동관, 금동식리 등이 부장된다. 재료면에 있어서도 철제보다는 금·은제를 사용한 다량의 威勢品들이 확인되는 신촌리 9호분 같은 경우는 고분 간의 위계화 현상을 보여주는 대표적인 경우다. 하지만 신촌리 9호분 같은 특수한 경우를 제외하면, 이 시기의 고분에 부장되는 철기유물의 가장 큰 특징은 Ⅱ期에 부장되지 않던 耳飾을 비롯한 장신구의 부장과 구슬류 같은 경우 양적인 증가와 종류도 다양하게 나타난다. 무기류 같은 경우 환두부에 금·은을 장식한 화려한 장식대도가 등장하고, 왜계 유물이 다수 부장된다. 石槨墳에서 확인되는 철기유물의 경우 이전까지 부장되지 않던 5세기 전반의 왜계 계통의 갑주의 출현과 동경(왜계)의 재등장이다. 또한 단야구의 하나인 철제집게가 신안 배널리 3호분에서 확인되기도 한다. 그러나 이처럼 무구류의 증가는 이루어지지만 마구류는 이 시기에는 부장되지 않는다.

따라서 석곽분에 부장되는 갑주의 출현과 3세기 후반 경에 부장되다 옹관고분 단계에서는 부장되지 못하고 석곽분에서 재등장하는 동경의 경우도 5세기 전반 경에 왜와의 대외교류 등의 사회상을 알 수 있는 표지적인 자료로 볼 수 있다. 이처럼 이 시기의 표지적인 유물의 경우 매장주체부에 따라서 이원화가 확인되는데, 옹관고분에서는 장식성이 매우 강한 화려한 장식대도와 식리 등의 다량의 위세품이 부장되고 석곽분의 경우에는 영산강유역에서는 새롭게 갑주의 출현과 동경 등의 재등장이라 할 수 있다.

Ⅳ期는 前期 石室墳의 出現과 發展期까지이며 편년은 기원후 5세기 말~6세기 전반에 해당된다. 이 시기에 접어들면서 영산강유역에서는 옹관고분을 대

체할 새로운 묘제가 등장하는데 바로 전기 석실분의 축조다. 전기 석실분에서 나타나는 특징 중의 하나는 정형화된 분구가 축조되지 않고 다양한 형태의 분구가 확인된다는 점이다. 하지만 분구의 정형성을 찾기는 힘들지만 대체로 원형계가 다수를 차지하고 있고 늦은 시기에는 前方後圓形古墳 같은 특수한 묘제도 한시적으로 축조된다. 철기유물의 부장도 다량의 철제품과 더불어 지금까지 부장되지 않았던 馬具類와 새로운 형태의 甲冑(剤甲)가 확인되고 늦은 시기에 접어들면 銅鏡, 銅(貝)釧 등의 외래적 유물이 부장된다.

이 시기에는 석실분이 축조되면서 Ⅲ期에 부장되지 않던 마구류 등이 부장된다. 석곽분같은 경우 늦은 시기로 접어들면서 주변지역에서 석실분의 하위묘제로 정착된다. 따라서 석곽분에서 출토되는 철기유물은 Ⅳ期에 들어서면서 Ⅲ期에 다양하고 화려한 위세품이 부장되었던 유물들이 사라지고 철도자나 관정 같은 소량의 철기유물들만 출토되는 등 유물상의 변화가 뚜렷하게 확인된다. Ⅳ期의 표지적인 유물로는 마구류의 출현을 들 수가 있다. 마구류의 경우 영산강유역 재지세력이 사용했던 유물보다는 묘제가 옹관에서 석실로 변천되면서 석실과 같이 외부에서 유입된 문화적 요소로 볼 수 있다.

Ⅴ期는 後期 石室墳 단계로 사비식 석실구조가 나타나며, 편년은 기원후 6세기 중반 이후다. 이 시기는 백제의 영향을 받아 묘제의 규격화가 이루어진다. 축조된 석실분의 분포상을 살펴보더라도 Ⅳ期까지 영산강유역의 수계를 벗어나지 않으면서 축조되던 현상이 신안 도창리고분, 신의도 고분군처럼 영산강유역을 벗어나 서·남해안 도서지역까지 분포범위가 확산된다. 석실분의 주변부에 소형의 석곽분도 활발하게 조성된다. 이러한 축조양상의 변화는 석실의 규모와 더불어 분구의 규모가 중·소형으로 점점 정형화되는 경향과 관련이 있을 것으로 추정된다. 부장유물은 薄葬化 현상이 나타나고, 백제의 지방 통치체제 정비에 따른 帶金具와 銀製冠飾 등의 백제계 유물이 새롭게 출토된다.

이처럼 영산강유역의 고분에서 나타나는 철기유물의 부장양상은 각 시기별
로 묘제의 변천과정을 거치면서 특징적인 철기유물들이 부장된다. 이렇게 철
기유물이 시기에 따라 다르게 부장되는 것은 재지세력들이 독창적으로 묘제
를 수용·발전시켰음을 알 수 있다. 이 지역 재지세력들은 주구토광묘가 발전
하여 목관고분으로 발전한다. 이후 목관고분의 전통을 계승하여 목관고분과
한 분구에서 공존했던 초기 옹관고분이 3세기 후반부터 영산강유역을 중심으
로 발전한다. 옹관고분은 자체적으로 꾸준한 발전을 거듭하면서 전용 옹관고
분의 거대화, 즉 高塚古墳 단계와 이들 옹관에서 출토된 권력을 상징하는 金
銅冠, 金銅飾履, 裝飾大刀 등의 존재는 고대국가에 버금가는 세력이 존재하였
던 것을 엿볼 수 있는 고고학적인 증거라 할 수 있다.

하지만 영산강유역의 재지세력들은 6세기 중엽 이후 백제의 영향을 강하
게 받아 묘제의 축조방식과 부장유물의 薄葬化 현상이 나타나기 시작한다. 그
러나 복암리 3호분에서 출토된 圭頭大刀와 金製冠飾 등의 존재는 영산강유역
고대인들이 독창적인 세력을 유지하였음을 고고학적 유물을 통해 알 수 있다.
이처럼 백제의 지방 통치체제의 고고학적 유물(銀製冠飾 등)이 출현하는 시기
까지는 능동적이며, 독자적인 대외교류와 활발한 문화활동을 영유하면서 백
제의 중앙권력에 의해 백제의 영역 속에 점진적으로 병합되었다.

영산강유역에서 출토되는 철기유물은 역사적으로는 백제 문화권에 포함되
지만 고분에서 출토되는 철기유물들의 조합상을 살펴보면 매우 다양하게 전
개되고 부장되었음을 알 수 있다. 이 지역에 백제의 지방통치 체제를 알려주
는 은제관식의 출현 이전까지 영산강유역의 在地勢力들은 어느 한 지역의 문
화를 받아들였기보다는 영산강과 바다라는 지리적인 이점을 최대한 활용하였
다. 즉, 百濟, 新羅, 伽倻, 倭 등 주변 국가의 문화를 각 시기에 따라 각각 다르
게 관계를 맺으면서 독창적인 철기의 부장과 다양한 고분문화권을 형성하였

음을 알 수 있다.

　글을 전개하는 과정에서 분석대상이 영산강유역 고분출토 철기유물을 중심
으로 다루어졌기 때문에 상대적으로 주거지내의 유물들과 비교·분석하지 못
했다. 이외에도 전남 동부지역에 대한 자료의 검토와 더불어 토기 등의 공반
유물과 매장주체부들의 성격 등에 대한 검토가 충분히 이루어지지 못한 점과
자료에 대한 잘못된 해석과 논리적 비약에 따른 미비점은 추후 자료의 보완이
이루어지면 수정·보완하고자 한다.

參考文獻

【著書】

姜裕信, 1999, 『韓國 古代의 馬具와 社會 - 신라·가야를 중심으로 -』, 學研文化社.

金元龍, 1986, 『韓國考古學 槪說(3판)』, 一志社.

김병모, 1998, 『금관의 비밀』, 푸른역사.

김낙중, 2009, 『영산강유역 고분연구』, 學研文化社.

노중국, 1988, 『백제 정치사 연구』, 일조각.

인제대학교 가야문화연구소, 2011, 『가야의 포구와 해상활동』, 주류성.

대한문화유산연구센터, 2011, 『한반도의 전방후원분』, 학연문화사.

전남문화예술재단 전남문화재연구소, 2014, 『전남 서남해지역의 해상교류와 고대문화』,
    혜안.

대한문화유산연구원, 2013, 『삼국시대 고총고분 축조 기술』, 진인진.

文安植, 2002, 『백제의 영역확장과 지방통치』, 신서원.

崔盛洛, 1993, 『韓國 原三國文化의 研究 - 全南地方을 中心으로 -』, 學研文化社.

崔盛洛, 1998, 『한국고고학의 방법과 이론』, 學研文化社.

崔盛洛, 2001, 『고고학 여정』, 주류성.

崔盛洛, 2005, 『고고학 입문』, 학연문화사.

崔盛洛, 2013, 『한국고고학의 새로운 방향』, 주류성.

崔秉鉉, 1992, 『新羅古墳研究』, 一志社.

徐賢珠, 2006, 『榮山江流域 古墳土器 研究』, 學研文化社.

성정용 외, 2012, 『백제와 영산강』, 학연문화사.

李南奭, 1999, 『百濟 石室墳 研究』, 學研文化社.

李蘭暎·金斗喆, 1999, 『韓國의 馬具』, 한국마사회 마사박물관.

이난영, 2012, 『한국고대의 금속공예』, 서울대학교출판부.

李鎔彬, 2002,『百濟 地方統治制度 硏究 - 檐魯制를 中心으로 -』, 서경.

이한상, 2009,『장신구 사여체제로 본 백제의 지방지배』, 서경.

이종남, 1983,『주조공학』, 보성문회사.

윤명철, 2002,『한민족의 해양활동과 동아지중해』, 학연문화사.

박선미, 2009,『고조선과 동북아의 고대화폐』, 학연문화사.

박천수, 2007,『새로 쓰는 고대 한일교섭사』, 사회평론.

박천수, 2011,『일본속의 고대 한국 문화』, 진인진.

박천수 · 마츠나가 요시에 · 김준식, 2011,『東아시아 古墳歷年代資料集』, 학연문화사.

박순발 외, 2000,『韓國의 前方後圓墳』, 충남대학교출판부.

국립나주문화재연구소, 2007,『영산강유역 고대문화의 성립과 발전』, 학연문화사.

國立文化財硏究所, 2002,『韓國考古學事典』.

國立文化財硏究所, 2009,『韓國考古學專門事典 - 古墳篇 -』.

高久健二, 1999,『樂浪 古墳文化 硏究』, 學硏文化社.

山本孝文, 2006,『三國時代 律令의 考古學的 硏究』, 서경.

쓰데히로시 지음 · 고분문화연구회 옮김, 2013,『왕릉의 고고학』, 진인진.

쓰데히로시 지음 · 김대환 옮김, 2013,『전방후원분과 사회』, 학연문화사.

辻 秀人 編, 2008,『百濟と倭國』, 高志書院.

杉井 健 編, 2009,『九州系橫穴式石室の伝播と拡散』, 北九州中國書店.

橋本達也 · 鈴木一有, 2014,『古墳時代 甲冑集成』, 大阪大學大學院 文學硏究科.

白石太一郎, 1989,『古墳時代の 工藝』, 請談社.

篠田耕一, 1992,『武器と防具 -中國編-』, 新紀元社.

田中琢 · 佐原眞, 2005,『日本考古學事典』, 三星當.

이츠카와 사다하루 저 이명환 편저, 2004,『무기사전』, 들녘.

揚泓, 1985,『中國古兵器論叢(增訂本)』, 文物出版社.

마이크 파커 피어슨 지음 · 이희준 옮김, 2010,『죽음의 고고학』, 사회평론.

【報告書 및 報告文】

김건수 · 이영철 · 진만강 · 이은정, 2003,『나주 용호고분군』, 호남문화재연구원.

김건수 · 이영덕, 2004,『고창 만동유적』, 호남문화재연구원.

김건수 · 이승용, 2004,『담양 대치리유적』, 호남문화재연구원.

김진영 · 장성일 · 박영훈, 2009,『해남 황산리 분토유적Ⅱ』, 전남문화재연구원.

김진영 · 이지영 · 이승혜 · 김세미, 2011,『보성 도안리 석평유적Ⅰ』, 마한문화연구원.

김진영 · 김세미, 2012,『보성 도안리 석평유적Ⅱ』, 마한문화연구원.

姜仁求, 1992,『자라봉 古墳』, 韓國精神文化研究院.

국립중앙박물관, 1999,『百濟 - 특별전』.

국립공주박물관, 2011,『百濟의 冠』.

국립광주박물관, 1990,『靈岩 萬樹里 4號墳』.

국립광주박물관, 1993,『靈岩 新燕里 9號墳』.

국립광주박물관, 1995,『咸平 新德古墳 調査概報』.

국립부여문화재연구소, 1998,『陵山里』.

국립문화재연구소, 1989,『익산 입점리고분』.

국립문화재연구소, 2001,『羅州 伏岩里 3號墳』.

국립문화재연구소, 2001,『羅州 新村里 9號墳』.

국립나주문화재연구소, 2010,『羅州 伏岩里遺蹟Ⅰ - 1~3차 발굴조사 보고서』.

국립나주문화재연구소, 2012,『영암 옥야리 방대형고분 - 제1호분 -』.

국립나주문화재연구소, 2014,『고흥 야막고분』.

경남발전연구원 역사문화센터, 2006,『巨濟 長木古墳』.

경남발전연구원 역사문화센터, 2014,『남해 남치리 고려분묘군 발굴조사 학술
　　　자문회의 자료집(유인물)』

徐聲勳 · 成洛俊, 1984,『海南 月松里 造山古墳』, 國立光州博物館.

徐聲勳 · 成洛俊, 1984,『靈岩 萬樹里 古墳群』, 國立光州博物館.

徐聲勳 · 成洛俊, 1984,『務安 社倉里 甕棺墓』,『靈岩 萬樹里 古墳群』, 國立光州博物館.

徐聲勳·成洛俊, 1988,『羅州 潘南古墳群』, 國立光州博物館.

徐聲勳·成洛俊, 1986,『영암 내동리 초분골 고분군』, 國立光州博物館.

成洛俊·申相孝, 1989,『靈岩 臥牛里 甕棺墓』, 國立光州博物館.

심봉근, 2005,『고성 송학동고분군』, 동아대학교박물관.

李命熹·成洛俊·孫明助·申相孝·李漢周, 1989,「靈光地方의 古墳」,『靈岩 臥牛里 甕棺墓』, 國立光州博物館.

成洛俊·申相孝, 1989,『靈岩 臥牛里 甕棺墓』, 國立光州博物館.

朴仲煥, 1996,『光州 明花洞古墳』, 國立光州博物館.

원광대학교 마한·백제문화연구소, 2012,『고창 봉덕리 1호분 - 석실·옹관』.

殷和秀·崔相宗, 2001,『海南 方山里 長鼓峰古墳 試掘調査報告書』, 國立光州博物館.

殷和秀·崔相宗, 2001,「海南 北日面一帶 地表調査報告」,『海南 方山里 長鼓峰古墳 試掘調査報告書』, 國立光州博物館.

李英文, 1990,『長城 鈴泉里 橫穴式石室墳』, 全南大學校博物館.

李榮文·李止鎬·李暎澈, 1997,『務安 良將里 遺蹟』, 木浦大學校博物館.

이영문·박덕재·김진환·홍밝음·박정신, 2013,『화순 내평리유적 I』, 동북아지석묘연구소.

이남석·서정석·이현숙·김미선, 2003,『鹽倉里古墳群』, 공주대학교박물관.

이영철·이영덕·박태홍, 2005,『고창 예지리고분』, 호남문화재연구원.

이영철·김영희·박형열·임지나·이화종, 2012,『무안 사창리 덕암고분군』, 대한문화재연구원.

이정호·이수진·기진화·윤효남, 2015,『신안 안좌면 읍동·배널리고분군』, 동신대학교 문화박물관.

이한주·은종선·최민주, 2015,『담양 성월리 월전고분』, 영해문화유산연구원.

이기길, 1995,「포산 유적」,『광주 산월·뚝뫼·포산 유적』, 조선대학교박물관.

兪在恩·魏光徹·柳仁淑·申宜京, 1998,「나주 복암리 고분 출토 금동신발 보존처리」,『보존과학연구』, 국립문화재연구소.

林永珍, 1993,『咸平 月溪里 石溪古墳群 I』, 全南大學敎博物館.

全南大學校博物館, 1993, 『咸平 月溪里 石溪古墳群Ⅱ - 1991년도 발굴조사 -』.

문안식 · 이범기 · 송장선 · 최권호 · 임동중, 2015, 『함평 금산리 방대형고분』,
　　　전남문화예술재단 전남문화재연구소.

정영희 · 김영훈 · 정혜림, 2014, 『신안 압해도 학동유적』, 목포대학교박물관.

林永珍 · 趙鎭先 1994, 『光州 月桂洞長鼓墳 · 雙岩洞古墳』, 全南大學校博物館.

林永珍 · 崔仁善 · 黃鎬均 · 趙鎭先, 1995, 『長城 鶴星里 古墳群』, 全南大學校博物館.

林永珍 · 趙鎭先 · 徐賢珠, 1999, 『伏岩里古墳群』, 全南大學校博物館.

林永珍 · 吳東墠 · 姜銀珠, 2015, 『高興 吉頭里 雁洞古墳』, 全南大學校博物館.

임영진 · 진만강 · 박동수, 2011, 『광주 각화동 2호분』, 호남문화재연구원.

成洛俊, 1994, 「海南 富吉里 甕棺遺構」, 『湖南考古學報』1, 湖南考古學會.

복천박물관, 2009, 『神의 거울 銅鏡 - 특별기획전』.

복천박물관, 2009, 『韓國의 古代甲冑』.

복천박물관, 2010, 『履 고대인의 신 - 특별기획전』.

동신대학교문화박물관, 2008, 『나주 장동리고분 발굴조사 지도위원회자료(유인물)』.

동신대학교문화박물관, 2009, 『나주 영동리고분군 3차 발굴조사 현장설명회
　　　자료(유인물)』.

동신대학교문화박물관, 2013, 『함평 마산리 1호분 학술 발(시)굴조사 약보고서(유인물)』.

동신대학교문화박물관, 2014, 『해남 만의총 1호분』.

조현종 · 신상효 · 장제근, 1997, 『광주 신창동 저습지유적Ⅰ』, 국립광주박물관.

조현종 · 신상효 · 선재명 · 신경숙, 2001, 『광주 신창동 저습지유적Ⅱ』, 국립광주박물관.

조현종 · 은화수 · 조한백 · 임동중, 2011, 『해남 용두리고분』, 국립광주박물관.

조현종 · 신상효 · 김동완 · 임동중, 2012, 『광주 명화동고분』, 국립광주박물관.

호남문화재연구원, 2007, 『담양 서옥고분군』.

호남문화재연구원, 2007, 『담양 태목리유적Ⅰ』.

호남문화재연구원, 2010, 『담양 태목리유적Ⅱ』.

호남문화재연구원, 2013, 『장성 와룡리 방곡유적』.

黃龍揮, 1974,『靈巖 內洞里 甕棺墓 調查報告書』, 慶熙大博物館叢書 第2冊.

崔盛洛 · 韓盛旭, 1990,『長興 忠烈里遺蹟』, 木浦大學校博物館.

崔盛洛 · 曺根佑, 1991,『靈巖 沃野里古墳』, 木浦大學校博物館.

최성락 · 이영철 · 한옥민, 1999,『무안 인평 고분군』, 목포대학교박물관.

최성락 · 이영철 · 윤효남, 2000,『무안 양장리 유적Ⅱ』, 목포대학교박물관.

최성락 · 김건수, 2000,『영광 학정리 · 함평 용산리 유적』, 목포대학교박물관.

최성락 · 이정호 · 윤효남, 2000,「나주 송제리 석실분 실측조사」,『자미산성』,
　　　목포대학교박물관.

최성락 · 한옥민, 2001,『함평 성남 · 국산유적』, 목포대학교박물관.

최성락 · 박철원 · 최미숙, 2001,『함평 월야 순촌유적』, 목포대학교박물관.

최성락 · 이영철 · 한옥민 · 김영희, 2001,『영광 군동유적 – 라지구 주거지 · 분묘 –』,
　　　목포대학교박물관.

최성락 · 김경칠 · 정일, 2007,『화순 삼천리유적』, 전남문화재연구원.

최성락 · 정영희 · 김영훈 · 김병수 · 이미란, 2007,『장흥 신월리유적』, 목포대학교박물관.

최성락 · 김진영 · 백명선, 2008,『해남 황산리 분토유적Ⅰ』, 전남문화재연구원.

최성락 · 정영희 · 김영훈 · 김세종, 2010,『해남 신월리 고분』, 목포대학교박물관.

최완규 · 이영덕, 2001,『익산 입점리 백제고분군 – 1998년도 조사』, 원광대학교
　　　마한 · 백제문화연구소.

崔夢龍, 1976,「潭陽 薺月里 百濟古墳과 그 出土遺物」,『文化財』10. 文化財管理局.

崔夢龍 · 李淸圭 · 盧爀眞, 1978,「羅州 潘南面 大安里 5號 百濟石室墳 發掘調查報告」,
　　　『文化財』12, 文化財管理局.

충청남도 역사문화연구원, 2007,『공주 수촌리 유적』.

충청남도 역사문화연구원, 2008,『서산 부장리유적』.

梅原末治, 1932,「慶州 金鈴塚 · 飾履塚 發掘調查報告」,『大正十三年度 古蹟調查報告』
　　　第5冊, 朝鮮古蹟調查研究會.

有光教一, 1940,「羅州 潘南面古墳の 發掘調查」,『昭和十三年度 朝鮮古蹟調查報告』,

朝鮮古蹟調査研究會.

岐卓縣·岐卓縣敎育委員會, 1986,『椿洞古墳群 – 公共急傾斜地防災事業に伴う緊急發掘調査 –』.

靑森縣八戶市敎育委員會, 1990,「丹後平古墳」,『八戶市埋藏文化財調査報告書』, 第44集.

岡村秀典 外, 1993,『番塚古墳』, 九州大學文學部考古學研究室.

奈良縣立檀原考古學研究所, 1990,『藤ノ木古墳 –第一次調査報告書–』.

奈良縣立檀原考古學研究所, 1995,『藤ノ木古墳 –第二·三次調査報告書–』.

【論文】

– 國內 –

姜鳳龍, 1997,「百濟의 馬韓 併呑에 대한 新考察」,『韓國上古史學報』第26號, 韓國上古史學會.

姜鳳龍, 1998,「5~6세기 영산강유역 ‘甕棺古墳社會’의 해체」,『백제의 지방통치』 제18회 한국상고사학회발표요지, 한국상고사학회.

姜鳳龍, 2000,「榮山江流域 古代社會 性格論 – 그간의 論議를 中心으로 –」, 『영산강유역 고대사회의 새로운 조명』3, 전라남도.

姜貴馨, 2013,『潭陽 台木里聚落의 變遷 硏究』, 木浦大學校大學院 碩士學位論文.

權伍榮, 1995,「三韓社會 ‘國’의 구성에 대한 고찰」,『三韓의 社會와 文化』, 韓國古代史研究會.

권택장, 2014,「고흥 야막고분의 연대와 등장배경에 대한 검토」,『고분을 통해 본 호남지역의 대외교류와 연대관』제1회 고대 고분 국제학술대회, 국립나주문화재연구소.

곽종철, 1989,「낙동강 하구역에 있어서 선사 – 고대의 어로 활동 –」,『가야문화』3, 가야문화연구원.

郭長根, 1999,『湖南 東部地域의 石槨墓 硏究』, 全北大學校大學院 博士學位論文.

具滋奉, 1995,「環頭大刀의 分類와 名稱에 대한 考察」,『嶺南考古學』17, 嶺南考古學會.

具滋奉, 1998, 「環頭大刀의 圖像에 대하여」, 『韓國上古史學報』 第27號, 韓國上古史學會.

金光彦, 1986, 『韓國農器具考』, 한국농촌경제연구원.

金珍英, 2007, 「전남지방 삼국시대 석곽분의 검토」, 『천마고고학논총 – 석심 정영화교수 정년퇴임기념』, 석심 정영화교수 정년퇴임기념논총 간행위원회.

金珍英, 2010, 「청동기시대 탐진강유역의 문화교류 양상과 교통로」, 『지방사와지방문화』 13권-2호, 역사문화학회.

김재홍, 2007, 「금강유역 출토 백제 의장용 살포 -금강유역 백제 농업생산력의 해명을 위하여」, 『고고학탐구』 창간호, 고고학탐구회.

金斗喆, 1993, 「三國時代 轡의 硏究 – 轡의 系統硏究를 中心으로 -」, 『嶺南考古學』 13, 嶺南考古學會.

金斗喆, 2000, 『韓國 古代 馬具의 硏究』, 東義大學校大學院 文學博士學位論文.

金信惠, 2009, 「마한 · 백제권 철도의 변천」, 『호남고고학보』 33, 호남고고학회.

金想民, 2007, 『榮山江流域 三國時代 鐵器의 變遷 硏究』, 木浦大學校大學院 碩士學論文.

金想民, 2007, 「영산강유역 삼국시대 철기의 변화상」, 『호남고고학보』 27, 호남고고학회.

金想民, 2013, 『東北アジアにはゐ初期鐵器文化の成立と展開』, 九州大學校大學院博士學位論文

김영심, 1999, 「백제의 영역변천과 지방통치」, 『百濟』, 국립중앙박물관.

김영심, 2000, 「영산강유역 고대사회와 백제」, 『영산강유역 고대사회의 새로운조명』, 역사문화학회 · 목포대학교박물관.

金永熙, 2004, 『湖南地方 周溝土壙墓의 發展樣相에 대한 考察』, 木浦大學校大學院 碩士學位論文.

金永熙, 2008, 「도검을 통해 본 호남지방 고분사회의 특징」, 『호남고고학보』 29, 호남고고학회.

金承玉, 1999, 「고고학의 최근 연구동향 – 이론과 방법을 중심으로 -」, 『韓國上古史學報』, 第31號, 韓國上古史學會.

金性泰, 1992, 「韓半島 東南部地域 出土 鐵鏃의 硏究」, 『韓國上古史學報』 第10號,

韓國上古史學會.

金洛中, 2008, 「영산강유역 초기횡혈식석실의 등장과 의미」, 『湖南考古學報』 29, 湖南考古學會.

金洛中, 2009, 『榮山江流域 古墳 硏究』, 서울大學校大學院 文學博士學位論文.

金洛中, 2010, 「영산강유역 고분 출토 마구 연구」, 『한국상고사학보』 제69호, 한국상고사학회.

金洛中, 2013, 「5~6세기 남해안 지역 倭系古墳의 특성과 의미」, 『湖南考古學報』 45, 湖南考古學會.

김현정, 2008, 「영산강유역 분구묘의 고총화 과정연구」, 『중앙고고연구』 4, 중앙문화재연구원.

金範哲, 2013, 「가구에 대한 고고학적 이해 – 가구고고학과 한국 선사시대 주거양상 연구」, 『주거의 고고학』 제37회 한국고고학 전국대회, 한국고고학회.

文安植, 2007, 「고흥 길두리고분 출토 금동관과 백제의 왕·후제」, 『韓國上古 史學報』 第55號, 韓國上古史學會.

文安植, 2012, 「百濟의 西南海地 島嶼地域 進出과 海上交通路 掌握」, 『百濟硏究』 第55輯, 忠南大學校 百濟硏究所.

文安植, 2013, 「백제의 전남지역 마한 제국 편입 과정」, 『전남지역 마한 제국의 사회 성격과 백제』 2013년 백제학회 국제학술회의, 백제학회.

朴永福, 1989, 「백제 장신구」, 『韓國考古學報』 22, 韓國考古學會.

朴仲煥, 1997, 「全南地域 土壙墓의 性格」, 『湖南考古學報』 6, 湖南考古學會.

朴普鉉, 1998, 「金銅冠으로 본 羅州 新村里 9號墳 乙棺의 年代」, 『百濟硏究』 제28집, 忠南大學校 百濟硏究所.

박양진, 2001, 「한국 청동기시대 사회적 성격의 재검토」, 『한국 청동기시대 연구의 새로운 성과와 과제』, 충남대학교박물관.

朴永勳, 2009, 「전방후원형고분의 등장배경과 소멸」, 『호남고고학보』 32, 호남고고학회.

朴永勳, 2009, 「영산강유역 분묘 출토 철모의 형식분류와 변천에 대한 시론」, 『全南考古』 제3호, 전남문화재연구원.

朴天秀, 2006, 「3~6世紀 韓半島와 日本 列島의 交涉」, 『韓國考古學報』 61, 韓國考古學會.

徐聲勳, 1987, 「榮山江流域의 甕棺墓에 대한 一考察」, 『三佛金元龍教授停年退任紀念論叢』, 一志社.

成正鏞, 2000, 「中西部地域 3~5世紀 鐵製武器의 變遷」, 『韓國考古學報』 42, 韓國考古學會.

成正鏞, 2000, 『中西部 馬韓地域의 百濟領域化過程 研究』, 서울大學校大學院文學博士學位論文.

成洛俊, 1983, 「榮山江流域의 甕棺墓研究」, 『百濟文化』 15, 公州師大 百濟文化研究所.

成洛俊, 2000, 「영산강유역 甕棺古墳의 성격」, 『영산강유역 고대사회의 새로운조명』 3, 전라남도.

申大坤, 1997, 「나주 신촌리 출토 冠, 冠帽一考」, 『고대연구』, 第5輯, 古代研究會.

李榮文, 1991, 「전남지방 횡혈식 석실분에 대한 고찰」, 『향토문화』 제11집, 향토문화개발협의회.

李正鎬, 1995, 「영산강유역 고분에 대한 시론적 고찰」, 『박물관연보』 제4호, 목포대학교박물관.

李正鎬, 1996, 「榮山江流域 甕棺古墳의 分類와 變遷過程」, 『韓國上古史學報』 第22號, 韓國上古史學會.

李正鎬, 1997, 「全南地域의 甕棺墓 - 大形甕棺古墳 變遷과 그 意味에 대한 試論 -」, 『湖南考古學報』 6, 湖南考古學會.

李正鎬, 1999, 「영산강유역의 고분 변천과정과 그 배경」, 『羅州地域 古代社會의 性格』, 나주시·목포대학교박물관.

李正鎬, 2001, 『榮山江流域にににおける 百濟古墳の 研究』, 九州大學校大學院博士學位論文.

李正鎬, 2001, 「5·6세기 영산강유역 고분과 그 변천에 대하여」, 『嶺·湖南의古代墓制

-洛東江·榮山江流域을 中心으로』, 國立昌原大學校博物館.

李正鎬, 2013,「고분으로 본 전남지역 마한 제국의 사회 성격」,『전남지역 마한 제국의 사회 성격과 백제』2013년 백제학회 국제학술회의, 백제학회.

이정호, 2014,「신안 배널리고분의 대외교류상과 연대관」,『고분을 통해 본 호남지역의 대외교류와 연대관』제1회 고대 고분 국제학술대회, 국립나주문화재연구소.

이지영, 2008,「호남지방 3~6세기 토기가마의 변화양상」,『호남고고학보』11, 호남고고학회.

이영철, 2001,『榮山江流域 甕棺古墳社會의 構造 硏究』, 慶北大學校大學院 文學碩士學位論文.

이영철, 2004,「옹관고분사회 지역정치체의 구조와 변화」,『호남고고학보』20, 호남고고학회.

이영철, 2008,「탐진강유역 마한·백제 취락구조와 변화상」,『탐진강유역의 고고학』제16회 호남고고학회학술대회 발표집, 호남고고학회.

이영철, 2013,「거점취락의 변이를 통해 본 영산강유역의 고대사회」,『한일취락 연구』, 서경문화사.

이영철, 2014,「백제의 지방지배 - 영산강유역 취락자료를 중심으로」,『2014 백제사연구쟁점 대해부』2014 - 8월 백제학회 정기발표회, 백제학회.

이영철, 2014,「나주 가흥리 신흥고분의 대외교류상과 연대관」,『고분을 통해 본 호남지역의 대외교류와 연대관』제1회 고대 고분 국제학술대회, 국립나주문화재연구소.

李尙律, 1998,「新羅, 伽倻文化圈에서 본 百濟의 馬具」,『百濟文化』第27輯, 公州大學校百濟文化研究所.

이상율, 1990,「農·工具」,『古文化』第37輯, 韓國大學博物館協會.

李健茂, 1998,「遺蹟·遺物에 나타난 三韓社會의 生活相 -《魏志》·《後韓書》東夷傳 內容 과의 比較를 통해서 -」,『고고유물로 본 한국고대국가의 형성』, 국립중앙박물관.

이종선, 1999,「나주 반남면 금동관 성격과 배경」,『나주지역 고대사회의 성격』, 목포대학교박물관.

이종선, 2001,「무령왕릉 장신구와 백제후대의 지방지배」,『武寧王陵과東亞細亞文化』, 국립부여문화재연구소 · 국립공주박물관.

이현혜, 1990,「삼한사회의 농업생산과 철제농기구」,『역사학보』126, 역사학회.

이현주, 1993,「3~4세기대 철촉에 대하여 - 영남지역 출토품을 중심으로 -」, 『박물관연구 논문집』2, 부산직할시립박물관.

李　勳, 2010,『金銅冠을 통해 본 4~5世紀 百濟의 地方統治』, 公州大學校大學院 博士學位論文.

李　勳, 2012,「金銅冠을 통해 본 百濟의 地方統治와 對外交流」,『百濟研究』第55輯, 忠南大學校 百濟研究所.

이한상, 2013,「해남 만의총 1호분 장신구의 검토」,『해남 옥천 만의총고분 국제 학술대회』, 동신대학교문화박물관.

이문형, 2014,「고창 봉덕리 1호분의 대외교류와 연대관」,『고분을 통해 본 호남지역의 대외교류와 연대관』제1회 고대 고분 국제학술대회, 국립나주문화재연구소.

李釩起, 2002,『榮山江流域 金屬遺物의 變遷研究 - 古墳出土品을 中心으로 -』, 木浦大學校大學院 碩士學位論文.

李釩起, 2003,「3~6세기 영산강유역 금속유물의 변천에 대한 고찰」,『상고사학보』 제41집, 한국상고사학회.

李釩起, 2006,「考古學 資料를 통해 본 古代 南海岸地方 對外交流」,『지방사와 지방문화』제9권-2호, 역사문화학회.

李釩起, 2007,「全南地方 出土 金箔구슬의 副葬意味」,『全南考古』창간호, (재)全南文化財研究院.

李釩起, 2010,「전남지방 출토 토제용범에 대한 검토」,『연구논문집』제9호, (재)호남문화재연구원.

李釩起, 2015,『榮山江流域 古墳 出土 鐵器 研究』, 木浦大學校大學院 博士學位論文.

李在城, 2003,『영산강유역 출토 철기유물에 대한 금속학적 분석』, 용인대학교예술대학원 석사학위논문.

尹善嬉, 1987,「三國時代 銙帶의 起源과 變遷에 관한 研究」,『三佛金元龍教授停年退任紀念論叢 Ⅱ』, 一志社.

安承周, 1983,「百濟甕棺墓에 關한 研究」,『百濟文化』15, 公州師大 百濟文化研究所.

林永珍, 1989,「전남지방 토광묘에 대한 고찰」,『전남문화재』2, 전라남도.

林永珍, 1996,「全南의 石室墳」,『全南의 古代墓制』, 木浦大學校博物館.

林永珍, 1997,「全南地域 石室封土墳의 百濟系統論 再考」,『湖南考古學報』6, 湖南考古學會.

林永珍, 2000,「榮山江流域 石室封土墳의 性格」,『영산강유역 고대사회의 새로운 조명』3, 전라남도.

吳東墠, 2008,『湖南地域 甕棺墓의 變遷』, 全南大學校大學院 碩士學位論文.

우병철, 2004,「영남지방 출토 4~6세기 철촉의 형식분류」,『영남문화재연구』17, 영남문화재연구원.

曹根佑, 1994,『全南地方의 石室墳 研究』, 嶺南大學校大學院 碩士學位論文.

曹美順, 2001,『榮山江流域 橫穴式石室墳의 變遷 研究』, 木浦大學校大學院 碩士學位論文.

전덕재, 2000,「삼국시기 榮山江流域의 農耕과 마한사회」,『영산강유역 고대사회의 새로운 조명』, 역사문화학회·목포대학교박물관.

崔盛洛, 1984,「한국고고학에 있어서 형식학적 방법의 검토」,『韓國考古學報』16, 韓國考古學會.

崔盛洛, 1990,「전남지방의 마한문화」,『마한·백제문화』12, 원광대학교 마한·백제연구소.

崔盛洛, 1997,「全南地域 古代社會의 研究現況과 反省」,『박물관연보』제6호, 목포대학교박물관.

崔盛洛, 1998,「고고학에 있어서 자연과학의 활용」,『考古學研究方法論 - 自然科 學의

應用 -』, 서울대학교출판부.

崔盛洛, 1999, 「榮山江流域의 古代社會」, 『嶺·湖南의 古代 地方社會』, 國立昌原大學校博物館.

崔盛洛, 2000, 「영산강유역 고대사회의 형성배경」, 『영산강유역 고대사회의 새로운 조명』, 역사문화학회·목포대학교박물관.

崔盛洛, 2000, 「前方後圓形 古墳의 研究現況과 課題」, 『박물관연보』 제8호, 목포대학교박물관.

崔盛洛, 2000, 「호남지역의 철기시대 - 연구현황과 과제 -」, 『호남지역의 철기문화』 제8회 호남고고학회학술대회, 호남고고학회.

崔盛洛, 2000, 「전남지역 고대문화의 성격」, 『국사관 논총』 제19집, 국사편찬위원회.

崔盛洛, 2002, 「삼국의 성립과 발전기의 영산강유역」, 『삼국의 성립과 발전기의 남부지방』 제27회 한국상고사학회학술발표대회, 한국상고사학회.

崔盛洛, 2004, 「전방후원형고분의 성격에 대한 재고」, 『한국상고사학보』 제44호, 한국상고사학회.

崔盛洛, 2007, 「분구묘의 인식에 대한 검토」, 『한국고고학보』 62, 한국고고학회.

崔盛洛, 2009, 「영산강유역 고분연구의 검토」, 『湖南考古學報』 33, 湖南考古學會.

崔盛洛, 2013, 「고고학에서 본 침미다례의 위치」, 『백제학보』 9, 백제학회.

崔盛洛, 2014, 「호남지역 삼국시대 고분의 전개양상」, 『고분을 통해 본 호남지역의 대외교류와 연대관』 제1회 고대 고분 국제학술대회, 국립나주문화재연구소.

崔盛洛, 2014, 「영산강유역 고분연구의 검토 II - 고분을 바라보는 시각을 중심으로」, 『지방사와 지방문화』 제17권 - 2호, 역사문화학회.

崔完奎, 1997, 『錦江流域 百濟古墳의 研究』, 崇實大學校大學院 博士學位請求論文.

崔完奎, 2006, 「분구묘 연구의 현황과 과제」, 『제49회 전국역사학대회 고고학부 발표자료집 - 분구묘·분구식고분의 신자료와 백제』, 한국고고학회.

崔孟植, 1998, 「陵山里분 百濟古墳 出土 裝飾具에 관한 一考」, 『百濟文化』 第27輯, 公州大學校 百濟文化研究所.

崔榮柱, 2011,『三國·古墳時代たおける 韓日交流の 考古學的研究 - 橫穴式石室を中心 に -』, 立命館大學校大學院 博士學位論文.

崔榮柱, 2014,「백제 횡혈식석실의 매장방식과 위계관계」,『한국상고사학보』제84호, 한국상고사학회.

최미숙, 2006,「전남지방 주거지 출토 철기류에 대한 검토 - 철기~삼국시대를 중심으로」,『전남문화재』제13집, 전라남도.

千末仙, 1994,「鐵製農具에 대한 考察 - 原三國·三國時代 墳墓出土品을 中心으로 -」, 『嶺南考古學』15, 嶺南考古學會.

韓玉珉, 2000,「全南地方 土壙墓 硏究」, 全北大學校大學院 碩士學位論文.

韓玉珉, 2001,「전남지방 토광묘 성격에 대한 고찰」,『湖南考古學報』13, 湖南考古學會.

韓玉珉, 2010,「분구축조에 동원된 노동력의 산출과 그 의미 - 영산강유역권 옹관고분을 중심으로」,『湖南考古學報』34, 湖南考古學會.

吉井秀夫, 1992,『熊津·泗沘時代 百濟 橫穴式石室墳의 基礎硏究』, 慶北大學校 大學院碩士學位請求論文.

吉井秀夫, 1996,「金銅製 신발의 製作技術」,『碩晤 尹容鎭敎授 停年退任紀念論叢』, 석오 윤용진교수 정년퇴임기념논총 간행위원회.

吉井秀夫, 1997,「橫穴式石室墳의 受容樣相으로 본 百濟의 中央과 地方」,『百濟硏究論叢』第5輯, 忠南大學校 百濟硏究所.

吉井秀夫, 1999,「日本속의 百濟」,『百濟』, 국립중앙박물관.

西谷正, 1999,「前方後圓墳を通して見た南道と日本との關係」,『嶺·湖南의 古代 地方社會』, 國立昌原大學校博物館.

田中俊明, 2000,「영산강유역 前方後圓形古墳의 성격」,『영산강유역 고대사회 의 새로운 조명』, 역사문화학회·목포대학교박물관.

柳澤一男, 2006,「5~6世紀の韓半島西南部と九州 - 九州系埋葬施設を中心に -」, 『加耶·洛東江에서 榮山江으로』, 第12回 加耶史國際學術會議.

鈴木一有, 2007, 「鐵鏃と甲冑からみた日韓古墳の竝行關係」, 『한·일 삼국 고분시대의 연대관(Ⅱ)』, 한국국립부산대학교박물관·日本國立歷史民俗博物館.

上野祥史, 2013, 「萬義塚 1號墳 出土 倭鏡と倭韓の相互交涉」, 『해남 옥천 만의 총고분 국제학술대회』, 동신대학교문화박물관.

- 國外 -

Polanyi, Karl, Harry Pearson, and C. M. Ahrensburg, 1957, *Trade and Markets in the Early Empires.* Free Press, Glencoe.

Wright, Gary, 1974, *Archaeology and Trade. Addison - Wesley Module in Anthropology.*

Elman R. Service, 1975, *Origins of the State and Civilization : The Process ofCultural Evolution,* W. W. Norton and Co.,

Adkins, L, and Adkins, R. 1982, *The Handbook of British Archaeology.* London, Macmillan.

Arnold, Jeanne E., 1995, Social inequality, marginalization, and economic process,

In *Foundations of social inequality,* Plenum Press.

Herbert D. G. Maschner, 1996, "Ranking and Social Inequality ", *The Oxford Companion to Archaeology*(ed. Fagan), Oxford University Press.

Wheatley, D. and Gillings, M., 2002, *Spatial Technology and Archaeology: TheArchaeological Applications of GIS, 1st end.*, London : Taylor & Francis Inc.

桶口隆康, 1950, 「東亞に於けるて帶金具とその文化史的意義」, 『史林』 333.

鈴木治, 1958, 「朝鮮半島 出土の鐕について」, 『朝鮮學報』 13輯.

梅原末治, 1959, 「羅州 潘南面の 寶冠」, 『朝鮮學報』 14輯.

伊藤秋男, 1972, 「耳飾の型式學的研究に基づく韓國古新羅時代古墳の編年に關する一

試案」,『朝鮮學報』64.

穴澤和光・馬目順一, 1973,「羅州潘南面古墳群 - 梅原考古資料による谷井濟一
　　氏發掘遺物の研究 -」,『古代學研究』70, 古代學研究會.

馬目順一, 1980,「慶州飾履塚古新羅墓の研究 - 非新羅系遺物の系統と年代 -」,
　　『古代探叢』, 早稻田大學 出版部.

石山勳, 1980,「九州出土 環鈴」,『古代探叢』, 早稻田大 學出版部.

坂本美夫, 1986,『馬具』, ニュ＿・サイエンス社.

瀧瀬芳之, 1986,「圓頭大刀・圭頭大刀の編年と佩用者の性格」,『考古學ジャナル』, 266.

東潮, 1987,「鐵鋌の基礎的研究」,『考古學論攷』, 檀原考古學研究所紀要 12.

河上邦彦, 1991,「總論 - 副葬品概論」,『古墳時代の研究 - 古墳Ⅱ 副葬品』8, 雄山閣.

新納泉, 1983,「裝飾付大刀と古墳時代後期の兵制」,『考古學研究』, 30 - 3.

新納泉, 1991,「副葬品の種類と編年 - 武器」,『古墳時代の研究 - 古墳Ⅱ 副葬品』8,
　　雄山閣.

田中晋作, 1991,「副葬品の種類と編年 - 武具」,『古墳時代の研究 - 古墳Ⅱ 副葬品』8,
　　雄山閣.

千賀久, 1988,「古墳時代壺鐙の系譜と變遷 - 杓子形壺鐙を中心に」,『考古學と技術』,
　　同志社大學考古學シリズ Ⅳ.

千賀久, 1991,「副葬品の種類と編年 - 馬具」,『古墳時代の研究 - 古墳Ⅱ 副葬品』8,
　　雄山閣.

古清秀 1991,「副葬品の種類と編年 - 農工具」,『古墳時代の研究 - 古墳Ⅱ 副葬品』8,
　　雄山閣.

岡林孝作・松本百合子・伊藤雅文・坂靖・馬目順一, 1991,「副葬品の種類と編年 -
　　裝身具」,『古墳時代の研究 - 古墳Ⅱ 副葬品』8, 雄山閣.

今尾文昭, 1991,「副葬品の配列と組成 - 配列の意味」,『古墳時代の研究 - 古墳Ⅱ
　　副葬品』8, 雄山閣.

望月幹夫, 1991,「副葬品の配列と組成 - 組成とその變遷」,『古墳時代の研究 -

　　古墳Ⅱ副葬品』8, 雄山閣.

宇野愼敏, 1994,「儀禮的裝身具にみる日韓交涉一視點」,『靑丘學術論叢』5, 韓國
　　文硏究振興財團.

高島徹, 1996,「裝飾付大刀を出土した古墳」,『金の大刀と銀の大刀 ‐
　　古墳・飛鳥の貴人と階層‐』, 大阪府立 近つ飛鳥博物館.

大阪府立 近つ飛鳥博物館, 1996,『金の大刀と銀の大刀 ‐ 古墳・飛鳥の貴人と階‐』.

長野縣立歷史館, 1998,『古代シナノの武器と馬具 ‐ 古墳時代の武人のすがた‐』.

小田富士雄, 1983,「朝鮮の初期冶鐵硏究とその成果 ‐ 日韓冶鐵技術硏究の基礎的
　　作業として‐』,『日本製鐵史論集 ‐ たたら硏究會創立25周年記念‐』,
　　たたら硏究會編.

小谷地肇, 2000,「獅嚙式環頭大刀の分類」,『靑森縣考古學』, 第12號.

木下尙子, 2002,「韓半島の琉球列島産貝製品 ‐ 1~7世紀を對象に‐」,『韓半島考古學
　　論叢』, すずさわ書店.

都出比呂志, 1994,「古代文明と初期國家」,『古代史復元 ‐ 古墳時代の王と民衆』,
　　講談社.

柳澤一男, 2001,「全南地方の榮山江型橫穴式石室の系譜と前方後圓墳」,『朝鮮學報』
　　179, 朝鮮學會.

上野祥史, 2012,「帶金式甲冑鏡副葬」,『國立歷史民俗博物館硏究報告』第173集,
　　國立歷史民俗博物館.

사진 및 그림 출처

사진 1 · 11. 국립나주박물관, 2013,『국립나주박물관(상설전시도록)』.

사진 2. 복천박물관, 2010,『履 고대인의 신(특별기획전)』. 국립나주문화재연구소, 2006,『나주 복암리 3호분』.

사진 3. 국립나주문화재연구소, 2006,『나주 복암리 3호분』.

사진 4 · 10. 이정호 · 이수진 · 기진화 · 윤효남, 2015,『신안 안좌면 읍동 · 배널리고분군』, 동신대학교 문화박물관.

사진 5. 국립중앙박물관, 1999,『백제(특별전)』. 국립나주문화재연구소 · 국립나주박물관, 2015,『마한의 수장, 용신을 신다(국립나주문화재 연구소 개소 10주년 기념 특별전)』. 국립나주문화재연구소, 2006,『나주 복암리 3호분』.

사진 6. 김건수 · 이영철 · 진만강 · 이은정, 2003,『나주 용호고분군』, 호남문화재연구원.

사진 7. 최성락 · 정영희 · 김영훈 · 김세종, 2010,『해남 신월리 고분』, 목포대학교박물관.

사진 8. 복천박물관 2009,『神의 거울 銅鏡(특별기획전)』. 동신대학교문화박물관, 2014,『해남 만의총 1호분』.

사진 9. 국립전주박물관 2009,『마한 숨쉬는 기록(기획특별전)』.

사진 12. 문안식 · 이범기 · 송장선 · 최권호 · 임동중, 2015,『함평 금산리 방대형고분』, 전남문화예술재단 전남문화재연구소.

사진 13. 함평 금산리 방대형고분(그림 김병택 화백)

그림 2. 徐聲勳 · 成洛俊, 1988,『羅州 潘南古墳群』, 國立光州博物館.

그림 4. 林永珍 · 吳東㙱 · 姜銀珠, 2015,『高興 吉頭里 雁洞古墳』, 全南大學敎博物館. 충청남도 역사문화연구원, 2007,『공주 수촌리 유적』.

그림 7. 국립공주박물관, 2011,『百濟의 冠』.

그림 9. 문화재청(www.cha.go.kr) 보도자료(2014. 12. 15),『나주 정촌고분 발굴조사

현장 대국민 공개설명회 개최』. 복천박물관 2009,『神의 거울 銅鏡(특별기획전)』.

그림 13. 大阪府立 近つ飛鳥博物館, 1996,『金の大刀と銀の大刀 -古墳·飛鳥の貴人と階-』.

그림 15. 국립중앙박물관, 1999,『百濟 -특별전』. 大阪府立 近つ飛鳥博物館, 1996,
　　　『金の大刀と銀の大刀 -古墳·飛鳥の貴人と階-』.

찾아보기